A CASA DA PRAIA

Jane Green

Tradução
Diego Alfaro

Título original: The Beach House

Editora Nova Fronteira Participações S.A.
Rua Nova Jerusalém, 345 – Bonsucesso – 21042-235
Rio de Janeiro – RJ – Brasil
Tel.: (21)3882-8200 – Fax: (21)3882-8212/8313

Imagens de capa:
Acima: © Will & Deni McIntyre/CORBIS/Corbis (DC)/ Latinstock.
Abaixo, da esquerda para a direita: © Catherine Lane/ iStockPhoto; © claudiaveja/iStockPhoto; © PeskyMonkey/ iStockPhoto

Texto revisto pelo novo Acordo Ortográfico

CIP-Brasil. Catalogação na fonte
Sindicato Nacional dos Editores de Livros, RJ

G83c
Green, Jane
A casa da praia / Jane Green ; tradução Diego Alfaro. - Rio de Janeiro : Nova Fronteira, 2011.

Tradução de: The beach house
ISBN 978-85-209-2216-3

1. Ficção americana. I. Alfaro, Diego.

CDD: 813
CDU: 821.111(73)-3

A Ian Warburg
por ser meu lar

CAPÍTULO 1

A bicicleta range sobre o caminho de pedras, desviando dos buracos que poderiam ser perigosos para quem não conhecesse a estrada como a palma da mão.

A mulher na bicicleta ergue a cabeça e olha para o céu, sente o cheiro no ar, sorri consigo mesma. É um dia de neblina em Nantucket, mas ela já vive ali há tempo suficiente para saber que é só a névoa matinal, e o sol forte de junho já a terá dissipado ao meio-dia, trazendo consigo uma bela tarde.

Bom. Ela pretende almoçar no deque hoje; está a caminho do vilarejo, indo pelo terreno dos vizinhos, onde passou a última hora mais ou menos, cortando grandes hortênsias azuis e entulhando-as na cesta da bicicleta. Na verdade, não conhece aqueles vizinhos — é tão estranho viver na mesma casa pelos últimos quarenta e cinco anos, uma casa numa vila em que já conheceu todos, até um dia acordar e se dar conta de que não conhece mais ninguém —, mas supôs pelas persianas fechadas e ausência de carros que ainda não tinham chegado, e não sentiriam falta de algumas hortênsias.

O portão para o jardim de trás estava aberto, e ela tinha ouvido dizer na cidade que esses vizinhos haviam contratado um paisagista muito chique. Precisava dar uma olhada. A piscina também estava desimpedida, e a água azul, tão convidativa, praticamente implorou para que ela tirasse a roupa e mergulhasse, o que ela fez, é claro, o corpo ainda magro e forte, as pernas bronzeadas e musculosas pelas horas de pedalada diária.

Secou-se ao vento, caminhando nua pelo jardim. Pôs na boca morangos e ervilhas da horta, admirou as rosas que começavam a florescer e vestiu novamente as roupas com um suspiro de satisfação ao se sentir seca o bastante.

Essas são as razões para Nan ter reputação de um pouco excêntrica. Uma reputação da qual ela está bem ciente, e que aceita de bom grado, pois traz liberdade, permite que faça o que realmente quer, o que outras pessoas não se atrevem a fazer, e, por ela ser vista como excêntrica, sempre são feitas exceções.

"Isso", pensa Nan, divertindo-se um pouco com o pensamento, "é uma das partes boas de envelhecer, tão necessárias diante de várias outras, mais dolorosas". Aos 65 anos, ela ainda se sente com 30, às vezes 20, mas há muito deixou para trás as inseguranças daquela fase, os medos corriqueiros: de não ser bonita o suficiente, não o suficiente para a família Powell; de que, de alguma forma, seu casamento com Everett Powell fosse uma trapaça; de que, uma vez que sua beleza começasse a esmaecer, todos percebessem que ela não era ninguém e passassem a tratá-la como ela sempre esperou ser tratada ao entrar para aquela família ilustre... como nada.

Sua aparência rendeu frutos. Ainda rende. Ela é alta, magra e forte, seu cabelo branco é vistoso e suave, puxado para trás num coque, as maçãs do rosto ainda são altas, os olhos verdes ainda têm o brilho vivaz, sob sobrancelhas perfeitamente arqueadas.

A beleza de Nan é de um tipo raro atualmente, de uma elegância e um estilo naturais que fizeram parte da década de 1950, mas que praticamente já desapareceram — ainda que Nan não enxergue esses atributos, não mais.

Agora, ao se olhar no espelho, ela vê rugas, vê bochechas côncavas sob as maçãs do rosto, vê uma pele tão fina que, por vezes, tem a impressão de poder ver seus ossos. Nan cobre com maquiagem tantas imperfeições quanto pode, ainda sente não poder sair de casa sem uma maquiagem completa, sem passar o batom escarlate, sua marca registrada, a primeira coisa que faz todas as manhãs, antes mesmo de vestir a roupa de baixo, antes mesmo de entrar no banho.

Porém, hoje em dia, sua maquiagem às vezes está desigual, o batom borra sobre as rugas dos lábios, rugas das quais foi avisada nos anos 1980, quando o filho tentou fazer com que parasse de fumar, mostrando revistas com fotos de mulheres de pele morta, desgastada.

— Não consigo parar de fumar — dizia Nan, franzindo o cenho. — Gosto demais de fumar, mas prometo parar assim que deixar de gostar.

Esse dia ainda está por vir.

Trinta anos antes, ela jamais teria ousado invadir aquela casa, nadar nua na piscina livre, sem permissão. Trinta anos antes, teria se importado demais com o que as pessoas pensariam, não teria cortado flores ou arrancado cuidadosamente uns poucos morangueiros cuja falta certamente nem será sentida, para replantá-los em seu próprio jardim.

Mas trinta anos antes, se tivesse corrido o risco e acabasse sendo pega, teria se safado. Teria pedido desculpas, teria convidado o casal para um drinque, o marido teria flertado com ela, teria lhe tomado o rum das mãos e insistido em servi-la. Ela teria abaixado a cabeça para acender o cigarro e olhado para ele com aqueles seus incríveis olhos verdes, afastando o cabelo delicadamente e fazendo-o se sentir a pessoa mais importante da casa, aliás, a única pessoa da casa, sua mulher que fosse para o inferno.

Trinta anos antes, e as mulheres talvez a ignorassem, mas não como fazem agora, por pensarem ser a louca do velho casarão no penhasco, e sim por se sentirem ameaçadas, aterrorizadas com a ideia de que ela pudesse mesmo roubar seus homens, arruinar suas vidas. Estariam certas.

Não que ela jamais o tivesse feito.

Não naquela época.

É claro que se envolveu em alguns romances, mas Nan nunca se dedicou a roubar os homens das outras, queria apenas diversão. E, depois que Everett morreu, depois de anos sozinha, percebeu que o sexo podia, afinal de contas, ser nada além de sexo, e às vezes era preciso aceitá-lo onde estivesse disponível.

O VILAREJO DE SIASCONSET, CONHECIDO por todos simplesmente como Sconset, arde sob a luz intensa da manhã quando Nan chega de bicicleta. Ela passa pelo café Sconset, circunda a Livraria que não é uma livraria — na verdade, vende bebidas — e para em frente ao mercado para comprar comida.

Lá nos fundos ainda fica a geladeira cheia de iogurtes, leite e ovos — as necessidades básicas da vida —, mas o resto da loja foi tomado por comidas *gourmet*, biscoitos de gergelim, confeitos, velas artísticas e, não pode faltar, uma parede com camisetas, bonés e bolsas de lona anunciando que os turistas que por ali passaram tiraram férias em Sconset e têm dinheiro suficiente para bancar uma viagem ao lugar onde os bilionários vão para se divertir.

Como sempre, Nan vai direto aos fundos, cumprimentando os turistas e acenando para a mulher do caixa.

Nan é figura conhecida em Sconset — suas longas saias de linho flutuam enquanto pedala em sua Schwinn velha e enferrujada. Não é uma bicicleta muito vista estes dias, com sua cesta desproporcionalmente grande na frente, mas é a bicicleta que Nan e Everett compraram quando passaram seu primeiro verão ali, em 1962, quando ela tinha 20 anos e Everett a levou a Windermere para conhecer seus pais.

Nan pedala devagar, uma das mãos apoiada com leveza no guidom, a outra segurando um cigarro. Acena para todos os que passam, cumprimenta-os com um sorriso, para e conversa se tiver vontade, ou se vir um vizinho ocupado em seu jardim.

A maior parte acena de volta, mas ela nota, cada vez mais, a mudança nas pessoas do lugar, os que não retornam o cumprimento, os que fingem não ver aquela senhora loira e doida em sua bicicleta velha, aquelas pessoas tão brancas, tão brilhantes, limpas e perfeitas como se passeassem por um bulevar da cidade, sempre digitando em seus iPhones — olhar para elas chega a doer.

Isso não aconteceria se ela tivesse trinta anos a menos, pensa Nan de tempos em tempos, quando outro casal jovem e glamouroso de Nova York hesita ao vê-la se aproximar, acenando enfaticamente da bicicleta e tentando acender o cigarro sem ao menos frear. Há trinta anos, aquele homem teria puxado um isqueiro do bolso e acendido o cigarro para ela, em vez de se virar ao ser cutucado pela esposa, com um sorriso amarelo. Nan acende o cigarro e a fumaça flutua, como se fosse planejado, para o nariz da mulher. Ela tosse dramaticamente, e Nan lhe mostra alegremente o dedo médio ao se afastar, assustando a moça, que, horrorizada, tenta tapar os olhos do menininho que os acompanha.

"O que aconteceu com as *pessoas*", pensa Nan, pedalando pela rua de paralelepípedos. "Quando nos tornamos tão *especiais*?" Uma família de seis pessoas passa por ela, pai, mãe e quatro filhos pequenos, como quatro patinhos em cintilantes capacetes aerodinâmicos. "Quando foi que nossos filhos começaram a usar capacetes", pensa Nan, virando a cabeça e observando-os balançar a distância. "Quando ficamos com tanto medo?"

Ela pensa em Michael, aos 7 anos, caindo do trepa-trepa e abrindo a cabeça no chão de concreto. Nan não entrou em pânico, essas coisas acontecem com todo mundo. Jogou o menino no banco da frente do carro e o levou até a casa do dr. Grover, e ele acabou levando pontos bem ali na cozinha da família, enquanto a sra. Grover servia limonada e biscoitinhos de gengibre.

Quando Michael era criança, Nan nunca sabia onde ele estava. Alguém tinha um bote no brejo e, certa vez, Michael e seus amigos ficaram atolados lá um dia inteiro. Nan só ficou sabendo quando eles irromperam pela porta da cozinha, gritando entusiasmados e contando a sua aventura, na qual, segundo eles, praticamente desafiaram a morte. Os adultos sorriram carinhosamente, com um ouvido na conversa e o outro em qualquer outra coisa, porque a vida, naqueles dias, girava ao redor dos adultos, não das crianças.

Na primeira vez que Everett a levou à sua casa de praia, Nan não fazia ideia da enrascada em que estava se metendo. Mal tinha ouvido falar de Nantucket. Só havia tirado férias nas praias de Nova Jersey, sem saber muito sobre o que ela mais tarde viria a encarar como a "velha América" — as verdadeiras famílias ianques, as famílias cujo dinheiro atravessou gerações, cujos ancestrais vieram ao novo continente no barco pioneiro *Mayflower*, que conheciam sua árvore genealógica até centenas de anos atrás.

Os pais de Nan eram ingleses, haviam viajado para Nova York na esperança de encontrar uma vida melhor do que a que deixavam em Birmingham, mudando-se para Ossining porque um primo distante vivia ali.

Ela havia sido uma menininha ingênua, ainda conhecida por todos como Suzanne, e não sabia o que esperar quando Everett a levou para sua casa. Não tinha como pesquisar sobre os Powell no Google, ninguém que pudesse dizer que a família era famosa no estado de Massachusetts por financiar a maior parte da revitalização de Cape Cod, ninguém que pudesse explicar com quanto dinheiro ela estava se casando, os privilégios e a história que acompanhavam os Powell.

Casou-se com Everett porque o amava, e como presente de casamento os pais dele lhes compraram um apartamento em Nova York. Nada de extravagante, diria Nan anos depois, mas era, sim, completamente extravagante, e nos dois primeiros anos do casamento, ela levantava todas as manhãs pensando ter acordado como protagonista num filme de Grace Kelly.

Windermere era o lugar que mais lhe provocava essa sensação. Construída na década de 1920 na Baxter Road, na vila de Sconset, erguia-se num penhasco sobre o Atlântico. Suas telhas estavam cinzentas e desgastadas pelo vento, mas tinha linhas arquitetônicas elegantes e graciosas, e seus alpendres, nos velhos tempos, viviam animados, cheios de convidados.

Não era uma grande propriedade: Windermere repousava agora num terreno de quatro hectares. Originalmente uma casa simples, de madeira, dois andares e teto inclinado, mas, ao longo dos anos, reformas cuidadosas a transformaram num lugar cheio de estilo. Os empreendedores imobiliários da ilha já haviam começado a circundá-la, como urubus prontos para o ataque. Nan sabia que a casa seria derrubada se ela a deixasse escapar, e aquele lugar guardava memórias importantes demais para que ela o entregasse com tanta facilidade.

Era a casa de praia dos Powell — seu refúgio idílico do final de maio ao início de setembro, todos os anos —, uma casa sempre cheia de crianças peladas, mariscos na praia e muita alegria.

Foi uma dessas crianças peladas que causou a mudança no nome de Nan, naquela primeira viagem.

— É Suzanne — repetia Everett para a menininha de 3 anos, filha ou prima de alguém, que ficava tentando arrastá-la para construir outro castelo de areia.

— Chama a Nan — repetia a menina, e Everett ria, tão bonito então, os olhos azuis semicerrados naquele rosto bronzeado.

— Nan — disse Everett, virando-se para Suzanne. — Nan em Nantucket. Gostei.

E desde esse dia ela passou a ser chamada só de Nan, e praticamente esqueceu seu nome de batismo; muitas vezes se pegava escrevendo Nan ao preencher formulários que pediam seu nome completo, e só ao final se dava conta de que não havia escrito Suzanne.

Quando Nan pensa naqueles primeiros dias em Windermere, quase consegue ouvir o tilintar dos copos de bebida sendo servidos e dos músicos tocando; quase consegue ver as luzinhas coloridas espalhadas pela casa, as lanternas penduradas nas árvores, pessoas que riem, bebem e dançam.

Jantares duravam noites inteiras, e os pais de Everett — Lydia e Lionel — eram os primeiros a guiar os convidados pelas dunas para seus famosos mergulhos da meia-noite, os gritos das pessoas ao caírem na água fria quase eram ouvidos no centro da cidade.

Amigos estavam sempre vindo, com frequência passavam o verão inteiro, mas Windermere era grande, e os que não encontravam lugar sempre podiam usar um dos quatro chalés nos cantos mais distantes do complexo.

Dois deles foram vendidos depois que Lionel morreu, e Lydia desenvolveu Alzheimer. Lydia acabou internada num asilo em Boston, e Nan tentou visitá-la o máximo que pôde, às vezes levando o filho, até que passou a ser doloroso demais, perto do fim, quando Lydia não era sequer uma sombra de quem havia sido um dia, transformando-se numa velhinha minúscula, encolhida e de cabelos brancos; Nan chegou a passar por ela sem reconhecê-la em uma das visitas.

A essa altura, Everett já havia morrido, ou, como disse Nan por tantos anos, já havia partido. Ela acordou uma manhã e a cama estava vazia, o que não era tão incomum — ele costumava acordar e sair para um mergulho matinal —, mas ele demorou a voltar, e o coração de Nan se acelerou, com um toque de ansiedade.

Ela desceu à praia, e ainda hoje se lembra de ter pressentido, no momento em que se virou e viu que o outro lado da cama estava vazio, que alguma coisa estava errada.

A camiseta de Everett estava maldobrada, amassada sob o relógio do pai. Nenhum bilhete. Nada. O mar estava muito agitado naquele dia. Nan ficou de pé e olhou para além das ondas, escutando os rugidos do oceano ao redor, e uma lágrima lhe correu pela face. Não estava procurando, sabia que ele havia partido.

Só não sabia por quê.

No fim das contas, acabou não sendo coincidência nenhuma o avô de Everett ter ganhado Windermere num jogo de pôquer. A habilidade para o jogo havia pulado uma geração, caindo sobre os ombros de Everett.

Nan sabia que ele adorava seus jogos de pôquer, mas não fazia ideia de que iam além de uma simples diversão, além de um motivo para passar a noite com os rapazes, beber algumas doses de uísque e fumar alguns charutos, ou o que quer que gostassem de fazer.

Depois da morte de Everett, há tantos anos, Nan recebeu telefonemas de bancos, de várias pessoas a quem ele claramente devia dinheiro e, por fim, do seu contador.

— A situação não parece nada boa — disse o homem.

Por sorte, tinham suas propriedades. Os dois chalés que restavam em Windermere foram vendidos, e alguns anos mais tarde o apartamento de Nova York teve o mesmo destino. Uma decisão difícil, mas Nan sempre amara Windermere, era fascinada pela ideia de fazer do lugar o seu lar permanente, e Michael era novo. Nan achou que o menino se beneficiaria com uma vida mais tranquila, num lugar que sempre adoraram. Era o final da década de 1970, e ela recebeu tanto dinheiro com a venda do apartamento que pensou que poderia viver sossegada para sempre.

— Vou deixar esse dinheiro em suas mãos — dissera Nan ao corretor, rindo por saber que, com um montante daqueles, jamais teria problemas.

NAN NÃO TEM MAIS UM CORRETOR. Eles costumavam ser muito respeitados, mas ela não conhece mais ninguém que afirme ser um, atualmente. Nos dias de hoje, ela ouve os veranistas usarem termos como M&A, derivativos e, principalmente, fundos de hedge. Ela ainda não entende o que é um fundo de hedge, sabe apenas que as pessoas que constroem as maiores casas da ilha, os maridos que voam para lá nos fins de semana em jatinhos e helicópteros particulares para encontrarem suas esposas, babás e criadas, todos eles parecem trabalhar com fundos de hedge.

Nan também aplica seu dinheiro num fundo de hedge. Todos os meses recebe um extrato, mas quase sempre se esquece de abri-lo. A correspondência de Nan tende a se empilhar no balcão da cozinha antes de acabar jogada em algum armário, já que ela não tem paciência para coisas tão prosaicas — contas a deixam entediada, e os únicos envelopes que abre e responde imediatamente são os pessoais, os escritos à mão.

Hoje, o consultor financeiro de Nan vem para o almoço, ainda que ela pense nele mais como amigo que como consultor. Na verdade, ele não chega a ser nem um, nem outro — Nan não o vê pessoalmente há quatro anos, e o homem não lhe dá muitos conselhos sobre suas finanças, a não ser por ter dito, há tantos anos, que o fundo de hedge no qual ela havia investido era ótimo, criação de um dos mais brilhantes negociadores da Goldman Sachs, sendo assim um excelente lugar para aplicar o seu dinheiro.

O TELEFONE ESTÁ TOCANDO QUANDO ela entra em casa. Nan larga as hortênsias na pia e alcança o aparelho, abrindo a torneira enquanto atende.

— Oi, mãe.

É Michael, telefonando, como tantas vezes, no caminho para o trabalho.

— Oi, querido. Como vai?

— Cansado. Está quente, úmido e nojento aqui na cidade. Tenho tanta inveja de você aí... o clima está bom?

— Ainda não. — Nan sorri. — Mas vai ficar. Por que você não vem? Estou com saudades. Aqui está calmo demais, estou sozinha numa casa muito grande.

— E a Sarah? Você ainda está com a Sarah?

— Ela ainda vem uma ou duas vezes por semana para me ajudar — responde Nan —, e adoro quando ela está por perto, mas sinto saudades da minha família, da casa agitada com o barulho de pessoas se divertindo. Lembra quando você vinha com todos os seus amigos para passar o verão? Lembra como era divertido? Por que você não traz algumas pessoas? Seus amigos não dariam tudo por umas férias em Nantucket?

Michael ri. Sua mãe não muda nunca.

— Eles certamente dariam tudo por umas férias em Nantucket se conseguissem se livrar do trabalho. Quase todos estão casados, com filhos. É diferente. Eles não podem juntar a família e ir.

— E por que não? — Nan está genuinamente perplexa. — Eu adoro crianças, é um lugar perfeito para crianças.

— Eu sei, mas é que... é difícil. As pessoas são ocupadas, está todo mundo correndo o tempo todo. Mas eu adoraria ir. Adoraria ver você. Agora não posso, os chefes estão fora por mais uma semana, por isso preciso ficar aqui, mas talvez dê um pulo aí no final do verão.

Nan fecha a torneira e se estica para pegar um cigarro.

— Ah, mãe. Você ainda está fumando.

Nan o ignora.

— Como estão as coisas com a menina... qual é o nome dela? Aisling?

Michael sorri.

— Interessante. Eu gosto dela. Ainda estamos começando, mas até agora vai tudo bem. Ela é muito teimosa. Independente. Você vai gostar dela.

— Eu adoraria conhecê-la. — Nan toma cuidado para não fazer perguntas demais. — Traga ela aqui.

— Talvez. O que está fazendo hoje?

— Preparando o almoço. Andrew Moseley vem.

— O seu consultor financeiro?

— É!

— Está tudo bem?

— Por que não estaria?

— Parece estranho que ele viaje só para ver você.

Nan dá de ombros.

— Acho que, depois de quatro anos, deve estar na hora. De qualquer forma, é ótimo ter companhia. Estou fazendo uma salada deliciosa com legumes recém-colhidos da horta, e Sarah prometeu passar aqui para deixar uma salada de lagosta que ela fez ontem.

— Parece delicioso. — Michael vislumbra instantaneamente a mesa posta sobre o deque, as sapatilhas da mãe jogadas em um canto, suas pernas cruzadas após o almoço, embalando um grande copo de vinho branco numa das mãos, o cigarro sempre presente na outra. — Não vá beber demais.

Michael se despede com um sorriso triste, desligando o telefone ao alcançar sua bicicleta, que acorrentou a um poste do lado de fora de seu apartamento, na esquina da rua 94 com a Columbus. Não se dá conta do olhar de interesse lançado por uma loira alta que passeia com o cachorro.

Michael nunca percebeu o quanto é bonito: não dá muito valor aos seus grandes olhos verdes, herdados da mãe, seu sorriso atraente, a aparência bem-cuidada de um típico rapaz americano.

Aos 42 anos, ele ainda lembra muito o jogador de futebol americano universitário que foi um dia, bronzeado, pernas longas e fortes, em perfeita harmonia consigo mesmo.

Ele abre o cadeado e ajusta o capacete; guarda o telefone na mochila e parte pela Columbus, tentando se lembrar de ligar para Sarah, só para ter certeza de que a mãe está mesmo bem, para se assegurar de que alguém está tomando conta dela, de que não está tão sozinha quanto parece.

CAPÍTULO 2

— Contem-me como se conheceram. — O dr. Posner se reclina na cadeira e olha para os dois, sentados em extremos opostos do sofá, a morena elegante encolhida num canto, parecendo incomodada, revirando nervosamente nos dedos uma mecha do cabelo à altura dos ombros, lançando olhares rápidos para o marido, que se mantém imóvel, encarando o chão.

O marido é magro, cabelos escuros, olhos negros feito carvão que por vezes se erguem para encontrar os do dr. Posner, olhos cheios de tristeza e dor.

Fazem um belo casal. Ela tem trinta e poucos anos, ele, quarenta e poucos, supõe o médico. A mulher veste uma calça capri estampada, sapatilhas, uma bolsa de pele de crocodilo jogada perto dos pés e, no colo, uma echarpe de caxemira, caso o ar-condicionado fique muito forte. O marido usa calça jeans e camisa polo; está bem-arrumado, tem uma beleza estranha, um leve bronzeado de primavera e um corpo que atesta que vai à academia de ginástica ao menos quatro vezes por semana.

Dão a impressão de jamais terem tido qualquer problema. Jovens, em forma, bonitos, o que poderia ter dado errado? Porém, é claro, o dr. Posner sabe que não é assim.

Ou por que estariam ali?

— Contem-me por que se apaixonaram — pede ele, vendo que o homem se mexe nervosamente na cadeira. — O que aproximou vocês dois.

Bee olha para Daniel; ao cruzarem o olhar, ambos sorriem, e Bee começa:

— Eu morava numa casa nos Hamptons, com algumas outras pessoas — conta, o olhar perdido na memória. — A casa parecia linda nas fotos, mas, quando chegamos lá, vimos que tinha sido destruída pelos inquilinos anteriores...

— Mas tinha uma piscina muito boa — interrompe Daniel, e Bee concorda, com um sorriso.

— Tinha.

— Então vocês dois ficaram juntos na casa? — pergunta o dr. Posner.

— Não. — Bee sacode a cabeça. — Daniel estava a duas casas de distância, mas não estava dividindo o aluguel, estava com amigos da família.

— Eu tinha horror à ideia de dividir uma casa com desconhecidos. — Daniel abre um largo sorriso pela primeira vez desde que entrou no consultório. — Tantas pessoas bêbadas, tantas festas, todo mundo solteiro, todo mundo procurando por alguém, olhando para ver se alguém melhor não aparecia.

— E você não era assim? — O dr. Posner olha para Daniel.

— Não. Essa nunca foi a minha praia. Uns amigos de meus pais moravam numa casa em Amagansett, e, como ficariam fora durante o verão, disseram que a gente podia ficar lá.

— Sabiam que podiam confiar nele. — Bee ri. — Qualquer outra pessoa teria acabado com a casa em um dia, mas Daniel andava o tempo todo com um aspirador de pó na mão e com uma vassoura na outra, procurando grãos de areia perdidos no chão.

Daniel dá de ombros e ri, como quem diz "ela me conhece tão bem".

— Você é muito meticuloso? — pergunta o dr. Posner.

— Ele é fanático por limpeza — diz Bee. — É o único homem que conheço que faz a cama toda manhã e lava a roupa.

O dr. Posner sorri.

— Parece ser o tipo de homem com o qual toda mulher sonha em se casar.

Nenhum dos dois se manifesta, há uma pausa.

— Esse fanatismo por limpeza a incomoda? — pergunta o dr. Posner, finalmente.

Bee ri, mas é uma risada forçada.

— Você está de brincadeira? Como você disse, ele é incrível. Todas as minhas amigas morrem de inveja porque ele limpa tudo, tudo.

— Não consigo evitar. — Daniel dá de ombros. — Fico ansioso se estiver cercado de bagunça ou sujeira.

— Vamos voltar à casa na praia — orienta o dr. Posner. — Contem-me como foi que realmente se conheceram.

— Ele estava jogando vôlei na praia com alguns caras que estavam comigo. Eram todos péssimos. Se dez caras estão na mesma casa que você, pelo menos um deles deveria ser legal, mas mesmo os mais bonitinhos não passavam de uns babacas. Eu e minha amiga Deborah decidimos beber um vinho na praia, e então reparamos no Daniel e no amigo dele, obviamente por serem desconhecidos, mas também porque eram atraentes.

Enquanto ela fala, os dois começam a relaxar, os corpos afundam no sofá, suas vozes soam mais animadas. Sorriem, se interrompem, lembram-se de como era a vida naquela época, mais simples, quando não tinham preocupações. Quando não estavam sentados em cantos opostos de um sofá de couro no consultório de um psicólogo, porque nenhum dos dois tem certeza de que o casamento vá sobreviver.

— Daniel, você reparou na Bee?

— Era difícil não reparar. — Daniel sorri. — Ela usava um biquíni rosa-choque, e sorria para mim sempre que eu olhava para ela.

— Então você se sentiu atraído por ela?
— É... Sim. Ela estava linda. Claro que sim.

Daniel se sentiu atraído por Bee? Até hoje ele não sabe a resposta para essa pergunta. Ela estava linda, é verdade. Daniel se lembra de todos os outros homens, que tentavam desesperadamente chamar a atenção dela, mas ela não tinha olhos para mais ninguém além dele.

Não compreendeu isso então. Não estava atrás de um romance, tinha acabado de terminar um namoro de quatro anos com Nadine, uma mulher que havia amado, com a qual havia sido perfeitamente feliz, mas tinham a mesma idade, 30 anos, e ela estava desesperada para se casar com Daniel — ou pelo menos desesperada para se casar com alguém.

Daniel amava Nadine, mas não queria se casar, não queria esse tipo de compromisso, e, por fim, depois de meses de brigas, ela deu o ultimato pelo qual ele já esperava, e o relacionamento acabou ali.

Ele sabia que Nadine o odiava por isso. Ela nunca pensou que Daniel não fosse voltar. Achava que ele se daria conta do que tinha apenas quando já tivesse perdido, e se arrastaria de joelhos para tê-la de volta, com um anel de diamantes na mão. Mas ele não voltou. Não pôde voltar. O relacionamento lhe dava segurança, mas a ideia de casamento o aterrorizava. Ele não conseguiria casar. "É porque ela não é a pessoa certa", diziam os amigos. "Quando achar a pessoa certa, você vai saber." Mas ele suspeitava de que não era esse o seu caso. Suspeitava de que não encontraria alguém mais certo que Nadine e que, se havia algo de errado, era com *ele*.

O feriado em Amagansett deveria ser uma folga muito bem-vinda. Ele e Steve levaram malas cheias de livros, um tabuleiro de gamão com bordas de couro e a ideia de jogar tênis todos os dias.

Ele não pensava em Nadine nem em mais ninguém. Esperava relaxar completamente, afastar-se o máximo possível do barulho dos Hamptons.

Mas Bee fez com que se abrisse, se envolvesse com ela. Mulheres como aquela não olhavam para homens como Daniel. Não que ele fosse feio, mas... não chamava muito a atenção. Era sensível, calmo. Gostava de festas pequenas e íntimas, onde pudesse estabelecer ligações com as pessoas, compartilhar ideias, e não de festas com música alta, onde todos paqueravam, mas ninguém se ouvia.

Ele e Bee deveriam ter sido como água e óleo — Bee adorava festas, música alta, estar cercada de amigos; mas também adorava conversar, era pensativa e curiosa, tinha uma energia e uma vivacidade que Daniel nunca tinha visto, algo que o fazia se sentir, talvez pela primeira vez, realmente vivo.

Perto de Bee, tudo ficava mais divertido. Ela era extrovertida, glamourosa, estava sempre rindo. Daniel entendeu de repente como os opostos se atraem, e se uma pessoa como Bee podia gostar de alguém como ele, por que ele negaria? Se uma pessoa incrível como Bee, desejada por todos, queria apenas Daniel, o que isso dizia a respeito dele? Ele deveria valer mais do que pensava. E era verdade: quando estava com ela, Daniel se sentia um rei.

Assim, Daniel foi convencido a entrar naquele relacionamento e, quando se viu envolvido, sentiu-se seguro — certamente mais seguro do que quando estava solteiro. Passaram-se outros quatro anos, e durante esse tempo eles criaram uma rotina, mudaram-se para o apartamento dela no Upper East Side, encontravam os amigos para o café da manhã, para almoços e jantares, passavam os fins de semana no Central Park ou nos Hamptons, até o dia em que Bee passou a noite inteira irritada.

— Qual é o seu problema? — perguntou Daniel. — Você vai ficar menstruada?

— Deus, é isso! — disse Bee, pulando da cama, saindo para o corredor e entrando no banheiro minúsculo. — Eu sabia que estava esquisita.

Mas a menstruação não veio, e, quando ela checou sua agenda, percebeu que parecia ter cometido algum erro em relação às datas. Ou isso, ou a menstruação estava duas semanas atrasada.

Uns poucos meses antes, Bee já tinha levado um susto, e comprara dois pacotes de testes de gravidez. Sobrou um. Procurou no fundo da gaveta de remédios e puxou o teste, calma e tranquila, sabendo instantaneamente, antes mesmo de ver a linha rosa, que estava grávida.

Se olhou no espelho e um sorriso se abriu em seu rosto. Bee nem ao menos sabia se já queria um filho, e certamente não premeditara nada para prender Daniel. Ele já contara muitas vezes do ultimato de Nadine, e Bee não pretendia cometer o mesmo erro. Porém, mesmo que não estivesse sequer perto dos 30 anos, suas amigas começavam a ter filhos, sua vida social havia se transformado em um grande chá de bebê, e Bee sabia que no fim das contas acabaria querendo aquilo que as amigas tinham: uma grande festa de casamento com lua de mel nas Bahamas, um bebê e uma casa em Connecticut.

Mas, naquele momento, Bee queria que o resto da sua vida começasse logo, e se não fosse para acontecer do jeito que sonhava, bem, ela queria saber de uma vez.

Saiu do banheiro escondendo o teste atrás de si, com um sorriso misterioso no rosto.

— Qual é o problema? — perguntou Daniel, mas ele já sabia, o medo já estava em seus olhos, deixando Bee um pouco desconcertada ao erguer o teste para ele.

Daniel ficou sem ar.

— Vai ficar tudo bem — disse Bee mais tarde, aninhando-se nos braços dele na cama e ignorando aquela primeira reação. "É claro que não poderia ser boa", pensou. Eles nunca haviam conversado sobre crianças, só de maneira abstrata, é claro que Daniel levaria algum tempo para se acostumar.

Mas acabaria se acostumando. Bee era, ou melhor, é uma mulher acostumada a conseguir o que quer. Daniel sempre disse que ela tem força o bastante pelos dois, e essa é a verdade. Quando ela quer alguma coisa, raramente não consegue, e ela quis Daniel desde o primeiro instante em que pôs os olhos nele.

STELLA FOI A DAMA DE HONRA. Aos 18 meses de idade, agarrou-se à saia Vera Wang da mãe, e o pai baixou os olhos, cheio de ternura, quando o pastor os proclamou marido e mulher, comentando, com humor e olhar voltado para a barriga grávida de Bee, que eles talvez tivessem confundido a ordem natural das coisas.

Daniel não esperava se apaixonar como se apaixonou no momento em que Stella foi posta em seus braços na sala de parto. Olhou para aquele rostinho vermelho e amassado e sentiu seu coração explodir, quase literalmente.

Depois veio Lizzie, e, apesar do medo que sentia de não ser capaz de amar outra criança tanto quanto amava Stella, o coração de Daniel se expandiu para que coubessem as duas.

Daniel ainda acorda todas as manhãs empolgado para ver as meninas. Tem por hábito acordá-las cedo, quando Bee ainda dorme profundamente, só para ter algum tempo a sós com elas antes de trabalhar. Senta-se à mesa da cozinha enquanto elas comem o cereal e pergunta, com muita seriedade, o que acham da escola, dos amigos, da vida.

É esse amor pelas meninas que o faz seguir em frente, pois são a luz da sua vida, e, se essa vida não parece perfeita, se ele não sente o que acha que deveria sentir por Bee, ainda assim é uma vida confortável e fácil, e que outra alternativa existiria?

Quando Lizzie tinha 1 ano e Stella, 3, mudaram-se da cidade para uma bela casa da década de 1940, em Weston, Connecticut. Por algum tempo, Daniel se deslocou diariamente para a cidade, mas o trabalho ia bem, e depois de cerca de um ano ele começou a investir em uma propriedade em Norwalk. Com isso, logo puderam se mudar para uma grande casa que eles mesmos construíram ali, em Westport. Deveriam ter sido felizes. Bee certamente parecia feliz; passou a se dedicar inteiramente à educação das crianças, à associação de pais e mestres e às várias organizações da escola, parecia eternamente ocupada com almoços e reuniões, levava as crianças para brincar com amiguinhos, organizava jantares e bazares na sala espetacular de sua nova casa.

Enquanto Bee se mantinha ocupada, Daniel descobriu que não conseguia sair do ritmo frenético em que se encontrava, e por muito tempo acreditou que ninguém estivesse reparando, pensou que ninguém se dava conta de que ele não era feliz.

Daniel acreditava sinceramente que se enchesse sua vida de distrações não precisaria encarar a verdade. E a verdade era que ele adorava as meninas mais que tudo no mundo, e amava Bee.

Mas aquele casamento não estava dando certo.

Bee havia sido sua melhor amiga, mas restava pouco daquilo. Ele sentia, com frequência, que eram como dois navios cruzando na noite, por vezes até esbarrando um no outro, não por paixão, mais por dever, porque não sabia como dizer não, porque não podia chegar em casa tarde da noite, por tantos dias seguidos, e subir as escadas com um peso no peito, rezando para que ela estivesse dormindo.

Daniel não queria casar, mas fora convencido a isso, e esperava que, embora não fosse a sua vontade, talvez se corresse bastante, por tempo suficiente, descobriria que havia chegado ao fim da prova e tudo acabava bem.

Terapia de casais. A ideia foi de Bee, e aquela não era a primeira vez. Por duas vezes já haviam buscado terapia, tanto individualmente quanto em conjunto, e, ainda que Daniel jamais tivesse conseguido se abrir completamente, e que as outras tentativas tivessem durado pouco, de alguma forma conseguiram recuperar parte do equilíbrio e tocar o casamento como se fossem felizes.

Bee passou a frequentar um terapeuta pouco depois de se conhecerem. Ela carregava um fardo, dizia, e era tão libertador, tão útil ter uma hora para si toda semana para falar do que quisesse, pensar e falar com clareza, processar seus pensamentos e encontrar respostas.

Daniel nunca soube ao certo que questões eram essas, mas Bee parecia mesmo mais contente, e ainda que ele sempre tivesse pensado que terapia fosse algo para pessoas mimadas e egoístas, ele relevava por se tratar dela.

A princípio, Bee só falava do quanto aquilo era maravilhoso, mas logo passou a sugerir, delicadamente, que Daniel talvez devesse se consultar também, que, embora ele alegasse não acreditar, a terapia o ajudaria a se abrir, a explorar todo o seu potencial.

— Eu não quero explorar todo o meu potencial — grunhira Daniel, tantos anos antes. — Sou perfeitamente feliz do jeito que sou.

Bee não achava aquilo possível. Quando brigavam, Bee dizia que Daniel era a pessoa mais fechada que ela já tinha conhecido. Para ela, Daniel jamais se conectava emocionalmente, era como falar com uma parede de aço.

— Eu posso ajudar — insistia, e então começou a implorar para que ele aceitasse. Depois de algum tempo ele cansou de dizer não, e concordou em visitar um terapeuta.

Não era o terapeuta dela, isso teria sido quase um incesto, mas outro profissional da mesma clínica. Daniel fez algumas poucas consultas. Falou um pouco de sua infância, bastante do seu relacionamento com Bee, e começou a cancelar as consultas depois que seu esforço inicial pareceu tranquilizar a mulher, quando ela aceitou a ideia de que Daniel fizera alguma coisa e que isso já era suficiente.

Eles vêm se consultando com o dr. Posner há quatro meses. Deveriam ter tido alguma melhora. A última vez que tentaram terapia de casais foi há três anos, quando se consultaram com um homem e uma mulher recomendados por uma amiga de Bee, que esqueceu de avisar que aqueles terapeutas centravam suas sessões no paciente, logo não falavam uma só palavra, apenas repetiam o que era dito.

— Ele nunca me dá apoio — dizia Bee. — Ele está sempre ocupado com alguma coisa, sempre distraído, e nunca me ouve.

Seguia-se um longo silêncio enquanto os dois olhavam esperançosos para os terapeutas marido e mulher, até que por fim um deles dizia:

— Então você não se sente apoiada. Daniel fica distraído e não ouve?

— Isso.

E o silêncio continuava até que Bee ou Daniel acabassem rindo, e eles invariavelmente deixavam o consultório às gargalhadas, o que talvez não fosse o efeito desejado, mas certamente servia para aproximá-los, e assim interromperam as sessões depois de dois meses.

O dr. Posner é diferente. Existe um diálogo. No início, ele simplesmente fazia perguntas, mas logo passou a oferecer soluções, demonstrou um conhecimento profundo, que surpreendeu e impressionou Daniel.

Em outras circunstâncias, imagina Daniel, os dois, ele e o médico, poderiam ser amigos. Na situação em que se encontram, porém, quando chega ao consultório todas as quartas-feiras de manhã, sente-se prestes a ser atacado. Ele e Bee se encontram lá, sem terem trocado uma única palavra aquela manhã, e se achatam no sofá, o mais longe possível um do outro, enquanto ela critica tudo a respeito dele.

E o pior é que está certa. Ele é mesmo distraído. Vive ocupado. Não quer fazer nada com ela. Não a elogia. Não é simpático, nem amável, nem afetuoso, a não ser no que diz respeito às filhas, para as quais seu coração não tem limites.

Bee está certa sobre tudo e, por isso, toda quarta-feira, quando começam os ataques, ele tem pouco a dizer, dá de ombros, reconhece que ela tem razão. Se tivesse coragem, talvez dissesse que ele é assim porque — ah, dói tanto pensar nisso, é algo que ele tenta empurrar para o fundo da mente — porque não a ama. Ama sim, como a mãe de suas filhas, mas não da maneira que sempre esperou amar uma companheira de vida.

Não pode dizer isso. Não pode causar tanta dor. E não consegue enxergar um futuro sem as filhas. Às vezes, no meio da noite, Daniel acorda se sentindo sufocado. Nessas noites, ele sabe que não vai conseguir voltar a dormir, por isso sobe as escadas até o escritório, respirando fundo para tentar manter a calma, e apanha um jornal ou um livro para tentar afastar o medo.

E assim ele se senta no consultório do dr. Posner, na sobreloja de um estacionamento, semana após semana, assustado demais para enfrentar a realidade que mudará sua vida para sempre, afastando-se mais e mais, aterrorizado com a perspectiva de que, se disser a verdade, jamais encontrará o caminho de volta para a única vida que já conheceu.

Hoje, Daniel não está pronto. Está preparado para o ataque de sempre, mas de forma alguma pronto para a pergunta do dr. Posner.

— E como vão as coisas fisicamente? — O dr. Posner cruza as pernas e corre os olhos do marido para a mulher, indiferente, como se estivesse perguntando a respeito da manhã do casal, e não sobre uma das áreas mais íntimas de suas vidas.

Daniel não consegue olhar para Bee; ele cora ligeiramente ao ouvir a pergunta e a ouve bufar, ergue o olhar e a vê sacudindo a cabeça, com uma expressão de escárnio.

— Bee? — pergunta o dr. Posner, vendo que é mais provável conseguir informações dela.

— Você se refere ao sexo? — A voz de Bee sai baixa, e Daniel continua a se encolher na outra ponta do sofá, as pernas cruzadas para longe dela, os braços cruzados sobre o peito, protegendo-se, toda a sua linguagem corporal indicando em altos brados que ele preferiria estar em qualquer outro lugar do mundo. — Não lembro — diz Bee, olhando para Daniel. — Quando foi a última vez, Daniel? Nove meses atrás? Dez? Mais? Desisti de contar.

— Daniel?

Daniel se sente humilhado só por discutir aquilo, mas ao menos nota que não há expressão nos olhos do dr. Posner, nenhum sinal de julgamento.

— É verdade. — Ele dá de ombros, como se não importasse.

— E por que vocês não têm relações físicas há nove ou dez meses? — ele pergunta a Daniel, que não encontra as palavras, então Bee responde por ele, a dor em sua voz é palpável.

— Ele diz estar muito cansado. — A voz dela é quase um sussurro. — Cai no sono enquanto estou no banheiro escovando os dentes, e se eu tento tomar a iniciativa, ele me afasta, ou diz que está muito cansado, que tem uma reunião importante de manhã e precisa dormir cedo.

— E quem geralmente toma a iniciativa?

— Sempre eu — diz Bee. — Sempre fui eu, mas no começo isso não era problema. Digamos que eu sabia que ele não tinha uma libido enorme. Era uma das coisas de que eu gostava, ele não estava o tempo todo tentando me agarrar, não era só sexo. Mas não querer nunca? Nunca tomar a iniciativa? Isso faz com que eu me sinta feia. — Os olhos de Bee começam a se encher de lágrimas. — Eu me sinto inútil, e feia, e incapaz como mulher e como esposa. Me sinto rejeitada.

Segue-se um longo silêncio, pontuado apenas pelo choro baixo de Bee. O dr. Posner aproxima dela uma caixa de lenços de papel e olha para Daniel, à espera, enquanto este ainda encara o chão.

— Como isso faz você se sentir? — pergunta por fim o terapeuta.

— Péssimo — diz Daniel.

Mas não consegue dizer mais nada. Não pode dizer que olha para o corpo da mulher e treme de repulsa, que quando fazem amor só consegue fazê-lo fechando os olhos e se perdendo em uma fantasia. Como poderia dizer essas palavras em voz alta? Como poderia dizê-las na frente de Bee, sabendo que isso a destruiria?

CAPÍTULO 3

A porta do quarto de Jessica, completamente coberta por adesivos que alertam qualquer pessoa com mais de 13 anos a manter distância, está entreaberta, e Daff luta contra a própria irritação ao olhar pela fenda e ver a cama desfeita, as três tigelas de cereal sobre a mesinha de cabeceira e as roupas amarrotadas por todo o chão.

Na semana passada, Daff avisou que, se Jess se recusasse a recolher suas roupas sujas, não as lavaria mais. E não lavou. Por cinco dias. Depois não conseguiu mais aguentar a sensação de passar pela porta fechada sabendo que mais e mais roupas se empilhavam; acabou desistindo e, exasperada, recolheu as roupas ela mesma, separando claras e escuras, tentando conter sua raiva e frustração, e se perguntando o que teria acontecido com a adorável menininha que amava a mãe e ouvia a tudo o que lhe era dito.

Daff também teve uma adolescência difícil, já brincou dizendo que Jessica seria seu troco, mas não era sério, não acreditava de verdade que sua menininha doce e adorável, que endeusava a mãe, poderia um dia se transformar na adolescente cruel que a própria Daff havia sido.

Agora é como se tudo que Daff faz estivesse errado — Jessica resmunga ou grunhe se ela pergunta como foi o seu dia, ou sobe as escadas pisando com ódio, batendo a porta num *grand finale* seguido por gritos abafados pelo travesseiro.

Nem sempre foi assim. Quando ainda eram uma família, quando o pai de Jessica estava com elas, Daff não se lembra de ter tido nenhum conflito com a filha. Jess definitivamente não ousaria falar com Daff como fala agora, teria medo do pai e do que ele diria quando chegasse do trabalho e soubesse o que havia acontecido.

O PAI DE JESSICA SAIU DE CASA HÁ pouco mais de um ano. Poucos meses antes, Daff já tinha começado a reparar que uma colega de trabalho de Richard, de quem ele aparentemente era muito amigo, era mais que só amiga. Quando Daff contou que sabia, Richard negou haver qualquer contato físico; ele confessou sentir algo por ela — Nancy, a outra —, mas disse que a moça tinha marido, família, e, embora a achasse atraente, isso não queria dizer nada, nada ia acontecer.

Daff acreditou por um tempo, porque precisava acreditar. Porque a perspectiva de viver sozinha parecia aterrorizante; antes mal-acompanhada do que só.

Acabou descobrindo a verdade sobre Richard e sua colega da pior maneira possível. Um dia, na hora do almoço, depois de fazer compras no mercado perto do escritório dele, telefonou para o marido, querendo lhe fazer uma surpresa.

— Não posso sair — disse Richard. — Estamos fechando um grande negócio, e estou muito ocupado. Desculpe, querida, talvez a gente consiga sair para jantar.

Daff desistiu de passar no escritório, mas estava na vizinhança e passou em frente a um restaurante, olhando de relance seu reflexo na janela para checar seu cabelo, já que tinha ido mais cedo ao salão. Ao olhar para além de seu reflexo, viu Richard sentado num canto com uma mulher, estendendo a ela sua mão e acariciando seu rosto, com aquele sorriso que ela já tinha visto um dia. O sorriso que ele tinha ao se conhecerem, quando esticava o braço e acariciava *seu* rosto num gesto idêntico, dizendo que a amava, que sempre cuidaria dela.

Daff congelou. Não sabia se entrava correndo no restaurante e gritava com ele, ou com a mulher, se exigia explicações, ou se fugia. Acabou indo embora, andando. Muito rápido. Só quando chegou à esquina é que sua respiração acelerou. Sem chorar — Daff nunca fora do tipo que chora em público —, mas tremendo feito vara verde, entrou no carro e foi para casa como se estivesse em coma, incapaz de acreditar no que havia acabado de ver.

Nas semanas seguintes, Daff leu tudo o que encontrou sobre casos extraconjugais. Primeiro sobre os casos emocionais, os motivos que tornam tão perigosas as amizades formadas no trabalho, e depois sobre situações em que essas amizades se transformam em romances de verdade. Percebeu que, ainda que nada houvesse acontecido até então, era só questão de tempo.

Existe uma solução, dizia o último livro. Com terapia, ajuda profissional, honestidade, os dois podiam resolver seus problemas e encontrar a felicidade novamente. Retomar a confiança levaria tempo, mas as feridas poderiam curar e seria possível construir um relacionamento ainda mais forte.

Se esse for o caminho que decidirem tomar.

RICHARD, VERDADE, NÃO TINHA PLANEJADO se envolver. Jamais havia se imaginado capaz de ser infiel, levava muito a sério seus votos matrimoniais e, até o momento em que conheceu Nancy, acreditava ser plenamente feliz.

Há quem diga que isso não acontece sem motivo, sempre existe algo de errado na relação que leva um dos cônjuges a buscar alternativas, e há quem diga que não se pode evitar sentir atração por outras pessoas mesmo casados, mas que sempre existe o momento da escolha, e que, pesando perdas e ganhos, podemos fazer a escolha certa.

Com Richard não foi assim. Casou com Daff porque a amava, nunca percebeu nada de errado na relação, e quanto a Nancy, quando a atração velada entre os dois se tornou arrebatadora, ele sentiu não ter qualquer escolha.

Daff sempre havia sido sua amiga, sua amante, a primeira pessoa para quem ligava quando algo ia mal. Ou bem. É claro que a paixão já havia desaquecido em parte, mas estavam casados há dezesseis anos, e era mesmo de se esperar, não queria dizer que ele estivesse atrás de uma novidade.

Ele nunca havia conhecido uma mulher como Nancy. Enquanto Daff tinha uma beleza natural, ao menos para ele, Nancy era a mulher mais glamourosa que já conhecera. Enquanto Daff adorava levar uma vida simples — ficar em casa, cercada de amigos, cuidando do jardim, ou só de pernas para o ar na varanda, com uma cerveja gelada no final do dia —, Nancy tomava coquetéis nos bares da moda, usava salto alto, era sofisticada e sensual, e parecia muita areia para o caminhão de Richard — ao menos era o que ele pensava.

Daff tinha cabelos loiros escuros, já com mechas grisalhas, que se ondulavam delicadamente sobre os ombros. Quando se conheceram, ela clareava o cabelo, mas, depois do nascimento de Jess, parou; ultimamente tinha parado também de usar muita maquiagem, passava a maior parte do tempo de jeans e casaco de moletom, correndo pela cidade, ocupada com a vida.

Nancy, por outro lado, se mantinha sempre impecável. Nem um fio fora do lugar, jamais era vista sem o batom perfeito, era linda, intimidante, secretamente desejada por todos no escritório. Quando começaram a trabalhar juntos no projeto de um novo restaurante, Richard teve medo, mas acabou se surpreendendo de cara com a doçura dela.

Mais que isso, surpreendeu-se com o interesse que Nancy demonstrava por ele. Ficou claro, bem no começo, que Nancy o achava maravilhoso, ouvia com atenção cada uma de suas palavras, e Richard, uma vez superada sua descrença, ficou tão lisonjeado que a amizade foi inevitável.

A troca de e-mails ajudou. A princípio, as mensagens eram sobre o projeto, mas logo ficaram mais pessoais, nutrindo uma intimidade que cresceu tão rápida e desenfreadamente que, em algumas semanas, Richard passou a sentir que ela era sua melhor amiga, e que não poderia viver sem ela.

Ainda assim, não admitiria haver algo ali além de amizade. Almoçavam juntos todos os dias, no começo sempre convidando outros colegas — pois sabiam, como Richard mais tarde perceberia, que acompanhados resistiriam melhor à tentação.

Mas os dois eram casados, dizia ele a si mesmo nos momentos em que se permitia pensar que poderia acontecer algo mais. Seria loucura pensar em levar o relacionamento para além da amizade. Seria loucura pensar que qualquer um dos dois pudesse ter um caso.

— Eu nunca teria um caso — anunciou Richard num almoço, depois de terminada a refeição, quando estavam sentados em um banco no parque, conversando pelo que pareciam horas.

— Eu... — Nancy se interrompeu. Olhou para ele, encarou o chão e suspirou. — Acho que seria perigoso — disse, afinal, hesitante. Olhou de volta para Richard, e ele quis se afogar naqueles olhos. — Acho difícil para um homem e uma mulher serem apenas amigos, e eu precisava dizer isso em voz alta para que nós... para que não passemos do limite, para que tomemos cuidado.

Richard sorriu.

— Concordo — falou, e concordava mesmo.

Passou-se mais uma semana. Depois veio uma confissão.

— Me desculpe — disse Nancy, enquanto tomavam um drinque depois do expediente —, mas eu nunca conheci ninguém como você. Sinto que é o melhor amigo que já tive, o que é ridículo, porque a gente só começou a se conhecer melhor nestas últimas semanas, mas não consigo imaginar minha vida sem você.

— Eu sei. — Richard sentiu-se com 16 anos novamente. Onipotente, pronto para lidar com qualquer coisa. — Eu sinto o mesmo.

— Estou tão confusa — disse Nancy.

— Eu sei. — A voz de Richard ecoava a tristeza de Nancy, e ele repetiu: — Eu sinto a mesma coisa.

Ficaram obcecados um pelo outro. Nancy, infeliz no casamento, só conseguia pensar em Richard, e ele, também muito infeliz no seu, só pensava nela. Era mesmo uma questão de tempo até que aquele caso — de fato puramente emocional, no princípio — se concretizasse.

O desejo é um território perigoso, especialmente quando temos uma vida estabelecida, quando nos esquecemos do quanto pode ser impetuoso, como pode consumir todos os aspectos da nossa existência. Pois o desejo não é apenas emocionante, é viciante, e, uma vez que provamos, é muito difícil deixá-lo para trás.

O primeiro beijo aconteceu no Starbucks. Depois do almoço, num dia frio e chuvoso, acomodaram-se num sofá no café. Nancy cobriu as pernas dos dois com seu sobretudo, esticou-se por debaixo do casaco e segurou a mão de Richard, acariciando seus dedos, surpresa com a própria ousadia, com sua coragem em dar o primeiro passo.

Nancy jamais imaginou ter um caso, e, embora ainda amasse o marido, ele era 15 anos mais velho, e ela sentia estar envelhecendo antes do tempo. Suas roupas sofisticadas, sua maquiagem glamourosa, eram um uniforme necessário para se encaixar no mundo abastado e envelhecido do marido.

Com Richard, sentia-se jovem novamente. Despreocupada. Tinham a mesma idade, e ela tinha esquecido como era ter 40 anos. Tinha se esquecido de como era rir.

Richard inclinou a cabeça para trás no sofá e fechou os olhos. Tinha se esquecido de que seu corpo podia se arrepiar assim, tinha se esquecido da sensação de nervos à flor da pele.

— No que está pensando? — perguntou Richard, abrindo os olhos.

— Estou pensando que você poderia me beijar — disse Nancy, lutando contra o impulso de correr seus dedos pelos cabelos loiros e cheios dele, desejando encostar suavemente os lábios em suas pálpebras, massagear os músculos de suas costas.

— Beijar você? — disse Richard, como que enfeitiçado.

— É — sussurrou Nancy.

E ele a beijou.

NÃO SE LANÇARAM DIRETAMENTE NO romance. Não de cara. Encontravam-se em lugares obscuros e clandestinos, passavam horas caminhando por parques, agarrando-se por horas em bancos, como adolescentes. Era exatamente assim que se sentiam: adolescentes. Apaixonados pela primeira vez.

Richard se viu dividido. Deixava Nancy e voltava para casa, para a mulher e a filha que amava, e não conseguia entender por que não era feliz, por que aquilo não bastava. Porque quando estava com Nancy a culpa o consumia, e quando estava em casa não conseguia deixar de pensar em Nancy.

Richard terminou o caso com Nancy, determinado a se concentrar no casamento, fazer com que desse certo, mas sentia-se tão arrasado, a vida parecia tão insuportável sem ela, que depois de duas semanas entrou no escritório e disse que não conseguiria viver sem ela, e o romance recomeçou.

Cinco dias depois, terminou novamente. Engasgou ao explicar que estava apaixonado, mas que não poderia deixar aquilo prosseguir, não poderia fazer algo assim. Sentia muito, mas estava tudo acabado, precisava acabar.

Mas não conseguiu se manter afastado.

NA PRIMEIRA VEZ EM QUE FIZERAM sexo, Richard não conseguiu ir até o fim. A segunda vez, com a ajuda do Viagra, foi espetacular.

Mas se passaram apenas três semanas até Daff descobrir tudo. Richard sabia que ela estava na vizinhança, pensou que não haveria problema, mas ele achou que muitas coisas não seriam problema — o desejo tem, em geral, a capacidade de embotar pensamentos, e ele passava boa parte dos seus dias nas nuvens.

Era uma manhã de quinta-feira como qualquer outra para Daff, uma manhã preenchida com tarefas e telefonemas, até que deu uma escapulida para umas compras e fez aquela ligação fatídica para o escritório do marido, para depois vê-lo no restaurante com outra mulher.

— Onde almoçou hoje? — perguntou Daff, quando ele chegou em casa.

— Comi na minha mesa, mesmo — mentiu Richard calmamente, enquanto olhava a correspondência do dia. — E você?

— Eu te vi — sussurrou Daff, esperando que ele não mentisse, esperando que houvesse uma explicação razoável.

— Me viu onde? — Sua expressão era impassível, inocente.

— Eu te vi num restaurante com uma mulher.

— Ah, isso! — Richard riu. — Era só a Nancy. Fomos tomar um café. Ela queria conversar sobre um projeto.

— Não era trabalho — disse Daff. — Vi como você tocou nela.

— Nossa, Daff, deixe de ser ridícula. Conversamos um pouco sobre outras coisas. Ela estava chateada com uns problemas que anda tendo com o marido. Não tem nada de mais.

— Nada de mais? *Não tem nada de mais?* — Daff tentava controlar a voz. — Não tem nada de mais em reconfortar uma mulher acariciando o rosto dela daquele jeito? Você não iria olhar para alguém como olhou para... ela... se não estivesse rolando alguma coisa.

— Você está doida — disse Richard, calmamente. — Olha, o que preciso fazer para você acreditar em mim? Juro, você é a única mulher que eu amo. Deus — Richard mudou de estratégia, erguendo a voz —, como você pode pensar uma coisa dessas? Quem é você?

— Sou a sua esposa — disse Daff, lentamente. — E sei que está tendo um caso.

Seguiu-se um longo silêncio, e então, como se fosse um balão furado, a energia de Richard se esvaiu, e ele confessou.

Confessou que ele e Nancy não haviam ultrapassado a linha da amizade até muito pouco tempo atrás, quando notou que Nancy estava atraída por ele, e que, no momento em que Daff os viu, ele estava justamente dizendo a ela que a amizade teria que terminar, porque tinha se tornado perigosa demais.

— Não acredito — disse Daff, com náusea, incapaz de acreditar no que ouvia.

— Eu juro. — Richard a abraçou. — Eu sei que ela está atraída por mim, mas isso não quer dizer que eu sinta o mesmo, e, mesmo que sentisse, não faria nada a respeito. Eu te amo. Amo de verdade.

Daff não acreditou completamente, mas não tinha provas. Deixou que ele a abraçasse, aceitou suas desculpas, sua insistência em dizer que a amava, que nunca faria nada que pudesse ferir a ela ou a Jessica, e então, alguns dias depois, pôs-se à procura de provas.

NÃO FOI DIFÍCIL RECOLHER INDÍCIOS, e Daff se deu dois meses para ter certeza. Dois meses durante os quais Richard se mostrou dedicado, amável, chegou cedo do trabalho e quis fazer amor quase todas as noites, até que Daff o confrontou.

Decidiu ser calma. Não quis fazer uma cena; reservou uma mesa em um restaurante italiano sossegado, um lugar procurado para jantares românticos, pedidos de casamento e celebrações, não para noites assim.

— Para que isto? — Richard parecia intrigado, num misto de contentamento e apreensão, quando ela lhe entregou uma caixa branca de papelão. Daff não disse nada, e o coração dele acelerou um pouco.

As provas saltaram lá de dentro. Registros do seu celular, recibos de hotéis nos dias em que ele deveria estar no escritório, contas de cartão de crédito mostrando a compra de flores, presentes, nenhum deles recebido por Daff.

Por fim, dois bilhetes que Daff encontrou, enfiados no fundo da gaveta de cuecas, quase rindo de desdém ao desdobrá-los — na gaveta de cuecas? O imbecil não podia ter sido um pouco mais criativo?, perguntou ao telefone quando relatou a história a uma amiga.

Um dos bilhetes era sensual, o outro, cheio de emoção. Não era amizade, e, quando Richard leu os bilhetes e se deu conta do que diziam, não havia mais nada que pudesse dizer em sua própria defesa.

Quando ele encontrou palavras, mais tarde naquela noite, Daff ficou surpresa com o que ouviu.

— Eu não sabia que era possível — lamentou-se ao sentar na beirada da cama — estar apaixonado por duas mulheres ao mesmo tempo. — Olhou suplicante para Daff, como uma criança buscando o conforto da mãe. — Eu te amo. — Chorou. — Não sei como isso foi acontecer. Eu não planejei nada, Daff. Eu não queria que acontecesse, nunca quis machucar você.

— Você mentiu para mim — disse Daff, incapaz de acreditar na dor que sentia, incapaz de acreditar que queria bater nele e reconfortá-lo ao mesmo tempo.

— Não tive intenção. — Richard apoiou a cabeça nas mãos e gemeu. — Foi um erro terrível. Me perdoe.

— Você deve estar infeliz comigo. — Daff também começou a chorar. — O que foi que eu fiz? Qual é o meu problema? O nosso?

— Nenhum. Deus, nenhum. Você é incrível, não tem nada de errado com você. É isso o que eu não entendo. Como pude me apaixonar por ela se sou tão feliz com você, se amo tanto você?

— Então, qual das duas você quer? — perguntou Daff, sua voz estranhamente calma e racional, em parte para não acordar Jess, cujo quarto ficava logo ao final do mesmo corredor.

— Não sei — gemeu Richard, e foi então que algo mudou dentro de Daff, ela sentiu um pedaço de seu coração endurecer, aquele que ela sempre acreditou estar reservado para Richard.

Richard saiu de casa. A princípio, Jessica não se deu conta do que estava acontecendo, soube apenas que o pai precisava ficar mais perto do escritório, mas passava os fins de semana com ele, e deitava à noite com o coração acelerado, sabendo que os pais haviam se separado e acreditando que, de alguma forma, a culpa era dela.

"Se eu for bem boazinha", pensou, "papai vai voltar e vamos ficar todos juntos de novo". Vou fazer tudo o que disserem, assim não vão me castigar mais.

Rezava, chorando baixo no travesseiro, tentando negociar com Ele, tentando oferecer tudo o que pudesse para reunir a família novamente.

Richard se mudou, e Nancy não. O que parecia tão tentador, tão atraente, quando Richard estava acomodado na segurança do seu casamento, de repente pareceu aterrorizante quando ele ficou disponível.

— Você pode vir morar comigo — dizia Richard a ela na hora do almoço, tentando aparentar calma ou indiferença, o que não sentia de fato. — Ou perto de mim. De qualquer maneira, pense, podemos finalmente ficar juntos.

Seria amor ou desespero? Nancy não sabia ao certo — só sabia que seus sentimentos começavam a mudar. Sabia que, subitamente, depois de semanas planejando aquela vida juntos, não tinha mais certeza de que teriam um futuro em comum, não conseguia se imaginar destruindo seu casamento para recomeçar ao lado de Richard.

Quando a ilusão desvaneceu, ela passou a vê-lo com outros olhos. Suas piadas, que, na verdade, ela nunca tinha achado engraçadas, mas que tentava ignorar, agora pareciam pueris e extremamente sem graça. Seu hábito de devorar a cesta de pães do *couvert* em restaurantes logo depois de sentarem agora era profundamente irritante, em vez de terno. O mais difícil era o desespero demonstrado por ele, sua evidente *carência*.

O marido de Nancy, que ela sempre pintara como um demônio durante todo o romance, parecia agora a imagem exata de tudo o que ela queria. Ele representava segurança e refúgio, amizade e confiança. Ele era tudo o que ela sabia amar e desejar, e isso Richard, de repente, não era mais.

— Não posso fazer isso — disse Nancy delicadamente, algumas semanas depois que Richard saiu de casa. — Não posso largar meu marido.

— O quê? — Richard arregalou os olhos, chocado. Ele havia arruinado sua vida por aquela mulher, e agora ela não queria ficar com ele? Ela estava brincando com a cara dele, porra?

Nancy não tinha uma resposta. Apenas sabia, categoricamente, que não podia fazer aquilo. Estava sendo extremamente cautelosa ao lidar com o marido, aterrorizada com a ideia de que a mulher de Richard entrasse em contato com ele, arrumasse um jeito de acabar com seu casamento por vingança.

Richard foi tomado por um surto de raiva e saiu batendo a porta do carro, furioso.

— Sinto sua falta — disse Richard a Daff naquela sexta-feira, quando foi buscar Jessica. — Sinto saudades de quando estávamos juntos.

Ele esperava que os olhos dela suavizassem, esperava ver uma brecha em sua couraça, mas não aconteceu.

— Devia ter pensado nisso antes de embarcar na sua aventura — silvou Daff, em voz baixa, tomando cuidado para que Jessica não ouvisse.

Apesar dos livros que havia lido, apesar de saber que um caso extraconjugal não precisava significar o fim do casamento, de repente, para Daff, estava tudo terminado. Não pela traição, mas pela escolha que ele havia feito. Ela poderia ter perdoado a traição, com o tempo. Entendia que casamentos não são perfeitos, que a tentação existe, e que homens, às vezes — pobres criaturas —, não conseguem evitar que a libido guie suas ações.

Mas não podia perdoá-lo por trocar mulher e filha pelo objeto desse romance, especialmente sabendo que não duraria. E Daff sabia que não iria durar, já havia visto Nancy, sabia coisas sobre ela; estacionara o carro em frente ao seu casarão estilo colonial e a tinha visto sair em seu Range Rover, o marido num grande BMW Série 7 saindo pouco depois. Daff percebeu que Nancy não deixaria aquela vida por Richard.

Dizem que a vingança é um prato que se come frio, mas Daff não queria se vingar, estava triste demais para isso. Triste por seu casamento, pelo que acreditava ter sido seu, e que tão rapidamente se revelou pura ilusão; triste por Jessica — a menina achava que a mãe não a ouvia chorar à noite, mas Daff escutava cada uma de suas lamúrias.

Triste por Richard.

Para Daff, Richard sempre parecera tão controlado, tão capaz, tão forte, mas todo o seu respeito por ele havia se perdido de uma só vez, e, quando ele surgia à sua porta em lágrimas — que pareciam ser de crocodilo, e Daff precisava se conter para não lhe dar um tapa na cara, fazê-lo parar —, ela o enxergava como um homem patético.

Era como um menininho perdido, que sabia haver destruído a própria vida e a despedaçado, e que tentaria de tudo para consertá-la.

Por vezes, ele aparecia cheio de raiva: se Daff tivesse sido mais *assim*, se quisesse mais *disso*, se não tivesse feito *aquilo*, se tivesse feito *aquela outra coisa*...

Daff só o encarava, incrédula, chamava Jessica e entrava, largando-o à porta com suas falsas acusações.

Richard telefonava mais tarde, sempre telefonava, para pedir desculpas, para chorar e dizer que não sabia viver sem ela, mas Daff, que sempre se recriminara por ser tão "oito ou oitenta" em todas as questões da vida, sabia que seus sentimentos não mudariam.

O DIVÓRCIO FOI CONCLUÍDO HÁ três meses. A situação poderia ter ficado feia, mas Daff preferiu não seguir esse caminho. Buscaram mediação e entraram em um acordo, segundo o qual Richard pagaria pensão alimentícia para Jessica e uma pequena quantia para Daff. Não o suficiente para que ela se mantivesse — algo que ela temia desde o início, quando sentou e fez uma lista das suas opções —, mas Richard, sempre o mais forte, se recusou a pagar mais. Daff não teve forças para lutar então, e, ingênua, não se deu conta do quanto precisaria para viver.

Assim que Richard foi embora, Daff percebeu que precisaria arrumar um emprego. A opção mais óbvia e tentadora para ela seria trabalhar como corretora de imóveis. O mercado não estava magnífico, mas Daff sempre soube lidar com pessoas, todos gostavam dela. Além disso, era mais vantajoso e pagava muito mais que qualquer outro trabalho que ela considerou.

Obteve a licença poucos meses após a separação, e sua primeira venda foi numa pequena península, numa região próxima de onde morava.

Daff sente que encontrou o emprego perfeito, por muitos motivos. Não ganha tanto quanto gostaria, mas consegue estabelecer seu próprio horário e tem tempo para ficar com

Jessica. Mas gostaria que a filha não desejasse, tão obviamente, que ela não estivesse ali.

Jessica culpa a mãe pela separação. Não sabe nada sobre a traição — os dois concordaram em nunca contar —, mas Richard deixou bem claro que *ele* jamais teria deixado a família, que morar espremido no outro lado da cidade não foi escolha *sua*; por isso Jessica culpa a mãe, e sua raiva é tão grande que ela mal consegue encará-la.

CAPÍTULO 4

— Gostou da lagosta? — grita Sarah em direção à cozinha, ao entrar em casa, parando para deixar as sacolas de compras cheias de produtos de limpeza na despensa.

— Deliciosa, como sempre. Ah, queria que você tivesse chegado cinco minutos antes. Teria conhecido Andrew Moseley. Cara simpático.

— Então o almoço foi divertido? — Sarah entra na cozinha.

Nan se estica para pegar um cigarro e o acende devagar, e depois dá de ombros.

— Não sei se diria "divertido". É ótimo ter companhia, mas aparentemente estamos mal de grana, e ele acha que eu deveria vender a casa.

— O quê? — Sarah fica boquiaberta, em choque. — Que casa? *Esta* casa?

— Não temos *outras* casas, não mais.

Nan abre um sorriso pesaroso.

— Nan! Isso é péssimo! — Sarah senta em uma cadeira de frente para Nan na mesa da cozinha.

— Ah, querida. Nada é péssimo.

— Mas o que você quer dizer com "estamos mal de grana"?

Quando Sarah começou a trabalhar ali como faxineira uma vez por semana, jamais ousaria perguntar algo assim. Nan parecia tão imponente, tão altiva, e Sarah podia apenas se arrastar com seu balde e seu material de limpeza, tentando se manter fora do caminho.

Isso já faz quase quinze anos. Sarah tinha 17, queria pagar os estudos limpando casas de famílias da ilha que a conheciam desde que era bebê, famílias para as quais sua mãe já havia trabalhado, e sua avó também.

Hoje, Sarah faz parte da família. Ela ainda faz faxina, cozinha e faz compras, porém, na prática, é como uma filha — a única diferença é que sua recompensa é mais bem-definida.

Sarah vê Windermere como um segundo lar — afinal de contas, é onde ela acredita ter realmente crescido. Seus 20 anos foram uma época difícil e instável, e Nan parecia ser sua única fonte de equilíbrio.

Mas agora Nan fala em vender a casa? Sarah não poderia viver sem aquela casa, sem Nan; na sua cabeça, as duas são uma só, uma não poderia existir sem a outra, e a perspectiva de perdê-las é aterradora.

Ainda que Sarah tenha hoje um marido e sua própria casa, Windermere foi onde aprendeu o verdadeiro significado da palavra "lar": qualquer um pode morar em uma casa, mas lares são criados com paciência, tempo e amor. E dos lugares onde esteve, Windermere sempre foi o mais próximo dessa ideia de lar. Mais até que o que ela está começando a construir com seu marido.

— Você me conhece, sabe como eu sou com dinheiro. — Nan sorri. — Andrew começou a falar de fundos de hedge, de alto risco e grandes retornos, e, ao que parece, o fundo pôs todo o nosso dinheiro onde não deveria, o mercado caiu centenas de pontos dia desses, o que quer que isso signifique, e parece que perdemos tudo.

— Mas Nan! — Sarah está chocada. — O que você vai fazer?

— Quando uma pessoa chega à minha idade, deixa de se preocupar com esse tipo de coisa. É só dinheiro.

— Você tem mais?

— Bem... na verdade, não. Mas é muito improvável que eu venda a casa, acredito. Temos que botar a cabeça para funcionar e encontrar uma solução.

— Você já falou com Michael?

— Ainda não. Ligo para ele depois. — Nan apaga o cigarro bruscamente no velho cinzeiro de cristal, amarelado e fosco, e encara Sarah com firmeza. — Mas não vou vender esta casa — afirma. — Não vendo nem que a vaca tussa.

Sarah se apoia no encosto da cadeira, com um suspiro de alívio.

— Você acha mesmo que é fácil assim? Viajamos por um fim de semana e tudo vai ficar bem? — Daniel olha desconfiado para o dr. Posner, que ergue as sobrancelhas.

— Não — diz o terapeuta. — Não acho que nada seja assim tão fácil, mas com certeza mal não vai fazer. Talvez seja uma oportunidade para que você e Bee se reaproximem, se lembrem antes do que viam um no outro antes de se verem como pai e mãe, antes do ritmo frenético da vida com filhos.

— É o que eu tenho tentado dizer — diz Bee. — Foi uma ótima oportunidade. Quase ninguém no leilão queria o fim de semana em Nantucket, os voos estão incluídos, e é só por dois dias. Saiu quase de graça — conclui, provocadora.

— Acho que fez a escolha certa — diz o dr. Posner. — Vocês deveriam ir e aproveitar.

A viagem de fim de semana foi um dos itens oferecidos no leilão de uma festa beneficente contra o câncer de mama à qual os dois compareceram algumas semanas antes. Era uma dessas festas às quais todos os seus amigos vão, ansiosos pelos prêmios. O maior deles era uma semana em Atlantis, nas Bahamas, o que abriu caminho para que Bee ganhasse a viagem para Nantucket.

Ela nem estava tão interessada em ir, embora tivesse uma vaga lembrança do pai falando da ilha, dizendo ser um lugar mágico, mas ela queria fazer uma oferta para *algum* item; apenas dois outros nomes queriam a viagem, que ficaria muito barata. Um fim de semana longe de casa talvez fosse tudo de que eles precisavam, ainda que, ultimamente, parecesse que só um milagre resolveria os seus problemas.

Ainda que vivessem como marido e mulher, tinham a sensação, especialmente ela, de apenas dividirem um apartamento, e se distanciavam cada vez mais. Daniel ainda agia de forma perfeitamente simpática, agradável, mas era como se alguém tivesse apagado sua chama. Qualquer fervor, qualquer intimidade que pudesse ter existido entre eles um dia havia desaparecido, deixando Bee com a sensação peculiar de que tudo não tinha passado de ilusão.

JORDANA PASSA UMA FINA CAMADA de pó compacto no nariz e prende o cabelo num coque antes de entrar no ateliê.

— Só quero ver como está indo aquele colar para a sra. Branfield — comenta. Michael, de sua bancada, ergue os olhos e sorri.

— Terminei o colar ontem — diz Michael. — Um segundo. — Ele então caminha até o cofre, gira rapidamente a combinação e retira uma caixa de veludo.

— Michael! — Jordana prende a respiração ao ver a flor de pedras preciosas. Os diamantes em forma de pera formam as pétalas, lindamente dispostas ao redor de uma esmeralda, com outras delicadas esmeraldas lapidadas formando as folhas. — Ela vai adorar.

— Espero — diz Michael. — Talvez a ajude a superar o divórcio.

Lesley Branfield é a ex-mulher do dono de uma grande e bem-sucedida empresa de maquiagem. Não pôde ter filhos durante os sete anos de casamento (o primeiro casamento dela, o quarto dele) e, consequentemente, achava que ia se dar mal no divórcio (a primeira, a segunda e a terceira esposas acabaram com uma pequena pensão alimentícia para si, mas pensões enormes para os filhos).

Mas ela acabou ficando com o apartamento no Upper East Side, uma casa em Shelter Island e todos os móveis, roupas e joias — e era aí que Michael entrava.

O ex-marido, embora rico, era mesquinho demais para pagar os preços do varejo. Se Lesley se apaixonasse por um anel, um par de brincos ou um belo colar na Cartier ou na Tiffany's, eles o emprestavam (você ficaria surpreso ao saber o que joalherias fazem por seus clientes mais abastados e conhecidos), o fotografavam e levavam a fotografia ao ateliê Jordana & Jackson, onde Michael criava uma réplica exata por apenas uma fração do preço.

Os ricos podem gostar do bom e do melhor, mas ainda assim adoram uma pechincha.

Desde o divórcio, Lesley Branfield havia decidido que, em vez de dar uma de Ellen Barkin e vender tudo, iria simplesmente remodelar suas joias, eliminando assim quaisquer memórias dolorosas que pudessem vir com as originais.

— Vou ligar para ela e dizer que está pronto — diz Jordana. — Ela vai ficar tão feliz. Nossa, Michael, você fez um trabalho lindo de verdade. Obrigada.

— Foi um prazer. — Michael sorri, virando-se para voltar ao trabalho.

— Como vão as coisas com a namorada nova?

Michael dá de ombros.

— Bem.

— Só "bem"? — Jordana ri. — Não parece tão bom assim. O que houve?

Em outras circunstâncias, talvez fosse estranho para uma chefe conversar com um funcionário sobre sua vida amorosa, mas, desde que abriram a segunda loja em Manhasset, Jackson tem passado cada vez mais tempo longe, e Jordana tem precisado de mais ajuda de Michael para tocar o negócio.

É claro que há outros funcionários — os dois assistentes de vendas, por exemplo —, mas ela nunca chegou a conversar com eles, nunca pediu seus conselhos. Michael, de certa forma, a tranquiliza, ela sente vontade de se abrir com ele, fazê-lo de confidente. Assim, acabaram por criar uma amizade improvável. Pela primeira vez em muitos anos, Jordana fica ansiosa para chegar logo ao trabalho.

Não que ela não goste do seu trabalho — Jordana e Jackson decidiram, muito antes de casar, que criariam uma linha de joalherias de alto nível, mas a preço acessível, e é exatamente isso que começam a fazer —, mas a loja de Manhasset foi ideia de Jackson desde o início, e, abandonada na loja da avenida Madison, Jordana sente que sua vida está um tanto maçante.

É por isso que gosta tanto de Michael. Às vezes almoçam juntos, geralmente um sanduíche no escritório, de vez em quando um passeio no parque, se o tempo estiver bom. É ótimo ter alguém com quem conversar. Ter um amigo no trabalho.

— Não, é mais que "bem" — diz Michael. — Eu gosto dela de verdade, mas é que...

— Não é a pessoa certa? — Jordana sorri.

— Ai, meu Deus — resmunga Michael. — Parece que sempre que conheço uma garota realmente interessante, é só questão de tempo até eu achar defeitos, e começo a achar que o problema talvez não seja delas, talvez seja meu, sou eu que preciso trabalhar isso. Acabo ficando no relacionamento, mas sem me comprometer, elas começam a me acusar de ter medo de compromisso, e só o que eu quero é fugir e ficar o mais longe possível.

Jordana ri.

— Você não acha que esse talvez seja mesmo um sinal de que você tem medo de compromisso?

— O quê? — Michael sorri. — A parte de fugir e ficar o mais longe possível?

— Essa mesma.

— Hmm. Você acha?

— O que você acha?

— Eu? Eu acho que só quero encontrar uma mulher maravilhosa, uma verdadeira companheira em todos os sentidos, com quem possa passar o resto da vida. Só acho que ainda não a encontrei.

— E essa tal de... Aisling?

Michael balança a cabeça.

— Ela não poderia ser essa mulher?

Michael suspira.

— Ela está começando a metamorfose.

— Que metamorfose?

— Ah, você sabe. Nos primeiros encontros, elas agem como se eu fosse absolutamente maravilhoso. Adoram que eu ande de bicicleta porque é ecologicamente correto, acham ótimo eu ser um joalheiro, porque isso quer dizer que sou criativo e emotivo, acham fantástico que eu tenha um *loft* no Upper East Side com aluguel fixo, porque dizem que sempre sonharam em ter um *loft* no Upper East Side com aluguel fixo.

— Até aí, tudo bem. — Jordana dá de ombros.

— Mas depois o namoro fica sério, então elas perguntam, como quem não quer nada, se eu nunca pensei em comprar uma Vespa, que isso faria todo sentido, porque, além de ser moderno, nós poderíamos andar nela juntos. Começam a circular pelo meu apartamento, observando pensativas as paredes e os pisos, e dizem que ele seria realmente incrível se o chão fosse polido e tingido, e parece que é tão barato trocar os azulejos do banheiro e restaurar a banheira, e a Smith & Noble faz ótimas persianas sob medida que ficam super em conta...

Jordana começa a rir outra vez.

— Então, alguma noite, depois de um ótimo jantar, quando penso que talvez possa desconsiderar os sinais de alerta, ainda que sempre acabem no mesmo lugar e que, sinceramente, meus instintos sobre eles nunca estejam errados, elas me encaram e perguntam se eu nunca pensei em ter minha própria joalheria. Ou então perguntam onde eu me vejo daqui a cinco anos, e não enxergo nada além de frustração em seus olhos quando digo que, para mim, o ideal seria estar estabelecido, com a mulher certa, no mesmo apartamento e na mesma empresa.

Jordana leva uma das mãos ao peito e solta um suspiro de alívio exagerado.

— Ufa. Você não está pensando em nos deixar a qualquer momento, não é?

— Não mesmo. Esse é o problema. Elas não conseguem acreditar, não conseguem aceitar que eu esteja feliz com a minha vida exatamente como ela é. Todas as mulheres querem me ajudar a descobrir o empreendedor que existe em mim, convencidas de que, em algum lugar, eu tenho um poço de ambição oculto, inexplorado e insondável que somente elas conseguirão acessar, e nenhuma quer me aceitar do jeito que sou.

— É isso que está acontecendo com a Aisling?

— É. Tudo ia perfeitamente bem, quando ela fez a mesma pergunta dos cinco anos e disse que não conseguia entender por que eu não pedia para virar sócio aqui, ou não tentava montar um negócio próprio. Ela repetia "você poderia ganhar muito mais dinheiro", e eu só tentava explicar que o dinheiro não me motiva. Inevitavelmente, ela perguntou como eu pensava que sustentaria uma família, e eu expliquei que não tinha família para sustentar. É claro que ela quer uma família, o que, de repente, me fez parecer um péssimo partido. — Michael suspira, balançando a cabeça.

— É difícil — diz Jordana. — Pelo visto, ela não é a pessoa certa para você. Eu acho que os objetivos precisam ser os mesmos, ou pelo menos estar alinhados, para que um relacionamento funcione, e, se ela é motivada pelo dinheiro, ou por um marido com dinheiro, então não é a pessoa para você. Por sorte — Jordana ri —, Jackson e eu somos igualmente gananciosos.

Michael também ri.

— É disso que eu gosto em você — responde. — Você não tem problemas em admitir isso.

— Olha, é como eu sempre digo: eu vim do nada e cresci querendo tudo, sabendo que encontraria um jeito de conseguir. Quando era criança, eu adorava objetos brilhantes, e dei um duro danado naquele curso de gemologia antes de vir trabalhar como joalheira. Eu não consigo entender essas meninas que esperam que os maridos lhes forneçam tudo.

— Nem eu — diz Michael. — Por que será que são essas as que aparecem no meu caminho?

— Você deve estar procurando nos lugares errados. — Jordana sorri. — Bem, vou voltar para a loja. Tenho que ligar para Lesley Branfield e avisar do colar. Tenho certeza de que ela vai querer lhe agradecer pessoalmente. Você vai ficar por aqui o dia todo?

— Não vou sair do lugar — responde Michael. — Ou pelo menos é isso que a Aisling sempre diz. — Os dois riem, e Jordana fecha a porta do ateliê ao sair.

CAPÍTULO 5

— Não é divertido? — Estão no aeroporto LaGuardia. Bee se estica para acariciar o braço de Daniel, que sorri, se perguntando se talvez a sensação de estar perdido não seja um exagero, pois realmente ama Bee e ama tanto sua vida.

— O que você acha que as meninas estão fazendo agora? — pergunta Daniel, e Bee ri.

— Vamos passar o tempo todo falando nas meninas?

— Não é loucura? É nossa primeira viagem sem elas em anos, e já sinto tanta saudade.

— Stella estava muito chateada, mas elas vão ficar bem. Meu pai vai mimar as duas até não poder mais. — Bee sorri. — Ele estava muito empolgado com isso e, pelo que conversamos, ele realmente conhece Nantucket. Me deu uma lista de lugares para visitar. — Bee olha de relance para a mala do marido. — Por que será que eu consigo viajar sem nada, e você parece ter trazido todo o seu guarda-roupa? — pergunta Bee, tentando um riso que não consegue esconder a irritação por trás do comentário.

— Porque eu nunca estive em Nantucket, e não faço ideia do que usar. Tenho roupa de mauricinho, camisas polos verde e rosa, e de velhaco, peças de algodão leve e chinelos de dedo. Não tinha certeza do que trazer, e detesto errar na roupa.

— Eu trouxe três camisetas, um vestido de jérsei para o caso de sairmos à noite, e dois shorts — diz Bee. — Teria cabido tudo numa mochila. Eu sou a mulher, eu que deveria trazer um baú inteiro para um fim de semana, não você.

Daniel dá de ombros e tenta rir de si mesmo.

— Você sabe que eu sou uma garota — diz, afinal.

— É mesmo. — Bee olha para ele com afeto. — É um dos motivos pelos quais eu te amo.

— Eu sei — responde Daniel. Ele sabe que deveria dizer "Eu também te amo"; as palavras estão na ponta da língua e ele tenta dizê-las, mas olha para a esposa sabendo que ela espera ouvi-las e, em vez disso, acaricia carinhosamente o joelho de Bee antes de levantar repentinamente. — Vou comprar um jornal — diz. — Quer que eu traga uma *People*? — Ele vai até a banca de revistas antes que sua situação se complique ainda mais.

DANIEL NUNCA TEVE FACILIDADE PARA dizer "Eu te amo". Não foi criado com esse costume, diz para a mulher, embora essa não seja a verdade completa. Seu pai era frio e distante, mas sua mãe sempre o tratou com muito amor, e Daniel nunca teve problemas para dizer que a amava.

Bee também é filha única, e seus pais sempre foram loucos por ela. Tanto o pai quanto a mãe diziam que era a criança mais preciosa do mundo e que ninguém poderia amar uma filha mais do que eles — e ela acreditava. Cresceu num mundo de segurança, proteção e manifestações abertas de carinho, e acreditou que os pais tinham o casamento perfeito, até o momento de a mãe largar o pai depois que Bee entrou na faculdade.

— Estou cansada dos segredos — disse ela certa vez, e Bee perguntou o que ela queria dizer com aquilo, mas a mãe só sacudiu a cabeça sobriamente, dizendo que não queria falar nisso, e Bee não quis forçar. Por muitos anos, Bee esperou os dois voltarem a ficar juntos, ainda que ela já fosse adulta, ainda que não fizesse mais nenhuma diferença para ela. Mas, apesar do divórcio cordial, até amigável, a mãe sempre deixou claro que não haveria volta.

Bee tentou conversar com o pai, mas ele não disse muito. Não que fosse incomum; o pai era quieto, pensativo, perdido em algum outro mundo, a não ser quando brincava com Bee. Nessas ocasiões se mostrava inteiramente dedicado, perfeitamente atencioso e cheio de amor.

Bee sempre presumiu que, quando se casasse, seu marido a trataria como seu pai a tratava, e não compreende, jamais compreendeu, por que acabou com um homem que parece incapaz de amar de verdade.

Mas não está disposta a desistir. Ainda não. Sua força de vontade é grande, e está convencida de sua capacidade de transformação, convencida de que conseguirá fazer de Daniel o homem que ele realmente é, o homem que pode ser.

JESSICA SE ACOMODA NO BANCO do carro e observa o pai, que a olha de tempos em tempos e sorri, esticando-se para apertar o joelho da menina enquanto dirige.

Jessica ama tanto o pai que chega a doer. Ele é, sem dúvida, o melhor pai de todos os tempos. Embora ela não gostasse tanto assim de Richard quando ele ainda morava com ela, desde que ele se foi a menina sente compreendê-lo melhor. Com isso, a ligação com o pai aumentou, assim como seu desgosto pela mãe.

Começou ambivalente. Mesmo quando os pais ainda estavam juntos, Daff já estava começando a irritar. Perturbava Jessica constantemente para que arrumasse o quarto, fizesse o dever de casa, trocasse de roupa ou penteasse o cabelo. Depois, forçou o pai a sair de casa, arruinando a vida da garota. O que era ambivalência logo se transformou em ódio.

É claro que há momentos em que se dão bem. Às vezes a mãe a leva à manicure, o que é sempre divertido — nesses momentos são mais ou menos amigas, embora só por um breve período. Daff sempre acaba parecendo se esforçar demais para agradar, e Jessica sempre acaba querendo gritar com ela.

Jessica sabe que o pai jamais a abandonaria, e quem fez ele ir foi sua mãe. Como sabe disso? Ora, porque o pai contou, é claro. Ele disse, com toda clareza, que jamais teria deixado Jessica, que a amava mais que tudo na vida e que não era escolha sua viver num apartamentozinho distante, em um bairro pobre. Ele daria qualquer coisa, falou, para voltar, ter sua família de novo, mas Daff o mandou embora, Daff era a causa de tudo aquilo.

Jessica não ficou tão surpresa ao ouvir aquilo. Ela sabia que o pai a amava demais para abandoná-la, sabia que aquilo deveria ter alguma coisa a ver com a mãe.

— Eu te odeio! — gritou uma vez para a mãe logo após a partida do pai, ousando dizer as palavras em voz alta pela primeira vez. — Você acabou com a minha vida e eu te odeio! — Correu para o quarto, esperando que a mãe subisse correndo as escadas para castigá-la, gritar com ela. Mas seguiu-se apenas o silêncio.

JESSICA SOLUÇOU ALTO NO TRAVESSEIRO, mas parou depois de algum tempo porque ninguém tinha subido para ver se estava bem. Andou nas pontas dos pés, abriu a porta com muito cuidado e ouviu a mãe chorando baixo na sala.

Ótimo. Sentiu uma pontada de remorso, que foi rapidamente substituída por um orgulho satisfeito. A mãe merecia sentir a dor que ela mesma sentia a cada segundo de cada dia desde que expulsara o pai. Nada poderia justificar aquilo, e assim Jessica continua culpando a mãe, tentando encontrar um jeito de se mudar para a casa do pai.

— Podemos ir ao Four Brothers? — pergunta Jessica, referindo-se ao fliperama que agora é um de seus lugares preferidos. Quando moravam juntos, os dois raramente a levavam lá, talvez de vez em quando, como um presente especial, e, uma vez lá, os pais nunca lhe davam muita atenção. Como em qualquer outro lugar para onde fossem na época em que eram uma família, havia sempre outras pessoas, amigos, para que os adultos tivessem companhia enquanto as crianças se divertiam.

Jessica não se lembra de ter jogado com o pai, por exemplo. Não se lembra de sentar com os pais à mesa, nem de que eles conversassem com ela de igual para igual. Lembra que os pais saíam bastante à noite, deixando-a em casa com uma babá, que viajavam por fins de semana inteiros e a deixavam na casa da avó.

Agora o pai faz tudo com ela. Jessica não tem idade suficiente para entender a culpa, mas para aproveitar seus benefícios, idade suficiente para saber como manipular a situação para sempre conseguir o que quer.

— Pai? — diz, empolgada, quando chegam em frente à loja de roupas Kool Klothes. A loja é sensação na cidade e, segundo os pais, tem preços exagerados e só vende as roupinhas ridículas da última moda.

"Que tipo de gente faz compras aqui?" costumava perguntar a mãe, olhando com desdém para as vitrines, onde estavam expostas blusinhas minúsculas cheias de lantejoulas e saias jeans de cintura muito baixa decoradas com contas prateadas.

— Posso?

Jessica aprendeu que basta mostrar muito entusiasmo e abrir bem os olhos em uma expressão de gratidão, como se não pudesse acreditar na própria sorte, para que o pai lhe comprasse o que pedisse.

Uma mistura curiosa de adulta e menininha, aos 13 anos ela tem curvas, seios, começa a demonstrar interesse por meninos. Mas o divórcio a fez regredir, e Jessica agora vive grudada no pai, enroscando-se em Richard quando ele está de pé, sentando-se em seu colo e encostando-se nele, chupando o dedo quando ele senta no sofá para assistir à televisão.

Criou uma nova rotina com o pai. Estende os braços para ele na hora de dormir, e ele a carrega até a cama, deitando-se atrás dela e acariciando suas costas até que a menina adormeça. "Sou tão sortuda", pensa Jessica, deitada — é o único momento na vida em que se sente absolutamente segura e protegida. "Eu amo meu pai e ele me ama, e ninguém pode tirar isso de mim."

— E aí? Podemos?

— Podemos o quê? — Richard parece distraído.

— *Dãã* — resmunga Jessica, revirando os olhos. — Acabei de perguntar se podemos ir ao Four Brothers.

— Talvez mais tarde, querida — responde Richard. — Achei que poderíamos almoçar no Belucci hoje.

A expressão de Jessica é de frustração.

— Por que no Belucci? — pergunta. — Sempre vamos à lanchonete.

— Eu sei, querida. — Richard sorri para ela, indulgente. — Mas hoje quero que você conheça uma amiga minha, e achei que poderíamos ir a um lugar legal, especial.

O coração de Jessica pula, e a menina semicerra os olhos.

— Que tipo de amiga?

— O nome dela é Carrie, e ela é uma pessoa muito legal.

Jessica sente uma súbita falta de ar, mas tenta manter seu tom de voz normal.

— É sua namorada?

— Não, querida. — Richard ri. — É só uma nova amiga, achei que você fosse gostar dela.

— Você jura que não é sua namorada?

— Jessica! Se fosse minha namorada, eu contaria.

— E como vocês se conheceram?

— Temos amigos em comum, e prometo que você vai gostar dela.

— Por quê? — Jessica começa a fazer bico. — Não quero conhecê-la. Não me interessa se é legal, a gente ia ter um momento pai-e-filha, e não um momento pai-filha-e-nova--amiga. Não quero me encontrar com ela. Quero ir ao Four Brothers. — A voz de Jessica fica mais estridente e Richard a observa, sem saber o que fazer por um momento, o que dizer. Decide então continuar firme.

— Querida, o programa de hoje é encontrarmos a minha amiga, e depois talvez a gente passe no Four Brothers. Ainda vamos ter nosso momento pai-e-filha, prometo.

— Não, pai! — Sua voz baixa vira um grito. — Não quero que mais ninguém vá. Não é justo, pai! Você está estragando o nosso tempo juntos! Eu já quase nem vejo você, e quando temos tempo para fazer as nossas coisas não é justo que você chame mais alguém. Não é justo, pai, e eu não vou! — As lágrimas começam a correr por seu rosto, ela bate os pés e as mãos, numa interpretação bastante precisa do chilique que uma menininha de 3 anos daria.

Richard fica horrorizado. É a primeira vez que ele faz alguma mudança nos planos dos dois desde o divórcio, mas, sério, o que tem de mais? Richard vem se encontrando com Carrie há algumas semanas, ela é ótima. Ele sabe que Jessica vai adorá-la, porque todo mundo adora Carrie. É a primeira vez que Richard consegue enxergar algum futuro com uma das muitas mulheres com quem saiu desde a separação, há pouco mais de um ano. Podia ver os três, compartilhando um almoço maravilhoso, Jessica encantando Carrie com sua doçura e as imitações engraçadas que sempre faz para Richard, e Carrie encantando Jessica com seu humor e simpatia.

— Jessica, pare com isso! — Richard para o carro no acostamento, enquanto Jessica se dissolve num pranto convulsivo. — Vamos encontrar com Carrie e fim de papo. Melhor você se recompor agora mesmo.

— Eu te odeio! — ela começa a gritar entre os soluços. — Eu te odeio, ainda bem que você não mora mais com a gente!

E Richard balança a cabeça, completamente impotente. Ele não tem ideia do que fazer.

NAN CAMINHA A PASSOS LARGOS pela terra da entrada da garagem, desviando por pouco de uma pequena escavadeira que move uma pilha de terra de um lado ao outro.

— Bom dia! — grita para os homens parados ao redor. A maioria apenas sorri de volta, até ela gritar alegremente: — *Buenos días*.

— *Buenos días, señora!* — respondem, abrindo espaço para deixá-la passar. Eles não sabem ao certo quem é aquela mulher, mas com certeza pertence àquele lugar. Talvez esteja interessada em comprar a casa? Ou seja uma corretora inspecionando a propriedade? Afinal, a obra está quase finalizada.

Nan anda com cuidado por sobre a tábua que leva à entrada — os degraus de pedra não estão prontos — e abre a porta, caminhando pela enorme sala de estar até as portas de vidro ao fundo.

— Santo Deus — diz consigo mesma, virando-se e olhando para o alto, para o pé-direito de 3,5 metros com teto em caixotão, a escadaria em curva, as paredes cobertas de madeira. — Quem precisa de uma casa assim em Nantucket?

Nan não tem pressa alguma. Vai até a cozinha, ficando sem ar ao ver o tamanho do lugar, o grande fogão de oito bocas e a geladeira, ambos das melhores marcas, as bancadas de mármore.

— Mas onde está a despensa? — murmura, abrindo portas e procurando ao redor. — Como fazem uma cozinha deste tamanho sem despensa? Onde vão guardar a comida? — Ela dirige a pergunta a um encanador guatemalteco que está deitado no chão, apertando alguma coisa sob a pia. Ele não entende, mas abre um grande sorriso, fazendo que sim com a cabeça.

— Ridículo — diz Nan, continuando em sua jornada. Sobe a escada até os quartos (a suíte principal tem *closets* maiores que o quarto de Nan) e depois desce até o porão.

Uma sala de ginástica ricamente equipada, uma sauna onde caberiam facilmente dez pessoas, uma sala de massagem com mesa profissional. Uma sala de sinuca e um bar, e depois um cinema com 12 poltronas de couro reclináveis e uma grande e antiquada máquina de pipoca no *foyer*.

— Olá? Posso ajudar? — Um homem corpulento entra no cinema no momento em que Nan está testando uma das poltronas reclináveis.

— Não sei — responde Nan. — Será que pode? O senhor sabe como fazer para inclinar este negócio todo para trás?

— Sei, sim — responde o homem. — Basta empurrar os braços.

Nan empurra os braços e cai para trás, até ficar inteiramente deitada. Põe-se a rir.

— Ah, muito bem — agradece. — Acho que vou tirar um cochilo. É tão confortável. O senhor deveria experimentar.

— Já experimentei — responde o outro. — Meu nome é Mark Stephenson. Sou o engenheiro responsável. A senhora é...?

— Ora, mas que falta de educação a minha! — Nan se esforça para voltar a poltrona à posição sentada, mas tem dificuldade, e prefere apenas estender sua mão. — Sou Nan Powell. Uma vizinha.

Os olhos do homem se arregalam.

— A senhora é Nan Powell? É a dona daquela casa linda no penhasco?

— Sou eu mesma — responde Nan. — Tenho uma pergunta: quem está comprando casas como esta aqui em Nantucket? Quem precisa de uma sala de massagem, um salão de jogos e um cinema?

Mark Stephenson ri baixinho e se acomoda na poltrona ao lado de Nan.

— A senhora ficaria surpresa. Nantucket não é mais como antigamente.

— Não precisa me dizer isso, querido. — Nan sacode a cabeça. — Moro aqui há mais de quarenta anos, e a família do meu falecido marido estava aqui há ainda mais tempo. Mas o senhor realmente espera conseguir vender?

— Certamente.

— A que preço? — pergunta Nan.

— Por quê? A senhora está interessada?

Nan ri. Gostou daquele homem.

— Doze e meio.

— Doze e meio? — Nan fica confusa. — Doze e meio *o quê*?

— Doze milhões e meio.

— *O quê*?

Mark Stephenson repete.

— Mas isso é *ridículo*! É uma fortuna. Por que alguém pagaria 12,5 milhões de dólares por uma casa? Ainda mais uma casa que nem tem despensa.

— Ah, bem, o tipo de pessoa que compra essa casa provavelmente não cozinha muito. É mais do tipo que come fora.

— Não o tipo de gente que eu gostaria de ter na vizinhança, eu acho.

— Eu adoro a sua casa. — Mark Stephenson decide mudar de assunto. — Outro dia, acabei perdido, subi pela sua entrada, e devo dizer, a senhora tem uma das propriedades mais especiais que já vi. Conte, quantos hectares?

— Bem, antigamente eram oito, mas depois que vendemos os chalés ficaram reduzidos a quatro. Mas é uma graça, não acha? Devo dizer que, mesmo sem sala de massagem ou um cinema, ela ainda me serve bem.

O projetista gargalha, a cabeça jogada para trás.

— É o tipo de casa na qual eu viveria — comenta. — Uma verdadeira casa de família. Uma casa que já viu gerações passarem, e que deveria ter crianças crescendo lá dentro. Ah, os meus filhos adorariam um espaço como aquele.

— Ora, o senhor tem filhos?

— Três garotos. — O projetista faz uma careta, e Nan ri.

— Onde moram?

— Em Shimmo, no momento — responde. — Para uma cidade é ótima, mas eu sempre adorei Sconset. A gente vem para cá com os garotos e eles passeiam de bicicleta pelo vilarejo por horas.

— E por que não se muda para cá? — pergunta Nan.

— Quem me dera! — Mark ri. — Não tenho como bancar isto aqui. De qualquer forma, estou construindo o que o mercado pede, não necessariamente o que eu escolheria. Prefiro casas mais antigas.

— Ah, eu também — concorda Nan. — Tenho certeza de que o senhor adoraria Windermere. Olha só, eu adoraria lhe mostrar a casa por dentro na próxima oportunidade. Por que não passa para tomar um drinque uma tarde dessas?

— Eu adoraria, sra. Powell — responde Mark, estendendo um cartão de visitas que parece ter se materializado do nada.

— Ah, pode me chamar de Nan — responde rindo, uma risadinha de menina. — Todo mundo me chama assim.

JESSICA ESTÁ À MESA, OLHOS fixos no prato.

— Em que série você está? — Carrie se inclina e tenta puxar papo com a menina.

— Sétima — murmura Jessica, sem tirar os olhos da comida.

— Ah, eu me lembro da sétima série — responde Carrie, e Richard lhe lança um olhar encorajador, ainda que compadecido, do outro lado da mesa. — A minha foi terrível. Muita gente me provocava, e tinha uma garota asquerosa chamada Rona Fieldstone que era impossível. — Faz uma pausa. — Ainda é difícil assim, ou você gosta?

Outro longo silêncio enquanto Jessica tenta ignorar Carrie, todo o seu ser tomado por sofrimento.

— Jessica! — interrompe Richard. — Carrie está falando com você!

Jessica dá de ombros, e Carrie olha para Richard sem saber o que fazer.

— Como estão as panquecas? — tenta Carrie outra vez. — Adorei a carinha sorridente. — Mas era mentira. Ela não entende muito bem por que uma menina de 13 anos pediu as panquequinhas sorridentes do menu das crianças, nem por que ela segura a mão do pai durante toda a refeição, soltando apenas quando Richard comenta, rindo, que não vai conseguir comer sua rabanada sem a mão direita.

ONTEM, QUANDO JESSICA SE RECUSOU a ir almoçar no Belucci, Richard observou o chilique da menina no carro e não soube mesmo o que fazer a respeito. Onde tinha ido parar sua filhinha adorável, feliz e sorridente? Quem era aquela criatura má e gritalhona, que parecia inconsolável?

— Tudo bem! — soltou, por fim, pegando o celular e saindo do carro, batendo a porta atrás de si. — Desculpe — disse para Carrie, detestando decepcioná-la. — Vamos precisar remarcar. A Jess está pirando. Não posso fazer isso com a pobrezinha. Ligo mais tarde.

Desligou o telefone e se virou, deparando-se com uma Jessica sorridente, janela bem aberta, vendo Richard se despedir.

— Eu te amo, papai — disse a menina, enquanto ele entrava no carro. — Eu só não queria que o nosso momento fosse estragado. — Segurou a mão dele por todo o caminho até o Four Brothers, e Richard ficou aliviado com o fim do chilique, com a volta de sua filha meiga e feliz.

HOJE ELA NÃO TEVE ESCOLHA. FORAM à lanchonete para o café da manhã, como sempre, estão sentados como sempre, mas, quando Carrie se juntou a eles, sentando no banco em frente e dizendo a Jessica o quanto está encantada em finalmente conhecê-la, e quantas coisas maravilhosas ouviu a seu respeito, Jessica desaparece — a Jessica que Richard curtiu por toda a manhã é substituída pelo mesmo horror truculento de ontem.

Richard observa aquele comportamento perplexo. Está envergonhado pelo comportamento grosseiro da filha, ao ver que ela se recusa a responder uma única pergunta. Observa indefeso a tentativa de Carrie para embarcar numa conversa, recebendo apenas rejeição atrás de rejeição. Mas o que ele pode fazer? Não pode forçar a menina a ser educada, e Richard quer tanto mostrar sua filha — que Carrie conheça a verdadeira Jessica, uma menina engraçada, criativa e doce. Quer que Carrie entenda por que ele a ama tanto.

Carrie desiste e se vira para Richard.

— Como foi o seu encontro com...

— Pai? — interrompe Jessica, finalmente erguendo os olhos para Richard. — A Ellie teve um problemão na escola na sexta-feira. Pegaram ela escrevendo um recadinho para a Lauren, e a professora encontrou e leu para a escola inteira.

— É mesmo? Nossa, que vergonha. Querida, a Carrie estava falando. Desculpe, Carrie, o que você ia dizer?

— Estava só perguntando sobre a reunião de sexta.

— Ah, não acredito que me esqueci de contar do...

— Pai! Não gostei da panqueca. Está com gosto esquisito. Olha aqui, prova.

Richard se inclina e prova a panqueca.

— Está ótima, Jess. Deliciosa. Desculpe, Carrie. Então, estávamos discutindo o objetivo...

— Está nojenta. — Jessica cospe a comida na mesa.

— Jessica! — Richard a repreende com vigor. — Recolha isso agora mesmo. É nojento.

— Não é nojento. — A voz de Jessica começa a se elevar. — Nojento é você me surpreender com a sua amiga. Este fim de semana era só nosso. Por que ela veio? Por que ela está estragando tudo?

Carrie levanta.

— É melhor eu ir — diz, delicadamente.

— Não — diz Richard, com firmeza. — Quero que você fique. — Jessica se dissolve numa enxurrada de soluços descontrolados.

CAPÍTULO 6

Daniel espera sentado em frente à lojinha enquanto Bee vai juntando jornais, conchas para as meninas e livros divertidos sobre Nantucket. A rua está tranquila, mas todas as pessoas com quem conversaram no dia anterior disseram que a cidade ficaria incrivelmente cheia no mês seguinte, quando a temporada realmente começasse; que mal conseguiriam andar em meio aos turistas caminhando para cima e para baixo pelos paralelepípedos; que o trânsito ficaria horrível, os jipes velhos e decadentes dos moradores da ilha substituídos por utilitários esportivos grandes demais, brilhantes demais para uma ilha tão singela.

Do outro lado da estrada, um cachorro late da cabine de uma picape, enquanto o dono come ovos mexidos com bacon no jardim do café Even Keel, e os moradores locais perambulam, gritando bons-dias ao se depararem uns com os outros quando saem para comprar o jornal local.

É um lugar adorável, e Daniel se surpreende com a sensação de relaxamento, com o modo como ele e Bee estão indo bem, como, pela primeira vez em vários meses, ele não se sente aprisionado.

Estão no Summer House, em um chalezinho minúsculo coberto de trepadeiras e rosas, que faz com que Daniel se sinta num conto de fadas, uma casa encantada no meio da floresta.

Mas não é uma floresta. É Sconset, e basta atravessar a estrada para dar de cara com o oceano, em frente ao qual se sentaram ontem à noite, ouvindo o bater das ondas e conversando sobre — o que mais poderia ser? — a saudade que sentem das meninas.

Voltaram para casa após o jantar no centro, e Daniel sentiu o medo familiar ao se deitar. Como poderiam não fazer amor num fim de semana a sós? Daniel ficou tenso ao ouvir Bee no chuveiro.

Ela voltou, num belo pijama branco bordado, e se deitou ao lado dele, abrindo imediatamente seu livro. Daniel começou a relaxar. Talvez ela não tivesse nenhuma grande expectativa.

Mas então, ao apagarem as luzes, quando ele começava a cair no sono, Bee se pôs a acariciar sua coxa, e Daniel permaneceu deitado de olhos fechados por algum tempo, sentindo os dedos circularem por seu corpo. Sentia-se relaxado, a sensação era boa, e assim, quando ela se aninhou junto a ele, ele lhe acariciou as costas, acabaram se beijando, uma coisa levou à outra... Quando terminaram, Bee apoiou a cabeça no peito de Daniel e sorriu.

Ela sabia que aquele fim de semana era tudo de que precisavam.

DAFF ESTACIONA SEU BMW NA ENTRADA da garagem e sobe pelo caminho que atravessa o jardim até a porta de entrada, com uma pasta numa mão e o celular na outra.

— Daff! — A porta da frente se abre, e uma mulher baixa e loira, com uma criança pequena agarrada à sua perna direita, estende os braços e abraça Daff.

— Você está ótima! — diz Daff, e é verdade. Ela não vê Karen desde que vendeu aquela casa (uma de suas primeiras grandes vendas), e hoje está de volta para reavaliá-la, pois Karen engravidou inesperadamente do terceiro filho e precisa de um lugar maior.

— E quem é esse? — Daff se agacha para cumprimentar a pessoinha. — Ah, meu Deus! — Olha de volta para Karen. — Não vejo Jack desde que era um bebê. Olha só como você está grande!

Daff guarda anotações cuidadosas sobre todos os clientes, os nomes dos seus filhos, idades, a série em que estão na escola, seus hobbies, interesses, aonde vão nas férias. Em muito pouco tempo, ganhou a reputação de ser uma das corretoras mais simpáticas do mercado — sempre sincera, trabalhadora, conhecida como uma pessoa confiável nos negócios e, mais importante, cuja presença é sempre agradável. A maior parte de seus clientes se tornam amigos, e Karen é um dos poucos que ela não vê com frequência, justamente porque ela está sempre ocupada com os filhos, seu trabalho na Associação de Pais e Mestres e as instituições de caridade das quais participa.

— Não acredito no que você fez! — diz Daff, seguindo Karen até a cozinha. — Ficou lindo!

— Eu não estava me aguentando para mostrar a você. Este acréscimo que fizemos é maravilhoso, e amo esta casa mais que tudo, mas ainda assim não vai ser grande o suficiente quando eu tiver o bebê.

Tomam café e, em seguida, percorrem a casa; Daff solta exclamações ao ver a nova suíte principal, os *closets*, a bela sala com portas de vidro do chão ao teto, que costumava ser uma varanda decadente e imunda.

A cozinha em tom cereja, sempre escura e depressiva, foi substituída por armários brancos de madeira, utensílios de ferro preto e bancadas de mármore branco. A casa inteira foi belamente decorada, e Daff para ao subir as escadas, vendo a parede coberta por fotografias da família.

— Adorei o que você fez aqui. — Daff sorri ao ver as fotos, lembrando-se da parede que ela mesma já teve um dia, com retratos de sua própria família feliz, até o fim do casamento, quando precisou tirar todas as fotos de Richard. Sabendo que Jess ficaria imensuravelmente triste se visse que somente as fotografias do pai haviam sumido, preferiu remover todas, colocando um grande espelho em seu lugar e guardando as fotos com cuidado em uma caixa na garagem.

— Onde fica isso? — Daff aponta para uma foto da família sentada num deque ao entardecer, com o oceano atrás. — É bonito.

— É Nantucket. Vamos para lá todo verão. Não é lindo?

— Nunca fui, mas parece mesmo maravilhoso. Vocês têm casa lá?

Karen ri.

— Há muitos e muitos anos meus pais pensaram em comprar uma, e naquela época por 100 ou 200 mil era possível conseguir um lugar lindo de frente para o mar, mas eles decidiram que era caro demais. Agora queremos nos matar, porque ficou realmente caro demais, mas ainda alugamos uma casa lá todos os verões.

— A mesma casa?

— Nunca. Em alguns anos ficamos em casas maravilhosas, em outros, em casas horríveis, mas a ilha é sempre linda, e como ficamos fora o tempo todo, não faz tanta diferença.

— Eu adoraria conhecer — diz Daff. — Nantucket é um desses lugares que as pessoas sempre recomendam, dizem que eu vou adorar.

— Ah, mas é verdade — comenta Karen. — Você adoraria mesmo.

— Quem sabe não vou com a Jess um dia desses? — diz Daff. — Se bem que agora virei a inimiga número um dela. Já será uma sorte se ela aceitar jantar comigo, que dirá viajar até Nantucket.

— Acho que essa ilha tem algo mágico. — Karen sorri, gentil. — Acontecem coisas incríveis lá. Para começo de conversa, foi onde conheci meu marido.

— Bom, a última coisa que quero agora é outro marido. — Daff ri. — Talvez eu acabe não indo nunca, afinal de contas.

Carrie se serve uma taça de vinho enquanto prepara o jantar, ainda abalada pelos eventos do fim de semana. Ela sempre achou que se dava bem com crianças. Tem sobrinhos que a adoram, e, embora não tenha filhos, sempre presumiu que, se o homem com quem ficasse calhasse de tê-los, seria uma bênção.

Richard poderia ser esse homem. Aos 37, Carrie já teve sua dose de pretendentes, mas nenhum deles era o cara certo, ainda não encontrou aquele com quem sentisse que deveria estar. Carrie é uma jornalista de sucesso, está sempre conhecendo pessoas, sempre sendo convidada para sair, mas antes de Richard nunca havia pensado que poderia ser feliz casando-se, não se enxergava ao lado de uma mesma pessoa para o resto da vida.

"É muito cedo para falar nisso", pensa ela, sempre se repreendendo quando surgem essas fantasias. Nunca foi dessas garotas que vivem atrás do homem de suas vidas, e já concluiu que é bem possível que nunca se case, o que nem seria tão ruim.

Ainda assim, passados dois meses, percebe que adora Richard. Não apenas isso, ela sabe que os dois formam um bom par. O fato de ele já ter sido casado também é bom, ela acredita. Richard contou tudo sobre seu caso com Nancy, e, ainda que Carrie não se sinta nem um pouco confortável com a infidelidade, Richard foi sincero quanto aos seus motivos, sobre seu arrependimento e remorso, sincero ao contar por que acabou se apaixonando por outra pessoa enquanto casado.

— Isso não melhora a situação — explicou Richard —, mas agora entendo que, por mais maravilhosa que Daff seja, nós não éramos compatíveis, e percebo que Nancy foi quem me permitiu compreender isso.

Carrie gosta de ver que Richard só tenha coisas boas a dizer sobre a ex-mulher. Ela não se sente ameaçada de forma alguma, nem preocupada pela proximidade de Richard com a filha. Estava ansiosa para conhecer a menina. Chegou a imaginar que se tornariam boas amigas — fariam compras juntas, cozinhariam juntas, formariam uma família instantaneamente.

Não estava nem um pouco preparada para Jess, para a dor que a menina claramente sentia, para sua ligação com o pai e os ciúmes. A raiva e o sofrimento da garota perturbaram Carrie de tal forma que, depois de Richard a deixar em casa, depois daquela hora deplorável na lanchonete, Carrie começou a questionar se realmente poderiam ter um futuro juntos.

Richard voltou logo depois que deixou Jessica em casa, e os dois conversaram. Richard falou de sua culpa, do horror que sentiu ao ver a filha se comportar daquele jeito, da necessidade que sente de dar a Jessica o que ela precisa, do seu desejo de estar presente, ser um pai adequado, e não um desses pais que simplesmente desaparecem após o divórcio.

Carrie sentiu seu coração derreter. Afinal de contas, esse era um dos motivos pelos quais estava se apaixonando por ele. Porque fugir não era do seu caráter, porque ele era bom, porque queria cuidar da filha.

— Ela só precisa de um tempo — disse Richard, finalmente. — Pense só. Ela estava acostumada a me ver com a mãe, seu mundo caiu quando nos separamos, e essa é a primeira vez que a apresento a alguém. Você deve entender como a situação é difícil para ela.

— Eu entendo — disse Carrie. — Entendo mesmo. É só que... fiquei tão chateada, e entender a situação não vai me deixar menos magoada. Nem menos abalada.

— Eu sei — murmurou Richard, levantando-a e a abra--çando, trazendo-a para junto de si. — Eu sei o quanto foi ruim. Acredite, eu também fiquei chocado. Nunca a vi se comportar assim. Vou conversar com ela, mas preciso que você seja gentil e amável como sempre. Pode ser? — Afastou-se e olhou-a nos olhos.

"Merda", pensou Carrie. "Este pode ser o caminho para o inferno, mas já me envolvi demais e não tenho como voltar atrás. Não agora. Não agora que amo este homem."

— Essa deve ter sido a melhor panqueca de banana com aveia que já comi na vida — diz Daniel, olhando horrorizado para sua barriga inchada, enquanto a garçonete enche sua xícara de novo, no Sconset Café.

— Por que será que sempre comemos tanto nas férias? — Bee ri, dobrando-se por sobre a mesa para segurar a mão dele, tão feliz por terem finalmente feito amor, tão feliz por sentir que, finalmente, depois de tanto tempo, ela tinha alguma chance de ter seu marido de volta.

Pagam a conta e saem, parando na pequena imobiliária ao lado. Bee põe os óculos escuros e franze o cenho ao ver uma mesinha de ferro no pátio, repleta de papéis protegidos do vento por grandes pedras.

— Olha só! — diz. — Aquelas são as ofertas ali na mesa! Não é um método inteligente?

— Por quê? Para o caso de termos alguns milhões sobrando e decidirmos, num impulso, comprar uma casa por aqui?

— Mas temos que dar uma olhada — diz Bee, pegando-o pela mão e o puxando pelo portão. — Vamos lá, você sabe que também quer ver.

Vinte minutos depois, estão sentados dentro da imobiliária, com o corretor, observando os anúncios de aluguel na ilha.

— Podemos visitar esta? — Bee se vira, empolgada, para Daniel. — Não parece perfeita para nós?

Ao ver a cabaninha às margens do lago Quidnet, Daniel é forçado a admitir que é uma ótima sugestão. Afinal, não estavam comprando nada, oras, era só um aluguel por temporada, e se Bee e as meninas ficassem lá, ele poderia ir e voltar, de avião. Alguma distância talvez fizesse bem a eles.

— Tudo bem — responde Daniel. — Mas você sabe que, se alugarmos uma casa para o verão, eu não vou poder passar a estação inteira aqui.

— Eu sei, eu sei, mas as meninas adorariam, e você poderia vir todos os fins de semana, não é?

— Com certeza — responde Daniel.

— O senhor pode telefonar e ver se podemos visitar a casa agora? — pergunta Bee, e o corretor pega o telefone.

CAPÍTULO 7

Aisling deu um abraço forte em Michael quando terminaram o namoro, e, embora ele ainda tenha se sentido vazio por um tempo depois da separação, já aprendeu com muitas e muitas experiências passadas que provavelmente continuarão amigos, pelo menos até que ela arrume outro namorado. Depois disso ela vai sumir de sua vida, reaparecendo quando e se esse próximo namoro terminar.

Poderão ou não acabar dormindo juntos outra vez, mas saberão que será algo apenas físico, sem chance alguma de se apaixonarem um pelo outro, e assim o ciclo continuará.

Aos 42 anos, Michael é obrigado a admitir que gosta bastante de sua vida. Tem seus bons amigos de longa data e, ainda que estejam quase todos casados e com filhos e que não os veja tanto quanto gostaria, é sempre ótimo encontrá-los, e Michael se considera um homem de sorte por estar cercado de pessoas tão boas.

Gosta de seu emprego, tem a sorte de morar em um bom apartamento e aproveita Manhattan muito mais do que poderia imaginar. É verdade, sente falta de não poder deixar a cidade todos os finais de semana no verão — seu salário não permite que viaje aos Hamptons tanto assim —, e, quando conversa com a mãe, sente muita saudade de Nantucket, mas, somando tudo, ainda precisa admitir que é uma vida boa.

Nenhum de seus amigos consegue entender por que Michael continua solteiro e sempre tentam apresentar mulheres a ele, mas ainda que, vez ou outra, pense que seria bom ter alguém importante em sua vida, nunca sentiu estar perdendo nada.

Afinal, seu pai morreu quando ele tinha apenas 6 anos; Michael foi criado por uma mãe solteira que teve muitos casos mas nenhum relacionamento sério, ao menos não que ele soubesse. Como poderia saber quanto está perdendo se nunca vivenciou aquilo, nem sequer testemunhou um relacionamento de verdade para começo de conversa?

— Você está bem, querido? — Nan se dá conta, nos primeiros segundos, que algo não está certo.

— Estou bem — diz Michael, e suspira. — Aisling e eu terminamos.

— Ah, meu amor. Já?

— Bom, ela não era mesmo a mulher da minha vida.

— Não se preocupe, Mikey — diz Nan, tratando-o pelo apelido de infância. — Um dia você vai encontrar a pessoa perfeita para você e tudo vai se encaixar. Você vai ver.

Michael sorri.

— Não estou preocupado, mãe — responde. — Eu só estou, sabe como é, um pouco triste. É só a frustração constante de perceber que a pessoa que está começando a conhecer não é exatamente quem você esperava.

— Não tem nada de errado nisso — diz Nan. — Faz parte da vida. Por que você não vem me visitar? Passar alguns dias na ilha? Iria se sentir melhor.

— Quem sabe — diz Michael, sem se comprometer. — O trabalho está pesado agora, mas vou ver se consigo um tempo.

— Pesado? Como pode estar pesado? Estamos perto do verão, esses seus clientes ricaços não estão todos saindo de férias? Deveria ser a época mais tranquila, não?

— Infelizmente, nunca temos épocas tranquilas. Mas vou tentar, mãe. Prometo.

— O que você vai fazer hoje à noite? — pergunta Jordana ao entrar no ateliê, com um olhar animado.

— Por quê?

— Estão abrindo aquela nova joalheria na rua 64, e vai ter uma festa. Achei que poderíamos ir e dar uma espiada na concorrência.

— Você quer que eu vá com você? — Michael está surpreso. Apesar de trabalharem juntos há tantos anos, apesar das inúmeras ocasiões sociais em que estiveram juntos, raramente os dois ficavam sozinhos, e, ultimamente, tem sentido uma energia, uma faísca no ambiente, uma tensão não muito confortável.

— Você viria? Jackson vai ficar em Long Island esta noite, e não quero ir sozinha. Além disso, seria bom ter o meu joalheiro por lá, de repente a gente vê alguma coisa interessante, que nossos clientes possam querer. Vou precisar do seu olho treinado.

— Ah, então agora você está interessada no meu olho treinado, hein? — Michael ergue uma sobrancelha, mas baixa o olhar em seguida. Não foi sua intenção que as palavras saíssem assim, como um flerte. Deus do céu, não. Ele não sabe para onde olhar.

Jordana dá um passo para trás, surpresa, depois sorri ao vê-lo envergonhado. Que inesperado. Michael está flertando com ela. Que... meigo.

— Nisso, e na sua companhia — responde gentilmente, e Michael ergue os olhos, aliviado.

— A que horas?

— Agora são seis. Vamos assim que fechar a loja?

— Ótimo.

Ao subir de volta pelas escadas, ela não pode deixar de se perguntar por que será que, de súbito, tem a sensação de ter marcado encontro com um pretendente.

— Aqui. — Michael volta depois de caçar um garçom em meio à multidão, segurando duas taças de champanhe *rosé* acima da cabeça.

— Saúde. — Jordana sorri para ele e depois olha em volta. — Nossa, tem gente demais aqui.

— Bebida e comida grátis. — Michael sorri.

— Então, o que você achou dos produtos deles?

Michael dá de ombros.

— Meio lugar-comum, mas gostei da coleção de insetos.

— Gostou? Eu sempre achei insetos meio apavorantes.

— Depende de quais forem. Não fui muito com a cara da tarântula de diamantes.

— Fico feliz em saber. — Jordana sorri.

— Mas adorei a joaninha e a libélula de esmeralda.

— Você conseguiria fazer algo assim?

— É claro, mas gosto mesmo é de fazer peixes.

— Peixes?

— É, peixes. — Michael sorri. — Eu cresci em Nantucket, lembra? Passei a infância pescando no nosso barquinho *Boston Whaler*.

— Eu sei que você já deve ter me contado um milhão de vezes nos últimos anos, mas conte outra vez: como acabou virando joalheiro? Pelo que fala, parece que teria sido mais feliz como pescador. — Ela conhece Michael há muito tempo, mas nunca prestou muita atenção nele antes. De repente, começa a vê-lo sob um novo ângulo, está interessada no que tem a dizer.

— Eu me pergunto o mesmo há anos. Minha mãe tinha umas joias lindas que herdou da minha avó, sempre fiquei fascinado por aquelas pedras.

— Então... peixes. Você acha que venderia bem?

— Não sei, mas eu adoraria fazer alguma coisa e ver o que as pessoas acham.

— Sabe, me parece uma ideia interessantíssima. Vou falar com o Jackson e pedir a opinião dele, mas gostei. Pode dar certo. — Jordana esvazia o resto do copo. Michael a observa surpreso, e então pega mais um par de copos com um garçom que passa por ali. — Ah, não precisa ser tão formal — diz Jordana. — Estamos aqui para aproveitar.

MICHAEL A OBSERVA, TROCAM UM olhar que dura alguns segundos mais que o normal, e ele desvia os olhos rapidamente. Michael não tem segundas intenções. Jordana é sua chefe. É casada. Mesmo que ele se interessasse por mulheres casadas, o que não é o caso, Jordana não faz seu tipo. Então por que será que, de repente, existe essa tensão entre eles? Essas trocas de olhares que duram uma fração de segundo a mais. Sorrisos secretos. O modo como ela ri e se inclina na direção dele.

Michael gosta de Jordana. Sempre gostou. Mas não assim, e como ele poderia, como poderia pensar... nisso... com a sua chefe? Ele desvia o corpo sentindo-se culpado e tenta se concentrar em alguma outra coisa, afasta-se quando ela se aproxima de novo, colocando uma das mãos em seu braço. Tenta agir como se a relação continuasse a mesma de sempre: amizade, profissionalismo, tranquilidade.

Mas ela está solitária, ele está solitário. Ali estão apenas os dois, pelo menos é como Michael se sente, e bebem champanhe demais, riem das coisas mais bobas. Quando ele leva Jordana até o apartamento dela algumas horas mais tarde e ela pede que a acompanhe até o seu andar, Michael sente, em pé no elevador, cada respiração, cada músculo, cada fibra daquela mulher. Quando as portas se abrem, os dois se encaram e, sem saber como, ele acaba beijando Jordana.

MICHAEL ACORDA DESORIENTADO. Os lençóis são macios demais para serem seus, o quarto está muito escuro e, ao virar a cabeça, sentindo a ressaca, ele vê um volume de cabelos loiros do outro lado da cama.

Demora alguns segundos, depois se senta, sobressaltado. Merda. Jordana. Ela ainda está dormindo, e Michael se estica devagar para apanhar seu relógio. Quase seis da manhã. Ele poderia sair de fininho, ir embora antes de ela acordar, voltar para casa, tomar banho, lavar a culpa e o desconforto.

No que ele estava pensando? Afasta-se lentamente da cama e entra no banheiro, fechando a porta com cuidado para poder urinar. Ai, que merda. Jordana. Sua chefe. Casada. Casada com seu outro chefe. Isso não é bom. Nem um pouco.

Em que diabos ele estava pensando? Ou não estava pensando. Bebeu demais, e ainda que Jordana sempre tivesse parecido interessante, agradável e, tudo bem, um tanto atraente, Michael jamais pensou em nada mais do que isso.

Mas ele sempre foi um especialista em salvar mulheres. Onde fosse necessário um cavaleiro de armadura brilhante, Michael logo chegaria. Onde houvesse uma donzela em apuros, Michael surgiria para resolver a situação. Seu coração era grande demais, dizia sempre sua mãe, mas ele gostava de ajudar, de fazer diferença. Isso deve ter sido o que o colocou nessa. Quando começou a trabalhar na loja, Jordana pareceu muito durona, mas ele vem conhecendo seu outro lado: passou a vê-la como uma pessoa triste e solitária, e isso fez com que eles se aproximassem.

Michael volta ao quarto na ponta dos pés, mas tropeça num sapato de salto alto, abandonado ali na noite anterior quando os dois caíram na cama, arrancando freneticamente suas roupas.

— Merda.

Michael tomba com um baque no chão e acorda Jordana, que senta.

— Ja... ah. — Ela estava prestes a dizer o nome do marido, mas se interrompeu ao ver Michael. — Oi.

— Oi. — Michael levanta, desajeitado, sem saber o que fazer, desejando não ter caído num sono tão profundo, ter sido sensato o bastante para sair dali muito antes que Jordana acordasse.

— Tudo bem? — pergunta Jordana. — Você dormiu?

— Feito uma pedra. E você?

— Eu também. Deve ter sido o champanhe. Você está... bem?

— Vou me vestir — diz Michael, subitamente vulnerável em sua nudez. — Vamos tomar um café e conversar.

Na lanchonete, Michael pede dois cappuccinos e depois, pensando melhor, dois *croissants* de amêndoas. Apoia-se no balcão enquanto espera, virando-se para ver Jordana, sentada à mesa. Aquilo ainda parece surreal. Michael não faz ideia do que dizer. Ele sabe que aquilo não pode se repetir, que há pecados que jamais devemos cometer, e dormir com a chefe é um dos maiores.

Sem falar que Jackson iria matá-lo. Michael gosta de Jackson, sempre gostou. O que ele pensa que está fazendo?

— Não podemos... — os dois começam a falar ao mesmo tempo, e riem envergonhados.

— Isso é errado — diz Michael, afinal. Delicadamente.

— Eu sei. — O sorriso de Jordana mostra arrependimento. — Maravilhoso. Mas errado.

— Você já...?

— Se já fiz isso antes?

Michael faz que sim com a cabeça, e Jordana nega.

— Não acredito que fiz agora. Não sou infiel.

— Você acha que conta como traição se foi só um erro, uma noite que nunca vai se repetir?

— Espero que não. — Jordana suspira, e morde um pedaço do *croissant*. — Você é um amor, Michael. Desculpe pela situação esquisita, mas obrigada por fazer com que eu me sentisse tão especial na noite passada.

— Você também é um amor — responde Michael. Ele então se estende e segura a mão dela, olhando-a nos olhos.

— Eu sei que as coisas estão difíceis agora, com o Jackson, mas, mesmo que eu não seja a resposta, tudo vai se resolver. Tenho certeza de que vai.

— Eu sei — diz Jordana. — Não estou muita certa disso agora, mas sei que você está coberto de razão.

JORDANA BATE NA PORTA DO ateliê e entra com um sorriso.

— A sra. Silverstein acabou de vir. Disse que não tinha tempo de falar com você hoje, mas vai dar um pulo aqui amanhã para agradecer pessoalmente. Adorou o anel, pediu para dizer que você é um gênio.

— Essa senhora obviamente tem um gosto impecável. — Michael sorri para Jordana, aliviado ao ver que não ficou qualquer desconforto da noite passada, que são mesmo capazes de agir como adultos, deixar tudo para trás e seguir em frente como se nada tivesse acontecido. — O que você acha? — Michael acena para que ela se aproxime, e Jordana se inclina, vendo que ele já trabalha num esboço de pingente de peixe.

— Adorei — diz Jordana, encantada, acompanhando o contorno do peixe com o dedo. — Adorei as guelras... o que são, diamantes amarelos?

— Pensei em safiras amarelas. Quero fazer uma coisa divertida, uma mistura de diamantes e pedras semipreciosas, algo que possa atrair um público mais jovem.

— É lindo — murmura Jordana. Michael se vira, sorrindo, e se pega observando seu decote, por entre a camisa entreaberta; fica vermelho, e o mundo para novamente. Desta vez, quando Jordana o beija, parece ser a coisa mais natural do mundo.

— Desculpe. — Michael engasga, como se estivesse tentando subir à tona para respirar.

— Desculpe também — diz Jordana. Ela dá um passo para trás e ajusta a camisa, ajeitando o cabelo e limpando o batom borrado.

— Ai, merda — murmura Michael, querendo derrubar todas as coisas de cima da bancada, jogá-la ali e se lançar dentro dela.

— Isto não foi só uma ficada, foi? — pergunta Jordana devagar, e Michael afunda a cabeça nas mãos antes de olhar para ela.

— O que você vai fazer hoje?

— Eu ia para Manhasset — diz Jordana. — Mas posso me livrar desse compromisso. — Segue-se uma longa pausa. — Se você quiser.

Michael olha para ela, indefeso.

— Sim — concorda, finalmente. — Eu quero.

Para quem sempre foi péssima mentirosa, está sendo perfeitamente natural para Jordana mentir para o marido sobre onde está e com quem. Ela está descobrindo que, se contar parte da verdade, não fica vermelha nem desvia o olhar, e Jackson nada questiona.

Em outras circunstâncias, jamais teria tido um caso, mas aquilo não parece um. Em primeiro lugar, é alguém que ela conhece, alguém que até muito pouco tempo era como um irmão para ela. Conhecem-se há vinte anos. No começo, ela reconhece que se sentiu fortemente atraída por ele. Jackson até brincava com isso, mas nunca chegou a se sentir ameaçado, nunca achou que ela pudesse realmente fazer alguma coisa, e Michael, apesar de saber que atraía as mulheres, nunca foi uma ameaça, era bonzinho demais, inteligente demais para ter um caso com a própria chefe.

Como Jordana não é do tipo que teria um simples caso, que teceria toda uma rede de mentiras para que o marido não suspeitasse, como não é do tipo que faria tudo que, de repente, está fazendo, começa a pensar que esta situação é diferente.

Talvez não seja só um caso. Talvez Michael — por mais improvável que isso pudesse lhe parecer até poucos dias —, talvez Michael seja o Homem da Sua Vida, talvez ela tenha cometido um erro terrível nos vinte anos passados com Jackson, e Deus quis que isso acontecesse, porque Michael é o homem que para e a escuta, que a compreende. É com Michael que ela deveria estar.

O DR. POSNER SE APOIA NO ENCOSTO DA cadeira e entrelaça as mãos, olha para Daniel, que se acomoda desconfortável no canto do sofá, e espera.

Os segundos se tornam minutos, e Daniel não fala nada.

— Daniel? — começa o dr. Posner, devagar. — Você queria me ver sozinho?

Daniel faz que sim, com uma expressão miserável.

— Queria conversar sobre alguma coisa?

Daniel faz que sim novamente, seus olhos estremecem ao encontrar os do dr. Posner e depois se desviam.

— Acho que — começa Daniel, sua voz é quase um sussurro, mas ele para e suspira. — Tem uma coisa sobre a qual não tenho conseguido falar...

O dr. Posner espera.

— Ai, meu Deus. — A voz de Daniel é um gemido, sua dor e confusão são evidentes, e o dr. Posner sabe o que ele está prestes a dizer, suspeitou desde o início.

Daniel fecha os olhos, incapaz de olhar para o dr. Posner, sua culpa e vergonha são grandes demais para que ele consiga pronunciar as palavras encarando alguém.

Sua voz, quando surge, é entrecortada e áspera.

— Acho que talvez eu seja gay.

DANIEL SEMPRE SOUBE DISSO. ERA seu grande segredo. Do qual fugiu a vida toda. Viveu tentando fingir que não era bem assim, que ele poderia ser, em sua opinião, "normal", que poderia ser o filho, o marido e o pai que todos esperavam que fosse.

Sabe disso desde menino, mesmo antes da adolescência, aqueles anos em que fingia sentir interesse por meninas ainda que, à noite, as fantasias que mais o excitassem sempre envolvessem garotos, mais especificamente seu melhor amigo na escola.

Ficava deitado, tentando afastar as fantasias, aterrorizado com a ideia de ser diferente, de que alguém descobrisse, tentando se convencer de que sentia atração por meninas, de que, se tivesse uma namorada, se andasse com mulheres, seria como todos os outros garotos, seria normal.

Ele amava mulheres. Isso certamente queria dizer alguma coisa, pensava. Se sentia muito mais confortável com elas, portanto certamente era hétero, como todo mundo, mesmo que jamais tivesse desenvolvido o fascínio por seios que todos os outros garotos demonstravam, mesmo que as meninas com quem tivesse namorado fossem, digamos, masculinas.

Depois, na faculdade, lembra-se de tentar ficar com uma menina que parecia não saber que havia qualquer coisa entre eles. Na primeira noite em que tentou beijá-la, ela o empurrou para trás, surpresa.

— Mas eu achei que você fosse gay — disse, e Daniel recuou, horrorizado.

— Por quê? — inquiriu. — Por que pensaria uma coisa dessas?

— Eu só presumi — disse ela, sem jamais lhe explicar os motivos.

Fez musculação, ganhou corpo. Se parecesse masculino, macho, não restariam dúvidas, pois, para ele, a ideia tinha surgido porque ele era franzino.

Procurou estar sempre com alguma namorada. Amantes. Mulheres à sua volta o tempo todo. Relacionamentos mais longos. Estar com uma mulher significava que ele não precisava pensar naquilo, não precisava pensar nos corpos tesos que tanto o atraíam na academia, os homens que por vezes o fitavam, interessados, os homens que ele tentava ignorar.

Até conhecer Steve.

Amigos de anos, foram a Amangansett juntos no mesmo verão em que ele conheceu Bee. Na noite anterior a que a conheceram, Daniel e Steve ficaram bêbados, e, apesar de relembrar cada detalhe, cada segundo daquela noite durante anos, apesar de ainda pensar nela, Daniel não sabe ao certo como aconteceu. Mas ele e Steve acabaram dormindo juntos.

O que Daniel mais recorda sobre aquela noite eram os seus ossos e cada fibra de seu corpo parecerem estar em brasa. "É *isso* o que faltava", lembra-se de ter pensado. "*Essa* é a sensação de estar excitado. Foi por *isso* que esperei a vida toda."

Não pareceu antinatural, estranho ou errado. Teve a sensação de ter encontrado um lar. Foi a noite mais maravilhosa, estimulante, a noite mais incrível de sua vida.

De manhã, mal conseguiam olhar um para o outro, e, quando finalmente se encararam, Daniel logo anunciou que não era gay, e Steve disse o mesmo. Afirmaram que aquilo nunca mais aconteceria.

Daniel reparou em Bee no mesmo dia, mais tarde. Uma mulher. Segurança. Com Bee, não precisaria seguir por um caminho que não estava pronto para trilhar. Bee seria sua segurança. Significaria não pensar na noite com Steve, no sentido de tudo aquilo, não ter que chocar seus pais, contar aos amigos, viver uma vida que ele não queria.

Porque não queria ser gay, e pensou que, se esse desejo fosse forte o suficiente, ele não seria.

DURANTE ANOS, FOI FÁCIL CONTINUAR a fugir. À noite, ele revia o momento com Steve, e às vezes a tentação era arrebatadora. Em uma viagem, na qual ficou uma noite em Boston para inspecionar um edifício que sua companhia pretendia comprar, Daniel passou em frente a um bar gay; alguns homens estavam parados na porta, olhando-o como se ele não soubesse, mas ele sabia... ah, como sabia.

De certa forma, seria fácil entrar, pensou, ser levado a uma sala nos fundos, com alguém sem nome e sem rosto que talvez desse cabo de algumas de suas fantasias, talvez lhe permitisse deixar tudo para trás. Ninguém saberia, ninguém sairia machucado. Mas ele estava casado, tinha duas belas filhas, e, se seguisse por esse caminho, uma parte dele sabia que não haveria como voltar atrás.

Com a idade, fica mais difícil guardar segredos. As coisas que pensamos poder reprimir, as particularidades e fantasias que, esperamos, ninguém jamais descobrirá, tornam-se cada vez mais difíceis de esconder.

Em parte, é uma questão de maturidade — o medo diminui, perde importância, porque aprendemos que ninguém é perfeito, que a natureza humana tem defeitos, que a vida se move de formas inesperadas e não há problema em terminarmos num destino final diferente do planejado.

No caso de Daniel, o segredo é um tumor, tornando-se maior e mais firme dentro dele, recusando-se a desaparecer por conta própria, recusando-se a permanecer inerte, entrando em metástase no mês passado, quando recebeu um telefonema de Steve. Steve, que Daniel não via desde o dia de seu casamento. Steve, que ele tanto tentou esquecer.

— Estou na área. — A voz de Steve soava muito familiar, mas ainda assim diferente. — Faz tanto tempo, mas resolvi procurar você.

— Nossa, faz anos. — Daniel riu. — É ótimo ter notícias suas. Como você está?

— A vida vai bem — disse Steve. — E aí? Vamos nos encontrar para beber? Jantar? Eu adoraria ver Bee e ouvir as histórias das suas filhinhas.

Steve veio jantar. Bee preparou lombinho recheado com damascos e *prosciutto*, e Steve trouxe duas garrafas de Pinot Noir.

Assim que o viu, Daniel soube. Steve não havia fugido, temendo a vida que o chamara por tantos anos, Steve não estava fingindo ser quem não era. Steve havia lutado, mas acabou se entregando.

— Esses são os nossos cachorros. — Steve passou as fotos quando os três se viram à mesa, as meninas já na cama.

— Mimi e Bobo. — Dois terriers pequenininhos estavam sentados na soleira de uma bela casa colonial. — E esse é o Richard. — Um homem mais velho, de barba, sorrindo no convés de um barco. — Meu parceiro — acrescentou, embora não precisasse.

— Por que não marido? — Bee salvou Daniel da vergonha que o paralisou, seu coração acelerado, sua face corada.

— Não é legal em nosso estado, infelizmente — disse Steve. — Mas um dia vamos casar. Estamos juntos há quase dez anos. Ele é o amor da minha vida. — Steve ergueu a cabeça e cruzou olhares com Daniel. Dessa vez, Daniel sentiu vergonha por um motivo diferente. Sentiu vergonha por não ter tido a coragem de Steve, e sentiu inveja, tanta inveja, da vida de Steve que, subitamente, se deu conta de que aquela era a vida que ele sempre havia desejado.

Depois do jantar, os dois saíram para beber num bar chamado Tavern, na Main Street. Daniel se lembrou de ver *O segredo de Brokeback Mountain*, de ter observado com avidez os personagens de Jake Gyllenhaal e Heath Ledger abraçando-se furiosamente em seus encontros, e parou o carro esperando que acontecesse com ele, que Steve o agarrasse e o levasse para um beco.

O segredo de Brokeback Mountain. Havia visto o filme com Bee, depois sozinho. Seis vezes. Tinha buscado filmes gay, literatura gay, programas de televisão com temática gay, assistindo petrificado às cenas de amor, tentando se convencer de que estava excitado apenas porque era sexo, não porque envolvia dois homens.

Talvez fosse bissexual, começou a pensar, mas então deitava na cama e via Bee, tão feminina, tão mulher, seus seios tão fartos, e seus segredos e sua umidade o repeliam de tal forma que ele quase estremecia ao pensar nela.

— Sou um homem de sorte — disse Steve, bebericando uma cerveja, os dois sentados numa mesa tranquila, num canto. — Tive sorte porque você mudou a minha vida, me fez ver que eu não estava sendo honesto comigo mesmo e não podia continuar vivendo uma mentira. Pensei muitas, muitas vezes em agradecer, mas faz tanto tempo, e acho que a vida acabou indo em frente. E você, como está? Como vai a sua vida?

Em retrospecto, deveria ter sido mais fácil para Daniel abrir as comportas, extravasar; com quem mais poderia se abrir? Mas percebeu que não seria capaz, não conseguiria admitir estar vivendo justamente aquela vida; tinha vivido aquela vida durante anos, e quase, *quase* a aceitara, até que Steve telefonou do nada e apareceu para lhe mostrar como tudo poderia ter sido se tivesse tido a força para aceitar seu verdadeiro eu.

— Estou ótimo — mentiu. — Não poderia estar melhor. Sou louco pelas minhas filhas e pelo visto estou vivendo o sonho americano.

Steve o encarou com firmeza, e foram embora depois daquela cerveja.

— Cuide-se — disse Steve. — Cuide bem de você mesmo.

Ainda que Daniel não tivesse confessado o que sentia, o fato de ver Steve novamente, ver o quanto ele estava confortável consigo mesmo, o impossibilitou de continuar a reprimir seus sentimentos.

Ele ama Bee, mas não como ela precisa ser amada. Sempre soube disso, mas achou que o que havia entre eles fosse suficiente. Imaginou que se ficasse — e ele vai ficar, não tem escolha —, poderiam fazer funcionar. Também existem as meninas. Ele não quer ser um pai ausente, quer estar lá o tempo todo.

Não quer nem pensar no que aconteceria em caso de divórcio, teme profundamente que Bee vire uma dessas loucas que envenenam a cabeça das crianças e as coloca contra o pai.

Como ele poderia dizer por que está se separando? Como poderia proferir as palavras, dizer que é gay? Ainda assim, sentado no consultório do dr. Posner, dizendo as palavras em voz alta para alguém, é como se uma bruma se desfizesse, uma bruma que anuviou sua vida inteira. E agora ele sabe, sem sombra de dúvida, que não pode voltar atrás.

Daniel jamais pensou ter escolhas, mas, de repente, depois de ver Steve, se deu conta de que pode, sim, haver outra opção. Percebeu que só de aceitar a verdade, que sempre pareceu tão aterrorizante, tão arrebatadora, ele já poderá saber como é ser Steve.

Como é ser feliz.

CAPÍTULO 8

— Nan, você ouviu seus recados? — Sarah carrega grandes sacolas de papel e as larga na mesa da cozinha, começando a retirar as compras.

— Ah, eu sei, querida. — Nan apanha uma pilha de cupons de descontos, caminha até a secretária eletrônica e põe os cupons bem em cima da luz vermelha piscante. — É extremamente irritante ver esse negócio piscar o dia inteiro. Eu vivo colocando papéis em cima, e alguém — lança um olhar para Sarah — vive tirando.

— Bom, desculpe — diz Sarah, rindo —, mas, em geral, uma luz vermelha piscando significa que você tem recados, o que significa que alguém está procurando por você. Não quer ouvir? E se for importante?

— É Andrew Moseley — suspira Nan. — Ele quer falar sobre dinheiro, e, ainda que eu o considere um homem absolutamente encantador, não quero mesmo falar com ele.

Sarah para de tirar as compras das sacolas e observa Nan acender um cigarro, com uma expressão de preocupação.

— O que você vai fazer? — pergunta, delicadamente. — Sei que as coisas estão difíceis. Você vai precisar...

Nan ergue os olhos, uma expressão severa.

— Vender Windermere? É claro que não. Não preciso de muito, estava pensando em vender parte da mobília, algumas coisas de que não preciso.

Sarah parece desconfiada.

— Alguns dos móveis são maravilhosos, os antiquários iriam se esbaldar. Pense só nesses turistas que gastam 12,5 milhões de dólares em casas... você não acha que eles precisam de móveis? Não são essas reproduções que você encontra em lojas de barganha, este aqui é um verdadeiro McCoy, paga-se uma fortuna por um destes. — Nan se anima, gesticulando para uma antiga cristaleira galesa, para a mesa de carvalho na cozinha.

— Certo — diz Sarah, tentando soar otimista, sem querer comentar que quase todos os móveis da casa têm marcas de copo, queimaduras de cigarro, estão em condições que não despertariam nenhum interesse em qualquer antiquário.

— E também tenho a coleção de joias da minha sogra. Ela colecionou brincos de cristal durante anos, está tudo encaixotado no sótão.

— Tudo bem. — Sarah se lembra de ter aberto as caixas uma vez e visto o que, para ela, não passava de lixo. Mas não é especialista em joias, sabe-se lá o que as pessoas estão dispostas a pagar. — Você acha que seria o suficiente?

— Por enquanto — responde Nan, agora entusiasmada, empolgada com a perspectiva de um novo projeto. — E quando acabar podemos pensar no que fazer depois. Quem sabe eu não arrumo um emprego?

— Dobrando camisetas na Murray's Toggery? — Sarah sorri.

— Nunca se sabe. — Nan dá uma piscadela. — Já aconteceram coisas mais estranhas por aí. Por que não começamos a pensar nos preços dos móveis? Vamos ver do que podemos nos livrar.

AO FINAL DA TARDE, A PRANCHETA de Sarah está repleta de rabiscos e anotações, esboços dos móveis que, segundo Nan, podem ser vendidos.

— Você tem *certeza* de que não precisa da cama? — pergunta Sarah, desconfiada.

— Vou ficar com o colchão — responde Nan, resoluta. — Mas, de qualquer forma, ela é alta demais para mim, nunca gostei de tantos ornamentos. Foi escolha do Everett, não minha.

— E a cômoda?

— Não. Acho que está na hora de uma boa faxina. Tirar todas as teias de aranha, começar do zero. Me sinto mais leve só de pensar. Então me diga, querida, quanto dá o total?

Sarah olha para a prancheta e pigarreia.

— Bom, se tudo valer o que você pensa que vale, a venda deverá dar em torno de 250 mil. — Sarah tem vontade de rir, é um número risível, mas não é nada engraçado. Apenas completamente desvairado.

Nan passou a tarde inventando números sem qualquer critério.

— Esta peça é linda. — Apontava para um banquinho feioso. — As pessoas pagam fortunas por coisas assim no eBay, então vamos cobrar 5 mil dólares.

Cinco mil dólares! Seria sorte se alguém pagasse cinco mil, pensou Sarah.

— Você tem certeza *absoluta* de que quer se livrar de todas as suas coisas? — pergunta Sarah outra vez.

— Tenho certeza absoluta de que preciso do dinheiro. E vai ser divertido! Podemos anunciar a venda esta semana, e pense só, vamos encher a casa de bilionários que vão comprar nossos móveis feito doidos. Sinceramente, Sarah, sei que está preocupada, mas são produtos bons, eles não vão achar móveis assim em nenhum outro lugar.

Sarah passa os olhos pela poltrona estofada desfiada no canto da sala, que tem um pé quebrado e está caindo aos pedaços. Nan a avaliou em 6 mil dólares. Sem falar nas roupas. Vestidos dos anos 1960 comidos por traças, casacos de pele quase calvos por terem sido guardados no sótão quente durante anos — pontos sem pelos por toda parte —, mas Nan acredita haver um mercado para roupas antigas, e perguntou a Sarah ao vestir um casaco de pele de raposa ralo demais: "Que mulher não se sente bonita ao vestir peles verdadeiras?"

"Bom", pensa Sarah, "Nan está certa quando diz que não se encontra coisas assim em nenhum outro lugar".

Respira fundo e segue Nan escada abaixo para preparar um esboço do anúncio, desejando que ela não tivesse se enclausurado tanto, pois, que outro motivo a levaria a imaginar preços tão absurdos? Se tivesse alguma ideia de como funciona o mundo real, não sonharia em cobrar o que está cobrando; além disso, é possível encontrar boas reproduções da maior parte daqueles móveis em qualquer loja da Pottery Barn no país.

EXCELENTE BAZAR EM FAMOSA CASA DE SCONSET!

A oportunidade de uma vida! Belíssimas antiguidades — camas, baús, mesa de jantar —, móveis da era Chippendale, coleção deslumbrante, joias dos anos 1920, roupas antigas e casacos de pele genuínos!

Liquidação total!

Itens em exposição no sábado, 30 de junho, das 9h às 17h, e domingo, 1º de julho, das 10h às 16h.

Favor não chegar antes do horário!

NAN SE APRONTOU DE MODO ESPECIAL para o bazar. Esplendorosa em um de seus vestidos antigos, prendeu o cabelo para trás num coque, pôs o batom perfeito, parece mesmo uma senhora feudal.

Sarah, por outro lado, está exausta. Não quer ver Nan humilhada, mas não consegue imaginar outro desfecho. Passou os últimos dias limpando a casa freneticamente, tentando remendar a mobília para deixá-la mais apresentável, tentando encontrar justificativas para os preços absurdos que Nan insistiu em dar a todos os itens.

Nan armou uma mesa dobrável em frente à entrada. Ao final do corredor, vê-se uma grande mesa de madeira avermelhada (25 mil dólares) sobre a qual há duas jarras enormes cheias de limonada e uma bandeja de biscoitos de chocolate para atrair compradores.

As primeiras pessoas chegam às 8h45; Nan abre a porta e as convida para entrar.

— Acabamos de comprar uma casa na cidade — diz uma mulher, entusiasmada, entrando. — Estamos desesperados por móveis. Vimos preços fantásticos numa venda assim em Boston, por isso estamos loucos para ver o que a senhora tem.

— Ah, que ótimo! — Nan dá as boas-vindas e os conduz pela casa sem notar suas expressões ao verem a condição dos móveis, nem seu choque diante dos preços.

— Acho que ela é louca — Sarah ouve a mulher sussurrar para o marido num certo momento, quando Nan, bancando a anfitriã graciosa, pede desculpas para receber pessoalmente mais algumas pessoas que acabam de chegar.

A CASA ENCHE, E NAN REPARA EM UM detalhe curioso: vários homens vieram sozinhos, claramente sem nenhum interesse nos móveis, mais interessados na casa em si. Mais de uma vez, vê alguém no parapeito da janela, encarando a vista para o oceano, ou caminhando pelo jardim, perambulando pelo gramado que leva à praia.

— Empreendedores — diz a Sarah, contrariada, ao ver um homem puxar um caderninho e anotar alguma coisa.

— A senhora está certa — diz uma voz, e, ao se virar, Nan vê Mark Stephenson, o construtor da casa de 12 milhões de dólares, parado na porta.

— Sr. Stephenson! — cumprimenta Nan, com uma simpatia genuína na voz ao lhe estender a mão.

— Sra. Powell — responde Mark, cruzando à porta e inclinando-se para lhe dar um beijo na bochecha.

— Nan — corrige ela.

— Nan. É claro. Vi que estava vendendo móveis, não resisti. Ainda estou esperando aquele convite para uma bebida, hein?

— Posso oferecer uma limonada. — Nan aponta para a mesa, erguendo as sobrancelhas e sorrindo, e Sarah observa a cena fascinada, pois, ainda que Nan seja vinte anos mais velha que ele, está obviamente flertando. Sarah percebe o quanto ela deve ter sido deslumbrante, irresistível.

— Aceito — responde Mark, tomando seu braço ao cruzarem a sala. — Você é uma mulher inteligente. Conheço a maior parte desses homens. — Acena para um deles, que sobe as escadas. — Eles *são* todos construtores, e estão aqui para espreitar a sua casa.

— A casa não está à venda, entende? Tudo o que está dentro, sim. A casa, não.

— Você não iria querer vendê-la a nenhum deles, de qualquer forma — diz Mark. — Mesmo que estivesse interessada, eles a poriam abaixo num piscar de olhos e construiriam quatro mansões gigantescas logo em seguida.

— Quer dizer que o senhor não faria nada assim? — Nan olha para ele com um sorriso. — Você é o quê? Um empreendedor de bom coração?

— Sou um artista que acabou no mundo dos imóveis — diz Mark. — Adoraria comprar uma casa como esta, mas não para demoli-la. Eu gostaria de morar numa casa assim.

— Artista? — Nan o encara fascinada. — Sabia que havia algo mais no senhor do que parece à primeira vista. Que tipo de artista?

— Eu pinto — responde Mark. — Frequentei a Parson há muito tempo, mas não consegui viver da pintura e acabei me dedicando à imobiliária do meu pai. Detesto dizer que não sou como os outros, mas é verdade, e acho que esse é um dos motivos pelos quais as pessoas gostam de trabalhar comigo. Não sou um tubarão. Moro em Nantucket porque adoro a rigidez do Plano Diretor, adoro a ideia de que as casas devem ser feitas de telhas de madeira, e ainda que eu já tenha construído casas ridículas, faço isso para atender ao mercado, não porque queira acabar vivendo numa casa assim. Basicamente — acrescenta, dando de ombros — sempre acreditei que dinheiro não é tudo na vida. Acho que é isso que me torna diferente.

— Estou contente que esteja aqui. — Nan o guia pela escada, para mostrar sua casa. — Você pode me proteger desses tubarões. Agora, venha ver algumas das minhas peles. Imagine como sua mulher não ficaria encantada em poder usar um belo casaco de raposa. — Mark a acompanha à suíte principal.

— Trezentos dólares? *Trezentos dólares?* Santo Deus. — Nan afunda na poltrona, desconsolada, e Sarah parece derrotada. — Essas pessoas não têm bom gosto? Não sabem reconhecer bons móveis?

— O que você quer que eu faça? — pergunta Sarah. — É melhor eu tirar as etiquetas com os preços?

— Deus, não sei — responde Nan. — Preciso me deitar. Estou exausta. Vamos deixar tudo como está por enquanto. Vou tirar um cochilo e conversamos depois.

Às duas da manhã, o telefone de Sarah toca. Ela acende a luz e atende, preocupada, pois um telefonema no meio da madrugada só pode ser uma emergência.

Mas não é emergência nenhuma. É Nan, que não consegue dormir, de tão empolgada.

— Já sei! — anuncia. — Vou abrir a minha casa!

— O quê? — A voz de Sarah soa áspera.

— Vou alugar os quartos! Posso não ter conseguido vender os móveis, mas todo mundo adorou a casa, então vamos transformá-la numa pousada! Tenho cinco quartos para alugar, essa é a solução! Não vou ficar rica, mas certamente vai ser o suficiente para viver. Estou tão empolgada que nem consigo dormir. Venha para cá de manhã e vamos começar o planejamento, mas, Sarah, imagine só, Windermere cheia de gente outra vez. Não sei por que não pensei nisso antes! — E desliga numa gargalhada. Sarah se vira de lado e volta a dormir.

DAFF APOIA O ESPELHO DE CORPO inteiro na parede do quarto de vestir, no ângulo exato para tirar cinco quilos de seu reflexo, e dá um sorriso de aprovação. Está arrumada, mas casualmente: jeans azul, sapatilhas, camisa branca e um cinto mostarda. A calça é nova — seu armário está cheio de roupas que não cabem mais, graças aos oito quilos que desapareceram milagrosamente depois do divórcio.

Ela agora veste 38 — nunca foi tamanho 38 na vida, sempre esteve bem com 44 —, e, embora tenha se sentido magrinha e maravilhosa por algum tempo, decidiu que ficará perfeita se perder só mais cinco. Daí o ajuste no espelho para parecer ainda mais magra.

Hoje à noite ela tem um encontro. O primeiro depois de muito tempo. Está empolgada. Vai encontrá-lo na cidade, no Oyster Bar da estação Central. Viu uma foto dele — é bonito e parece engraçado, e só Deus sabe o quanto ela precisa de um pouco de diversão.

POR ALGUNS MESES DEPOIS DA separação, Daff chorou todas as noites no travesseiro até dormir, exausta e solitária.

Quando era jovem e solteira, logo antes de começar o namoro com Richard, era extremamente compentente, tinha prosperado. Conseguia fazer qualquer coisa sozinha, desde lidar com a Receita Federal quando havia problemas com sua declaração de impostos até construir suas próprias prateleiras.

Nada era difícil para Daff antes do casamento, mas, ao se ver solteira novamente, descobriu-se oprimida por todas as obrigações. Tinha se acostumado à vida de casada — ela cuidava da casa, Richard cuidava do dinheiro —, e quando teve de fazer tudo sozinha, percebeu que não sabia mais como, não conseguiu encarar a situação.

As contas chegavam e se empilhavam na cozinha; Daff se esquecia de pagá-las ou de pedir novos talões de cheque. O serviço do seu celular foi cortado várias vezes, seu gás também, não porque não tivesse dinheiro para pagar, mas porque estava tão desorganizada, tão perdida, que passava a vida num constante estado de inércia.

Quando Richard ainda morava com ela, os dois dividiam as tarefas, e, se alguma coisa ficasse difícil demais, ou se não quisesse lidar com alguém, ele assumia a questão. Não era um casamento perfeito — desde o dia em que Richard se mudou, Daff passou a encarar seu relacionamento de maneira muito diferente —, mas conseguiam manter tudo funcionando.

Enquanto estavam juntos, Daff teria dito que o casamento era ótimo, mas ela sabe que, se fosse assim mesmo, Richard não teria procurado outra pessoa, não teria se apaixonado por outra. Em parte, ela acha que tudo aconteceu porque se casaram jovens demais — nenhum dos dois teve tempo suficiente para viver grandes experiências — e, em parte, porque se acomodaram. Passaram a acreditar que o outro ficaria sempre ali, e hoje ela confessa que sente falta de afeto. Da intimidade. De compartilhar coisas.

No relacionamento com Richard, não costumavam se beijar muito, aninhar-se, andar de mãos dadas. Ela percebe agora que era mais como uma relação profissional — até o sexo tinha virado negociação.

O que havia acontecido com a moça meiga, entusiasmada e afetuosa que Daff já havia sido? Dizia a si mesma, quando casada, que seu relacionamento era real, que os adultos faziam isso, era assim que se comportavam. Só mais tarde lhe ocorreu que o problema era que estava com o homem errado. Um homem de quem gostava muito, mas que não era um companheiro de verdade, em nenhum sentido.

NAMORAR. SÓ A PALAVRA JÁ DAVA MEDO. Daff não achava que algum dia estaria pronta para começar a sair com outras pessoas, mas os amigos tentaram arrumar alguém para ela assim que ficou solteira. "Santo Deus", pensou, "de onde vêm todos esses homens solteiros quando todos da cidade parecem ser casados?"

Alguns casais que ela e Richard conheciam ainda eram amigos, mas muitos deles já tinham se afastado. Daff sempre presumiu, quando casada, que as mulheres recém-divorciadas eram uma ameaça, e é por isso que sempre se queixavam de ter sido abandonadas pelos amigos que continuavam casados, mas hoje entende que representa uma ameaça por outro motivo: se seu próprio casamento, um casamento que parecia tão perfeito, despedaçou-se com tanta facilidade, o que isso dizia a respeito dos demais?

A dissolução de seu casamento parecia deixar muita gente perplexa, despertava perguntas desconfortáveis para os relacionamentos dos outros, perguntas que eles não estavam prontos para fazer, e, assim, quando deixou de ser convidada para eventos aos quais sempre costumava ir com Richard antes, ela aceitou o fato.

Nos primeiros meses, muitas vezes sentia-se perdida, não queria ir a lugar nenhum ou encontrar ninguém. Lembra-se de ouvir uma colega recém-divorciada dizer que a benção do divórcio era se livrar das crianças a cada dois finais de semana, ganhando uma noite para sair e se divertir.

Diversão? O que é *isso*? Daff não sabia. Ela deitava e dormia para espantar a depressão — comprimidos para dormir, prescritos por seu médico preocupado, que a deixavam apagada até o meio-dia.

Os fins de semana em que Jess não estava eram os mais difíceis. Não era fácil com a filha lá, pois ela culpava Daff, mas, quando a menina estava com o pai, Daff não sabia o que fazer. Visitava as amigas, mulher solteira e sozinha, e os maridos fingiam que era normal ela estar ali sem Richard, sem Jess, enquanto seus filhos — muitos dos quais haviam crescido com Jess, eram amigos dela — brincavam em piscinas e, seguindo o conselho dos pais, não perguntavam a Daff sobre Jess.

Às vezes passava o fim de semana inteiro na cama. Assistia a canais de fofoca na televisão, programas de decoração, culinária, reprises, até cair no sono e acordar de novo, incapaz de atender ao telefone ou à porta.

Daff não sabe quando voltou a se sentir normal, mas isso aconteceu em algum momento, e a conclusão do divórcio serviu mesmo de encerramento, permitiu que ela seguisse em frente. Tinha ouvido falar de pessoas que haviam feito "festas de divórcio", celebrando o momento em que o juiz encerrava o caso, mas ela sentiu uma tristeza profunda no dia, sentada no tribunal com Richard. Haviam compartilhado tantas coisas, haviam criado uma vida juntos, uma filha, e agora eram dois estranhos.

O TREM SACOLEJA NOS TRILHOS, E DAFF está enterrada em seu livro. Ela adora esta viagem, começou a vir a cada duas semanas, vai assistir a uma peça, visitar um museu, encontrar amigos. Tudo que adorava fazer antes de casar, antes de se enfiar na vida do subúrbio — estar em casa para receber Jess na volta da escola, encontros da associação de pais e mestres, peças escolares.

Cruzando o túnel para a estação Central, Daff pensa no último e-mail enviado por Sam, e sorri. O mundo dos namoros virtuais é novo para ela, está apenas começando, passeando lentamente pelo conjunto de possíveis parceiros. Entrou no match.com no mês passado, e Sam foi a primeira pessoa a "piscar" para ela.

Vêm se correspondendo há três semanas. Ele tem cinquenta e poucos anos, é um pouco mais velho do que ela normalmente gostaria — Richard e ela são da mesma idade, 41 —, mas Sam está em forma, é bonito e engraçado, ao menos por e-mail.

Daff chega primeiro. Olha ansiosa para os homens sentados ao balcão, esperando reconhecê-lo, esperando ser reconhecida, mas não vê qualquer brilho de reconhecimento nos olhos de ninguém; escolhe uma cadeira, pede uma vodca tônica e beberica até que ele apareça.

Sente alguém a observando e se vira, deparando-se com um homem atraente, de terno. Ele sorri, e Daff se levanta.

— Sam? — pergunta. Ele não se parece nem um pouco com a foto, pensa Daff, mas é bonito.

— Não. Desculpe. — O homem dá de ombros e sorri, e Daff nota que ele está acompanhado.

— Ai, meu Deus — murmura Daff ao sentar novamente, esperando que o chão se abra e a engula.

— Daff? — Está atrasado. Daff ergue os olhos, antes enfurnados em seu livro pelos últimos vinte minutos, e franze o cenho.

— Pois não? — *Quem será este cara?*

— Oi! — A expressão do homem é de encanto absoluto.

— Desculpe — diz Daff, confusa, mas educada. — A gente se conhece?

— Sou o Sam! — responde o homem, puxando um banquinho e se acomodando bem ao lado dela.

Mas não pode ser, ela quer gritar. Sam tem 51 anos, é bonito e alto. Você tem 85 e parece o meu avô.

— Bom, você *é* linda. — Sam a fita com um olhar cheio de intenções. — Nunca se sabe o que vamos encontrar quando conhecemos alguém dessa forma. Vou te contar, elas colocam umas fotos que parecem de *top models*, mas, quando você as conhece, descobre que são uns canhões.

Isso é uma piada? Daff quer dizer isso, mas fica quieta. Em vez disso, fica com vontade de chorar.

Sam pede vodca martíni e a olha de cima a baixo, correndo a língua pelos lábios e sorrindo para ela, sem notar o tremor de desgosto que ela tenta reprimir.

— A gente vai se divertir bastante esta noite — diz Sam, lascivo, encostando um joelho no dela. — Sou um homem *muito* enérgico.

— Desculpe. — Daff dá um salto, ficando de pé. Se fosse um homem idoso mas carinhoso, talvez pudesse ser cordial com ele, mas esse aqui? Nenhuma mulher deveria ser obrigada a suportar essa aberração. — Sabe, não estou me sentindo bem. Preciso ir. — Mete a mão na bolsa e deixa uma nota de 20 no balcão. Aqui — diz Daff. — Eu pago as bebidas.

Sam olha para o dinheiro e sorri, desdenhoso.

— Vocês são todas iguais — começa, e sem ouvir o resto da frase, Daff se vira e foge dali.

"Algum dia vou rir disso tudo", diz a si mesma no trem para casa. Mas agora tudo o que ela quer fazer é chorar.

CAPÍTULO 9

Michael ergue a mão e se levanta, espremendo-se para passar por Jordana e dar um grande abraço em Leo; vira-se então para Wendy e a abraça também.

Ele pode não vê-los com muita frequência, mas estão entre seus amigos mais antigos e queridos, e, sempre que viajam para Nova York, Michael arruma algum tempo para passar com os dois.

Ele tinha planejado encontrar Jordana esta noite, mas quando Leo telefonou e disse, rindo, que estavam na cidade, e sem os filhos, Michael cancelou seus planos e combinou de encontrá-los para jantar.

Jordana está empolgada. Encontrar os amigos de Michael — não os que aparecem na loja de vez em quando, mas sim seus verdadeiros amigos, os velhos amigos, cuja opinião ele preza — deve significar que aquele relacionamento é tão importante para ele quanto para ela.

Pois Jordana jamais imaginou que iria se apaixonar a essa altura da vida, 39 anos. Sem falar no seu casamento, que até poucas semanas atrás acreditava que duraria para o resto da vida.

Michael não sabe o que é isso, esse... relacionamento que está tendo com Jordana, mas sabe que há anos não se sente tão vivo. Ele, que sempre foi o passivo em seus namoros, sempre foi mais caça que caçador, de repente se via inteiramente obcecado por Jordana.

Seria amor? Disso ele não tem certeza. Parece arrebatador demais para ser amor, perigoso demais, viciante demais, pois é exatamente isso o que ela parece ser — um vício. Michael está vivendo de adrenalina, do entusiasmo de vê-la, dos seus encontros ilícitos, do sexo incrivelmente fantástico e passional.

Talvez a ame, e certamente enxerga, além da imagem que ela apresenta a todos os demais — os reflexos loiros reluzentes, a maquiagem bronzeada, os enormes brincos de diamante e os sapatos de salto alto —, a menininha vulnerável que se esconde por trás da carapaça. Sente que a ama mais, e a acha mais bonita, quando ela acaba de sair do chuveiro, com o cabelo num rabo de cavalo, pele nua e limpa. "Ela parece *real*", diz Michael, "e bonita demais para se cobrir com maquiagem".

Michael adoraria vê-la de calça jeans e camiseta, mas não os jeans e camisetas que Jordana e suas amigas de Long Island costumam usar: calças boca de sino apertadas com botas de salto alto, unhas impecáveis e correntes de ouro que chacoalham em seus pescoços, grandes fivelas de ouro nos cintos de caubói. Ele quer vê-la em velhas calças Levi's desbotadas, botas de montaria, uma camisa branca macia, sem maquiagem e sem joias.

Porque, apesar da obsessão que sente por ela, sempre que Jordana começa a falar sobre o futuro — e ela passa cada vez mais tempo falando de um futuro em comum —, Michael fica preocupado. Não porque ela esteja se apressando — ele parece estar indo na mesma velocidade galopante —, mas porque, por mais que tente, Michael não consegue enxergar como poderiam se encaixar na vida um do outro, não quando ela parece tão preocupada com status, dinheiro, com impressionar amigos e conhecidos.

Seu modo de viver é tão diferente do dele... Michael não tem qualquer desejo de entrar no mundo de Jordana, e ainda que ela diga estar cansada de materialismo, Michael não acredita que ela conseguiria deixar tudo para trás facilmente. Ele sequer acredita que Jordana realmente queira fazê-lo.

Jordana mora numa enorme mansão colonial de 800 metros quadrados em Great Neck, além de ter seu apartamento no Upper East Side. Dirige uma Mercedes SL (prata, conversível), faz compras nas melhores lojas de Manhasset (Chanel, Hermès), onde todos a conhecem pelo nome, e almoça com as amigas pelo menos uma vez por semana na Bergdorf's, a pomposa loja de departamentos.

Pinta o cabelo a cada quatro semanas no salão de John Frieda, e já cortava o cabelo com Sally Hershberger muito antes de Sally Hershberger ser, bem, Sally Hershberger.

Usa joias diariamente — para Jordana, brincos de diamante de oito quilates são adereços despretensiosos, e ela veste, como quem não quer nada, largos braceletes de diamantes que lhe cobrem o antebraço inteiro.

Jordana e Jackson passam todos os Natais no Four Seasons de Palm Beach, aonde vão com um grupo de seus melhores amigos. As mulheres se sentam ao redor da piscina em maiôs Juicy Couture e Tory Burch, e folheiam revistas femininas, enquanto os homens falam de esportes e negócios, raramente tirando os olhos de seus BlackBerries.

Jordana nunca quis algo diferente disso. Definitivamente nunca pensou que desejaria um homem que mora em um *loft* pequeno e acabado no Upper West Side, que vai para o trabalho de bicicleta, que há anos não compra uma roupa nova — as camisetas que ele veste quando não está trabalhando têm buracos e bainhas desfiadas, estão desbotadas e largas por causa dos anos de lavagens.

Porém, para Jordana, Michael tem um frescor que o diferencia, e muito, de Jackson. Jackson, como ela, cresceu sem nada, está sempre inseguro e preocupado com o julgamento alheio, e precisa de sua mansão, da Mercedes e do dinheiro para provar a todos que é tão bom quanto eles, que pertence ao clube.

Michael parece não querer pertencer a nenhum clube, e Jordana nunca conheceu alguém assim. Parece, acima de tudo, confortável consigo mesmo, parece não sentir qualquer necessidade de provar nada para ninguém, e, quando está com ele, Jordana sente uma segurança que lhe é inteiramente nova.

Como todas as mulheres, Jordana é uma camaleoa, capaz de se adaptar ao que quer que seu homem deseje. Quando Jackson anunciou, há tantos anos, que gostava de loiras, ela foi imediatamente encher a cabeça de reflexos dourados. Agora que Michael confessou seu gosto por sua aparência natural, ela começou a usar menos maquiagem, sapatos mais baixos, tentando se tornar a mulher perfeita para ele.

Mas até mesmo com menos maquiagem e sapatos baixos, Jordana ainda é completamente diferente das mulheres com que Michael já se envolveu, e quando Leo e Wendy se sentam à mesa para jantar com o velho amigo e sua nova namorada, cumprimentando Jordana e dizendo o quanto estão encantados em conhecê-la, trocam um olhar alarmado, furtivo e silencioso.

Carrie imaginou que seria fácil conquistar Jess, mas está começando a achar que não seja uma tarefa possível ganhar uma enteada, ou pseudoenteada, ou a filha de um namorado, de uma vez só. É preciso lutar dia após dia. Às vezes, hora após hora. E, às vezes, minuto após minuto.

Uma parte de Carrie entende Jess. Carrie não precisou enfrentar o divórcio dos pais, mas foi uma criança infeliz, passou pelas dificuldades da pré-adolescência, quis ser magra e bonita enquanto todas as meninas ao seu redor descobriam os garotos e ela sempre ficava abandonada em casa.

Mas, para Carrie, os chiliques de Jess são extremamente irritantes. Os pais de Carrie não costumavam brigar — a infelicidade era expressa com silêncio, variações de humor, depressão, não com gritos e choro —, e Carrie se vê indefesa diante do pranto, das queixas e dos gritos de Jess, com os quais a menina afirma que Carrie arruinou a vida dela, que a odeia.

Carrie tenta ignorar, e às vezes, especialmente quando Richard não está por perto, quando as duas estão a sós, Jess é maravilhosa — doce, faladeira e inteligente —, e Carrie relaxa, baixa a guarda, pensa que finalmente ficaram amigas, que tudo vai ficar bem.

Até que Richard reaparece e Jess deixa Carrie de lado, senta no colo do pai, dá um chilique para ganhar sua atenção, e Carrie se sente, mais uma vez, sobrando.

— Então, o que achou? — Michael e Leo caminham atrás das duas mulheres, que tentam se aproximar olhando as vitrines da Madison Avenue, depois do jantar, ainda que Wendy, instrutora de ioga e parteira, não tenha nenhum interesse em olhar sapatos de grife que custam centenas de dólares.

Leo suspira, para e encara Michael.

— Posso ser sincero?

O coração de Michael se aperta. O que quer que Leo tenha a dizer, não será o que Michael quer ouvir, mas ele não está surpreso.

— É claro. Você sempre é.

— Acho que você está brincando com fogo. Não porque é sua chefe, ou por ser casada, o que, pelo menos para mim, não passa de pura insanidade, mas porque ela não é para você.

— Você mal a conhece — responde Michael, num tom arrasado. — Entendo o que você quer dizer sobre o casamento, o trabalho e tal, são todas questões com as quais também estou lidando, mas ela não é como você está pensando.

— Olha só, ela é ótima. Tenho certeza de que é uma mulher maravilhosa, e seria perfeita para outro cara. Mas não para você — diz Leo. — Acho que *ela* acredita quando diz que não quer mais essa vida, que não quer mais as joias e as roupas de grife. Acho que *ela* acredita quando diz que seria feliz vivendo com você numa fazenda no interior. Mas eu não acredito. Acho que vocês dois estão em um relacionamento extraordinário, incrivelmente intenso e eletrizante, mas insustentável. Logo, logo, um de vocês vai acordar e perceber que isso não é real.

— E se isso não acontecer?

— Não sei. — Leo sacode a cabeça. — Mas, Michael, olhe para ela. — Os dois observam Jordana, que aponta para um sobretudo de couro que chega a roçar no chão, decorado com pele de marta.

— Adorei aquele ali — ouvem ela dizer. — Tenho que voltar aqui amanhã.

Leo se vira para Michael e levanta uma sobrancelha.

— Você realmente pensa que uma mulher como essa serve para um cara como você?

— Não sei — responde Michael. — Ainda acho que ela não é o que parece. As aparências enganam.

— Não tenho nenhuma dúvida quanto a isso — diz Leo. — Mas você me pediu para ser sincero, e eu fui. Só espero que nenhum de vocês se machuque, só isso. Estão em um jogo perigoso. Tenha cuidado.

— Vou ter — responde Michael, e, quando chegam à esquina, os quatro se despedem, e Michael e Jordana entram no primeiro táxi que encontram.

— Eles me odiaram — diz Jordana, acomodando-se no banco de trás, no caminho de volta ao apartamento.

— Eles não odiaram você — diz Michael, perguntando-se o quanto deveria ser sincero.

— O que foi que Leo disse? — Jordana quer muito a aprovação dos amigos de Michael, mas sabe que não conseguiu.

Como poderia, se não tinha nada em comum com eles, nada sobre o que falar, pouco a contribuir quando a conversa passou para a política e para o budismo?

— Leo acha que somos de mundos muito diferentes — responde Michael, com cuidado.

— E o que isso quer dizer?

— Acho que ele teve dificuldade em nos enxergar como casal. — Michael suspira. — Eu também tenho.

— Nós podemos dar certo. Não é questão de misturar o seu mundo com o meu — diz Jordana, apressada. — Só precisamos criar um mundo novo para nós dois, e isso nós podemos fazer. *Vamos* fazer. — Ela sorri e se aninha no ombro de Michael. — Só nós dois. Em outro lugar. Um lugar onde possamos recomeçar.

Jordana está convencida de que estão tendo mais do que um simples caso, e passa cada vez mais tempo falando do futuro, do mundo que criarão juntos. Insiste em que esse relacionamento é algo mais, porque essa parece ser a única maneira de justificá-lo. Se fosse apenas um caso, ela não estaria nele... Mas os dois? Michael? É amor. Eles são almas gêmeas.

Mal sabe ela que todos os que têm um caso tentam justificá-lo da mesma maneira.

HOJE, RICHARD VAI JOGAR TÊNIS. Na noite passada, buscou Jess e a levou para sua casa. Quando Carrie saiu da cozinha, onde estivera cozinhando macarrão com queijo — o prato preferido de Jess —, e a cumprimentou, Jess só olhou para ela, depois lançou um olhar maligno para o pai e correu para o quarto no andar de cima sem dizer uma só palavra.

— Devo subir? — perguntou Carrie a Richard, parada no corredor, sem saber o que fazer ao ouvir o estrondo da porta de Jess batendo, e a menina se jogando na cama berrando como uma criança de 4 anos de idade.

— Não — respondeu Richard. — Vamos deixá-la em paz. Ela tem que aprender. Você faz parte da minha vida agora, ela vai ter que se acostumar.

Depois de algum tempo, quando o choro ficou cada vez mais alto, Richard olhou preocupado para a escada.

— Nossa — falou baixo. — Não sei o que fazer. Acho melhor eu subir.

— Não. — Carrie pôs a mão em seu braço. — Acho que ela faz isso para chamar a sua atenção. Se você subir, vai fazer exatamente o que ela quer. Deixe estar: ela vai se acalmar por conta própria.

— E se não se acalmar?

— Ela tem 13 anos — disse Carrie, sorrindo. — É claro que vai. — Mas Carrie não tinha certeza.

Como ninguém subiu para ver como ela estava, Jess desceu, arrastando os pés, tombando no sofá de braços cruzados e lançando olhares de ódio na direção de Carrie, que resolveu ignorá-la. Apesar de se sentir louca de ansiedade, desejando que Richard fizesse algo para deter aquele comportamento, Carrie agiu como se estivesse tudo normal, e Richard finalmente levou Jess lá para fora, para conversarem sozinhos.

Carrie não conseguiu distinguir as palavras, mas o choro e os berros logo deram lugar a uma conversa normal e, quando os dois voltaram, Richard parecia exausto, mas aliviado.

— Desculpe — disse Jess ao retornar, olhando para Carrie com uma expressão tão triste que ela a envolveu nos braços.

— Tudo bem — disse Carrie, dando um passo para trás, para olhá-la nos olhos. — Eu entendo. Que tal se amanhã, enquanto o seu pai estiver no tênis, nós duas fôssemos fazer compras?

— É mesmo? — Jess arregalou os olhos, encantada. O dinheiro estava sempre escasso em casa estes dias, a mãe já não a levava para fazer compras, estava sempre ocupada demais trabalhando e não tinha dinheiro, e, de qualquer maneira, não queria levar Jess às lojas em que ela queria ir, ainda queria que Jess se vestisse como uma menininha.

— Achei que podíamos ir à Kool Klothes ou à Claire's. Um dia para meninas. O que você acha?

— Eu adoraria — disse Jess, sentindo-se tão feliz e tão leve que, para Carrie, foi difícil associar aquela criança adorável ao monstro esbravejante de poucos minutos atrás.

Aquele talvez fosse o início de uma nova fase, pensou. Talvez um dia só para meninas fosse tudo de que precisavam.

— Não consigo evitar, sabe? — diz Jess a Carrie quando estão na lanchonete. Jess tem à frente uma grande xícara de chocolate com marshmallow e creme *e* um sonho com cobertura de chocolate (a mãe *nunca* a deixaria comer tudo isso — se estivesse com a mãe talvez ganhasse uma garrafa de refrigerante light e um sanduíche natural, portanto isto é muito mais divertido). — Detesto gritar assim, mas é tipo um vulcão que explode dentro de mim, não tenho escolha a não ser deixá-lo sair.

— Eu entendo. — Os olhos de Carrie se enchem de lágrimas. Está muito satisfeita em ver que a menina a aceitou como confidente, sente-se tocada pela dor e pela confusão que vê nela, a dor e a confusão da própria adolescência de que se lembra tão bem. — Entendo mesmo. Acho que tudo deve ser tão difícil para você.

— Minha mãe não entende nada — diz Jess, amarga, dando uma mordida no sonho. — Ela só grita e berra, detesto morar com ela.

Carrie sorri.

— Eu era um pouco assim com a minha mãe na sua idade. Nada de gritos e berros, não gritávamos na minha casa, mas por muito tempo eu também não gostei dela. Ainda assim, quando cresci, percebi que ela estava tentando fazer o melhor que podia.

"Crie uma conexão", pensa Carrie. "Crie uma conexão, mas não se esqueça de Daff, pois Daff merece apoio — deve ser muito difícil ser a mãe solteira de uma adolescente enfurecida."

— Você e o papai vão se casar? — pergunta Jess de repente, pegando Carrie desprevenida.

— Eu... não sei. Talvez. É cedo demais para falar em casamento, mas estamos passando muito tempo juntos, acho que estamos bem felizes agora e não queremos mudar nada.

— Mas vocês estão meio que morando juntos, não estão?

— Bem... estou passando bastante tempo na casa do seu pai.

— Suas coisas ficam lá. — Jess olha fixamente para Carrie, que sente uma tensão nos ombros, como se estivesse prestes a levar um bote. — Primeiro uma escova de dentes, agora suas roupas. Você se mudou?

Carrie ri, nervosa.

— Não, ainda tenho o meu apartamento.

Jess a encara, despreocupada.

— Eu estava pensando em me mudar para a casa do papai — diz, então, esperando a reação de Carrie. — Ele sente muitas saudades de mim, e sou a filha dele. Ninguém vai poder cuidar de mim melhor do que ele.

— Sem dúvida — diz Carrie, num tom de falsa animação. — Mas tenho certeza de que sua mãe ficaria chateada.

— Chateada? — Jess grunhe com desdém. — Ela ia adorar. Acho que ela vai falar com o meu pai sobre isso.

Carrie continua a sorrir, mas sente um nó no estômago. "Eu quase poderia lidar com essa situação a cada dois finais de semana e uma noite durante a semana", pensa Carrie. "Mas o tempo todo?"

— Podemos ir à Kool Klothes agora? — pergunta Jess, levantando-se com um grande sorriso. — Não vejo a hora de mostrar uma blusinha azul que vi semana passada. É igualzinha à sua, com as flores de lantejoulas. Seríamos gêmeas!

— E, dando o braço a Carrie, vão embora, Carrie mais uma vez tonta diante daquele comportamento tão volúvel.

— Oi, querida. — Daff abre a porta de entrada e Jess a empurra, passando pela mãe e marchando escada acima com sacolas cheias de roupas. — O que você tem aí?

Jess a ignora e Daff se vira para Richard, sem saber o que fazer.

— Ela está de mau humor?

— Não — responde Richard, novamente surpreso por ele e Daff conseguirem ter aquelas conversas educadas, como se fossem estranhos que mal se conhecem, como se ele já não a tivesse visto depilar a virilha na banheira, ficar sentada durante meia hora na privada com uma revista, como se não conhecesse a expressão em seu rosto no momento do orgasmo.

— Ela ficou bem no fim de semana?

— Ficou ótima. Não tanto quando chegou, mas acho que essas transições são sempre difíceis. Fomos fazer compras. — Richard não menciona Carrie, não ainda. Não quer esfregar a situação na cara de Daff, pois sabe, por meio de Jess, que ela não está saindo com ninguém, e suspeita que não estaria pronta para saber de Carrie.

Richard não sabe que Jess, num dos raros momentos em que tratou a mãe como um ser humano, já contou a ela tudo sobre Carrie. Num momento, a menina diz odiá-la, odiá-la por ter lhe roubado o pai, diz que nunca mais conseguiu um momento sozinha com ele, mas logo depois conta que Carrie a levou à manicure, que fizeram algo divertido juntas, ou fala orgulhosa de algo que Carrie tenha feito.

O conflito é evidente, e Daff tem cuidado para não mostrar sua dor ao ouvir falar da namorada de Richard. Também está claro que esta namorada é especial. Daff procurou seu nome no Google e encontrou uma foto no jornal local. Parece normal. Bonita. Simpática. Parece o tipo de mulher que Daff imaginaria ao lado de Richard.

Ainda que Daff tenha pedido o divórcio, ainda que tenha sido ela quem pediu a Richard que se mudasse, não esperava que ele encontrasse a felicidade tão rápido. Pelo que se vê, não vai levar muito tempo até que os dois estejam morando juntos. Quando Jess fala de Carrie, Daff escuta e murmura qualquer coisa para mostrar que entende o que Jess diz.

— Ela é tão irritante — afirma Jess.

— Entendo que ela possa ser irritante para você, às vezes — responde Daff.

— Ela roubou o meu pai de mim — grita Jess, quando está triste e chorosa.

— Eu sei que é difícil — murmura Daff, acariciando-lhe as costas. — Mas ninguém pode roubar o seu pai, ele ama você mais que tudo na vida e nada vai mudar isso.

— Então onde ele estava no jogo da semana passada? — Jess ergue o olhar, encarando a mãe. — Onde ele estava no recital da escola? Se ele me ama tanto assim, por que não estava lá?

— Ele precisa trabalhar — responde Daff, mas se faz as mesmas perguntas.

Como é possível que seja ela a fazer tudo — lavar as roupas de Jess, assegurar-se de que a menina tenha feito o dever de casa, preparar seus lanches, ir aos eventos da escola, às peças, às performances, aos jogos de beisebol, às oficinas de balé, aos encontros com os pais dos amigos, não deixar passar nada —, e ainda assim ser ela a pessoa que Jess detesta a maior parte do tempo?

Por que será que o pai, que passa um tempo com ela a cada dois finais de semana, mas que não faz nenhuma das tarefas diárias que fazem a vida de Jess seguir nos trilhos, não aparece em nenhum dos eventos por estar ocupado demais trabalhando, não reconheceria a professora de Jess se ela desse em cima dele num bar... por que será que ele parece nunca fazer nada de errado?

É nesses momentos que Daff se ressente. Daff trabalha tanto, faz tanto, enquanto Richard faz tão pouco, e ainda assim Jess o coloca num pedestal.

Daff suspira e vai para a cozinha. Antes ela teria batido na porta de Jess para ver se a menina precisava de algo, mas as músicas do Blue October já ressoam em alto e bom som, então ela abre a geladeira e se serve uma taça de vinho.

CAPÍTULO 10

Daniel vive com uma mistura de medo e adrenalina. Prometeu ao dr. Posner que vai explorar a questão, mas ainda não vai escancarar a situação, vai esperar até que ele e Bee estejam com o terapeuta para contar, se, de fato, esse for o caminho que escolher. Só que agora que seu segredo foi finalmente exposto, agora que contou a alguém, ele quer parar de viver com a mentira imediatamente, quer poder ser quem realmente é.

Todas as noites, quando estaciona seu Land Rover na garagem ao lado da Mercedes de Bee, entra pela área de serviço de sua bela casa, apoia sua pasta no chão, entra na enorme cozinha e vê as meninas enroscadas num dos cantos do sofá, assistindo a *Hannah Montana* na TV de tela plana de alta definição apoiada sobre a lareira. Daniel sente seu coração acelerar e não sabe por quanto tempo mais será capaz de fingir.

Não consegue dormir. Fica acordado por horas, às vezes olhando para Bee, perguntando-se como poderá lhe contar, que palavras usar, com muito medo da dor que causará. Daniel a ama. Só que não do jeito que precisa. Mas ela é sua companheira, e a ideia de machucá-la, de lhe causar dor, é quase insuportável.

Bee é tão forte, mas Daniel sabe que isso pode destruí-la. E o que dizer dos amigos dela? O círculo próximo que ela formou enquanto Daniel está no trabalho, as pessoas com quem andam nos churrascos de verão, que encontram na cidade para jantares animados no Zest. Não que algum dos homens faça o seu tipo — Daniel sempre se sentiu mais confortável com suas esposas —, mas ele tentou se encaixar, acredita ter feito um bom trabalho, chegava até a ouvir as últimas notícias sobre esportes antes de se encontrar com eles, para fingir interesse.

E todos são atraídos por imóveis, portanto sempre encontram assuntos em comum. A maior parte dos maridos trabalha com finanças, mas todos querem investir em imóveis, construir casas, fazer o que Daniel faz, e sabem tudo sobre o mercado imobiliário da cidade, passam os domingos visitando propriedades à venda, inspecionando estilos e acabamentos, esquadrinhando o jornal local e memorizando transferências de títulos. Daniel chegou à conclusão de que o mundo dos imóveis é pornografia para pessoas casadas.

— Que tal aquela casa na Old Hill? — pergunta um deles. — Dá para acreditar que está à venda por 5 milhões?

— Bom, aquela em Hillspoint foi vendida por 6 milhões — interrompe alguém.

— Mas esta tem vista para o mar — acrescenta outro.

— Só se você ficar nas pontas dos pés no telhado — comenta Daniel, e todos riem.

— Vocês sabiam que o projetista comprou aquela por 3? O que você acha disso, Daniel? Trezentos e vinte o metro quadrado?

— Talvez 400 — responde Daniel, dando de ombros. — O acabamento é bom.

Como ele vai encarar essas pessoas, esses homens que bebem cerveja, amam esportes, dirigem carrões? Como conseguirá mostrar seu rosto nesta cidade quando descobrirem que ele é gay?

E eles vão descobrir. Numa cidade pequena como essa, dramas não acontecem com tanta frequência e, quando acontecem, todos querem saber de tudo. Daniel já ouviu fofocas de vários divórcios, maridos que trocaram suas mulheres pelas babás ou secretárias, mas isso? Um marido ou mulher terminando um casamento porque o homem saiu do armário? Ele não sabe de ninguém em Westport que tenha passado por isso.

Não há escapatória, não pode se mudar, começar de novo. Não pode se afastar de suas meninas, porque, haja o que houver, Daniel está determinado a continuar presente em suas vidas, tanto quanto é agora.

Nessas noites em que fica acordado, ele fantasia a vida perfeita. Vê-se em um apartamento, talvez num desses projetos descontraídos de *lofts* de South Norwalk. Ou em uma casinha na praia, talvez em Mill Cove, ainda que carros não sejam permitidos na ilhota e que deva ser um pesadelo levar compras para lá no inverno, quando neva.

Mas imagine como as meninas adorariam uma casa na praia! Imagine acordar, abrir as portas da sala e estar na areia! Imagine se virar na cama e ver a pessoa que você ama, poder se esticar e acariciar o braço dele, sorrindo enquanto ele dorme, tocando o contorno de seu peito duro e liso.

Essas são as fantasias que Daniel reprimiu por toda a vida. Fantasias que o perseguem há anos, tentam invadir sua mente, mas que só desabrocham inteiramente quando ele está dormindo, quando seu subconsciente as recebe de bom grado, quando acorda insuportavelmente excitado ao sonhar com um homem. Sempre um homem. "É só um sonho", pensava, a culpa e a vergonha vindo junto com a lembrança do sonho. "Não significa nada."

Mas agora ele sabe que, ao contrário, significa muito.

Vão para Nantucket em duas semanas. A casa que visitaram quando passaram o fim de semana por lá era tão adorável como mostravam as fotos: uma cabana cinza de telhas de madeira com vista para o lago Quidnet e para a baía, e Bee ficou tão empolgada e o corretor, tão entusiasmado, que Daniel foi incapaz de dizer não, apesar do medo.

Nantucket *tinha* algo de especial, o pai de Bee estava certo. Enquanto estava lá, caminhando pelo vilarejo com Bee, Daniel relaxou, começou a pensar que talvez tudo se acertasse, que os dois talvez pudessem encontrar um caminho em meio ao caos em que se transformara seu casamento, pois ainda eram amigos. Melhores amigos.

E agora a transação já está fechada. O cheque — uma pequena fortuna, mas vale a pena, segundo Bee — foi enviado semana passada, os contratos foram firmados e Bee vem trocando uma série de e-mails com os proprietários.

Tentem fazer compras fora da ilha, recomendaram — muito mais barato! Enviaram instruções sobre como obter a autorização para andar com o carro pela areia da praia, se tivessem um capaz de fazer isso. Tragam suas próprias toalhas de praia, lembraram.

Daniel não tem como escapar, mas como poderá ir a Nantucket viver aquilo que, na expectativa de Bee, irá revigorar o romance em suas vidas, agora que ele finalmente conseguiu confessar a verdade para si mesmo?

Na noite passada, Bee baixou a revista que estava lendo na cama e se virou para ele, sorrindo.

— Estou com um bom pressentimento para este verão — falou, apertando a mão de Daniel com afeto. — Acho que vai ser um recomeço para nós. Obrigada por pegar esta casa, por fazer algo que, eu sei, você não tinha certeza se queria mesmo, mas que eu realmente acho que vai nos fazer felizes.

Daniel balançou a cabeça, mudo, engolindo o nó em sua garganta.

— Não foi maravilhoso aquele fim de semana em Nantucket? — Bee se aconchegou ao seu lado e, por reflexo, Daniel a abraçou. Sem sentir nada.

— Mmm — falou, sem se comprometer.

— Eu te amo, sabia? — disse Bee, erguendo os olhos.

— Eu também te amo — respondeu Daniel, e isso foi mais fácil, porque era verdade.

— Boa noite. — Bee lhe deu um beijinho na boca, virou-se de lado e se esticou para apagar a luz do seu lado.

Daniel se sentiu aliviado.

— Boa noite — falou, e voltou ao seu livro.

Ninguém mais faz sexo, dizia Bee a si mesma quando era forçada a pensar no assunto. Nos dias em que se reunia com as amigas para tomar café, ou almoçar, ou enquanto as crianças brincavam, se o tema surgisse, todas riam e diziam: "Sexo? Quem tem tempo para sexo? Quem ainda quer transar?"

Elas brincavam, dizendo que já não sabiam que desculpa inventar para os maridos, que a da dor de cabeça era velha e batida demais, que tentavam constantemente bolar novas desculpas.

— Meu marido acha que a minha menstruação dura duas semanas por mês — disse Jenny recentemente, sorrindo, e todas caíram na gargalhada.

— Depois que tive meu segundo filho, falei que o ginecologista tinha me aconselhado a não fazer sexo por um ano — disse uma outra. — Ele acreditou!

Ela talvez não quisesse sexo, pensou Bee, se Daniel quisesse o tempo todo. Talvez o único motivo pelo qual ela sinta tanta falta disso, da intimidade, do calor, da proximidade, seja a sua rejeição. Não é da natureza humana querer o que não podemos ter?

"Ninguém está fazendo sexo", diz Bee a si mesma quando dúvidas perturbadoras, pensamentos horríveis que ela se recusa a aceitar, tentam entrar em sua mente. Temos filhas pequenas, estamos exaustos, tudo o que queremos é deitar na cama e dormir.

Ela se esforça muito para não pensar no fato de que é Daniel que se recusa, e não ela. Na única vez em que contribuiu para uma dessas conversas, percebeu que não era normal.

— Eu sei! — acrescentou. — Daniel costuma ficar no chuveiro até achar que estou dormindo, assim não precisa fazer sexo comigo! — Olhou ao redor esperando risadas, mas só viu olhares de pena e um ligeiro embaraço.

Não tocou mais no assunto.

— Acho que quem não gasta um pouco não ganha nada — diz Sarah a Nan, inclinando-se sobre a grande caixa de papelão e cortando-a, revelando pacotes de lençóis perfeitamente brancos. — Nem foi tão caro, no fim das contas — acrescenta. — Você não tinha lençóis suficientes para todos os quartos que quer alugar, então era necessário. Ah, eles também tinham uma promoção de toalhas, por isso pedi quatro conjuntos de toalhas brancas.

— Você pensou em tudo — diz Nan, sorrindo e abrindo os pacotes, murmurando satisfeita ao sentir a maciez das toalhas. — Ainda que Andrew Moseley tenha um ataque cardíaco com isto, eu concordo plenamente. Temos de oferecer o melhor do melhor aos nossos hóspedes.

— Falando em hóspedes, acho que já estamos quase prontas para publicar nosso anúncio.

— Ah, estou tão contente. — Nan esfrega as mãos. — Posso pedalar até a cidade mais tarde e colocar um anúncio no mural.

Sarah faz uma pausa.

— A gente também deveria anunciar na internet — afirma. — No Craigslist, e em alguns dos outros sites de anúncios. É a melhor maneira, hoje em dia.

— Você está totalmente certa — responde Nan. — Venha aqui em cima para ver o que fiz com o quarto azul hoje de manhã.

Nan e Sarah passaram dias inteiros transformando a casa. Velhos tapetes desbotados foram enrolados e guardados nos fundos. Sarah lixou e encerou os pisos de madeira dos quartos enquanto seu irmão Max restaurava os azulejos dos banheiros e pintava as paredes de branco e azul-turquesa.

Fizeram compras juntas pela internet — Nan foi até a casa de Sarah para usar o seu computador, surpreendendo-se com o que conseguiram encontrar, atônita ao ver que bastava clicar, e dois dias depois apareciam entregas magníficas em sua porta.

Nomearam os quartos pela cor. O quarto azul, naturalmente, tem paredes azuis, belas cortinas de tela azuis e brancas em estilo painel, roupa de cama no mesmo tom e um jarro com hortênsias frescas sobre o velho lavatório. Um tecido xadrez branco e azul que Sarah tinha foi jogado sobre a pequena poltrona em frente à janela.

O quarto verde é branco, com um desenho de videiras verdes e brancas nos tecidos das cortinas e da cama. Um vaso de viburnos está apoiado sobre a cômoda, que estava manchada e queimada, mas que Nan concordou, relutante, em pintar de um branco bonito opaco e envelhecido.

Há também um quarto vermelho, um quarto branco e um quarto patriota — as estrelas e listras da bandeira se repetem na roupa de cama e numa bandeira que Sarah encontrou, emoldurada, num brechó. Mas as maiores mudanças estão no resto da casa.

Mantas brancas foram jogadas sobre os sofás e sobre as poltronas da sala de estar, com almofadas azuis e brancas empilhadas, dando ao ambiente um frescor e uma leveza que não eram vistos havia anos.

As marcas de copos e queimaduras nas mesas foram cobertas com pilhas de livros. Sarah encontrou vasos bonitos e os encheu de flores frescas. Todos os tapetes mofados e empoeirados foram substituídos por outros, simples, de feltro, cortados de sobras da queima de estoque de uma loja de tapetes de Cape Cod que estava fechando as portas.

A mesa de jantar foi lixada, pintada e encerada, e Max reformou os ladrilhos da cozinha de modo que tudo ficasse branco e brilhante.

— Também vamos servir comida — anuncia Nan, retirando a máscara do rosto e desligando a lixa elétrica ao terminar de lixar o último canto da mesa da cozinha.

— Você não precisa de autorização da Prefeitura para isso? — Sarah, que estava selando os balcões, ergue os olhos, preocupada.

— Provavelmente, mas não vou pedir. Não vai ser oficial, mas como eu poderia receber pessoas nos quartos sem sequer servir o café da manhã? Não vou fazer muita propaganda, e sei que colocamos máquinas de café em todos os quartos, mas, querida, eu me sentiria culpada se não os alimentasse. E pense só em como vai ser divertido, todos os meus hóspedes sentados ao redor da mesa da cozinha. Vai ser como nos velhos tempos.

— Não sei se todos eles vão necessariamente querer comer — diz Sarah. — E você talvez não queira que fiquem sentados à sua mesa. Pode não gostar deles.

— Rá! É verdade! — solta Nan, com um sorriso. — Mas eu geralmente sou boa para avaliar as pessoas, não vou deixar ninguém de quem eu não goste ficar aqui.

— Mas se anunciarmos na internet, não vamos conhecê-los antes. Vamos ter que aceitar os convidados de boa-fé.

— Pelo telefone eu já consigo ter uma ideia — diz Nan. — Já lhe falei do George?

— George? — Sarah sacode a cabeça.

Nan suspira e senta, acendendo um cigarro, com um sorriso sonhador.

— George foi o primeiro homem por quem me apaixonei depois da morte do Everett.

— Foi mesmo? Como é possível nunca ter me falado dele? — Sarah se senta em frente a Nan, sentindo saudade dos tempos em que fumava.

— Às vezes acho que é mais fácil não pensar nos "e se..." — responde Nan, num tom triste. — E se eu tivesse concordado em me mudar para Londres com ele, em deixar Windermere? E se eu soubesse que ele iria conhecer uma mulher poucos meses depois e se casar com ela? — Nan suspira. — Mas eu o conheci por telefone — continua. — Era um velho amigo de escola do Everett, de Middlesex, e telefonou para dar os pêsames enquanto estava de veraneio na ilha. Bom, no momento em que eu disse "alô", soube que me apaixonaria por aquele homem. E, sabe o que mais? Ele veio tomar um drinque na minha casa naquela mesma noite, e eu realmente me apaixonei! Juro, no momento em que olhei para ele fiquei completamente apaixonada.

— E...?

Nan sorri, revivendo a memória.

— Passamos um verão maravilhoso juntos. Eu estava completamente perdida após a morte do Everett e não achei que poderia encontrar alguém, não estava procurando ninguém. O adorável George surgiu então na minha vida, e, ainda que não fosse para sempre, aquilo me fez sentir que poderia ser feliz novamente, que a morte de Everett não era o fim do mundo, nem perto disso. Mas naquela época eu ainda estava lutando para sair da confusão em que Everett tinha me deixado.

— Não entendo. — Sarah sacode a cabeça. — Se vocês eram felizes juntos, por que não durou?

— George foi minha ponte para sair do sofrimento e voltar à vida. Acho que eu soube que era uma situação perfeita que não teria como ir adiante, e então ele conseguiu um emprego em Londres. Minha nossa, parecia tão glamouroso, mas Michael era muito pequeno e eu não queria que ele perdesse suas raízes aqui, nem perturbar ainda mais a vida do menino.

Prometemos manter contato. — Nan apaga o cigarro antes de continuar. — Apesar de tudo, eu realmente achei que ele voltaria — continua, saudosa. — Então recebi um convite para o seu casamento. O nome da moça era Millicent Booth Eden. Enviei uma linda jarra de cristal, que deve ter quebrado em pedaços na travessia do Atlântico, e então perdemos contato.

— Você nunca pensou em procurá-lo outra vez? — pergunta Sarah, animada. — Você provavelmente pode achá-lo no Google. Dá para achar qualquer pessoa. Eu passo horas procurando gente que conheci na escola, antigos namorados, qualquer um.

— Talvez você possa — diz Nan, sorrindo e voltando ao presente. — George Forbes. Nasceu em Boston, e da última vez em que ouvi falar dele ainda estava em Londres.

— Nossa, não seria ótimo se o encontrássemos e ele estivesse... sei lá, divorciado, viúvo ou algo assim, e voltasse, e vocês se apaixonassem e vivessem felizes para sempre?

Nan abre um grande sorriso.

— Sarah, minha querida, você não sabe que eu vou viver feliz para sempre de qualquer maneira?

NAQUELA TARDE, NAN PEDALA ATÉ a cidade com uma resma de papéis dentro da cesta da bicicleta. Eles trazem cópias de fotos da casa, dos quartos, da vista incrível de cada uma das janelas.

> Quartos para temporada em belo casarão antigo de Sconset, com vista para o mar e acesso direto à praia. Cama e banheiro próprios. Café da manhã sob encomenda. Oportunidade única!

Nan estaciona a bicicleta na Main Street e prende um dos anúncios no mural, detendo-se por um instante para ver o que anda acontecendo na cidade. Ioga na praia das crianças, lê Nan, pensando que talvez devesse fazer alguma coisa para alongar seus velhos ossos.

— Nan? — Nan se vira e vê Patricia Griffin, outra velha moradora, que vem pela esquina e se detém quando repara nela.

— Olá, Pat! — Nan sorri. — Tudo bem? Como vai Buckley?

— Ah, você sabe — responde Patricia. — A vida segue como sempre. Ouvi dizer que você estava vendendo os móveis?

— Foi só uma ideia — conta Nan. — Botar as velharias para fora e trazer coisas novas.

— Me disseram que os construtores estavam rondando feito urubus. — Patricia ri.

— Um pouquinho. Mas isso não quer dizer que eu vá vender.

— Que bom. Seria uma pena ver a sua casa posta abaixo. Ouviu falar do que aconteceu com os Oldingham?

— Em Madaket? Não, o que houve?

— O vizinho os convenceu a vender a casa para ele, ofereceu um preço que aparentemente não puderam recusar, mas prometeu que preservaria o lugar, disse que queria uma segunda casa para os filhos, que criaria um complexo.

— E criou?

— No minuto em que fecharam negócio, vieram as escavadeiras e demoliram a casa. Agora estão construindo três mansões enormes.

— O que aconteceu com os Oldingham?

— Voltaram para Cape Cod, não é horrível?

— Bom, enquanto eu viver, não vão botar as mãos na minha casa.

Patricia sorri e, então, nota o mural.

— O que é isso? Você está alugando quartos?

— Estou. — Nan se endireita, orgulhosa. — Anda tudo muito calmo para mim. Pensei que seria divertido encher a casa de gente, e preciso me manter ocupada.

— Que boa ideia! — diz Patricia. — Foi ótimo ver você, Nan. Temos que nos encontrar mais vezes. Talvez você possa finalmente entrar para o clube de jardinagem! — Com isso, ela corre para casa, para contar ao marido que é verdade, que pelo visto Nan Powell anda mesmo tendo problemas financeiros.

CAPÍTULO 11

Esta tarde, Daniel faz algo que vem querendo em segredo e cheio de culpa há anos. Sua reunião foi cancelada, e ele saiu do escritório com as bochechas queimando, como se seus colegas pudessem ver sua alma, saber aonde ele realmente ia.

Há muitos anos ouvia falar do bar O Bordo. É um bar e café gay em New Haven. Sempre se sentiu atraído pelo lugar, como por tantos outros bares e cafés gays, mas nunca ousou fazer nada além de passar ali em frente de carro, olhando sonhadoramente para as janelas opacas.

Decorou o endereço, aterrorizado até com a ideia de que um bar gay pudesse aparecer em seu histórico de buscas no Google. Não usou a palavra gay. Apenas colocou "bordo" e "New Haven", acrescentando então a palavra "árvore" depois de encontrar o endereço, imaginando que poderia inventar alguma história envolvendo uma pesquisa que fez sobre bordos, na improvável hipótese de que aquilo fosse descoberto um dia.

Já fez isso antes, no computador de casa. Tornou-se especialista em limpar seu *cache*, seu histórico, seus *cookies*, mas ainda tem certo medo de alguém descobrir que, no fim das contas, quando a tentação acabava sendo forte demais, ele visitava sites gay, olhava as fotos, lia histórias com um desejo ardente.

Daniel anota o endereço no GPS do carro e vai quase no piloto automático, sem saber o que fazer quando chegar, certo apenas de que precisa ir, de que precisa saber se aquilo é real, se realmente quer fazer aquilo que será responsável por destruir sua vida.

O BAR É ESCURO E QUIETO. UNS poucos homens estão sentados, outros em pé ao redor do balcão, alguns outros agrupados em volta de uma mesa de sinuca. Há música tocando, e Daniel caminha até o bar, senta-se para que as pernas deixem de tremer e enfia a cara no menu para evitar qualquer contato visual.

— E aí? — Daniel ergue os olhos e vê um simpático atendente. — Quente lá fora hoje, né?

Daniel sorri.

— Fiquei num carro com ar-condicionado a tarde toda, então não foi tão ruim.

— O que vai querer?

— Uma Sam Adams.

— É pra já.

Toma um gole da cerveja e gira o corpo no banquinho, notando que há mais atividade nas sombras. Um casal está parado contra a parede, agarrando-se ferozmente antes de desaparecer por uma porta nos fundos.

Daniel observa, não consegue desviar os olhos, o coração dando saltos de medo. E de empolgação.

— Quer jogar? — Um homem jovem, de cabelos pretos, olha para ele oferecendo um taco de sinuca, e Daniel dá de ombros.

— Não sou muito de jogar sinuca — responde.

— Nem eu — responde o homem, sorrindo e sentando-se no banquinho ao lado dele. — Prazer, Mike.

— Daniel.

Apertam as mãos, e Mike pede uma bebida. Ele não é afetado, nem efeminado, nem exageradamente másculo. Não usa calças de couro, nem brincos, seu aperto de mão não é frouxo. É um cara normal, de jeans e camiseta, com um sorriso simpático, cabelo curto. É exatamente como qualquer outro homem que Daniel conhece, e ele finalmente começa a relaxar.

— Então... — diz Daniel, sem jeito. — Você é... da casa?

— Tipo, você quer saber se eu venho muito aqui? — Mike ri. — Acho que sim. Moro perto e, convenhamos, não há tantos bares gays por aqui. É a primeira vez que vejo você. Está na área a trabalho?

— Não exatamente. Sei que este lugar existe há anos, mas nunca... nunca tirei um tempo para ver como era.

Mike toma um gole da cerveja e sorri.

— Casado, né?

Daniel olha para o próprio dedo, sentindo-se culpado. Pensou ter tirado a aliança. Então repara que tirou mesmo.

— Sempre dá para saber — continua Mike. — Você faz o tipo. Casado, com filhos, eu diria, e muito pouco acostumado a esta vida.

— Você é bom nisso — diz Daniel por fim, dando de ombros. — É exatamente isso.

— Aparecem muitos casados por aqui — diz Mike. — Geralmente esta é a vida secreta deles, as mulheres não fazem ideia de que eles gostam de homens, mas não acho que seja o seu caso.

— Minha mulher não faz ideia de que eu gosto de homens. — As palavras soam tão pouco familiares, escapam-lhe da boca.

— Mas você parece atormentado. Está pensando em contar, certo?

— Você é o quê? — Daniel está perplexo. — Psiquiatra ou médium?

— Posso ser o que você quiser — responde Mike erguendo uma sobrancelha, e de repente Daniel se dá conta de que Mike está flertando com ele, e que aquilo pode não ser tão seguro quanto ele havia presumido.

Ao deixar o bar, Daniel está perdido em pensamentos. Quando entendeu que o flerte era apenas uma diversão inofensiva, abriu-se com Mike, fez uma segunda confissão, e a cada vez que conta sua história, cada vez que diz as palavras "eu sou gay", aquilo parece ainda mais natural, ainda mais certo.

— Quer ir à sala dos fundos? — disse Mike, depois de conversar por uma hora, e Daniel hesitou. Ele queria ir, mais que tudo na vida, mas não conseguiu. Não conseguiu ser infiel, não conseguiria fazer isso com Bee nem consigo mesmo. Já era ruim o bastante ser infiel em pensamento. O ato físico seria devastador demais naquele momento.

Precisou de todas as suas forças para dizer que não.

Mesmo agora, caminhando até o seu carro, ele fica tentado, algumas vezes, a dar meia-volta, entrar novamente no bar, deixar que Mike o tome pela mão e o leve para a sala dos fundos.

Ele chega ao carro, dirige até a rodovia e, ainda que lute contra o desejo de retornar em cada uma das saídas, finalmente consegue chegar em casa.

Mas aquela já não parece ser mais sua casa.

Lizzie e Stella estão com uma amiga, e Bee, que nunca passa uma noite longe das meninas, está preparando a mesa para o jantar.

Ela quer que esta noite seja especial, uma precursora da viagem, e como é péssima cozinheira, passou mais cedo no mercado e comprou peito de frango recheado, arroz integral, várias saladas — os pratos preferidos de Daniel.

O iPod está ligado na caixa de som, a música é romântica, e, ainda que Bee se sinta um pouco ansiosa — os dois vão ficar um tanto perdidos na grande mesa francesa do século

XVIII, na sala de paredes vermelhas feita para jantares formais —, se comerem na cozinha como sempre fazem vão acabar sentando sem conversar muito, Daniel talvez comece a ler os jornais no meio da refeição e o jantar vai acabar em dez minutos.

Hoje Bee quer relaxar. Sem crianças... sem desculpas... ela quer acender velas, tomar vinho e conversar com o marido. Realmente conversar. Quer entrar em contato com Daniel, como fizeram em Nantucket. Quer que a noite seja romântica. Quer que ele lembre por que estão juntos, por que se casaram. O que significa se amarem, pois, independentemente do que esteja acontecendo, Bee tem certeza de que Daniel a ama, só precisa de ajuda para demonstrar isso.

— Você acha que deveríamos fazer alguma reserva antes de ir? Estava folheando uma revista, podíamos alugar um barco, sair para um piquenique.

— Claro — responde Daniel, forçando-se para engolir outra garfada de frango. Ele tem um nó na garganta, não sabe como vai conseguir.

— Daniel, pelo amor de Deus — diz Bee, suspirando e batendo ruidosamente a faca e o garfo. — Você poderia demonstrar um pouco de entusiasmo? Você concordou em alugar essa casa em Nantucket e agora parece nem querer ir, o que, francamente, está estragando tudo para mim.

— Não é que eu não esteja entusiasmado. — Daniel também apoia a faca e o garfo e fecha os olhos por alguns segundos. Abre-os novamente e vê que Bee o observa, intrigada.

— O que foi? — pergunta Bee, a voz quase um sussurro. — Tem alguma coisa errada, não tem? Sou... eu? É isso? Você quer me largar?

Bee nunca perguntou isso antes. Talvez tivesse muito medo de ouvir a resposta, e Daniel, até muito pouco tempo atrás, jamais imaginou que aconteceria desta forma.

Quando ele ergue os olhos e finalmente encontra os dela, percebe que a mulher espera ouvi-lo dizer: "Não, não, não seja boba, é claro que não."

Mas não consegue dizer isso. Não agora. Este é o momento, percebe Daniel. É sua oportunidade, que parece assustadora e irreal, mas, se ele não a aproveitar, não sabe como poderá continuar a viver uma mentira tão grande, uma mentira que parece crescer a cada hora.

Daniel se esforça para encontrar palavras. Ele não queria que fosse desse jeito. Comprometeu-se em fazer mais algumas sessões particulares com o dr. Posner, para pensarem um modo de contar a Bee, mas ele precisa dizer tudo agora, e, enquanto ele tenta se expressar, Bee põe a mão sobre o peito.

— Ah, meu Deus! — suspira. — Você quer. Acho que vou vomitar. — Bee salta da cadeira e corre para o banheiro, onde se dobra sobre a privada.

— Bee, me desculpe. — Daniel corre atrás dela e a ajuda a se levantar, depois fica parado, indefeso, enquanto ela limpa a boca.

— Só me diga — diz Bee. — Diga por quê. As coisas estavam indo bem. Achei que estivéssemos progredindo, por isso essas férias, pelo amor de Deus. Ai, meu Deus — geme Bee. — As férias. O que eu vou fazer?

— É que eu não estou feliz — diz Daniel. — Não posso continuar fingindo que as coisas estão bem, quando na verdade não estão.

— O que você quer que eu faça? — pergunta Bee, em voz baixa. — Do que você precisa? Eu faço. Desculpe por pressionar você por sexo. Desculpe. Não vou fazer de novo. Do que você precisa? Posso fazer o que você precisar, eu juro. Daniel, eu te amo, faço qualquer coisa para que isso dê certo. — O desespero brilha nos olhos dela. Ela implora, convencida de que vai encontrar uma solução.

— Não há o que você possa fazer — diz Daniel, triste. — Eu juro, não tem nada a ver com você. Só comigo, preciso descobrir o que quero.

— Então descubra. Você não precisa me largar para descobrir. Fique. Vou ajudar você, ou dar o espaço de que você precisa. Você pode dormir no quarto de hóspedes se quiser, mas não vá embora. Por favor, não vá. E quanto às meninas? E quanto a mim? — Nesse momento, a última gota de energia parece abandonar Bee, ela tomba no chão em soluços. Daniel quer apenas abraçá-la para melhorar a situação, mas não consegue.

Também não consegue dizer a verdade. Dizer que já se sente aliviado. Que sente mais dor do que poderia ter imaginado, por magoar Bee, deixar as meninas, mas que a nuvem que pesava em seus ombros por toda sua vida, a nuvem que só ficou mais escura e pesada ao longo do casamento, finalmente se dispersou.

Daniel não pode dizer que o casamento está terminado nem os motivos para isso. Ainda não. Há um limite para a dor que podemos causar a uma pessoa de uma vez só, percebe ele, e não é necessário que ela saiba — haverá um momento para isso mais tarde.

Para outras pessoas, talvez seja mais fácil desfazer todos os nós com um corte só, mas Daniel não consegue. A ideia de precisar de espaço parece certa. Algo com que Bee possa viver, algo que não seja o fim do mundo para ela.

Daniel sabe que essa pode ser uma falsa esperança, mas prefere ser suave, delicado, descobrir como soltar a bomba quando ela estiver mais forte, um pouco mais acostumada com a ideia de lidar com a vida por conta própria.

— Eu te amo, Bee — diz Daniel. — Me desculpe, mas não posso mais ficar.

— Para onde você vai?

— Vou ficar num hotel hoje. Depois vejo para onde ir. Vou telefonar amanhã, talvez eu possa encontrar as meninas depois da escola. Neste momento, preciso ir para o quarto e fazer as malas.

Ele estende a mão para Bee, mas ela reaje quando ele tenta consolá-la, logo, ele a deixa no chão, com lágrimas escorrendo pelo rosto, e sobe as escadas para jogar algumas de suas coisas numa mala antes de sair porta afora.

CAPÍTULO 12

Michael se dá conta de que não tem passado muitas noites sozinho ultimamente. A maior parte do seu tempo é ocupada por Jordana, e nas os noites em que não estão juntos ele geralmente está com amigos — drinques, um jantar tranquilo num restaurante de bairro; a típica vida nova-iorquina.

Hoje Jordana voltou para Long Island — ela e Jackson iriam a algum evento beneficente, e Michael não fez muitas perguntas sobre isso. Tenta não pensar em Jackson, em como o homem se sentiria, em que tipo de pessoa Michael deve ser, dormindo com a mulher de outro. Só assim consegue fazer isso.

Jordana tem sido como uma droga, uma obsessão, mas aos poucos ele se sente despertando de um sonho. Lentamente, começa a se perguntar que diabos está fazendo.

Há apenas duas semanas, achava Jordana a mulher mais maravilhosa que já vira. Sempre pensou que fosse interessante, mas depois que se envolveram passou a achá-la bonita, mais que bonita. Deslumbrante.

E agora, de uma hora para outra, passou a notar que tem má postura, os ombros caídos para a frente quando anda. Sua voz é estridente e anasalada, o que ele antes considerava um charme, mas agora parece um pouquinho irritante. No início, Michael se enternecia ao notar que ela estava tentando mudar para agradá-lo, trocando os saltos altos por sapatos baixos, o spray de cabelo por fivelas para prender o rabo de cavalo que ele adora, mas agora lhe parece estranho que uma mulher tenha tão pouca autoestima a ponto de se transformar completamente para se adequar ao homem com quem está.

Ao que parece, a ilusão está desaparecendo, e de repente ele se dá conta de que não sabe como se livrar da situação. Michael está no mesmo emprego há vinte anos — é mais que um emprego, é sua vida, sua família, e ainda que, de tempos em tempos, tenha pensado em partir para outro lugar, jamais achou que seria por uma situação como essa.

Jordana, que sente seu afastamento, parece ficar ainda mais ávida, mais desesperada, mais apaixonada.

Michael precisava dessa noite, uma noite de descanso só para ele, precisava disso mais do que podia imaginar. Uma noite de liberdade, interrompida apenas pelas diversas mensagens de texto que recebe de Jordana.

> ei. tédio aqui. MUITA saudade! bjs J
> kd vc? quero ligar! t amo!
> me liga?
> Tentei ligar. Não atende. Tô preocupada... bjssss

No bar, guardou o telefone no bolso do paletó e o pendurou no encosto da cadeira, tentando ignorar os toques.

— Pelo visto tem alguém atrás de você, camarada — disse o inglês sentado ao lado de Michael, indicando com um sorriso o bolso do paletó, que vibrava.

Michael ergueu as sobrancelhas e deu de ombros.

— Estou tentando desaparecer hoje à noite.

— Ah, a patroa está dando dor de cabeça?

— Mais ou menos. Não a patroa. A amante.

O inglês sorriu e piscou um olho, com cara de quem entende a situação.

— Problemão, então. O marido descobriu?

— Nossa — grunhiu Michael. — Tomara que não!

— Amigo seu, ele?

— Algo assim. — Michael pediu uma cerveja para si e uma para seu novo amigo. — É meu chefe.

— Mulher do chefe? Tem que ter colhões, camarada. — O homem sacudiu a cabeça. — Temos uma expressão lá na minha terra: não jogue o lixo na porta de casa.

— É, bem — disse Michael. — Queria ter ouvido isso há algumas semanas.

— Saúde. — O homem ergueu o copo. — Aos segredos e mentiras.

Segredos e mentiras? Michael sabia que não era isso o que ele queria ser, não era assim que queria viver.

— Não — falou, com uma pausa. — Às novidades e recomeços. — E virou o resto da garrafa num só gole.

Michael está dormindo quando ouve o toque. Muitas e muitas vezes. A princípio, escuta-o no sonho, e, despertando do sono, entende que não é sonho, é real. Estica-se para apanhar o telefone, mas ouve apenas o sinal de linha, e é então que se dá conta de que não é o telefone, é a campainha.

Olha de relance para o relógio ao cambalear na escuridão para atender o interfone. São 2h37 da manhã. Quem diabos está tocando a campainha às 2h37?

— Sim? — A voz rouca de sono.

— Michael? Sou eu. Jordana.

— Jordana? São 2h37 da manhã. O que você está fazendo aqui?

— Michael, dá para me deixar entrar? — pede Jordana. — É perigoso aqui fora.

Momentos depois, ela aparece na porta.

— Larguei o Jackson — anuncia, arrastando uma grande mala Louis Vuitton para dentro do apartamento minúsculo.

— Hã? — Michael está quase sem palavras, mas consegue cuspir a interjeição.

— Acabei de fazer isso — responde Jordana, olhando para Michael com lágrimas nos olhos, embora ele não saiba ao certo se são de tristeza ou de alegria.

— Como assim, largou o Jackson? — Michael sente uma súbita falta de ar; não faz ideia do que dizer.

— A gente teve uma briga feia hoje à noite — diz Jordana, trazendo a mala para o quarto, como se estivesse em casa. — Não estou muito orgulhosa de mim mesma, mas disse ao Jackson que ele não me fazia feliz e que nosso casamento estava acabado.

— Ele não... — Michael sente-se enjoado. Olha para Jordana, incrédulo com o que ela acabou de fazer. E, minha nossa, se ela foi capaz disso, talvez tenha contado tudo! — Ele não sabe sobre... nós?

— Não! — Jordana ri. — Você está doido? Ele iria me *matar*. Santo Deus, provavelmente mataria você também. Eu nunca contaria, embora ele tenha perguntado se eu estava com outro.

— O que você falou? — Michael ainda se esforça para acordar daquilo que, cada vez mais, parece ser o pior pesadelo de sua vida.

— Eu perguntei por que os homens sempre acham que é um outro cara, por que não acreditar que estou infeliz e não quero mais ficar com ele?

— Minha nossa, Jordana — diz Michael. — Eu só... eu não esperava que fizesse isso. Podíamos ter conversado, você podia ter me preparado. Onde vai morar? — Michael ergue os olhos bem a tempo de ver a expressão de Jordana se abater.

— Como assim? Achei que pudesse ficar aqui. Com você. Nossa, Michael. Achei que você ia gostar.

— Eu... — Michael suspira. — Só estou chocado, Jordana. É claro que você pode ficar aqui. Hoje. Mas amanhã vai ter que procurar outro lugar. Se o Jackson descobrir, isso vai acabar com ele.

— O Jackson não vai descobrir.

— É um risco que eu não posso correr.

— Tudo bem — responde Jordana. — Vou arrumar um hotel aqui por perto, assim podemos nos encontrar às escondidas. Ei! Isso é até bem romântico!

Jordana caminha até onde Michael está, sentado na cama, e fica em pé na frente dele com um sorriso sedutor no rosto, um sorriso que Michael costumava achar muito sensual, mas que agora parece simplesmente aterrador.

— Diga que está feliz — sussurra, tocando-o com seus dedos pequenos e frios, acariciando-o do jeito que ele gosta. — Diga que está feliz em me ver. — Jordana faz bico como uma menininha. — Achei que Mikey ficaria feliz de ter sua garota só para ele.

— Estou feliz — mente Michael quando Jordana o empurra na cama e monta em seu corpo, e então ele para de pensar no que quer que seja.

— Estou tão nervosa — diz Nan, rindo. Ela retira as luvas de jardinagem e se senta no banco da horta, tirando um maço de cigarros do cesto a seus pés. Sarah finalmente conseguiu livrar a casa do cheiro de fumaça e se recusa a permitir que Nan fume em qualquer lugar além do jardim.

— Por quê? — Sarah ergue os olhos de onde está, ajudando Nan a plantar no resto do jardim, com um punhado de sementes na mão.

— Eu sei que é ridículo. Por que ele não adoraria Windermere? Mas sinto como se fosse uma entrevista; e se ele não gostar de nós?

— A senhora disse que gostou dele no telefone, então é um bom começo, não é?

— É verdade. Parece incrivelmente simpático. Infeliz, mas sensível. Um bom primeiro hóspede, eu diria.

— Você sabe alguma coisa sobre ele?

— Disse que a mulher e as filhas estavam passando férias em Quidnet, e queria algum lugar pequeno e barato na ilha, onde pudesse ficar perto delas.

— Ele quer ficar o resto do verão? É um bom começo.

— Disse que pretende ir e vir por algum tempo, mas adoraria ter um quarto por todo o mês de agosto, e obviamente vai pagar tudo adiantado.

— E quando ele chega?

— Por volta das três. Ai, espero mesmo que ele goste de nós. — Nan apaga o cigarro com o pé e recoloca as luvas de jardinagem. — Agora, onde você acha que é o melhor lugar para escorar estes tomates? Cresceram demais, eu deveria ter podado a planta mais cedo.

Se é possível ganhar nova vida depois de três semanas de faxina, pintura, revestimento, marteladas, tingimentos e costuras, então uma nova vida é exatamente o que Nan conseguiu.

Não tem tempo para nadar nas piscinas dos vizinhos. Até porque as multidões do verão agora chegaram de vez, e ela sabe do risco. Tampouco tem tempo para pedalar pela cidade.

Outras mulheres talvez estivessem exaustas, na sua idade, se tivessem trabalhado o quanto ela trabalhou para deixar a casa em ordem, mas Nan se sente viva novamente. Assim que Daniel telefonou, ela soube que aquele homem seria perfeito para a casa, e espera que a casa seja perfeita para ele.

Pela primeira vez em anos, Nan sente vontade de dar festas outra vez. Está bastante ciente de sua reputação de reclusa, pois, ainda que goste de perambular pela cidade o tempo todo, é bastante raro que pessoas venham até a sua casa, e, na verdade, não teve vontade de receber visitas nos últimos anos.

Mas, agora, andando pela casa, que de tão fresca e limpa até parece nova, pedalando pela entrada da garagem que ela e Sarah dedetizaram com garrafões de herbicida para que as ervas daninhas não escondessem as conchinhas brancas, ela quer exibir a casa.

Quer que Windermere volte a ser a casa de que ela se lembra, a dos velhos tempos.

— Sarah! — grita, fitando o velho bordo do jardim. — Você acha que é possível conseguirmos pisca-piscas nesta época do ano?

Sarah larga a pá e caminha até Nan.

— Acho que tudo é possível na era dos computadores. Por quê? No que você está pensando?

— Estou me lembrando das festas que costumávamos dar. Lydia, minha sogra, costumava prender luzinhas brancas nos ramos deste bordo. Pendurávamos lanternas no topo, era como dançar debaixo de mil luas.

Sarah se põe a rir.

— Minha nossa, Nan. Você já está planejando uma festa?

— Não sei — responde Nan. — Mas estava me lembrando do quanto era bonito. Gostaria de ver aquela imagem outra vez. Queria ver este lugar ganhar vida.

Michael ergue os olhos com uma expressão abatida quando a porta do ateliê se abre. Antigamente, costumava ficar sozinho por dias inteiros. Adorava a solidão, adorava o silêncio. Para ele, criar joias era como meditar — não precisava pensar, sentia apenas que sua mente se acomodava numa paz que lhe permitia encontrar sua fonte mais profunda de criatividade.

Nas últimas semanas, Jordana mudou essa situação. Entra e sai o dia inteiro, e ainda que Michael tenha gostado da movimentação no início — era empolgante, revigorante, energizante —, agora anseia pela paz e pela quietude de antes.

Mas não é Jordana. É Jackson, e assim que o vê, Michael sente uma culpa terrível.

Michael vem conseguindo evitá-lo — é fácil, porque Jackson tem passado muito tempo em Long Island, e, nas raras ocasiões em que veio à cidade, foi fácil fingir, foi fácil ficar tranquilo, simular as mesmas conversas e piadas amigas que mantiveram por anos.

Como fazer isso hoje? Como, sabendo que Jordana abandonou o marido na noite anterior, veio ao seu apartamento e passou a noite? Como poderá fingir, agora que está trepando com a mulher dele, e isso parece ter arruinado a vida do homem?

Jackson tem uma aparência miserável. Caminha como um velho, com olheiras sob os olhos vermelhos, exaustos, envelheceu dez anos da noite para o dia.

— Você está bem? — pergunta Michael, sem conseguir pensar em mais nada para dizer.

— Não muito. — Jackson puxa um banquinho e senta, suspirando profundamente. — Jordana me largou.

— O quê? — Michael finge estar chocado, mas com as palavras vem um desgosto genuíno. Ele nunca teve a intenção de que aquilo acontecesse, nunca quis machucar ninguém, muito menos Jackson, que sempre o tratou muito bem ao longo de tantos anos. Jackson, a quem ele deve tudo.

— Jackson, isso é horrível. Sinto muito.

— Não consigo mesmo acreditar. — Jackson sacode a cabeça. — Ela disse que estava infeliz, que eu não estava dando a ela o que precisava. Michael, eu dei tudo a essa mulher!

— Eu sei. — Michael se acomoda na cadeira, desconfortável, sentindo enjoo, tristeza e medo, desejando poder voltar no tempo, não ter sido tão impulsivo, não ser a causa de toda aquela dor.

— O que mais alguém poderia querer? Eu amo Jordana. Eu amo essa mulher. Ela é tudo para mim.

Horrorizado, Michael observa enquanto Jackson começa a chorar.

— Jess! Café da manhã! — grita Daff pela escada, depois volta à cozinha, colocando os ovos fritos nas panquecas.

Daff sempre quis ser o tipo de mãe que prepara o café para a filha todos os dias. O tipo que faz sua própria granola, que assiste ao programa de Martha Stewart e copia alguns, quando não todos os trabalhos apresentados, que tem uma bela horta no jardim dos fundos, com tomates enroscados em obeliscos de arame e clematites tombadas sobre uma fenda de madeira branca.

Ela conhece mulheres assim. Há centenas de mães na escola que fazem exatamente isso, que têm armários imaculados cheios de peças de artesanato, que trazem belas casas de boneca para as apresentações dos filhos na escola, construídas com caixas de sapato e retalhos de papel de parede.

Daff vem se sentindo inadequada perto dessas mulheres desde que Jess entrou no jardim de infância. Nada, até antes disso — desde o maternal. São as mães que competem para trabalhar como voluntárias na escola primária, que organizam as reuniões de pais com bolinhos caseiros e limonada fresca, que praticamente flutuam pelos corredores da escola com sorrisos plácidos no rosto, que jamais se estressam, jamais ficam sobrecarregadas, e jamais — Deus as livre — gritam com os filhos.

Às vezes, Daff se pergunta se Jess a trataria melhor, seria mais simpática, se ela fosse uma mãe melhor. Se preparasse ela mesma a receita completa do macarrão com queijo, em vez de comprar o produto pronto. Se ela, e não a sra. Entenmann, fizesse os biscoitos com gotas de chocolate e os levasse às festas da escola. Em resumo, se ela fosse como essas outras mães — "Supermãe", pensa, sarcástica.

A Supermãe não tem uma filha que a despreza sempre que ela tenta conversar. A Supermãe não tem pilhas de papéis e contas ocupando quase todo o espaço do balcão da cozinha, e a Supermãe não dá cereais à filha no café da manhã, dia após dia, sempre.

Por isso, hoje Daff vai ser a Supermãe. É sábado, seu fim de semana com Jess, e ela está determinada a fazer com que seja bom. Vai levar Jess para ver um casal de amigos, Barb e Gary, que têm um belo haras em Roxbury, em Connecticut.

O casal tem quatro filhos, e quando eram todos jovens, quando Barb e Gary eram seus vizinhos, a filha mais velha do casal era a melhor amiga de Jess. Não se veem há algum tempo, e Jess sempre adorou andar a cavalo; assim, Daff espera que Jess goste da surpresa de passar o fim de semana lá.

Agora que Daff é mãe solteira, os fins de semana são uma luta. Ela sente a necessidade de estar presente de uma maneira que nunca sentiu, de pensar em coisas maravilhosas para fazer com a filha, de mantê-la feliz. Quando era casada, ela e Richard faziam apenas o necessário nos fins de semana — compras, viam os amigos, cuidavam do jardim —, e Jess simplesmente se encaixava no programa estabelecido.

Mas nada parece deixar a garota contente hoje em dia. Este fim de semana pelo menos será divertido, e Jess sempre fica melhor quando tem crianças da mesma idade por perto.

— Jess! — Daff volta para a escada e a chama mais uma vez. Por fim, sobe a escada e bate na porta do quarto, exasperada. — O café está na mesa — fala, tentando conter a irritação na voz, pois não é assim que quer começar seu fim de semana. — Estou te chamando.

Silêncio.

Daff abre a porta, hesitante, mas não há sinal de Jess.

— Jess? — pergunta e vai olhar no banheiro.

Nada. É o seu banheiro "particular", porque Jess decidiu que o que é dela é dela, e o que é de Daff também — escovas de cabelo, condicionador, sabonete líquido e maquiagem, tudo desaparece regularmente —, mas Jess não está lá.

— Jess? — A voz de Daff fica mais aguda agora, ela grita para o andar de baixo. Não encontra a menina na sala de estar, na sala de jantar, na biblioteca. Ela não está em lugar algum.

Daff se vê correndo pela casa, gritando o nome da filha, o pânico subindo pela garganta quando o telefone toca. Atende ofegante, sentindo as lágrimas que começam a surgir.

— Sou eu, Richard. A Jess está aqui. É melhor você vir.

Daniel não tem ido a lugar nenhum sozinho, para fazer qualquer coisa além de trabalhar, há um bom tempo. É uma sensação muito estranha estar nesta barca, cercado de famílias que saem de férias, sair de férias mas sem sua família.

Ele queria ter viajado junto delas, queria passar o maior tempo possível com as meninas, mas Bee discordou.

— Você nos largou — silvou Bee quando o desconsolo finalmente começou a dar lugar à raiva. — Não pode fingir que ainda faz parte desta família.

— Mas eu faço — disse Daniel, ferido e consternado. — Sou o pai delas. Isso nunca vai mudar. Sempre vou fazer parte da família delas.

— Sim, mas não faz mais parte da minha — disse Bee, batendo o telefone.

Alguns dias eram melhores que outros. Em alguns dias Bee ficava bem, em outros estava aos prantos, em outros ela implorava e em outros ainda, especialmente nos últimos tempos, ficava enfurecida.

Então chegaram as férias, e Daniel se recusou a deixar que Bee permanecesse com as meninas em Nantucket por um mês inteiro. Insistiu em estar lá também, quis ir junto, fingir, pelo bem das meninas, mas Bee se recusou.

— Se você quiser ir na mesma época, não posso impedir — falou. Acrescentou, relutante: — E as meninas gostariam. Mas não espere que eu finja que está tudo bem entre nós. Não foi escolha minha. Eu nunca teria escolhido isto.

Daniel procurou casas para alugar na internet, queria algo barato e fácil. Um lugar que ele pudesse deixar quando voltasse para trabalhar, viajando de volta para Massachusetts nos fins de semana.

Barato e fácil não sai barato nem fácil em Nantucket. Daniel não precisava de muito. Uma casa inteira parecia uma extravagância. Imaginou que conseguiria um apartamento pequeno em algum edifício, mas nada parecia adequado, e nada estava em sua faixa de preço. Ele nunca tivera que se preocupar com dinheiro antes, mas não fazia ideia do quanto teria que pagar de pensão para as filhas e para Bee, e agora não era o momento para extravagâncias.

Encontrou um quarto num velho casarão. Parecia limpo. Tinha uma bela vista. A proprietária disse que adorava crianças, que haveria espaço mais que suficiente para que as meninas viessem e dormissem lá.

No momento em que ela disse isso, Daniel tomou sua decisão.

CAPÍTULO 13

Daff nunca foi à casa de Richard, e não consegue evitar a curiosidade. Ela o segue pela cozinha, reparando nos móveis que ele levou de casa e nas coisas novas que comprou — os tapetes, a televisão de plasma, as prateleiras.

Está tudo muito limpo e arrumado, muito mais que a casa de Daff. Richard passou o casamento inteiro reclamando da bagunça dela, e ela fica surpresa ao ver como ele é organizado. Não há uma folha de papel fora do lugar nem uma pilha em nenhuma das bancadas da cozinha. Tampouco há qualquer coisa das que, para Daff, faz de uma casa um lar. Fotografias, convites presos na geladeira, livros de culinária empilhados de qualquer maneira nas prateleiras. Os pequenos objetos que ela colecionou ao longo dos anos, as conchas, as caixas interessantes.

"Eu não poderia viver assim", pensa Daff, sentando-se à mesa da cozinha — comprada na Pottery Barn, ela a reconheceu do catálogo — e olhando ao redor, cheia de expectativa.

— Onde ela está? — pergunta Daff. — Fiquei tão preocupada. Não acredito que saiu de casa e veio até aqui. Como ela conseguiu chegar?

— A pé — responde Richard, sério.

— A pé? Mas são quilômetros.

— Saiu às três da manhã.

— O quê? — Daff se endireita bruscamente na cadeira, chocada. — Às três da manhã? Com 13 anos? Ai, meu Deus! Poderia ter acontecido um monte de coisas.

— Eu sei. Foi o que eu disse.

— Não acredito. Isso merece um castigo. Vamos ter que controlar os horários dela de agora em diante.

— Concordo — responde Richard, tranquilo —, mas temos um problema maior.

— O quê? — Daff sente medo.

— Ela não quer voltar para casa.

— Como assim, não quer voltar para casa?

— Está com essa ideia de morar comigo e se recusa a voltar.

— Não pode se recusar a voltar. Bom, poder pode, mas tem 13 anos. Não pode fazer o que bem entende. Ela vai voltar para casa.

— Era sobre isso que eu queria falar com você. Eu sei que vocês duas estão tendo problemas, e, ainda que não vá ser permanente, acho que talvez, agora, o melhor seja deixá-la ficar algum tempo.

— Como assim, algum tempo?

— Não sei, tenho certeza de que é só uma fase, mas ela está inflexível, e não vejo mal em tentar.

— Mas eu sou a mãe dela — diz Daff, exaltada. — Ela tem que ficar comigo.

— Daff, isso não quer dizer que você esteja sendo uma mãe ruim — comenta Richard com delicadeza. — Minha irmã detestava a minha mãe quando era adolescente, e veja as duas agora, são grandes amigas, e você jamais saberia o inferno pelo qual passaram tantos anos atrás. A Jess me lembra a minha irmã, e talvez essa seja apenas uma fase pela qual as meninas passam. Acho que se vocês duas tivessem algum espaço, talvez ajudasse.

— Não sei o que dizer — responde Daff em voz baixa e, detestando-se, sente-se dividida. Uma parte está desesperada para se prender à filha. Não há nada como a relação entre mãe e filha. Como Richard poderá conversar com Jess sobre meninos, maquiagem, menstruação, todas as coisas com as quais terá que lidar a qualquer momento? Outra parte quer paz e tranquilidade, viver numa casa em que não se sinta pisando em ovos a cada minuto do dia enquanto a filha está presente, esperando a próxima erupção, chorando baixo no quarto ao final do dia, perguntando-se se algum dia a terá de volta.

— Ela ama você. — A expressão de Richard fica mais branda ao ver que os olhos de Daff se enchem de lágrimas. — A menina só está cheia de hormônios e não sabe o que fazer com todas essas emoções.

— Eu sei — Daff engole em seco. — Eu era assim também. Mas, Richard, você trabalha. Como vai conseguir cuidar dela? Quem vai ficar em casa quando ela descer do ônibus? Como você poderia cuidar dela?

— Eu também tenho a Carrie — diz Richard. Ele não queria ter essa conversa, não ainda, mas Daff precisa saber.

— Carrie. A sua namorada?

— Sim. Ela acabou de se mudar para cá. É escritora e trabalha em casa. Fica aqui o tempo todo.

— E ela não se importa em cuidar da Jess?

— Elas se dão bem. Não sempre e, nossa, não é fácil, mas a Carrie parece saber no que está se metendo e apoia qualquer coisa que possa facilitar a vida de todos nós.

— Será que posso conhecê-la?

— Acho que deveria. Pensei que vocês duas podiam tomar um café. Vai ser mais fácil sem a minha presença.

— Tudo bem — responde Daff. — Você vai ter que me deixar digerir tudo, Richard. — Daff suspira. — É muita coisa. Eu simplesmente não sei.

— Eu entendo — responde Richard, ficando de pé. Mas, de súbito, Daff parece tão perdida que ele se pega estendendo os braços, e Daff sem pensar dá um passo à frente e permite que ele a abrace.

— Sinto muito — sussurra Richard, chocado ao notar o quanto aquilo parece familiar, percebendo que, embora tenha seguido sua vida com Carrie, jamais se desapegará inteiramente, e não só porque os dois têm uma filha juntos. Está arrependido. Pode ter encontrado a felicidade, mas as consequências da infidelidade são tão maiores (é tão doloroso ver Jess tão infeliz, e Daff tão perdida) que ele ainda se pergunta no que diabos estava pensando quando fez aquilo.

— Eu sei — responde Daff, com lágrimas que lhe escorrem pelo rosto. — Posso ver a Jess?

JESS ESTÁ SENTADA NA CAMA, DE pernas cruzadas, escutando seu iPod. Tira os fones de ouvido assim que vê Daff e, por um momento, parece arrependida.

— Oh, Jess. — Daff se lança em direção à menina e a toma nos braços, e Jess se deixa embalar como um bebê.

— Desculpa mesmo, mãe — diz Jess. — Não pensei no que poderia acontecer. Eu só queria ver o papai.

— Eu sei. Mas, por favor, nunca mais faça isso.

— O papai falou com você?

— Sobre morar aqui?

— É.

— Você quer fazer isso?

— Não é que eu não queira morar com você — responde Jess, com a expressão da menina de 5 anos que foi um dia. — É só que eu sinto muita falta do papai. Quero morar aqui um tempo.

— Eu falei que pensaria a respeito — diz Daff, segurando as lágrimas enquanto olha ao redor, para o quarto. — Ei, adorei este quarto. Quem pintou o mural? — Aponta para um mural do filme *Hairspray – Em busca da fama*.

— Foi a Carrie — responde Jess, tímida. — Ela sabe que é meu filme preferido, por isso pintou o mural pra me fazer uma surpresa.

— Nossa! Ela é boa mesmo!

— Ela também me ajudou a decorar o quarto. — Jess aponta para o *futon*, as almofadas, as prateleiras. — Fomos juntas comprar tudo e foi muito legal. Eu não queria contar pra você — olha embaraçada para a mãe —, tipo, eu não sabia o que contar. Sobre a Carrie e tal.

— Tudo bem — responde Daff. — Estou feliz por saber que o papai tem uma namorada. Você gosta dela?

Jess dá de ombros.

— Às vezes. Tipo, gosto quando estamos só nós duas, mas não entendo por que ela tem que ser a namorada do papai. Não acho que ele precise de uma namorada, mas talvez depois de algum tempo eles possam ser só amigos. Isso seria muito melhor.

— Eu entendo você — diz Daff. — Deve ser muito difícil ter que dividir o seu pai.

— É. Agora que eles estão morando juntos, ela está sempre por perto, então não sobra um momento só entre mim e ele. É por isso que quero ficar, morar aqui, tipo, porque assim vou ter muito mais tempo com ele.

— Você acha?

— Ah, sim. Ele já falou. Então, posso, mãe? Posso vir morar aqui? Ainda vou ver você o tempo todo, mas posso ficar aqui? Você já pensou?

— Ainda não. — Daff sorri, afagando as costas da menina e pensando como é bom ter esta conversa. Faz meses que Jess não fala com ela sobre qualquer coisa sem um ar de desdém, e é um grande passo que ela revele o que sente por Carrie. No fim das contas, talvez não seja uma ideia tão ruim. Talvez possam fazer um teste durante o verão, ver como funciona.

Mas isso também deixa Daff por conta própria. Que diabos vai fazer, completamente só?

A RESPOSTA CHEGA ENQUANTO DAFF volta para casa. Está pensando no trabalho, nos imóveis que tem listados, no que pode fazer para vendê-los, quando se lembra das fotos que estava examinando daquela casa. Nantucket.

Por que não ir até lá? É a primeira vez em treze anos que ela não precisa pensar em outra pessoa. Poderia viver uma aventura. Ir a algum lugar novo. Conhecer gente nova.

Atendo-se à ideia de pesquisar na internet um local para alugar em Nantucket, Daff sorri por todo o caminho de volta.

MICHAEL ENTRA NO APARTAMENTO, sentindo cheiro de manteiga derretida e alho. É um aroma maravilhoso, é como se tivesse se equivocado e entrado no apartamento de outra pessoa, ou no restaurante da esquina.

— Oi? — Enfia a cabeça, hesitante, pela porta da cozinha, pois pensou que Jordana fosse embora hoje, fosse ficar com amigos, procurar um hotel, *alguma coisa,* e não sabe se poderá suportar a culpa agora que Jackson o escolheu como confidente involuntário.

Jordana, que está fritando cebolas e alho no canto da pequena cozinha, ergue os olhos com uma expressão de prazer.

— Pensei em fazer um jantar para você — comenta. — Para agradecer por ter me recebido ontem.

— Não pensei que fosse estar aqui — responde Michael. — Achei que fosse para um hotel.

— Eu vou — diz Jordana. Sua expressão se abate ao notar a insatisfação em Michael. Achou que ele iria adorar: que homem, que solteiro que se preze, não adoraria uma bela mulher lhe preparando o jantar?

Michael claramente precisa, acima de tudo, de uma mulher para cuidar dele. Jordana não só fez compras e cozinhou — e seus dias na cozinha já haviam ficado muito para trás — como também limpou o apartamento. Para Jordana, ele precisa perceber o quanto ela é maravilhosa, como sua vida seria boa se os dois vivessem juntos, pois nota seu distanciamento, e esta é a única maneira que conhece para trazê-lo de volta, para se tornar indispensável, para fazer com que a vida de Michael seja melhor com ela do que sem ela.

Isso, e um sexo oral espetacular.

— Fiz uma reserva no St. Regis — diz Jordana, baixando a colher, desligando o gás e esfregando a mão lentamente pela frente da calça de Michael, que, apesar do que vinha pensando, solta um gemido.

— Você quer que eu fique ou que eu vá? — Jordana se ajoelha devagar e abre o fecho da calça de Michael, ciente do efeito que tem sobre ele, ciente de que é todo-poderosa nesta questão.

— Fique — geme Michael, e com um sorriso satisfeito no rosto, ela o agarra com a boca.

Michael larga a faca e o garfo e suspira. Está tentando comer o macarrão. Ele sabe que deve estar delicioso — parece delicioso, o cheiro é delicioso, e se ele conseguisse sentir qualquer gosto, não há dúvida de que seria igualmente delicioso, mas não consegue.

Forçou-se a engolir uma garfada, mas não pode continuar. Não pode brincar tranquilamente de casinha quando sabe, sem sombra de dúvida, que ele e Jordana não foram feitos um para o outro.

É como se acabasse de acordar de um transe, com o choque da dor de Jackson, o choque de ver suas vidas viradas de cabeça para baixo, o suficiente para trazê-lo de volta à realidade, uma realidade da qual Jordana não faz parte.

Qual é o problema? Ela está feliz. Michael é dela, Jordana está cega de amor por ele desde o primeiro beijo, e só conseguiu largar Jackson e virar a própria vida de pernas para o ar porque mal pensou no marido desde o dia em que suas fantasias se tornaram realidade.

Era por isto que ela estava esperando há tantas semanas, mas não era assim que deveria acontecer.

Nas fantasias dela, Michael continua tão amável como sempre, não, ainda mais, por estar repleto de gratidão ao ver a coragem que ela teve em abandonar o marido. Michael a recebe de braços abertos e lágrimas nos olhos, dizendo o quanto a ama, como irão recomeçar suas vidas.

Ela chegaria até mesmo a ter filhos por ele, e Jordana nunca quis ter filhos. Mas imagine Michaelzinhos, o produto do amor que sentem um pelo outro! Ela até já pensou em parar de tomar a pílula, porque, convenhamos, não está ficando mais nova.

E Jackson? Jackson superaria. Teria que superar. Em algum momento encontraria outra mulher, e então todos eles poderiam ser, se não amigos, ao menos pessoas com uma relação cordial. Jordana certamente não guarda nenhum ressentimento em relação a ele, não quer magoá-lo de forma alguma, mas Michael é a sua *alma gêmea*. Como ela pode perder uma oportunidade assim? Como poderia passar o resto da vida sabendo que está com o homem errado? Talvez leve tempo, mas Jackson acabará percebendo que Jordana não era sua alma gêmea, que ela fez a coisa certa.

O coração dela bate mais forte ao ver Michael se esforçar para mastigar. Michael não demonstra o que, para Jordana, deveria demonstrar. Parece um homem que carrega um peso nos ombros. Parece um homem prestes a dizer algo que ela não quer ouvir, e Jordana não quer que isso aconteça, quer voltar no tempo até quando tudo estava perfeito. Jordana sente uma onda de náusea quando Michael abre a boca.

— Não posso fazer isso, Jordana — diz ele, suavemente.

— Não pode fazer o quê? — Ela quase engasga.

— Eu vi o Jackson hoje. — Michael ergue o olhar e encontra o dela. — Ele está sofrendo tanto. Me senti péssimo. Não sei se posso fazer isso com ele.

— Eu sei — murmura Jordana, pensando que se a única preocupação de Michael for não magoar Jackson, ela pode lidar com isso, sabe como contornar a situação. — É claro que vai ser doloroso no começo, mas juro que, com o tempo, ele vai perceber que não combinamos.

— Talvez — responde Michael. — Vocês talvez não combinem, mas ainda assim... eu não posso...

— Não pode o quê?

— Não posso ficar com você — diz Michael por fim, em voz baixa.

Jordana suspira.

— Tudo bem. Sem problemas. Vamos dar um tempo até que as coisas se acomodem. Entendo que você se sinta muito mal com isso, o que talvez seja bom. Talvez seja arriscado demais continuarmos a nos ver, eu posso esperar. — Jordana se estica e segura a mão de Michael. — Vai valer a pena esperar — fala, num tom sério.

Segue-se uma longa pausa, e então Michael sacode a cabeça.

— Jordana, você é incrível. É bonita, inteligente, engraçada, talentosa...

— Ai, meu Deus — murmura Jordana, com os olhos bem abertos, incrédula. — Já sei que vem um "mas"...

— Numa outra vida você poderia ser tudo o que eu desejaria numa mulher, mas viemos de mundos muito diferentes. Não é só o fato de você ser casada, e de eu trabalhar para você e gostar do seu marido. Isso já é ruim o suficiente, mas tem mais. Você sempre falou de não misturar o seu mundo com o meu, de criar um mundo onde os dois possamos viver, mas não consigo enxergar isso. Não consigo ver como poderíamos fazer isso.

— Mas podemos — insiste ela. — Eu adoraria viver uma vida simples com você. Não precisamos de tanto. Eu desistiria de tudo por você.

— Mas eu não quero que você desista de nada — responde Michael. — Você não estaria sendo sincera consigo mesma.

— Eu tenho muitos lados diferentes. — O desespero de Jordana se torna evidente em sua voz à medida que ela tenta debater, tenta refutar seus argumentos. — Você só conhece um lado muito limitado e acha que é tudo, mas não é verdade.

— Não acho que você seja limitada, mas... — Michael suspira. É muito difícil. Em muito pouco tempo os dois ficaram incrivelmente próximos, mas ele sabe, finalmente sabe, que não há como ficarem juntos, e a relação precisa terminar. Como dizer isso sem destruí-la?

"Jackson te ama — diz Michael, tentando convencê-la. — Vocês podem ter seus momentos difíceis, mas quem não tem? Estão juntos há anos, não acho que deva jogar tudo fora por mim. Acho que vocês foram feitos um para o outro. Você talvez deva dar uma segunda chance a ele. Talvez precisem disso, de um estímulo para aproximar vocês dois."

— Você deve estar brincando, porra! — A voz de Jordana é forte; ela se apoia no encosto da cadeira e olha para Michael, incrédula. — Eu acabei com a minha vida e agora você me manda voltar para o meu marido porque não me quer. Cacete, não acredito no que estou ouvindo.

— Não é que eu não queira você. — Michael se sente patético diante da raiva de Jordana. — É só que eu não consigo nos imaginar juntos e não quero ser responsável por isso.

— Você é um covarde de merda. — Jordana fica em pé e bufa. — Só estava curtindo comer a sua chefe, até que a coisa ficou séria. Não acredito que caí nessa. Não acredito que caí na sua. Nossa! —Jordana passa os dedos pelo cabelo, correndo os olhos freneticamente pelo apartamento. — Eu fui tão burra.

— Por favor, não vá embora assim. — Michael fica em pé no caminho da porta sem saber o que fazer, enquanto Jordana joga suas últimas coisas na mala, recusando-se a olhar para ele, recusando-se a dizer qualquer coisa. — Podemos conversar?

Mas ela não diz palavra. Fecha o zíper da mala tão fechado quanto sua boca, passa furiosa por ele e aperta com força o botão do elevador, mantendo-se de costas para Michael enquanto ele fecha suavemente a porta do apartamento, sem saber muito bem o que sente. Mágoa. Tristeza. Alívio.

O TELEFONE TOCA ÀS 3H02 da manhã.

— Sou eu. — A voz de Jordana soa rouca do outro lado da linha. Ela estava chorando, a raiva de algumas horas atrás saiu de seu organismo no momento em que chegou ao quarto do hotel.

— Sim? — Michael é cauteloso.

— Desculpe — diz Jordana, e dessa vez cai em prantos. — Eu te amo. Amo mesmo. Nunca amei ninguém assim, e sei que fomos feitos um para o outro. Sei que pode dar certo. Por favor, não faz isso comigo, Michael. Por favor, me dê uma segunda chance, dê uma segunda chance a nós dois.

— Está tarde — diz Michael por fim. — Foi um dia exaustivo. Por que não vamos dormir e conversamos de novo pela manhã? Tudo vai ficar mais claro à luz do dia.

— Tudo bem — responde Jordana. — E eu te amo de verdade.

Michael desliga o telefone e vai até o computador. Abre um documento em branco no Word e começa a digitar.

JACKSON ESTÁ SENTADO NO ESCRITÓRIO e abre o envelope depois de olhar o endereço do remetente no verso. Por que Michael, seu joalheiro, escreveria? Desdobra o papel e começa a ler, sacudindo a cabeça, incrédulo, e depois apoia a cabeça nas mãos.

— Ai, meu Deus — fala, erguendo os olhos para o teto, a voz exaltada. — Por que eu? O que vou fazer agora, porra? — E com isso, apanha o telefone e liga para Jordana.

— Sei que não quer falar comigo — diz para o correio de voz. — Mas eu preciso falar com você. Venha até a loja hoje às três da tarde.

— Qual é o problema? — Pelo tom de Jackson ao telefone, Jordana sabia que havia algo errado, e estremece ao entrar no escritório.

— Bom, além do fato de a minha mulher ter me largado dois dias atrás, esta manhã recebi isso.

Desliza a folha de papel pela mesa em direção a Jordana; ao ver o nome de Michael no final da carta, ela se sente instantaneamente enjoada.

— O que é isso? — sussurra, mas já sabe.

— Leia — diz Jackson friamente, e ela obedece, terminando a carta e olhando para Jackson, confusa.

— Ele foi embora?

— Dá para acreditar? Cacete, durante vinte anos eu cuidei dele, e agora ele se demite. Sem aviso prévio. Sem nada. Que diabos vou fazer agora?

Jordana cai no choro.

CAPÍTULO 14

Michael está sentado num banco no cais de Hyannisport observando a partida do catamarã repleto de veranistas entusiasmados. Segue então para a velha barca, que leva o dobro do tempo, mas era assim que ele sempre ia e voltava quando criança. Não pareceria correto viajar de nenhuma outra maneira.

Michael já sente uma onda de empolgação por estar em casa, pelos aromas, as vistas, e, acima de tudo, pelo conforto de regressar ao lugar ao qual pertence, pois o último mês o deixou muito perturbado, ele precisa estar de volta à terra firme para reencontrar a estabilidade de que tanto precisa.

Sente-se péssimo por fugir, deixando Jackson e Jordana na mão, mas não conseguiu pensar em outras opções. O comportamento de Jordana o assustou, podia facilmente imaginar que ela contaria tudo, ou que se recusaria a aceitar um não como resposta, e Michael sabia que, quanto mais ficasse com ela, no meio dessa situação, mais perigosa ela se tornaria.

Michael nunca foi covarde, mas a necessidade de se afastar de Nova York, de voltar para casa, para seu lar, foi mais forte que ele, e sentiu que não tinha escolha.

Enviou um e-mail para todos os amigos, para ver se conseguia alguém para sublocar seu apartamento, e uma pessoa respondeu imediatamente — o amigo de um amigo vinha de

Londres e queria ficar por seis meses, pagava em dinheiro e não fazia perguntas.

Michael coloca a mochila nas costas e caminha para a barca, sorrindo consigo mesmo ao ver alguns carros alinhados trazendo barcos a reboque, com adesivos de "Permissão para Circular na Areia" nos para-choques, adesivos de anos atrás, cada ano uma cor diferente, cada ano proclamando seu direito de dirigir nas praias.

Isso traz muitas memórias. A cada ano, alguém, em geral vindo de fora, ficava atolado na praia, com as rodas girando loucamente na areia. Quando vê carros com esses adesivos em Manhattan — Range Rovers pretos e reluzentes —, esses adesivos que proclamam a exclusividade do dono, seu privilégio de tirar férias no lugar que se tornou um paraíso para milionários, Michael ainda sente vontade de rir. Ele sempre achou que esses adesivos pertenciam a velhos Land Cruisers, jipes velhos, picapes decadentes, e não seus equivalentes para administradores de fundos de ações.

Faz frio no convés, mas Michael quer ter o primeiro vislumbre da ilha. Quer descer do barco e caminhar entre as pessoas que formam fila para tomar sorvete no Juice Bar, passar pela loja da esquina que está lá desde sempre, vendendo bonés e camisetas de Nantucket, subir a Main Street para ver o que mudou desde a última vez em que esteve ali.

— Mike?

Michael ergue os olhos e sorri.

— Jeff?

— E aí, cara! — Os dois se abraçam. — Logo vi que era você! Não nos vemos há anos. O que tem feito? Ouvi falar que virou um grande joalheiro em Nova York.

Michael sorri.

— Nem tanto. Mas trabalhei para um grande joalheiro, ainda que, com certeza, você nunca fosse descobrir isso pelo meu salário.

Jeff sorri.

— E você? Ouvi dizer que está casado, com filhos.

— Isso. Casei com a Emily, tenho dois meninos e uma menina.

— Ainda pesca?

— Todo dia. Assumi o negócio do meu pai na cidade há alguns anos.

— Conserto de barcos.

— Isso mesmo. O velho ainda trabalha, mas agora sou eu quem toca a loja.

— E como vão os negócios?

— Loucura. Cheio de milionários com barcos enormes, sem a menor noção.

— Então você está cobrando fortunas?

Jeff sorri.

— Eles podem pagar. De qualquer jeito, temos que cobrar uma fortuna. Hoje em dia, viver na ilha custa uma fortuna.

— Foi o que ouvi dizer.

— Quanto tempo vai ficar?

— Não sei. — Michael dá de ombros. — Minha mãe já não está tão jovem, a casa talvez esteja ficando grande demais para ela. Preciso ficar um tempo.

— Bom, se precisar de um emprego no estaleiro, pode me ligar.

A ponta da restinga de Coatue se torna visível; Jeff e Michael ficam de pé e se apoiam no parapeito; Michael não se dá conta de que um sorriso brinca em seus lábios, pois não há lugar como o lar. Nunca há. Ele só não se lembrava disso até agora.

— Ainda bonita — comenta, num suspiro.

— É. Mudou, mas ainda é meu lugar preferido no mundo todo.

— Não sei se eu já tinha percebido isso antes, mas acho que é o meu também.

— Aposto que não sentiu falta do trânsito. — afirma Sarah quando dobram a esquina, encontrando uma parede de carros.

— Nossa! O que aconteceu? — Michael vira a cabeça para ver o que está causando aquela fila. — Parece Manhattan.

— Eu sei. Tente estacionar e vai ver só.

— Não, obrigado. Hoje não. Mas, Sarah, como vai a minha mãe? De verdade. Quando falo com ela, parece ótima, mas toda essa história de pousada parece loucura. Você acha que a casa está ficando grande demais para ela?

Sarah encosta uma mão no braço de Michael.

— Sei que está preocupado, mas na verdade ela está ótima. Nunca encontrei ninguém com tanta energia quanto a sua mãe, e a ideia de alugar os quartos parece ter trazido uma nova vida para ela. Qualquer outra pessoa teria ficado exausta ao pensar em preparar a casa, mas ela tem sido extraordinária, simplesmente não para. Além disso — continua —, o primeiro hóspede já chegou, e Nan o adorou.

— Tem certeza de que não é nenhum psicopata assassino?

— É construtor, trabalha com empreendimentos imobiliários. Talvez isso se encaixe na definição? — Sarah ri da própria piada.

— É mesmo? E minha mãe deixou que ele entrasse? Achei que ela detestasse esses empreendedores; sempre que falo com ela, diz que vivem rondando a casa para pôr as mãos nela.

— Sim, mas este não é um dos construtores locais. É de Connecticut, não parece uma ameaça. O coitado acabou de se separar da mulher. Ela e as filhas estão numa casa em Quidnet, e ele queria passar o verão perto delas.

— Mais alguém?

— Vai chegar uma mulher nos próximos dias. Daff não sei do quê.

— Vocês sabem alguma coisa a respeito dela?

— Você conhece a sua mãe... acho que ela conseguiu a biografia da mulher nos primeiros cinco minutos. Mãe solteira, a filha vai passar o verão com o pai, e ela sempre quis conhecer Nantucket.

— Talvez ela e o outro cara acabem ficando juntos. — Michael ri. — Não seria interessante? Um pequeno romance em Windermere. Minha nossa, há anos que essa casa não vê nada de romântico.

— Bom, e quanto a você, sr. Powell? Falando em romance, alguma dama especial na sua vida?

Michael estremece.

— Não quero falar sobre isso. Digamos que estou tirando uma folga de romances por algum tempo. Anos, talvez.

— Uma pena. Tem duas mulheres interessantes trabalhando na loja do Sam, se você mudar de ideia.

Michael ri.

— Eu aviso. Como vai o Sam?

— Ocupado, como sempre. Mas a vida vai bem. Estamos felizes. Temos sorte.

— É ótimo saber disso. Obrigado de novo, Sarah. Por cuidar tão bem da minha mãe. Sinceramente, não sei o que faríamos sem você.

— Eu não sei o que faria sem ela — responde Sarah com delicadeza. — Me sinto mais próxima dela que da minha família. — E quando Sarah olha para Michael com um sorriso, o tráfego finalmente começa a andar.

A risada de Nan atravessa a casa quando Michael entra pela porta de entrada.

— Olá? Mãe?

— Querido! — Nan desce o corredor às pressas, vestindo um avental, com uma colher de pau na mão, aparência idêntica às lembranças de Michael.

Só agora ele se dá conta de que tem um medo mórbido de vê-la e não a reconhecer, de que ela esteja acabada, ou lenta, ou muito mais velha.

Mas ela tem exatamente a mesma aparência de sempre. O cabelo puxado para trás num coque elegante, os lábios num tom vermelho escuro, a figura magra como sempre e, o que é mais importante, parece feliz.

— Oh, Michael! — Nan joga os braços em volta do filho, apertando com força, depois dá um passo para trás para observá-lo, segura seu queixo nas mãos e um sorriso lhe corta o rosto. — Você está bonito, mas parece triste — diz Nan, encarando-o nos olhos. — Precisa de um tempo em casa, acho. Ah, como senti saudades! — Dá o braço a ele e os dois seguem pelo corredor, até a cozinha.

— Ah. Oi. — Há um homem de pé em frente à bancada, cortando cebolas em cubinhos muito pequenos e enxugando as lágrimas com uma toalha de papel.

— Desculpe. — O homem pisca os olhos. — Estas malditas cebolas.

— Achei que você estivesse magoado com alguma coisa que a minha mãe disse. — Michael ri, e os dois se dão as mãos. — Eu sou o Michael.

— Eu sei. A sua mãe contou tudo a seu respeito. Prazer, sou Daniel.

— É um prazer, Daniel. Desculpe a pergunta, mas você não é o novo hóspede?

— Sou, sim.

— E por que está na cozinha cortando cebolas? Não deveria estar na praia, ou no museu dos baleeiros, ou coisa assim? Relaxando e fazendo o que os turistas fazem. Não cozinhando.

Daniel ri.

— Acredite ou não, eu adoro cozinhar. Nan precisava de uma ajudinha, e, para falar a verdade, ela me manteve entretido com histórias a manhã inteira.

— Não acredite numa palavra. — Michael sorri, e Nan olha para ele enternecida.

— É ótimo ter você em casa — diz Nan. — Meu filho não é lindo? — Ela se vira com um sorriso para Daniel, que cora profundamente e se vira para lavar as mãos.

"Ai, meu Deus", pensa Nan. "Eu talvez tenha entendido mal a situação." Imersa em pensamentos, leva Michael até a varanda para poderem se sentar e pôr a conversa em dia.

Lizzie e Stella descem do carro e correm pela garagem, e Daniel abre a porta. Seu coração se alegra quando ele se abaixa para que as duas saltem em seus braços.

— Papai! — gritam as duas, cobrindo-lhe o rosto de beijos, uma em cada braço, abraçando com força o pescoço dele.

— Ah, meninas — fala Daniel, com um sorriso tão amplo que quase machuca seu rosto. — É tão bom ver vocês.

Daniel ergue os olhos e vê Bee, parada sem jeito em frente ao carro.

— Venho buscá-las às cinco — diz Bee, num tom frio.

— Pode ser às seis? — pergunta Daniel. — Eu adoraria que jantassem aqui. Por favor, Bee. Não as vejo há uma semana.

Bee para um instante, depois balança a cabeça.

— Tudo bem. Vejo vocês às seis. — E quase sem olhar para ele, entra de novo no carro.

Nan observa a cena da janela, com o coração apertado ao ver aquela dor. Há algo muito familiar em Bee, na perda, na raiva. Algo muito perturbador ao ver a cena que se desenrola à sua porta, a alegria de Daniel ao ter as filhas de volta, a dor de um casamento terminado.

Daniel contou que eram separados, e quando Nan perguntou se havia alguma chance de voltarem, alguma chance de que a separação fosse temporária, uma oportunidade para acertarem suas diferenças, ele sacudiu a cabeça, decidido.

— Está acabado — disse Daniel.

— E sua mulher sabe disso?

Daniel fechou os olhos para conter a dor.

— Não dissemos com todas as letras, mas acho que ela sabe.

— Você sabe o que quer?

— Estou chegando lá — disse Daniel, com um leve sorriso. — Mas agora não quero nada. Só o máximo de tempo possível com minhas filhas.

Nan observa Daniel, que leva as meninas pelo jardim para brincar no velho barco a remo nos fundos. "Deve ser muito difícil", pensa Nan, notando que a situação não é tão simples quanto ela imaginava, antes de ver o modo como Daniel olhou para Michael, "deve ser muito difícil levar uma vida na qual não somos sinceros com nós mesmos".

É compreensível que se tome o caminho mais fácil, se faça o que se espera de nós, se siga convenções, ainda que Nan nunca tenha feito nada para agradar qualquer pessoa além de si mesma.

Não que ela seja egoísta, mas sempre seguiu suas próprias ideias, daí sua reputação de excêntrica. "Esse pobre Daniel precisa ser sincero como ele mesmo", pensa Nan. Enquanto viver em negação, vai precisar fazer muito esforço. Ao voltar para a cozinha, Nan tem o que lhe parece ser uma excelente ideia.

O CENTRO DE JARDINAGEM ESTÁ calmo, os vasos de hortênsias estão alinhados na frente, as flores, murchas de tanto calor. Nan estaciona a bicicleta ao lado e avança pelo caminho; admira o pitoresco jardim de ervas plantado como inspiração para os clientes e se detém para acariciar um velho gato alaranjado que se contorce sob um raio de sol.

— Nan?

— Jack! Que bom ver você.

— Você também, Nan. Que surpresa inesperada. Como vai a sua horta este ano?

— Maravilhosa. Aquela cerca que colocamos fez maravilhas. Não entrou nenhum alce. Sarah e eu estamos nos deliciando com alface, ervilhas, pepinos e tomates. Mas estão quase acabando.

— Eu ainda tenho montes de tomates aqui. Parecem cachinhos de uvas, e são bem doces. Você deveria levar alguns. Como posso ajudar?

— Eu estava pensando em plantar um jardim de flores. Nada muito grandioso, só um par de canteiros com uma pérgola e um banco, bem em frente ao gramado. Será que você poderia mandar um dos seus assistentes adoráveis para ajudar?

— É claro, Nan. Posso mandar o James amanhã.

— James? Eu conheço o James?

— Não, ele é novo. Mas é bom.

— Que tal o Matt, que é tão gentil? Ele é sempre muito prestativo quando venho aqui. Alguma chance de mandar o Matt? Tenho certeza de que o James é muito bom, mas eu conheço o Matt, acho que ficaria mais confortável com ele.

— Sem problemas — responde Jack. — Ele está fora, trabalhando em Tom Nevers até o final da semana, mas posso mandá-lo na segunda-feira. Está bom assim?

— Segunda? Perfeito! — E com um aceno gracioso, Nan sobe de volta na bicicleta, sorrindo ao começar a viagem de volta.

— LIMONADA, ALGUÉM? — NAN carrega a bandeja para o jardim, e as meninas dão pulinhos. — É caseira — comenta ela, servindo um copo também para Daniel e dando a cada menina um bolinho que comprou no caminho de volta para casa.

— Você está nos mimando demais — fala Daniel, sorrindo.

— Tudo bem — responde Nan. — É ótimo ter essas coisinhas lindas por perto para mimar. Lizzie? Stella? — As meninas se juntam ao redor de Nan, com as bocas cheias de migalhas; ainda se sentem um pouco intimidadas por ela, mas estão curiosas.

— Vou lhes mostrar uma coisa bem legal. Lá no telhado temos um deque, onde antigamente as mulheres ficavam à noite, tentando ver os barcos dos maridos voltando do mar. Temos que subir uma escada para chegar lá. Vocês querem ver?

— Queremos! Queremos! — As duas dão pulinhos de empolgação, e Nan as leva para dentro.

Logo que as meninas entram, ela se vira.

— Ah, Daniel? Espero que não se importe, mas chamei uma pessoa para me ajudar a plantar uns canteiros de flores na segunda-feira. Michael está ocupado, então queria saber, se não for muito trabalho, se você poderia dar uma mão?

— É claro — responde Daniel. — Com todo prazer.

A BRITA RANGE SOB AS RODAS DO carro de Bee. Ela fecha a porta devagar e segue pelo caminho.

— Você deve ser Bee — cumprimenta Nan, aproximando-se da porta. — Meu nome é Nan. Daniel já está voltando da praia. Levou as meninas para um piquenique. Por favor, entre.

— Tudo bem — responde Bee. — Vou esperar no carro.

— De forma alguma. — Nan a leva para dentro. — Não me venha com essa. Entre e sente comigo na cozinha. É sempre bom ter companhia.

Bee, percebendo que não tem opção, segue Nan.

Assim que chegam à cozinha, a porta se abre de súbito, e entram as meninas.

— Mamãe! — gritam as duas, e correm para beijar Bee, que se recusa a olhar para Daniel.

— Bee e eu estávamos começando a nos conhecer — diz Nan, afetuosa. — Eu esperava que ela ficasse para uma taça de vinho. Bee?

— Não posso — responde Bee, novamente tensa agora que Daniel chegou. — Tenho que pôr as meninas na cama. De qualquer forma, obrigada.

— Pai. — Lizzie se enrosca nas pernas de Daniel e seus olhos se enchem de lágrimas. — Eu não quero ir. Quero ficar com o papai.

— Vamos lá, Lizzie. — Bee se ajoelha. — Você vai ver o papai de novo, logo, logo.

— Mas eu quero ficar. — Lizzie começa a soluçar e Stella se junta a ela.

Bee separa Lizzie das pernas de Daniel e a carrega até o carro, e Daniel carrega Stella. Nan percebe uma rápida conversa — não consegue ouvir, mas não parece boa coisa —, e então, quando as meninas estão com seus cintos de segurança, Bee liga o carro e vai embora, e Daniel volta para dentro, seguindo diretamente para seu quarto no andar de cima.

— Daniel? — Nan para ao pé da escada, em silêncio.

Daniel se volta para ela.

— Posso fazer alguma coisa?

— Não — responde Daniel. — Eu só não esperava... não pensei que fosse ser tão doloroso.

— Porque foi decisão sua?

Ele balança a cabeça.

— Sempre é difícil — comenta Nan. — Mas é melhor viver sendo sincero consigo mesmo.

Daniel a observa, curioso.

— Como assim?

— Só estou dizendo que todos merecemos ser felizes, e é fácil tomar as decisões erradas. Se Bee não é a pessoa certa, você não deveria ficar com ela só por achar que deve.

— A sua escolha foi a correta?

— Meu marido? — Nan está surpresa. Hoje em dia, não é comum que lhe perguntem sobre Everett. — Ele era a pessoa certa. Para mim. Mas talvez eu não fosse a pessoa certa para ele. Ele cometeu suicídio, sabe? Se afogou. Tinha um problema com o jogo, e eu, é claro, como acontece tantas vezes, não fazia ideia. Não percebi, até ser tarde demais, quantos demônios ele carregava. Por muito tempo me senti culpada, pensando que poderia ter feito algo diferente, captado os sinais, ter sido melhor de alguma forma, evitado que ele jogasse, mas, depois de alguns anos, consegui ficar em paz. — Nan faz uma breve pausa, mas Daniel não interrompe seus pensamentos. — Mas se eu puder lhe passar alguma sabedoria, a pouca que pareço ter adquirido nesta idade — diz Nan, com delicadeza —, acho realmente que nada neste mundo acontece sem motivo. Que todos estamos exatamente onde deveríamos estar, e que as peças do quebra-cabeça tendem a se encaixar quando menos esperamos.

— Como assim?

— Ai, meu Deus. Estou falando por meio de metáforas outra vez? — Nan ri. — Só quero dizer que você deve relaxar, tudo vai ficar bem.

— Espero que esteja certa. — Daniel suspira pesadamente e se vira para subir até o quarto.

CAPÍTULO 15

— Não é maravilhoso? — Richard sorri, sentado em frente a Jess e Carrie, a luz suave das velas do restaurante lançando um encantador brilho dourado sobre todos. — As minhas duas garotas preferidas estão juntas, e estamos tendo um jantar em família.

Carrie nota que Jess revira os olhos, mesmo assim se estica e segura a mão de Richard, aliviada ao ver que a casa está finalmente calma, mas já se preparando para o próximo surto.

Carrie percebe que não estava nem um pouco preparada para a chegada de Jess. Ainda vivia a fantasia de que os três poderiam viver felizes para sempre, acreditando que, em grande medida, o comportamento de Jess se devia à adolescência e ao fato de viver com uma mãe que não parecia capaz de conter seu comportamento pavoroso.

— Um filho meu nunca se comportaria dessa maneira — disse outro dia a um de seus editores durante o almoço. — Não acredito que a mãe aguente aquilo. Eu jamais permitiria.

— Por que você acha que ela aguenta? — perguntou o editor.

— Acho que ela deve ter muito medo dos chiliques. Todos têm.

— Até o Richard?

— Especialmente o Richard — murmurou Carrie. — A Jess mantém todo mundo sob controle. Sabe exatamente quando gritar, e por quanto tempo, para conseguir o que quer.

— Quantos anos ela tem, mesmo?

— Ela tem 13. — Carrie suspirou, exasperada. — Vai fazer 14.

HOJE, MAIS CEDO, ANTES DO JANTAR, foram todos à feira. Richard e Carrie estavam de mãos dadas quando Carrie foi empurrada por Jess, que se colocou entre eles, puxando a mão do pai e apertando-se junto a ele.

Carrie deu um passo para o lado e Richard se soltou.

— Por quê, papai? — começou a resmungar Jess. — Quero segurar a sua mão.

— Eu estava andando com a Carrie — disse Richard. — Você simplesmente a empurrou. Aqui, fique do outro lado.

— Não, papai! — A reclamação ficou mais alta. — Quero andar deste lado. Por que ela tem que vir junto? — Jess se virou e lançou um olhar diabólico para Carrie, que fingiu não ver.

— Jess, vamos lá. Seja simpática.

— Por quê? — Jess fez bico. — Por que tenho que ser simpática? — E de súbito começou a gritar: — Eu odeio ela! — gritou, parando no meio da rua e batendo os pés; as pessoas ao redor pararam e a encararam. — Eu odeio ela! Por que ela tem que morar com a gente? Ela estraga tudo!

Carrie observou a cena, sentindo-se enjoada, ansiosa, frustrada. Viu Richard a levar para um canto e conversar com ela, e Jess se desmanchar em soluços quando Richard a abraçou para consolá-la. Vinte minutos depois, Richard voltou com Jess para que ela pedisse desculpas a Carrie, mas ela notou que a menina tinha conseguido exatamente o que queria: a atenção exclusiva do pai por vinte minutos, enquanto Carrie esperava, deixada de lado.

O EDITOR FEZ UMA PAUSA PARA PEDIR outra taça de vinho antes de olhar novamente para Carrie.

— Se a mãe não dá limites à menina, e Richard também não, você acha que vai conseguir?

Carrie deu de ombros.

— Não acho que seja minha função. Não quero agir como se fosse um dos pais dela, não é tarefa minha. E, de qualquer forma, acho que ela iria me odiar ainda mais.

— Ela odeia você?

— Acho que não, não de verdade. Acho que se eu não estivesse morando com o pai dela, nos daríamos muitíssimo bem.

— Você gosta dela?

— Eu adoro a menina. E a dor que ela sente me faz lembrar de quando eu era nova. É encantadora quando se comporta bem, mas quando começa com os chiliques vira a criança mais horrível que já conheci.

— Pelo visto, está lhe dando muito trabalho.

— É verdade. Mas... — Carrie sorriu — eu amo Richard. A menina está sofrendo. As coisas vão se acertar. Vão ter que se acertar.

— Eu adoraria ler uma história sobre isso — disse o editor. — Sobre como é ser uma madrasta não oficial.

— Ainda não — respondeu Carrie. — Ou talvez sob pseudônimo.

Os dois riram.

QUANDO VOLTAM PARA CASA APÓS o jantar, Carrie está pensando no almoço com seu editor, no quanto aquela relação é complicada, quando Jess se aproxima devagar e se oferece para secar as xícaras da pia.

— Posso assistir a *Gossip Girl* hoje? Por favor? — pede. Carrie nota, pelo canto do olho, que Richard sorri, e olha surpresa para Jess. É a primeira vez que a menina lhe pede permissão para alguma coisa, tratando-a como uma mãe.

— A que horas passa?

— Nove. Por favor, Carrie? Podemos ver juntas? Eu queria muito ver, prometo que vou para a cama logo depois.

— Promete?

— Quer dizer que eu posso? — Carrie faz que sim, e Jess salta de alegria, dando um grande abraço nela. — Obrigada! Obrigada! Obrigada! Você é demais! — Carrie se abaixa para abraçá-la de volta, notando que seus olhos se enchem de lágrimas. Talvez seja essa a mudança que ela tanto esperou.

Daff desliga o telefone e suspira. Jess sempre parece tão distante quando ela liga. Ela se lembra de uma colega sua, mãe divorciada, que contou nunca ligar para os filhos quando estavam na casa do pai, sempre esperava que eles telefonassem, porque ela geralmente os interrompia, e por isso os filhos não tinham vontade de falar com ela. Acabava se sentindo insatisfeita e chateada.

Daff sabe que é melhor esperar Jess telefonar, mas tem tanto medo de que não ligue, tanto medo de perder a filha, que não consegue resistir e acaba ligando, mesmo quando a filha claramente não quer falar com ela.

O telefone toca de novo e ela atende às pressas, na esperança de que Jess esteja ligando de volta, com vontade de conversar.

— Daff? É a Laura. Tudo bem?

— Estou ótima, Laura, e você?

— Bem. Só estou ligando para saber se quer uma carona.

Segue-se um silêncio, a cabeça de Daff trabalhando sem cessar.

— Estou me sentindo uma completa idiota — diz Daff, finalmente —, mas uma carona para onde?

— Ah, Daff! — Laura começa a rir. — Você disse que viria ao PJ's hoje à noite, lembra? É a noite dos solteiros. Eu vou com as garotas.

Daff grunhe. Ela disse que iria, mas isso foi há semanas, e na época parecia um conceito abstrato. A última coisa que quer hoje é se arrumar para sair com uma amiga do trabalho. Tudo o que ela mais quer é tomar um banho quente, vestir um pijama folgado e passar a noite na cama assistindo a uma maratona de *Law & Order*.

— Eu... Era hoje? Ai, Laura, não me dei conta de que era hoje...

— O que está fazendo? Não vá inventar uma desculpa.

— Só estou exausta — tenta Daff, não muito convincente. — Tinha pensado em dormir cedo.

— Sem chance — responde Laura. — Não vou deixar você se safar assim tão fácil. Vamos nos encontrar lá às sete, você tem que vir.

— Realmente, não acho que...

— Daff, quando foi a última vez que você saiu e se divertiu um pouco? Eu estou divorciada há muito mais tempo que você e lembro desses primeiros dias, deitava para ver televisão, mas não pode fazer isso para sempre. Sei que hoje você não pode usar a Jess como desculpa, e prometo que vamos nos divertir. Se você detestar, pode ir embora, mas ao menos tente.

Uma hora depois, Daff entra no PJ's, espremendo-se na multidão, procurando Laura e tentando não parecer desesperada.

"Que diabos estou fazendo aqui", pensa, esperando não dar de cara com ninguém que possa reconhecê-la e vê-la obviamente solteira, definitivamente sem interesse de encontrar alguém — mas a pessoa não teria como saber.

As mulheres que a cercam vestiram suas melhores roupas — pretinhos básicos, vestidos de verão com grandes decotes e cores vívidas, pele bronzeada exposta, rebolando em saltos plataforma altíssimos. Todas maquiadas e com roupa de festa, os homens de calça social e camisa polo, olhando ao redor para ver quem está por ali, quem acabou de chegar, com quem pode valer a pena puxar uma conversa.

"Ai, meu Deus", pensa Daff, sem encontrar Laura. "Será que isso ainda pode piorar?"

O PJ's sempre foi um restaurante muito badalado, mas o grande deque sobre a água tinha sido pouco utilizado recentemente. Alguns casamentos aconteceram ali, com algumas mesas e cadeiras de plástico; só quando os novos donos o transformaram num bar é que o PJ's se tornou um destino respeitável. Passaram a promover noites de solteiros às quintas e aos domingos, trazer bandas ao vivo aos sábados, e logo descobriram que as pessoas viajavam quilômetros para se amontoar no deque, beber *frozen margaritas*, flertar com atendentes bonitinhos que eles contratam todo verão. Se existe um ambiente profissional para solteiros, é o PJ's, o lugar onde solteiros, divorciados e até os secretamente casados vêm em busca de aventuras, para encontrar o amor.

Talvez não o amor. Há algo de muito mercenário aqui, as pessoas parecem cansadas de tudo isso, como se estivessem tão ocupadas procurando que isso as impedisse de um dia encontrar — a emoção está na caça, no flerte, na conquista, não no final feliz.

— Oi! — Daff está inclinada no bar, esperando que o atendente note sua presença, pensando que, se ao menos tiver uma bebida na mão, terá algo para fazer enquanto espera a chegada de Laura. Repara então em um homem baixo, que abre um grande sorriso para ela, um olhar lascivo.

— Oi — responde Daff, virando-se para o atendente, querendo que ele se aproxime logo, repare na sua presença, lhe dê uma bebida para que ela possa se livrar daquele homem.

— Não tinha visto você por aqui — diz o homem. — Prazer, Adam.

— Oi. — Daff não quer dizer seu nome, mas também não quer parecer grosseira. — Daff — diz, por fim, esperando que, se soar antipática, talvez ele desista.

— É o seu primeiro nome?

— Hm... É.

— Divorciada?

— Sim.

— Eu também. Posso lhe pagar uma bebida?

— Não sei. Será que consegue? — Agora Daff está exasperada. — Estou parada aqui há quinze minutos e o atendente nem percebeu.

— Ei! Nick! — Adam põe as mãos ao redor da boca e chama alto. — Chegue aqui e traga uma bebida para a moça! — O atendente olha para eles e sorri, e em alguns segundos Daff tem em mãos um daiquiri de morango.

— Obrigada — diz Daff, sorrindo. — Foi muito gentil.

— Eu sofro da síndrome do príncipe encantado — diz Adam. — Que tal se tentássemos encontrar uma mesa para nos conhecer melhor?

— Isso... bom... estou procurando umas amigas, então é melhor eu ficar mais perto do bar.

— Sem problemas. Para mim está bom. Então, me conte tudo sobre você, Daff. Por que uma mulher bonita assim viria a um lugar como o PJ's numa quinta à noite?

"É uma pergunta muito boa", pensa Daff. "Por quê?"

Uma hora depois, Daff levanta, pronta para partir. Adam, ainda que não faça nem um pouco o seu tipo, foi seu salvador, pois Laura não apareceu, e Daff tem vontade de matá-la, mas pelo menos não teve que ficar parada, procurando-a desesperadamente. Além disso, conseguiu ter uma conversa perfeitamente agradável com ele.

— Vai embora tão cedo? — pergunta Adam, quando Daff afinal diz que precisa voltar para casa.

— Preciso voltar, a babá tem hora — mente Daff. — Mas obrigada, mais uma vez.

— Eu a acompanho até o carro. — Adam salta de seu banquinho e a toma pelo braço. Daff enrijece. Não era o que ela tinha em mente, mas seu carro está próximo e ela logo se verá livre dele, voltando para casa em segurança.

— Posso te ligar? — pergunta Adam quando Daff aperta o botão para destravar as portas.

— Olha, você foi muito simpático — responde Daff —, mas eu realmente não estou pronta para namorar ainda.

— E quem falou em namorar? — Adam sorri. — Eu só esperava um beijo de boa-noite.

Daff olha para ele, horrorizada.

— Estou brincando — diz Adam, e Daff força uma risada.

— Agora, falando sério — persiste ele. — Eu realmente queria o seu número. Também não estou procurando ninguém para namorar, mas achei que a gente talvez pudesse trazer felicidade um para o outro de outras formas. — Adam ergue uma sobrancelha, confiante.

— Como assim?

— Bom, você não se sente solitária indo para a cama sozinha toda noite? Para mim, uma amizade colorida é a melhor solução. Nós dois saímos ganhando. Sem compromisso, só paixão — solta esta última palavra como um grunhido, e se aproxima, passando um braço em volta da cintura de Daff.

— Ai, meu Deus — murmura ela, empurrando-o e entrando no carro, ligando o motor sem sequer esperar para ouvir o que ele está dizendo, ainda que, ao olhar pelo retrovisor enquanto se afasta, veja que está gritando alguma coisa. — Esta foi a pior noite da minha vida — diz Daff em voz alta enquanto dirige para casa. — Vou matar a Laura, e nunca mais vou a uma noite de solteiros.

DAFF NEM MESMO QUER UM RELACIONAMENTO. O que quer agora é se reencontrar. Quando estava casada, sabia bem quem era. Talvez não estivesse sendo inteiramente sincera consigo mesma — sempre sentiu, mesmo então, que estava desempenhando um papel de mãe amorosa, a tal ponto que parou de pensar no que a faria feliz —, mas agora que não está mais casada, percebe que não tem uma ideia muito clara de quem seja.

Vivendo nesta pequena cidade suburbana onde todos são casados, todos são definidos por seu papel na comunidade, seu envolvimento na escola, ela não tem mais papel nenhum.

Daff se dá conta de que, lentamente, sua vida social tem decaído. Os casais com os quais eles andavam não são mais seus amigos. *Amigáveis*, sim, mas ela não é mais convidada para jantares e reuniões agora que está sozinha, a menos que alguém queira apresentá-la a um homem solteiro, mas isso é bem raro.

Às vezes encontra mulheres no mercado com carrinhos repletos de pacotes de papel toalha de tamanho industrial, embalagens gigantescas de amaciante, três litros de leite orgânico desnatado, e sente vergonha das próprias compras, especialmente agora que Jess não está mais em casa — alguns iogurtes, presunto fatiado, um pacote pequeno de granola orgânica e 300 mililitros de leite.

— Precisamos parar para conversar — dizem as mulheres, olhando com pena para a cestinha de compras que Daff carrega, como se fingissem estar envergonhadas de todas as suas provisões. — Fazer compras — dizem, suspirando. — Não é uma chateação?

Pouco depois do divórcio, Daff leu um artigo no jornal local sobre um grupo de apoio a mulheres. Procurou o grupo, não porque precisasse particularmente de apoio, mas porque se sentia sozinha, ainda tentava se adaptar à ideia de não ter um marido para o qual cozinhar, de precisar fazer tudo sozinha, e esperava encontrar outras mulheres que estivessem passando pela mesma experiência. Talvez novas amigas, mulheres com quem pudesse se reunir e sair para jantar, quem sabe tomar um café.

Mas o lugar lhe pareceu assustador e venenoso. Uma sala cheia de mulheres amargas e raivosas, todas pareciam ter histórias uma pior que a outra sobre seus horríveis ex-maridos — violência, preguiça, traição. Daff sempre saía de lá extremamente deprimida.

— E quanto ao seu marido? — perguntava alguém, invariavelmente, quando se reuniam perto da máquina de café no intervalo, e Daff, que poderia entretê-las com a infidelidade de Richard, preferia apenas dar de ombros e dizer que tinha sido só uma dessas histórias que não dão certo, fazendo com que perdessem logo o interesse.

Daff percebe que precisa de um recomeço. Uma mudança de ares. Fez uma reserva na barca para Nantucket para dali a três dias, e esse descanso é tudo de que ela mais precisa. Quer ficar longe de casa, deitar na praia com pilhas de bons livros. Droga, talvez até voltar a pintar. Precisa se lembrar de quem era antes de ser esposa, mãe e, mais recentemente, divorciada.

Precisa decidir quem vai ser a partir de agora.

CAPÍTULO 16

— Ah, ótimo. — Nan olha pela janela da cozinha enquanto lava a louça. — Aquele rapaz simpático do centro de jardinagem já chegou. Daniel, você poderia dar um pulo lá fora e dizer a ele que estou na cozinha? Eu já vou.

Nan vê Daniel sair da casa e se apresentar a Matt, apontar para dentro, depois balançar a cabeça e entrar na caçamba do caminhão para ajudar a trazer as ferramentas.

"Como poderiam não gostar um do outro?", pensa Nan. Matt, baixo mas de corpo perfeito, tem os braços bronzeados de tanto trabalhar ao ar livre, cabelos castanhos um pouco longos e um sorriso fácil. Ele é adorável, e um ótimo complemento para a personalidade mais retraída de Daniel.

"Formariam um casal fascinante", pensa ela, sorrindo consigo mesma e secando as mãos num pano de prato. Não está tentando forçar nada, mas o pobre Daniel parece triste, e obviamente muito confuso. É incrível que a mulher pareça não saber, mas a situação deve ser mesmo muito difícil para ele. Se tudo corresse bem, ele no mínimo faria um amigo.

Os dois trabalham pesado, Daniel e Matt, lado a lado. Nan observa da janela como uma mãe, aparecendo de vez em quando para verificar seu progresso, levando limonada fresca e depois os chamando para o almoço.

— Coloquei a mesa debaixo da árvore — comenta Nan. — Vocês dois precisam descansar, e eu preciso ir correndo ao mercado com Michael. — E então vai embora com um aceno gracioso e um sorriso.

Adoraria ficar, mas sabe que os dois ficarão mais confortáveis sozinhos.

Matt vai na frente e sorri ao ver a mesa. Daniel, logo atrás, vê Matt tirar as luvas e colocá-las, distraído, no bolso de trás da calça, depois observa a curva suave do seu traseiro na Levi's áspera e desbotada, e fica vermelho quando Matt se vira e o pega olhando.

Dois jogos americanos estão dispostos na mesa, além de uma tigela branca de salada tirada da horta, flores, pinhões tostados e queijo de cabra, sanduíches de rosbife muito bem-cortados e uma cesta com algo que, pelo cheiro, parece ser pão fresquinho.

— Droga! — Matt bate na perna. — Ela esqueceu as velas!

— O quê? — Daniel olha para ele, confuso.

— Bem, não parece uma armadilha para nós? — Matt sorri de novo, não inteiramente insatisfeito com a situação, e Daniel arregala os olhos.

— Será? Mas... a Nan não sabe... — A voz de Daniel enfraquece.

— Não sabe o quê? Que eu sou gay? Ora, Daniel, todo mundo na ilha sabe que eu sou gay. Achei fofo. Ela acha que daríamos um bom casal. — Ergue então uma sobrancelha para Daniel, que cora e desvia o olhar sem saber o que dizer, por não estar acostumado a flertar com um homem, especialmente um tão bonitinho.

— Ah, que droga. — A expressão de Matt se abate. — Não vai dizer que você é hétero. Ai, Deus! Estou tão envergonhado.

— Não, não. — Daniel apoia a mão no braço de Matt, que enterra o rosto nas mãos. — Eu sou gay — e ao dizer isso, sente-se aliviado —, é só que... Sou gay há pouco tempo.

— Você acabou de sair do armário?

— Bom, não oficialmente. Não entendo: como Nan soube?

— Por quê, você achava que parecia hétero? Ah, querido... — Matt joga a cabeça para trás e ri. — Desculpe decepcionar, mas nós sempre sabemos.

— Nan também?

Matt dá de ombros.

— Nan? Claro. Vamos sentar? A comida parece deliciosa e, bendita Nan, ela até deixou cervejas na geladeira para a gente. Acho que podemos encarar isto como o encontro que ela quis armar.

Daniel senta e bebe, agradecido, um gole da cerveja que Matt lhe passa.

— Eu era casado até um minuto atrás.

— Casado? *Casado? Com uma mulher?*

Daniel balança a cabeça.

— Não é de surpreender que esteja tão inquieto. A situação deve ser completamente nova para você. Era fiel ou havia outros homens?

— Não! — responde Daniel. — Tenho duas filhas. Nunca seria infiel.

— Mas sempre soube que era gay?

Daniel assente.

— Eu também. — Matt serve a salada enquanto fala. — Acho que tive sorte. Meu pai saiu de casa quando eu tinha 4 anos, e minha mãe sempre teve um monte de amigos gays. Sempre pareceu completamente natural ser gay e, para falar a verdade, eu nem me lembro de ter tido uma conversa com ela sobre isso, ou de ter que sair do armário oficialmente. Simplesmente aconteceu, e nunca foi desconfortável, não era algo a ser discutido. Vi muitos homens casados ao longo dos anos. Na verdade — Matt parece tímido por um momento —, tive casos com um ou dois, mas conheci muitos que eram casados e não conseguiam enxergar outro caminho.

A maioria continua assim a vida inteira, e as mulheres nunca ficam sabendo.

Daniel concorda.

— Foi assim comigo. Eu sempre soube, mas não queria saber, não queria que fosse verdade. Achei que, se estivesse casado com uma mulher, isso de alguma forma me manteria em segurança. — Daniel ri. — Não é ridículo?

— Não. Acho que muitos se sentem assim.

— Mas achei que poderia continuar assim, e então aconteceu uma coisa. Um cara com quem uma vez eu... bom, tivemos um lance anos atrás, antes de eu me casar. Eu não o via há anos, mas entramos em contato de novo, e ele tinha saído do armário há tempos... Nesse momento, vi como a minha vida poderia ter sido, como ainda poderia ser, e me dei conta de que não podia continuar vivendo uma mentira. Não dava mais.

— Acho que você teve uma coragem incrível — comenta Matt. — Não consigo imaginar como deve ser ter que falar a todas as pessoas da sua vida: "Nossa, desculpe, eu me enganei; depois de todos esses anos que você pensou que eu fosse hétero, adivinha só?"

— Deus — geme Daniel. — Estou tentando não pensar nisso.

— Qual foi a reação da sua mulher? — Matt está curioso. — Ela aceitou bem?

Daniel baixa os olhos, encarando a mesa.

— Ainda não contei — responde devagar.

— E vai contar?

— É claro! — Ele ergue os olhos. — Só não sei quando. Ou como. Acho que já a magoei bastante. Ela achava que tudo estava ótimo no casamento. Bem, quase tudo...

— Sei, você nunca queria dormir com ela?

Daniel dá de ombros, com um sorriso resignado.

— Na mosca.

— Mas sabe — continua Matt —, conheci pessoas que contaram às esposas, e isso quase facilitou as coisas, porque o assunto deixa de ser sobre elas, elas param de se culpar. Acho que no fim de um relacionamento passamos muito tempo pensando no "e se": e se eu tivesse sido mais compreensivo, ou menos compreensivo; e se eu tivesse sido mais simpático, ou trabalhado menos, ou um monte de coisas. Tudo bem, estou falando demais, mas a ideia é que o "e se" pode causar ainda mais estragos a uma situação que já é difícil. Se sua mulher soubesse a verdade, perceberia que o problema não foi ela, que não poderia ter feito nada de diferente para fazer você ficar. Isso talvez torne tudo muito mais fácil para vocês dois.

Daniel concorda, devagar.

— Nunca pensei assim. Acho que só quis tentar não causar ainda mais sofrimento.

— Não estou dizendo que ela vai te abraçar e agradecer, e depois querer ser sua melhor amiga, ainda que, sinceramente, já tenha visto coisas mais estranhas que isso acontecerem. — Matt encara Daniel intensamente. — Mas você devia pensar em contar a verdade.

— Nossa. — Daniel sacode a cabeça, surpreso, com um sorriso nos lábios. — Não acredito que estou falando sobre isso agora, com tanta liberdade.

— É bom, não é? — Matt levanta a cerveja.

— Com certeza. Com toda, toda certeza. Saúde. — E os dois se atiram à comida.

NAN FICA FORA DE CASA O MÁXIMO que pode; quando finalmente volta, vai direto ao jardim.

Daniel já quase terminou de cavar um canteiro, Matt está lavrando a terra no outro, e Daniel ri de alguma coisa que Matt deve ter dito. "Que bom", pensa Nan, "eles gostaram um do outro".

— Como vão meus canteiros?

Matt olha para cima.

— Quase prontos. E obrigado, Nan, o almoço estava uma delícia.

— Foi inesperado, mas maravilhoso — concorda Daniel. — Obrigado.

— Vocês dois parecem estar se dando bem. — Nan não se contém.

— É incrível — responde Matt. — Nas quatro horas desde que nos conhecemos, ficamos completamente apaixonados, e decidimos ir morar juntos semana que vem.

Nan quase cai para trás, tomada de satisfação.

— É mesmo?

— Não! — Matt sacode a cabeça enfaticamente. Daniel sorri e desvia o olhar. — Não *exatamente*. Mas agora ao menos temos certeza das suas segundas intenções.

— Foi tão óbvio assim?

Matt dá de ombros.

— Foram as flores. Nos perguntamos onde estariam as velas.

— Eu realmente pensei em deixar velas — responde Nan, séria. — Mas imaginei que seria desnecessário, já que é um dia quente de verão.

— Nós estávamos brincando — comenta Daniel, pensando no quanto é estranho dizer "nós" sem se referir a ele e Bee.

— Ah, meninos — diz Nan. — Não sejam tão malvados. Vou mostrar como quero que plantem estes canteiros. — Ela puxa o braço de Matt e o leva para dentro da casa, para mostrar as fotos que recortou de uma revista de jardinagem.

— Você ficou chateado? — Mais tarde, muito depois que Matt vai embora, Nan se senta com Daniel do lado de fora da casa, numa das velhas cadeiras voltadas para a baía. — Foi uma atitude presunçosa demais da minha parte?

— Um pouco, mas não me incomoda. Só me conte como você soube.

— Ah, querido. Uma macaca velha como eu? Aprendi a ouvir minha intuição. Quando era mais jovem não sabia fazer isso, e sempre que a ignorava, acabava com problemas. Agora descobri que a voz na minha cabeça está quase sempre certa. Mas não foi nada específico, só uma sensação geral.

— Certo.

— Você ficou com medo de estar se comportando como uma bicha escandalosa de repente, sem perceber? — Nan ri.

— Um pouquinho. — Daniel ri, envergonhado, e Nan sacode a cabeça.

— Nem um pouco. Mas agora, fale do Matt. Ele não é encantador? Vocês dois pareceram se dar muito bem.

— É verdade. Ele é um cara legal. Me ajudou a encarar minha situação de outra forma.

— Que bom! — Nan balança a cabeça, adorando bancar a mãe protetora novamente, adorando ter pessoas de quem possa cuidar. — Ah, minha nossa — comenta, olhando o relógio. — A nova hóspede vai chegar a qualquer momento, e eu queria preparar um jantar para todos nós, uma noite para nos conhecermos.

— Posso ajudar?

— Mas é claro! Estou preparando um cozido, você pode fazer as casquinhas de siri. Vamos nos apressar e tentar deixar tudo pronto para as oito horas.

Daff larga as malas e vai até a janela, sentando-se de pernas cruzadas e olhando encantada a vista, um suspiro de satisfação lhe escapando da boca. Já viu cenários assim muitas vezes na vida — a luz do sol reluzindo na água, barcos ondulando suavemente no oceano —, mas sempre esteve ocupada demais para aproveitá-los.

Daff começa a perceber que anda ocupada demais para fazer muitas das coisas de que sempre gostou, coisas que, um dia, antes de se tornar uma esposa e uma mãe, alimentavam sua alma.

Pintar, por exemplo. Há anos não pinta, mas logo antes de partir, quando estava arrumando seu escritório, encontrou um pequeno kit de aquarela para viagem. Colocou-o na mala e comprou um bloquinho para acompanhá-lo.

Antes de se casar, ouvia música o tempo todo. Quando estava sozinha à noite, ligava o som no máximo e dançava, às vezes por horas. Lembra-se do que considerava ser a trilha sonora de sua vida: Neil Young quando era adolescente, Joni Mitchell e Cat Stevens quando foi para a faculdade.

Por que será que essa trilha sonora se interrompeu no dia em que se casou?

Começou a ouvir música de novo. Imersa num banho quente de espuma, serve-se uma taça de vinho enquanto Jack Johnson canta suave. Daff inclina a cabeça para tomar um pequeno gole, deleitando-se com a ideia de não precisar estar em nenhum outro lugar, de não precisar fazer nada para ninguém, pelo resto da noite.

Mas sente saudade de Jess. Como sente. Não a Jess dos últimos tempos, a adolescente truculenta, raivosa, hostil, mas a menininha adorável, sua Jess alegre, gentil, inteligente, a Jess que, ela sabe, ainda se esconde em algum lugar lá no fundo.

Por enquanto, porém, é melhor que Jess fique mesmo com o pai. Talvez as duas precisem da folga. Daff não vê a mudança como permanente e suspeita de que Jess vai telefonar em breve, implorando para voltar. Talvez então as duas se acertem, voltem a ser mãe e filha, amigas e aliadas, em vez de inimigas. Daff conheceu Carrie e gostou dela, entendeu que uma pessoa como aquela poderia fazer bem a Jess, e, afinal, é só um teste, não precisa durar muito, só o suficiente para que ela reencontre seu equilíbrio.

Nantucket é um descanso bem-merecido, uma pausa durante a qual tanto Daff quanto Jess poderão curar suas feridas.

Ela trouxe seus óleos numa bolsa, um incenso e um CD para meditação que não ouve há pelo menos dez anos, talvez mais.

"Este é um lugar para renascer", pensa, enroscando-se ainda mais e abraçando os joelhos. É como se um peso tivesse sido retirado de seus ombros, como se pudesse recomeçar, e esta casa que encontrou é especial, mágica.

"No fim das contas, tudo acontece por um motivo", pensa Daff.

— Será que não deveríamos ficar na sala de estar? — pergunta Nan de novo e de novo, enchendo as taças de todos outra vez. — Sarah fez uma faxina especial ali. Acho que deveríamos sentar lá.

— Mãe, relaxa. — Michael sorri, tomando a garrafa de sua mão um tanto instável e se servindo ele mesmo do vinho. — Todo mundo está feliz na cozinha, está ótimo aqui. Podemos usar a sala de estar outro dia.

Nan sorri para o filho.

— Você está certo. — E baixa a voz, que se torna um sussurro. — O que achou da nova hóspede?

Michael olha para Daff, parada ao lado de Daniel, que está refogando as casquinhas de siri em frente ao fogão, e perguntando sobre a receita.

— Ela parece legal — diz Michael. — Mas triste.

— Também achei — concorda Nan. — Incrivelmente simpática, e provavelmente também buscando a felicidade.

— Qual é a história dela? Você sabe?

— Divorciada. Mãe. A filha está morando com o pai e a namorada dele, e acho que é a primeira vez em anos que ela tem um tempo para si. Na verdade, acho que está meio perdida, não sabe o que fazer. Você talvez possa lhe mostrar a ilha amanhã? Acho que ela ia adorar.

— Mãe? — alerta Michael, sacudindo a cabeça com um resmungo. — Não vai dizer que você está bancando o cupido de novo.

— Por que diz isso? — Nan fica chocada.

— Eu adoro você, mãe, e a conheço bem. Você sempre tenta me casar com todo mundo.

— Não é verdade! — Nan finge ultraje.

— Do que estão falando? — Daniel termina de refogar as casquinhas de siri e volta para a mesa, com Daff.

— O Michael está me acusando de sempre bancar o cupido — diz Nan, indignada.

— É verdade! — Michael ri. — Sempre que ela encontrava qualquer mulher solteira na ilha, automaticamente contava do filho. Quando eu voltava para casa, encontrava pessoas estranhas esperando por mim na varanda.

— Algumas eram encantadoras — comenta Nan. — Você namorou uma ou duas.

— Uma ou duas de cem ou duzentas. Não é um histórico bom.

— Parece que a senhora está atrás de uma mulher para preencher o seu cargo — comenta Daff, virando-se para Nan e rindo.

— Eu estava, mas nunca encontramos a candidata certa, não é mesmo? — Nan arqueia uma sobrancelha e gira lentamente a cabeça, encarando Michael com um olhar brincalhão.

— Fale por você mesma — responde Michael no momento em que seu telefone celular começa a tocar, mais uma vez, no canto da cozinha.

— Querido — diz Nan, irritada —, esse negócio tocou a tarde inteira. Você não pode desligar?

— Desculpa, mãe. Achei que tivesse desligado. — Michael vai até o telefone e o pega, olhando o número que pisca na tela. Jordana. De novo. É a sexta vez que liga nas últimas duas horas. Há uma série de recados, mas Michael parou de ouvi-los depois dos dois primeiros. O primeiro era lacrimoso, o segundo, enfurecido.

Não há nada que ele possa dizer para melhorar a situação, para mudar as coisas, e Michael não deixa de sentir alívio por ter escapado naquele momento. Ele espera que, se ficar na sua e não se mostrar disponível, ela acabe percebendo que não há volta e consiga tocar a própria vida.

Michael aperta o botão para desligar, dessa vez se certificando de que o telefone esteja realmente desligado, e larga o aparelho numa gaveta. Ele detesta celulares, de qualquer forma, e não precisa de um agora. Um romance desastroso o deixou desempregado e sem nenhuma perspectiva — por que precisaria daquele lembrete constante de como ferrou a própria vida?

Michael fecha a gaveta devagar e se aproxima da mãe.

— Vamos comer? — sussurra em seu ouvido. — Estou faminto.

— É ESQUISITO — COMENTA DAFF enquanto ajuda Nan a lavar os pratos. — Eu me sinto incrivelmente confortável aqui. É como se estivesse com pessoas que conheço há anos.

— É Windermere — diz Michael. — Sério. Está na casa. Sempre foi assim. Eu tinha me esquecido do que este lugar faz com as pessoas.

— É verdade — acrescenta Nan. — A casa aproxima as pessoas.

— A tal ponto que eu mal conheci a ilha — diz Daniel. — Estou aqui há uma semana e quase não saí, a não ser quando as meninas vieram.

— Há coisas para fazer com elas por aqui?

— Você está brincando? Aos montes! Pescar, andar de barco, tomar sorvete. Melhor impossível. Levei as duas para fazer artesanato no museu dos baleeiros quase todas as tardes. Elas adoram. A sua filha deveria vir também. Acho que é um ótimo lugar para crianças.

— Bem, ela não é exatamente criança — diz Daff. — Tem 13 anos. Provavelmente acha que fazer artesanato num museu é “tipo, fala sério, um saco”. — Daff faz uma imitação precisa de uma adolescente mal-humorada, e Nan sorri.

— É uma idade complicada. Com Michael foi relativamente fácil, mas tive muitas amigas com filhas que se tornaram verdadeiros horrores quando adolescentes. Mas depois voltaram ao normal. Todas acabaram se tornando grandes amigas das mães.

— Espero que seja assim — diz Daff, e a tristeza em sua expressão quando desvia o olhar é inegável.

— Michael, por que você não mostra a ilha para Daff amanhã? — sugere Nan, interrompendo aquela situação desconfortável, e Daff ri.

— Essa não é uma das suas famosas armações, é? Porque, se for, a senhora precisa trabalhar sua sutileza.

— Sutileza nunca foi um dos pontos fortes dela. — Michael sorri. — Mas não se preocupe, estou completamente indisponível.

— É mesmo? — Nan se vira para ele, horrorizada. — Você por acaso tem algo para me contar?

— É só que, depois do meu último relacionamento, estou dando um tempo. Sério. Não quero mais namorar, pelo próximo ano. Preciso recompor minha vida antes de pensar em dividi-la com qualquer outra pessoa.

— Ouçam só! — Daff ergue o copo, brindando. — Eu concordo. Minhas incursões pelo mundo dos namoros também foram desastrosas. Agora só preciso me reencontrar.

Daniel pigarreia.

— Não sei muito bem como dizer isso, mas preciso desabafar. Eu... — Ele para, sem saber ao certo por que está dizendo o que não contou nem à mulher, mas isso parece mais fácil, confessar a pessoas que não o conhecem como marido e pai, como homem de família, confessar a pessoas que o conhecem apenas como Daniel, que não o julgam da mesma maneira. — O motivo do término do meu casamento — continua — é que eu sou gay.

Segue-se um silêncio desconfortável.

— Parabéns? — diz Michael, e Daff ri.

— Ai, nossa, desculpe — diz Daff rapidamente. — Eu só não sabia o que dizer. Isto é, eu presumi que você fosse.

— Isso é terrível! — responde Daniel. — Todo mundo vive fazendo isso, agora que não estou mais casado. Como é possível que ninguém tenha pensado que eu era gay quando era casado, e agora todos pensam?

Nan põe a mão em seu braço.

— Suspeito que outras pessoas também não vão se surpreender tanto quanto você espera, mas isso não é ruim. Pense em tudo o que tem pela frente, uma vida na qual não precisará mais guardar segredos.

— É isso que eu tento fazer — diz Daniel. — É o que me faz seguir em frente. Isso e as minhas filhas, obviamente.

— Vamos conhecê-las? — pergunta Daff.

— É claro. Elas vêm amanhã. Bee vai trazê-las às quatro.

— Bee?

— Minha ex. Ela não sabe ainda, por isso não digam nada. Por favor. — Daniel suspira profundamente. — Sei que é errado dizer a vocês antes de contar a ela, mas estou com tanto medo, e sempre que digo isso em voz alta tudo fica um pouco menos assustador.

— A gente entende — diz Nan delicadamente, e, ao olhar para cada um deles, Daniel sente alívio, pois percebe que é verdade.

— Me fale mais das meninas — pede Daff, mudando de assunto ao sentir que a situação está ficando desconfortável para Daniel. — Jess era adorável quando menorzinha, eu ainda sinto falta.

O rosto de Daniel ganha vida, e ele conta tudo sobre Lizzie e Stella.

CAPÍTULO 17

Daff e Daniel riem enquanto Michael se esforça para manobrar as bicicletas, tirando-as do galpão do jardim.

— O que foi? — Michael olha para Daff, e Daniel sacode a cabeça, incrédulo.

— Você não está falando sério, está? — Daniel continua a rir baixo.

— Sobre o quê? — Michael está intrigado.

Daff intervém.

— Vamos andar nisso aí?

Michael olha para as bicicletas.

— Qual é o problema? Tudo bem, estão um pouco empoeiradas, mas, depois de uma lavagem e um pouco de óleo, vão ficar como novas.

— Quantos *anos* elas têm? — pergunta Daniel.

Michael sorri.

— Acho que foram presente de casamento para minha mãe.

— Têm cara. — Daniel segura cuidadosamente uma bicicleta e a empurra pelo quintal. — Na verdade, parecem até mais velhas. Se você levasse essas bicicletas à feira de antiguidades, provavelmente valeriam uma fortuna.

— Ah, para com isso. — Michael olha outra vez para as bicicletas. — Não estão tão mal assim.

— É claro que não — diz Daniel. — São lindas. Só não estou acostumado a ver pessoas andarem em bicicletas assim.

— Mas são clássicas. São bonitas.

— Você está certo. São, sim, mas eu moro numa cidade em que tudo precisa ser novo, brilhante e da melhor qualidade. Se você quer andar numa bicicleta, precisa ser uma *mountain bike* de última geração, não pode ter mais de dois anos de uso.

— Bom, de onde eu venho, a gente adora os clássicos. Tudo o que eu quero é um jipe velho e surrado, ou uma bicicleta Schwinn clássica.

— Concordo. — Daff sorri. — Mas Daniel está certo. Vivemos numa época em que todos esperam que a nossa riqueza fique à mostra, em que o dinheiro é Deus, e quanto mais você tem, mais se espera que mostre. Não acredito que estão construindo certos tipos de casa na minha cidade.

— Ah, eu acredito — diz Daniel. — Deixe-me adivinhar: 650 metros quadrados é a norma?

— É. — Daff ri. — Isso ainda é o de menos. Tem também tudo o que você precisa pôr lá dentro: um closet para o homem e outro para a mulher, cada um do tamanho de um quarto, uma escadaria em curva e chão de mármore no saguão central...

— Um Range Rover na garagem? — contribui Michael.

— Ou um Hummer para a mulher — sugere Daff. — Mas vou contar a minha preferida. O jornal local publicou um artigo a respeito de uma casa construída sobre a água há alguns anos. Foi projetada por um figurão da arquitetura e decorada por um dos grandes designers de Nova York, e tinha... ouçam isso... 1.800 metros quadrados.

— Quem diabos precisa de 1.800 metros quadrados? — surpreende-se Michael. — Não, falando sério. Para quê? O que alguém *faria* com tudo isso? Eles têm um exército de crianças?

— Não, foi um casal jovem, não tinham nem chegado aos 40, tinham dois filhos pequenos. Ele, é claro, tinha ganhado uma bolada investindo em fundos de ações. E a minha parte preferida é essa: ao longo da reportagem, eles foram citados dizendo ser muito despretensiosos, e queriam que a casa fosse aconchegante e informal. Disseram ser muito pé no chão, queriam que o lugar fosse convidativo e refletisse suas personalidades. — Daff cai na gargalhada, seguida por Daniel, e Michael balança a cabeça, atônito.

— Como fazer 1.800 metros quadrados ficarem aconchegantes? — pergunta, genuinamente perplexo.

— É impossível. — Daniel dá de ombros. — E acredite, todas as pessoas que conheci morando em casas assim diziam a mesma coisa: que eram muito pé no chão e nem um pouco pretensiosos, e sempre se mostravam *tão* envergonhados por morarem numa casa tão grande.

Daff suspira.

— Sinceramente, prefiro antiguidades.

— Eu também — concorda Michael. — Para mim, os casarões antigos que temos bem aqui em Nantucket beiram a perfeição.

— Adoro essas casas! — comenta Daff. — Não passamos por algumas delas quando chegamos no outro dia? Adoraria vê-las de novo, com mais calma. Podemos fazer um passeio por lá?

— É claro — responde Michael. — Só vou limpar as bicicletas. Daniel, você vem?

— Acho que não — responde Daniel. — Mas obrigado. Sinto que deixei o trabalho um pouco de lado, então acho que vou procurar algum lugar com *wi-fi* na cidade e me livrar de um tanto.

— Tem certeza?

— Toda. As meninas vão ficar comigo no fim de semana e preciso encerrar várias pendências antes que elas cheguem, assim posso me concentrar só nelas.

— Você parece ser um pai maravilhoso — diz Daff, com um olhar subitamente triste ao pensar em Jess.

— Tenho filhas maravilhosas — diz Daniel. E despedindo--se, dá meia-volta para entrar.

Nan está na cama, cercada de revistas. Quase nunca fica assim, relaxada, deixando que a casa cuide de si mesma, mas pela primeira vez em meses se sente segura o suficiente para fazê-lo, especialmente porque Michael está de volta, porque a casa parece viva outra vez.

As engrenagens da casa, em seus cantos mais ocultos, gemem e estalam, mas giram novamente, ativando sua força vital, a energia de um lugar que volta a ganhar impulso.

É um alívio que Nan não seja mais a única responsável por trazer vida a Windermere; é um alívio saber que Windermere despertou, seguirá em frente, possivelmente mesmo em sua ausência.

Pois Nan tem andado cansada. O que talvez não seja surpresa, considerando o tanto que precisou fazer, ainda mais agora que Sarah partiu para Cape Cod com a família do marido, onde ficará até o fim do verão. Nan não se havia dado conta, até agora, do quanto contava com a presença dela nem de quanta coisa ela fazia.

Sente saudades da moça, deseja que, depois de todo o trabalho que fez, Sarah possa aproveitar a diversão de estar cercada de tantas pessoas maravilhosas. Também deseja que Sarah estivesse ali, insistindo em mandar Nan para a cama, reclamando sem parar quando percebe que Nan está exausta.

Nan tem muito cuidado para não demonstrar o quanto está cansada, não quer que ninguém se preocupe, mas esta manhã, após o café, depois de preparar panquecas, ovos mexidos e bacon para todos, subiu as escadas e notou que havia se esquecido de fazer a cama; e ela parecia tão quentinha, tão convidativa e aconchegante, que ela de repente se sentiu esgotada, chutou os sapatos e deitou de novo, caindo rapidamente num sono profundo.

Nem ouviu quando Michael enfiou a cabeça pela porta, sorrindo ao se aproximar, e envolveu-a nas cobertas, como faria com uma criança.

Nan acordou se sentindo um pouco melhor, mas ainda não era a mesma. Devia estar adoecendo. Afinal de contas, tinha passado um tempo com aquelas menininhas adoráveis, Stella e Lizzie, e crianças não são como plaquinhas de Petri ambulantes, cheias de germes? Será que ela não pegou alguma terrível gripe que assolava as escolas primárias de Massachusetts?

— Quer que eu traga alguma coisa? — Daniel bate na porta e entra.

— Não, obrigada, Daniel — responde Nan, com um sorriso que tenta parecer cheio de vida como sempre. Dez minutos depois, Daniel reaparece com uma xícara de chá.

— Você é um amor — diz Nan. — Mas onde está Michael? Você o viu? — Nan apalpa a cama, convidando Daniel a se acomodar na beirada.

— Ele e Daff pegaram aquelas bicicletas ancestrais e saíram para explorar a ilha.

— Ah, que ótimo — diz Nan. — Espero que se divirtam. Tenho a sensação de que pode surgir algum romance entre eles. É algo horrível de dizer? Não vá contar.

— Pode deixar. — Daniel sorri. — Eu tenho a mesma sensação. Michael me convidou para ir junto, mas recusei delicadamente. Por algum motivo, achei que os dois deveriam ficar a sós.

— Muito bem — diz Nan. — Então, o que pretende fazer hoje?

— Preciso trabalhar. Vou até a cidade. Tem certeza de que não quer mais nada? Quer que eu chame um médico ou algo assim?

— Deus, não! Não estou mesmo doente, é só o tempo que está me derrubando um pouco. Estou bem. De qualquer forma, não acredito em médicos. O único em que acreditei foi o dr. Grover, que costumava remendar as crianças da ilha quando elas se arrebentavam. Mas não para nós, adultos. É desnecessário, na minha opinião.

— Tem certeza?

— Muita. — E com um sorriso, acena para que Daniel deixe o quarto.

— Tem certeza de que está bem? — Michael para diversas vezes a bicicleta, muito à frente de Daff, esperando até que ela o alcance. Ela se aproxima, bufando como uma louca.

— É claro — diz Daff, forçando um sorriso e tentando não demonstrar o quanto está fora de forma. — Parece muito mais divertido do que é, na verdade — diz Daff, irônica, e Michael ri.

— Há quanto tempo você disse não se exercitar?

— Não disse. — Daff finge fechar a cara. — Entre o trabalho, a vida de mãe solteira e ter que tocar a minha vida e a de uma adolescente mal-humorada, não tenho muito tempo para encaixar aulas de pilates.

— Vamos dar uma parada — sugere Michael, descendo da bicicleta e sentando na grama. — Podemos ficar sentados por um tempo. Então... sua vida parece cheia. O seu ex ainda faz parte dela?

— Da minha vida ou da vida da minha filha? — Daff ergue uma sobrancelha.

— A sua filha está com ele, não é? Então disso eu já sei.

— É verdade. Acho que nos damos bem. Na época da separação, pensei que nunca fosse superar a dor, mas acabei me dando conta de que havia um motivo para ele buscar alguma coisa fora do casamento. Se tudo estivesse tão perfeito quanto eu pensava, ele nunca teria feito aquilo.

— Sinto muito — diz Michael. — Não sabia da situação.

— Tudo bem. Eu não contei a você. Mas, sim, sou uma dessas mulheres clichês que descobrem que o marido está tendo um caso.

— Você não quis dar uma segunda chance? — Michael não se contém, pensa em Jordana, no que aconteceria se Jackson descobrisse.

— Sempre achei que faria isso. Sabe, nessas conversas em que você imagina o pior e se pergunta como reagiria, acho que sempre pensei que poderia perdoar uma traição, que a infidelidade não precisaria ser o fim de um casamento, mas Richard não soube escolher, e foi isso que não consegui perdoar. — Daff suspira. — Bom, já falamos bastante do meu caso. Qual é a sua história?

— Eu? Não tenho história alguma. — Michael sorri.

— Quarenta... e quantos? Três? Quatro?

— Quase. Dois.

— Já foi casado?

— Não.

— Bom, *essa* já é uma história.

— Talvez, mas não é, nem de longe, tão interessante quanto parece. Acho que eu fiz escolhas ruins. Tive alguns relacionamentos longos com mulheres que eram ótimas em muitos aspectos, mas não para mim. Nunca encontrei paz, e agora agradeço ao destino por não ter me casado, porque não teria terminado bem. — Michael faz uma pausa. — Agora tive meu último e infeliz incidente.

— Ah, é?

— Detesto admitir, especialmente sabendo que o seu marido teve um caso, mas não estou nem um pouco orgulhoso disso...

— Você teve um caso com uma mulher casada?

Michael balança a cabeça, e, quando ergue os olhos, vê que a expressão de Daff é suave. Apesar do que passou, não está julgando.

— Era por isso que o seu telefone estava tocando freneticamente ontem à noite? — Daff ergue uma sobrancelha, como quem sabe de alguma coisa.

— Ai, foi tão óbvio assim?

Daff sorri.

— Já passei por isso antes. Imaginei que tivesse algo a ver com uma mulher. Como estão as coisas?

— Terminou. Por completo.

— Para os dois?

— Esse é o problema. Para mim, com certeza. Mas ela quer continuar. Cismou com essa ideia maluca de que eu sou a alma gêmea dela. E eu adoro essa mulher, de verdade. É uma pessoa que conheço há anos, mas, quando a conheci melhor, percebi que não havia qualquer possibilidade de ficarmos juntos, por isso precisei terminar tudo.

— Ah! E esse é o motivo para você ter fugido para Nantucket.

— Em boa parte. E você, do que está fugindo?

— Não estou fugindo — responde Daff, pensativa, levantando e se alongando. — Estou atrás de alguma coisa, acho. Estou tentando descobrir quem sou.

— Porque deixou de ser quem era para ser esposa e mãe?

Daff olha para ele, surpresa.

— Exatamente! Como sabia?

— Eu não sabia. — Michael se levanta também e monta na bicicleta. — Só parecia fazer sentido.

Michael mostra a Daff todos os lugares que um turista de primeira viagem deve conhecer em Nantucket, e depois outros não tão necessários, mas que são importantes para ele. Vai com ela ao farol de Sankaty, onde deu seu primeiro beijo, à joalheria onde costumava trabalhar aos sábados, onde descobriu seu amor pela arte, e à restinga de Coatue, onde ele e os amigos davam festas insanas, bebendo à noite na praia.

Param para almoçar no Club Car; e mais tarde, no Juice Bar para um sorvete. Quando saem, encontram um grupo de garotos da loja de bicicletas ao lado, parados ao redor das suas.

— São de vocês? — pergunta um deles.

— São.

— Cara, não vejo bicicletas assim há anos. Meu pai tinha uma quando era moleque. É uma bicicleta *e tanto*.

— Eu sei. Ela roda há muito, muito tempo.

— Posso ir com ela até o final da rua?

— Claro. — Michael observa o garoto pedalar, e Daff se vira, surpresa.

— O quê? — Michael olha para ela.

— Ele pode roubar a bicicleta — sussurra, insegura.

— Não vai roubar. Vai voltar num minuto.

— Não acredito que confiou nele, emprestando a bicicleta. E se ele não voltar?

— Vai voltar. Mas, se não voltar, podemos pegar uma carona para casa.

Daff prende a respiração.

— Carona? Você está maluco?

Michael começa a rir.

— Eu estaria maluco se sugerisse que pegássemos carona, digamos, na rodovia Bruckner, ou na Terceira Avenida, em Nova York, mas aqui é Nantucket. De qualquer forma, estou brincando. Não vamos precisar pedir carona. Ele vai voltar daqui a pouco.

Quinze minutos depois, Daff olha para Michael com uma sobrancelha erguida.

— Quem é que vai pedir carona agora? — pergunta.

Michael sacode a cabeça.

— Droga. Não acredito nisso. Realmente achei que fosse um bom garoto.

— Você não é tão esperto quanto parece, sr. Eu-Moro-Em--Nova-York. — Daff ri.

— Ah, não? — Michael sorri ao ver que o garoto para com a bicicleta ao lado deles.

— Eu me empolguei. — O menino desce da bicicleta e a entrega de volta a Michael, que lança a Daff um olhar de "eu disse". — Essa bicicleta é *demais*. Quase decolei com ela — acrescenta. Michael sorri de volta e ignora Daff, vendo que ela tenta conter o riso.

— Você é um homem de sorte — diz Daff quando dobram a esquina empurrando a bicicleta.

Michael olha para ela, incrédulo.

— Que nada — responde, irônico. — Eu antes achava que a vida acontecia segundo as nossas expectativas. Se você esperar o melhor das pessoas, elas vão lhe dar o seu melhor, e, se esperar o pior, é isso o que vai receber. — Michael suspira. — Mas já não tenho tanta certeza disso.

— Deveria ter. Parece muito sábio — diz Daff. — É muito verdadeiro. Acho que, em boa parte do tempo, eu funciono influenciada pelo medo, mas o seu jeito parece muito melhor.

— Medo de quê?

— De tudo. De não ter dinheiro suficiente, de que a Jess não queira mais voltar, de não ter trabalho, de perder a minha casa.

— Parece uma maneira assustadora de viver.

— Não é tão ruim quanto parece. Não penso nisso todo dia. Não é que o medo seja tão forte a ponto de me incapacitar, mas tenho noção de que as coisas são difíceis, e tenho noção das minhas responsabilidades. Se eu não tiver trabalho, não vou ter dinheiro suficiente, e, se não tiver dinheiro, posso perder a minha casa, e não teria a quem recorrer. — Daff ri nervosamente. — Minha nossa! Você ouviu o que acabei de dizer? Estou parecendo uma neurótica. Veja bem, eu adoro a minha vida, só estou totalmente ciente de que tenho uma responsabilidade enorme, e isso às vezes parece um pouco demais. Só isso.

— Entendo — responde Michael. — Eu sinto o mesmo, a maior parte do tempo. Vamos sentar ali naquele banco. — E, quando caminham naquela direção, Michael guia Daff com a mão em suas costas, gesto inconsciente, delicado, mas que deixa Daff imediatamente consciente do calor da mão de Michael e surpresa ao se ver tomada por um sentimento de segurança absoluta, deixando-se levar até o banco.

Quando voltam, Daniel está parado em frente à bancada da cozinha, cortando cenouras.

— O que está fazendo? — pergunta Daff, sentando-se à mesa. — Cadê Nan?

— Não está se sentindo muito bem — responde Daniel, virando-se então para Michael. — Estou preparando uma canja, mas me pergunto se não deveríamos chamar um médico.

— Ela estava bem hoje de manhã — diz Michael, confuso. — O que há de errado?

— Ela diz que está bem, mas está pálida e parece exausta. Deve estar ficando gripada ou algo assim.

— Vou subir para ver como ela está — diz Michael, seguindo para a porta.

— Espero que fique bem — diz Daff.

Michael se vira logo após cruzar a porta.

— Ah, ela vai ficar numa boa. Tem a força de um touro. Espere só para ver.

Como previsto, duas horas depois Nan desce as escadas, pronta para começar o jantar, parecendo perfeitamente saudável.

— Como está se sentindo? — Daff se aproxima às pressas, mas Nan faz sinal para que se afaste.

— Perfeitamente bem — responde, firme. — Só precisava de um dia à toa, na cama. Mas sinto um cheiro delicioso. Alguém preparou o jantar?

Daniel dá de ombros.

— Desculpe, fui eu. Não queria perturbar a senhora, por isso achei melhor me antecipar. A senhora se incomoda?

— Me incomodar? Acho ótimo! — Nan caminha até a cômoda e tira da gaveta um maço de cigarros e um elegante isqueiro dourado. — Só vou até a varanda fumar um cigarrinho. Adoraria tomar um drinque, Michael querido. Você poderia preparar uns martínis para a gente? Daff? Daniel? Vocês vêm?

Os dois a seguem, e Michael olha para a mãe, preocupado. Até pouco tempo, ele achava que Nan viveria para sempre, que jamais chegaria o momento em que fosse precisar se preocupar, mas esta noite, pela primeira vez, ele realmente *enxerga* sua fragilidade, em vez de se preocupar apenas de maneira abstrata. Enquanto caminham pelo deque, Michael segura o braço da mãe, e ela o observa, contente.

— Eu amo você, mãe — diz, e Nan sorri antes de afundar numa poltrona, tirando um cigarro do maço e colocando-o na boca para que Daniel o acenda.

CAPÍTULO 18

Richard e Carrie estão jantando. Jess deveria estar com eles, mas está no quarto, furiosa.

O pai tinha dito que a levaria ao fliperama hoje, mas de repente ele e Carrie decidiram precisar de prateleiras e resolveram ir à loja de móveis, sem tempo para levá-la. Talvez possam ir amanhã, disse o pai.

Isso acontece o tempo todo. Ele não tem mais tempo para tudo o que faziam antes de Carrie. Às vezes ele a convence a sair com Carrie, e tudo bem, é divertido ir à manicure ou sair para almoçar, fazer compras nas lojas para adolescentes da cidade, mas não é a mesma coisa que estar com o pai.

Não é o que ela esperava quando fugiu da casa da mãe e insistiu em morar com ele. Achou que seria exatamente como antes de Carrie — passaria o tempo com ele, só os dois, se divertindo. Tudo bem, ela sabia que as coisas agora eram diferentes, não podia fingir que Carrie não existia, mas acreditava que seria a prioridade, e, ao que parece, Carrie é a prioridade.

Às vezes a menina se vê completamente possessa — como explicou a Carrie —, é como se um vulcão estivesse prestes a explodir dentro dela. Precisava subir, porque se ficasse na mesa da cozinha teria gritado, gritado, gritado.

Jess sabe que diz coisas horríveis quando está nervosa, está tentando se conter, tenta ficar no quarto, mas lá não é muito melhor, a não ser pelo fato de ter menos chances de dizer algo terrível ao pai.

Respirando fundo, engatinha até o outro lado da cama e alcança a gaveta da mesinha de cabeceira, tirando de cima dela os bichinhos de pelúcia e a maquiagem. Ela não usa maquiagem, geralmente não, mas aquela parece tão brilhante e tão convidativa, por que não? Talvez devesse começar a usar. Jess acabou de alinhar os bichinhos na almofada e abrir a caixa de sombra quando ouve os passos que se aproximam pela escada.

Joga tudo depressa na gaveta e a fecha com força, cruzando os braços e fazendo bico no momento em que Richard bate suavemente à porta.

JESS ESTAVA NA LOJA DE DEPARTAMENTOS com sua amiga Kayleigh quando foi arrastada pelo impulso. Nem sabe muito bem por que fez aquilo — tinha 20 dólares no bolso, dados por Carrie quando a menina implorou —, mas os caixas tinham filas enormes, o batom era barato, e quem daria falta dele ou se importaria?, pensou ela ao enfiá-lo sob a manga.

— Já cansei daqui — disse rapidamente a Kayleigh, o coração acelerado, a voz sem fôlego e aguda, ansiosa. — Vamos embora.

— Achei que quisesse ver coisas para o quarto — disse Kayleigh.

— Hoje não. Vamos voltar amanhã — respondeu Jess, saindo da loja sem olhar para os lados. A culpa a impediu de olhar para qualquer um até se ver em segurança no carro da mãe de Kayleigh, quando a overdose de adrenalina a deixou eufórica e com vontade de rir.

— Qual é o seu problema? — perguntou Kayleigh várias vezes. — Você está doida? — As duas riam incontrolavelmente.

Isso já faz alguns dias. Desde então, Jess já roubou mais maquiagem, outros cosméticos, bichinhos de pelúcia e bonecas.

Não sabe por que faz isso nem por que se sente atraída por essas coisas — ela não usa maquiagem nem cosméticos, e há muito tempo já parou de brincar com bichinhos de pelúcia e bonecas —, mas não consegue evitar, não tem explicação.

Sempre que deixa a loja com algo escondido debaixo do moletom, sempre que consegue chegar em casa sem ser pega, sente-se feliz de uma maneira que há meses não sentia, pelo menos desde antes do divórcio.

Sempre que está no quarto, apanha os produtos que roubou e olha para eles. Abre as caixas e organiza suas aquisições em filas, por ordem de cor, movendo-as em diferentes arranjos, mas não usa nada, não retira as etiquetas dos brinquedos, não arranca os adesivos. Só gosta de observar seu espólio, ainda que a emoção dure pouco. Da primeira vez, quando foi apenas um batom, sentiu-se eufórica a noite inteira, contente e tonta de entusiasmo. Sempre que abria a gaveta e via o cilindro brilhante e cor-de-rosa, sentia-se bem novamente.

Depois de apenas uns poucos dias, a emoção já não era tão grande, mas ainda é melhor que a do resto de sua vida entediante. Ela talvez devesse tentar outro lugar. Quem sabe, da próxima vez, devesse tentar a Kool Klothes.

— Então, sobre o que você queria conversar? — Bee está nervosa, passando os dedos pela borda da xícara, no Sconset Café. — Achei que preferisse deixar que os nossos advogados cuidassem de tudo. — Ela não consegue conter a amargura na voz nem o medo.

Daniel respira fundo e tenta falar, mas nada sai de sua boca.

— O que foi, Daniel? — Bee olha para ele bem de perto. — O que quer que seja, é só dizer.

Daniel sacode a cabeça, depois olha para ela.

— Bee, eu não tenho sido completamente sincero com você.

Os olhos de Bee são tomados por uma expressão de horror, quando um pensamento cruza a sua mente.

— Você estava tendo um caso — sussurra, com a respiração travada na garganta. Não foi uma pergunta, foi uma afirmação.

— Não. — Daniel balança a cabeça. — Eu nunca faria isso com você. Eu juro, Bee, nunca trairia você.

O alívio de Bee é palpável.

— Então o que foi? O que poderia ser tão terrível que você nem consegue contar?

— Não sei como dizer isso. — Daniel fica pálido, sua respiração é curta e superficial. — Eu já sabia há muito tempo, mas não queria encarar. Achei que poderia simplesmente negar, mas não posso mais...

— Você é gay. — Bee cospe as palavras como um reflexo, sem pensar no que está dizendo, esperando que Daniel a contradiga, ou ria, ou lhe peça para deixar de ser ridícula. Mas também sabe, no momento em que solta as palavras, que são verdadeiras, e quando Daniel baixa os olhos, incapaz de encará-la, está confirmado.

— Ai, meu Deus! — Bee sacode a cabeça e ri amargamente, olhando para o teto. — Não acredito que isso esteja acontecendo comigo.

Daniel não sabe o que dizer.

— Sinto muito — é só o que consegue falar.

— *Você* sente muito? — Bee ameaça rir novamente, ainda amarga, ressentida. — *Eu* sinto muito. Sinto não ter dado ouvidos a todas as minhas amigas quando nos casamos. Todo mundo dizia que você devia ser gay, e eu dizia que isso era ridículo, você só era sensível, estava em contato com seu lado feminino. Não acredito que fui tão idiota.

— Você não foi idiota. Nem eu mesmo sabia. — Daniel não sabe o que dizer. Ele esperava muita coisa, mas não este desdém amargo, não esta raiva.

— Ah, meu Deus — diz Bee novamente. — Não é surpresa! Não é surpresa que você nunca quisesse dormir comigo. Pensei que fosse *eu*, que você não se sentisse atraído por *mim*, que eu fosse deficiente de alguma forma, que não fosse bonita o suficiente, magra o suficiente, não tivesse curvas, o que quer que fosse... O problema *era* eu, mas não como eu pensei que fosse.

Daniel dá de ombros, desconfortável, desvia o olhar.

— *Você jura* que nunca dormiu com mais ninguém? — pergunta Bee, de súbito. — Jura pela sua vida?

— Juro.

— Porque... minha nossa, o risco para a saúde. Você jura... — Ela faz uma pausa, depois diz algo que jamais pensou que diria. — Você jura pela vida das suas filhas?

— Juro. — Daniel está chocado, mas pelo menos pode responder com sinceridade. — Juro pela vida das minhas filhas que nunca fui infiel. Bee, sinceramente, isso também é novidade para mim. Você não tem com o que se preocupar.

— Eu fiz testes de HIV quando estava grávida — solta Bee —, então pelo menos sei que estamos bem.

— Nossa, Bee. — Daniel balança a cabeça, incrédulo. — Isso é tudo o que você tem a dizer? Que está aliviada porque não tem aids?

— Não sei, Daniel. O que você quer que eu diga? Que estou encantada? Que agora sei que a culpa não era minha e que não havia nada que eu pudesse fazer para salvar o nosso casamento? Quer virar meu melhor amigo gay? Talvez devêssemos sair para fofocar? Ou talvez queira dar uma olhada no meu armário e dizer quais roupas devo guardar e quais devo jogar fora? Pensando bem, você sempre foi bom nisso.

— Caramba, Bee. Precisa ser assim tão escrota?

— Quer saber de uma coisa, Daniel? — Bee se levanta subitamente da mesa, e lágrimas começam a correr pelo seu rosto. — Preciso, sim, porra. Meu marido de quase seis anos acabou de anunciar que todo o nosso casamento foi uma farsa, que tudo em que eu acreditava era mentira, e você acha que eu não posso ser escrota? Nem sei o que dizer. — Bee sacode a cabeça e levanta a mão, para impedir que Daniel diga qualquer coisa. — Não posso, Daniel. Não posso mais falar com você. Não hoje.

E assim ela vai embora, e Daniel fica ali com seu café frio por mais de uma hora, incapaz de pensar. Incapaz de se mexer.

— Você está bem? — Daff está sentada na varanda, espreguiçando-se, quando Daniel se aproxima da casa. — Parece péssimo.

— Já estive melhor — diz Daniel, suspirando.

— O que foi? — Daff apoia o notebook e indica o lugar para ele se sentar.

— Acabei de contar a Bee.

Daff arregala os olhos.

— Como assim, você acabou de *contar*? — Daniel balança a cabeça. — Minha nossa — diz Daff. Queria abraçá-lo, mas não sabia se seria adequado, já que mal o conhece. — E como ela reagiu?

Daniel responde bufando.

— Digamos que não muito bem.

— Sinto muito.

— Eu também. Acho que eu tinha a visão romântica de que ela aceitaria e apreciaria a minha sinceridade, e que nós dois poderíamos sair dessa como amigos.

— Isso ainda pode acontecer — diz Daff, delicadamente. — Só vai levar algum tempo para ela conseguir assimilar a situação, imagino. É normal que fique magoada no início. Você sempre soube, de alguma forma, mas deve ser um choque enorme para ela.

— O mais difícil não foi ver o quanto ela estava magoada. Foi a raiva que ela demonstrou. — Daniel suspira outra vez. — Eu não esperava uma raiva tão grande.

— Deve ter sido difícil.

Daniel balança a cabeça.

— Obrigado por me ouvir. — Daniel se vira para Daff, e dessa vez ela apenas abre os braços e puxa ele para junto de si, e ele a aperta, cheio de gratidão.

— NAN? TEM ALGO DE ERRADO com a janela do meu quarto. — Daff tosse discretamente uma onda de fumaça do cigarro de Nan que se aproxima do seu nariz. — Não consigo abrir.

— Michael vai dar uma olhada — responde Nan. — Ele foi à cidade há um tempinho, mas disse que voltaria antes do almoço. Vou mandá-lo ver isso assim que chegar. Você tem alguma ventilação? Windermere esquenta muito rápido se as janelas não forem abertas.

— Um pouco. Abri a janela do banheiro, mas não é grande coisa. Ainda assim, é melhor que ar-condicionado.

— Concordo plenamente. — Nan sorri, e em seguida tem uma crise de tosse.

Daff parece desconfortável.

— Nan, sei que não é da minha conta, mas você não acha que o cigarro pode estar deixando a senhora doente?

— Por quê, por causa da tosse? Tenho isso há anos! — responde Nan. — O cigarro não tem nada a ver com a tosse, e, mesmo que tivesse, eu sou macaca velha, não aprendo mais.

— Eu me preocupo com a senhora — diz Daff. — Não acho que fumar esteja lhe fazendo bem.

— É claro que não faz bem. — Nan ri baixinho. — Nada que é divertido faz bem, e eu prefiro viver uma vida feliz e curta a viver uma vida chata e longa.

— Será que alguma coisa na sua vida já foi chata? — Daff sorri.

— Tudo era tão incrivelmente entusiasmante quando eu era jovem — diz Nan, sorrindo. — Nos últimos tempos, as coisas ficaram mesmo um pouco chatas, ainda que neste momento eu me sinta viva como não me sentia há anos.

— Bom, é ótimo saber disso — responde Daff. — A canja do Daniel claramente surtiu efeito.

— Ah, veja só — diz Nan. — Aí vem o Michael. Michael, querido? A janela da Daff está emperrada. Você pode subir com ela e dar uma olhada?

Aquela não deveria parecer uma situação íntima, parada no quarto com o filho da proprietária, mas Daff fica sem jeito. Se estivesse em casa, ou na cozinha, poderia oferecer um café, fazer alguma coisa com as mãos, mas parada ali, ao lado da cama, fica muito consciente da proximidade dos dois, da sua masculinidade, algo que ela não havia notado antes.

Quando Michael se inclina para examinar o batente, sua camiseta — uma surrada, vermelha e desbotada de Nantucket, desfiada nas extremidades — se levanta, expondo sua barriga. Daff não deveria olhar, não sabe por que está olhando, e fica envergonhada ao sentir que seu rosto começa a esquentar. Olhou apenas um segundo, mas foi o suficiente para notar uma barriga plana e bronzeada, a linha da musculatura, os pelos ralos que desaparecem sob o elástico do short.

— Já sei qual é o problema. — Michael inclina o pescoço e Daff nota a largura dos seus ombros, as mãos fortes que o ajudam a se equilibrar ao olhar para cima. — É só pôr um pouco de óleo e vai ficar ótima. Só está agarrando. — Ele olha para Daff e sorri, e ela fica vermelha, virando-se rapidamente para esconder o rosto.

— Vou lá pedir a Nan — diz Daff, saindo às pressas, parando apenas quando se vê segura, fora do quarto.

“Meu Deus”, pensa Daff, apoiando-se na parede. “Eu conheço essa sensação. Eu me lembro dela, de outra vida, uma vida na qual não penso há muitos anos. O sentimento, a aceleração do coração, a agitação, a sensação de que vou desmaiar, é desejo!”

Ela ri consigo. Há anos que Daff não pensa em outro homem além de Richard. E Richard era seu marido, os sentimentos que ele despertava eram completamente diferentes do que ela sente neste exato momento.

Daff sentiu desejo por ele no início, mas, depois do nascimento de Jess, isso praticamente desapareceu, voltando apenas em surtos estranhos, em momentos esquisitos.

Ela às vezes subia as escadas pensando que estava com vontade de fazer amor, e então tomava um banho quente, como fazia todas as noites, deitava na cama com sua longa camisola branca de flanela, como fazia todas as noites, depois se cobria com os lençóis frios e pegava seu livro. E, no momento em que Richard desligava a televisão, ou terminava o jornal, ou de fazer o que quer que estivesse fazendo, e vinha para a cama, a única coisa que ela queria fazer era dormir.

Não que não gostasse depois que já havia começado, mas nunca instigava, nunca era ela que se aproximava e começava a acariciar a coxa dele, ou que passava a mão por sua barriga e acariciava-o mais e mais embaixo.

Em algum ponto do casamento, Daff chegou à conclusão de que não tinha uma grande libido. Tinha se esquecido dos tempos de solteira, dos seus casos, das relações nas quais a excitação, a emoção e o simples desejo eram suficientes para enlouquecê-la.

Tinha se esquecido da sensação de olhar para um homem e sentir uma onda de calor, imaginar como seria acariciar sua barriga, enterrar o nariz em seu pescoço para sentir seu cheiro, sentir suas mãos fortes agarrando-a pela cintura, levantando-a, virando-a.

Tinha se esquecido.

Agora se lembra.

CAPÍTULO 19

O carro de Bee se aproxima da porta da frente, fazendo ranger o cascalho, e ela sai com uma expressão de intensa preocupação.

— O que foi? — Nan está ajoelhada, arrancando ervas daninhas da brita. — As meninas estão bem?

— Estão. — Bee está ofegante. — É o meu pai. Preciso ver o Daniel. Ele está aqui?

— Vou buscá-lo. — Nan levanta rápido e apoia uma mão no braço de Bee ao passar por ela, um gesto rápido de conforto. Não importa o que está errado, Nan sabe que vai passar. Uma das alegrias de envelhecer, percebeu Nan, é que aceitamos mais, tanto as coisas boas como as ruins.

Daniel contou que as coisas não ficaram bem quando disse a verdade a Bee, e, por mais que goste dele, e muito, Nan sente muito por ela, sabe como é ser mãe sem ajuda, sentir que nos puxaram o tapete quando pensávamos que tudo estava perfeito.

E não é só isso. Há algo em Bee que toca o coração de Nan. Ela não sabe o que é, mal falou com a mulher, mas há algo em seus olhos, uma tristeza que lhe é muito familiar, chegando a ser quase dolorosa.

— O que foi? — Daniel sai da casa correndo, esquecendo sua relutância quando Nan conta que há algo errado. Ele não falava com Bee havia dois dias, mas só de pensar em encontrar as meninas no dia seguinte, já começava a temer a ideia de precisar vê-la, temer a força de sua raiva, sua amargura e sua fúria.

— Meu pai — diz Bee, e finalmente se permite desabar. Daniel dá um passo à frente e a toma nos braços, apoia o queixo em sua cabeça como sempre fez, acariciando suas costas num gesto que já foi muito familiar mas que agora parece tão estranho. Ele não sabe se devia fazer isso, mas também não sabe o que mais poderia fazer, pois aquela é Bee. Sua mulher por seis anos, mãe de suas filhas. Uma mulher que ele ama. Uma mulher que talvez sempre ame, só que não da maneira como ela sempre quis.

— O que houve? — pergunta quando suas lágrimas param e ela parece se dar conta de onde está, afastando-se abruptamente e enxugando o rosto.

— Ele caiu. Ligaram do hospital essa manhã. Desmaia, acorda e desmaia de novo.

— Meu Deus. — Daniel se espanta. — Ele vai ficar bem?

— Não sabem. Mas preciso ir. As meninas estão brincando na casa dos vizinhos, não quero que saibam que há algo de errado com o vovô, mas tenho um voo para Nova York hoje à tarde. Você pode ficar com elas?

— É claro. — Daniel nem hesita. — Há algo mais que eu possa fazer?

Bee sacode a cabeça.

— Telefono quando chegar lá. Volto dentro de uma hora para deixar as meninas.

— Tudo bem. Bee, sinto muito. Tenho certeza de que ele vai ficar bem.

Bee não diz nada. Vira-se e volta para o carro, e Daniel quer lhe dar apoio, melhorar a situação, mas não há nada que possa fazer.

Bee treme tanto que precisa parar no acostamento da estrada de terra que sai da casa de Nan. Enterra a cabeça nas mãos e se permite chorar de verdade.

— Por que eu? — grita para a estrada vazia. — Por que isso está acontecendo *comigo*?

Bee não está acostumada a perder o controle da própria vida. Bee é, sempre foi, uma garota bem-sucedida. Coisas boas acontecem com ela, nunca coisas assim. Como ser largada pelo marido gay. Ou a queda do pai, que não tem mais ninguém além dela.

O pai nem é idoso, por Deus. Não é um velho, que já se espera que adoeça. Tudo bem, tem 70 anos, mas é o setentão mais saudável e em forma que ela já viu, parece anos mais novo, todo mundo sempre disse isso.

Sendo filha única de pais separados, Bee sempre soube, sempre presumiu, que em algum momento os papéis se inverteriam e ela precisaria cuidar deles. Nem tanto da mãe — ela casou de novo há dez anos, e Fred a adora. Mesmo que ele se vá primeiro, a mãe ficaria bem. Mas o pai nunca encontrou alguém desde o divórcio. Pareceu ficar cada vez mais retraído com a idade, e Bee precisou assumir um papel maternal: telefona todos os dias para se assegurar de que ele está bem, convida-o para ir à sua casa em todos os feriados e até mesmo, em certas ocasiões, tenta apresentá-lo a mulheres interessantes.

Mas não está pronta para isso. Não ainda. Ele não deveria cair nem ficar muito doente, nem ter qualquer coisa grave pelos próximos anos. É o pai dela, Senhor. Ele é quem deveria cuidar dela, ainda mais agora, quando toda a sua vida está ruindo.

Por que isso está acontecendo?

Bee grita e se sacode, o vento carregando sua angústia para longe, e, quando sua raiva afinal se dissipa, respira lenta e profundamente e religa o motor.

— Eu posso fazer isso — diz a si mesma, descendo a estrada. Passa por muitas obras, os pedreiros a encaram curiosos, uma mulher de olhos claramente vermelhos e inchados de tanto chorar. — Eu posso fazer isso — repete, e, no momento em que faz a curva e entra na via principal, sabe que pode mesmo.

Lizzie e Stella já se sentem em casa em Windermere. Nan vem encontrá-las, mal contendo o entusiasmo de ter duas menininhas como hóspedes, e as carrega pelas mãos.

— Tenho baús cheios de fantasias maravilhosas — conta, inclinando-se para ficar na mesma altura que elas. — Túnicas brilhantes e capas de veludo.

— Você tem vestidos de fadinha? — pergunta Lizzie.

— É claro — garante Nan. — Em algum lugar tenho até tiaras de fada de verdade. Você sabia que algumas menininhas que ficaram aqui viram fadinhas no jardim?

— Não! — Lizzie arregala os olhos, encarando Nan. — Sério? Como elas são?

— Ah, são lindas — responde Nan. — Mas só vêm se você construir casas para elas.

— Casas? Que tipo de casa? Como se faz uma casa de fada?

— Você só pode usar coisas naturais, como conchas da praia, gravetos e grama para prender tudo. Precisa fazer um teto para que elas não se molhem, e uma cama para elas dormirem, e então elas vêm. Faz algum tempo que não vejo fadinhas neste jardim, mas ninguém construiu casas para elas.

— Podemos construir uma casa para as fadinhas? — pergunta Stella.

— Bem, acho que sim — responde Nan, e as meninas pulam de alegria.

Michael, parado na porta, observa a mãe com um sorriso. É mesmo impressionante como ela está mais viva agora que está cercada de pessoas. É claro que, quando Michael era criança, Windermere estava sempre cheia de gente, de riso, de vida. Mas depois da morte de seu pai tudo pareceu acabar, e Michael jamais pensou que a casa poderia retomar parte do glamour dos dias passados.

As molduras das janelas ainda apodrecem em alguns pontos, faltam muitas telhas, há muito trabalho a ser feito para restaurar a glória passada de Windermere, mas a casa parece de novo o lugar onde ele cresceu, uma casa que contém muita história e muita alegria.

Quando soube que Nan abriria a casa para estranhos, Michael ficou preocupado; preocupado também quando ela contou sobre a situação financeira, ainda que não tenha ficado surpreso.

Fica apreensivo com a ideia de contar o que realmente pensa — ele acha que a mãe deveria vender a propriedade. Michael adora Windermere, detestaria abandoná-la, mas, ainda que alugar os quartos durante o verão possa trazer alguma sensação de segurança, ela jamais conseguirá salvar a casa só com isso.

Ainda que a aparência esteja melhor, as melhorias são superficiais. Uma camada de tinta pode esconder a madeira podre, mas não por muito tempo. É possível selar as rachaduras das janelas, lubrificar as dobradiças, fazer remendos por algum tempo, mas aqui em Nantucket, Michael não sabe se a casa sobreviverá a mais um inverno.

O valor não está na casa, Michael sabe, e sim na terra, e, depois de uma pequena pesquisa acredita que um bom construtor pagaria uma fortuna pelo terreno.

Se dependesse dele, a casa seria vendida hoje mesmo. Nan poderia se instalar num chalé fenomenal, recém-construído, que não requisesse muito dinheiro para a manutenção, e ela ainda poderia ter um jardim, uma vista para o mar. Michael adora a casa, mas não fica sentimental ao pensar nela, não como Nan, e é por isso que ainda não falou com ela sobre o assunto, não exatamente.

Ela não vai sair dali. Talvez depois, quando perceber que não há outra solução... Até lá, até ela perceber que algumas centenas de dólares por semana não servirão de quase nada, Michael a deixará acreditar que tudo está bem, permitirá que se atenha à fantasia.

Veja só como está feliz agora, com as menininhas que a olham encantadas quando as leva para dentro para buscar roupas brilhantes e coloridas nos baús de fantasias que ela vem guardando para... quem? Netas?

Michael suspira. A vida não está seguindo o curso que ele esperava. Ele pensou estar perfeitamente feliz, seguro em seu trabalho, em sua vida em Nova York, mas agora está aqui, de volta para casa, num hiato de sua vida.

Veja só as outras pessoas hospedadas aqui. Daff acreditava estar num ótimo casamento até seu marido ter um caso, ama a filha mas não a tem. Daniel passou a vida inteira vivendo uma mentira.

Sua mãe talvez esteja vivendo numa espécie de mundo de fantasia, mas pelo menos está feliz. Ao menos sabe do que precisa para ser feliz: a casa, a família, estar cercada das pessoas de quem gosta.

Chegou o momento, pensa Michael, de descobrir exatamente do que *ele* precisa para ser feliz, saber exatamente o que deve fazer depois. Perdido em pensamentos, Michael dá meia-volta e entra em casa para buscar uma caneta e um pedaço de papel na cozinha e, abrindo a lista telefônica, põe-se a anotar os endereços de todas as joalherias da ilha.

Chegou a hora de dar o próximo passo.

Bee apoia a cabeça no banco de trás do táxi e fecha os olhos. Está exausta como nunca imaginou ser possível, emocionalmente esgotada, como uma boneca de pano sem nada por dentro.

Depois de tanto sofrimento, tanta raiva, tanta angústia e tanto medo vividos nas últimas semanas, não lhe restou mais nada. Ela fecha os olhos e pensa em como seria bom dormir. Ficar na cama por semanas, largada numa cama macia, escura e quentinha, não acordar até que tudo voltasse ao normal. Mas não sabe mais o que é normal. Não pode sonhar com a volta de Daniel, não mais. Não resta nenhuma esperança, só o desejo de fechar os olhos e dormir, dormir e dormir.

Bee bate suavemente na porta do quarto do hospital e abre ao não ter resposta.

Seu pai está deitado, olhos fechados, com tubos entrando por seus braços. Parece muito familiar e muito diferente ao mesmo tempo, é o mesmo pai que ela sempre conheceu e amou, porém velho, deitado ali tão frágil e fraco, indefeso como uma criança.

— Pai? — Bee segura uma lágrima e se inclina sobre ele, quase pulando para trás quando ele abre os olhos.

— Bee! — O pai sorri e levanta os braços, e Bee se apoia em seu peito, apertando-o com força.

— Ai! — diz ele. — Não tão forte.

— Desculpe, pai. — Bee enxuga os olhos. — Pai, fiquei tão preocupada. Achei que você estivesse inconsciente.

— Eu estava antes, mas agorinha estava só dormindo. Que bom que você veio, Beezy.

Bee fica aliviada ao sentir que, de perto, seu pai ainda tem o mesmo cheiro, o cheiro de lar, e, ao se aninhar em segurança em seu pescoço, sente que as lágrimas brotam mais uma vez. Por um momento, luta contra o desejo de se aconchegar naquela segurança, como uma menininha cujo pai poderia resgatá-la de qualquer perigo.

Pisca para reter as lágrimas e força um sorriso.

— Obrigada por me arrancar da praia.

— Eu pensei que tivesse se esquecido de mim — diz ele. — O único jeito que arrumei para que se lembrasse do seu velho foi me jogar da escada.

Bee sorri, seu primeiro sorriso verdadeiro nas últimas semanas, talvez.

— Bem, estou aqui agora. Feliz?

— Estou melhor agora que chegou — diz ele, com uma expressão mais suave.

— O que aconteceu? — pergunta Bee. — Você lembra?

— Não faço ideia — responde o pai. — Não me lembro de nada, mas a dor é lancinante.

— Eles acham que você vai precisar de uma prótese no quadril?

— Vou fazer outra radiografia à tarde. Estou completamente por fora. Você talvez possa conversar com os médicos e descobrir.

— É claro — responde Bee. — É para isso que estou aqui.

— Sou eu. — Bee vai e vem pela sala de espera enquanto liga para o celular de Daniel. Ultimamente, ela nunca sabe o que dizer a ele. Quando estavam juntos, não precisava se apresentar, e, agora, dizer "é a Bee" parece formal demais, ridículo, considerando que há poucas semanas nenhuma apresentação era necessária.

— Eu sei — responde Daniel. — Como está o seu pai?

— Vai ficar bem — diz Bee. — Está esperando os resultados de uma radiografia, mas na pior das hipóteses vai precisar de uma prótese no quadril e depois vai ficar em recuperação. Mas se pensarmos que caiu de um lance de escadas, poderia ter sido muito pior.

— Graças a Deus — diz Daniel, realmente aliviado. Ele gosta de Evan, sempre se considerou um homem de sorte por se dar tão bem com os sogros, que o consideravam parte da família. Percebeu que uma das partes mais difíceis da separação foi perder essa família, sabendo que nunca mais olhariam para ele da mesma forma, nunca mais o receberiam em seus braços como o filho que sempre quiseram ter.

— Então, quanto tempo você acha que ele vai ficar aí?

— Não faço ideia. — Bee suspira. — Espero que amanhã eu fique sabendo disso. Como estão as meninas?

— Ótimas. — Daniel sorri, olhando para Lizzie e Stella, que estão em pé sobre banquinhos, cortando nacos de massa para as tortinhas de geleia que Nan vai preparar.

— Nan está se divertindo com elas aqui — diz Daniel, tentando manter uma conversa normal, pois sabe que falar das filhas é a única maneira pela qual, neste momento, poderão fingir que está tudo bem, uma conversa que não precisa terminar em gritos e acusações. — Passamos a tarde explorando a praia atrás de conchas e gravetos para construir casinhas de fada.

Bee ri, apesar de tudo.

— Casinhas de fada? Parece que vocês estão em uma colônia de férias.

— A sensação é essa. Nan preparou atividades para cada hora, parece. As duas estão nas nuvens.

— Posso falar com elas?

— É claro. Espere aí. Meninas! — Bee sorri ao ouvir Daniel chamando-as. — A mamãe está no telefone.

Bee aguarda, esperando ouvir "Mamãe!", mas, em vez disso, ouve Stella dizer:

— Estou ocupada. Não posso falar agora.

— Lizzie — o sussurro de Daniel é audível —, fale com a mamãe.

— Não posso — diz Lizzie em voz alta. — Estou cozinhando.

— Vamos lá — diz Daniel com firmeza e, um segundo depois, surge uma Lizzie distraída ao telefone.

— Alô? — Bee, tão empolgada com a ideia de falar com as filhas, agora se sente magoada e vazia.

— Alô?

— Oi, querida! É a mamãe!

— Oi, mãe.

— Vocês estão se divertindo? O que estão fazendo?

— Estamos cozinhando.

— O que estão cozinhando?

— Não sei. Nan, o que a gente está cozinhando?

— Tortinhas de geleia — ouve-se a voz de Nan.

— Alô? Lizzie? Você está aí?

— Bee? — É Daniel outra vez. — Desculpe, elas estão distraídas. Podemos ligar para você mais tarde?

— Deixa para lá — diz Bee. — Tento de novo pela manhã. — E desliga o telefone, ficando em silêncio para ver o pai, tentando não pensar na dor de ver que as filhas não sentem tantas saudades quanto ela.

— AH, VEJA SÓ. — NAN ABRE O envelope, admira a caligrafia e depois sacode o convite pela cozinha, como se fosse um raro presente.

— O que foi? — Michael ergue o olhar da mesa, onde faz anotações.

— Um convite! Jack, do centro de jardinagem, vai dar uma festa. No sábado à noite, em casa, e pede que eu leve os hóspedes. Acho que são vocês.

— Uma festa? — pergunta Daff. — Que tipo de festa? Não trouxe nenhuma roupa de festa. A menos que possa ir de short e camiseta.

— Posso emprestar alguma coisa — diz Nan. — Somos mais ou menos do mesmo tamanho.

— Obrigada — responde Daff. — Mas talvez eu possa comprar alguma coisa na cidade. Seria legal me dar um trato. Tenho a impressão de que não me visto para sair há anos.

— Anos? — Daniel ri. — Você chegou há uns poucos dias!

— Eu sei, e passo o tempo todo com roupas surradas. Você não me reconheceria se me visse em casa.

Michael olha para ela, rindo.

— Por quê? Você vira abóbora quando cruza a fronteira de Nova York?

Daff ri.

— Não, mas sou um pouco mais glamourosa que isso.

— Quanto mais? — Michael pensa em Jordana, imediatamente vislumbrando Daff coberta de maquiagem, com joias brilhantes, botas de salto alto nos pés, e sacode a cabeça. A imagem não parece correta.

— Mais respeitável. Maquiagem para o trabalho e afins, sabe? Cabelo liso e brilhante, não esses cachos bagunçados — diz Daff, indicando os cachos que caem de seu rabo de cavalo meio solto.

— Eu gosto de você assim — diz Michael. — Tenho certeza de que fica ótima do outro jeito, mas acho que a maioria das mulheres fica mais bonita ao natural. Nunca entendi por que se enchem de maquiagem e coisas assim para esconder quem realmente são. Sempre preferi o natural.

— Vou manter isso em mente — diz Daff, sem a intenção de que a frase saia assim, como flerte, e rapidamente se vira ao sentir o rosto corar. Daniel ergue uma sobrancelha e sorri, e Michael, envergonhado, levanta de repente dizendo que tem algo que precisa fazer no jardim.

CAPÍTULO 20

Os dias começam a se misturar, preguiçosos, cada um mais ensolarado que o anterior, e todos na casa finalmente se sentem relaxados e em paz.

Estabeleceram uma rotina.

Daniel acorda todo dia de madrugada com uma pessoinha a centímetros do seu rosto.

— Papai? Já acordou? — "Sussurros" em alto volume vêm de Stella, que nunca deixa de fazê-lo sorrir, sair da cama e descer para preparar o café.

Nan é sempre a primeira a chegar à cozinha. Ela tinha grandes planos para ser a anfitriã perfeita, mas tem andado cansada, e fica grata por ver que Daniel é muito bom cozinheiro e se sente à vontade. O café da manhã passou a ser responsabilidade dele, e Nan brinca com as meninas enquanto ele prepara panquecas, *waffles* ou rabanadas.

Michael costuma ser o segundo a descer, cambaleando pela cozinha, ainda meio dormindo, o cabelo despenteado, a velha camiseta amassada e desbotada que usa para dormir, uma calça cargo e chinelos de dedo, bocejando até a cafeteira, quase incapaz de falar antes de tomar a primeira xícara de café.

Daff é a última — caminha relaxada e veste shorts e camiseta, já desperta e contente.

Resolvem comer do lado de fora, no terraço, onde Nan e as meninas põem a mesa todas as manhãs, vasos de centáureas e hortênsias ocupando o centro da mesa velha e desgastada.

Após o café da manhã, Michael geralmente parte para as compras, ou ajuda Nan a consertar alguma coisa na casa, pois sempre há algo a ser feito.

Michael gostaria de achar um jeito de salvar Windermere, mas, por mais romântico que seja, também é realista. Sentou-se uma noite para discutir o assunto com Daniel — os dois com grandes copos de uísque, sentados à mesa da cozinha enquanto o resto da casa dormia.

— É uma casa maravilhosa. — Daniel olhou ao redor enquanto bebericava. — Não fazem mais casas assim, mas esta não foi bem-conservada e precisa de reforma.

— O que você acha? — Michael se inclinou à frente. — Cem ou duzentos mil?

Daniel pareceu escandalizado.

— Não! Eu diria meio milhão — respondeu. — Talvez mais. Tudo precisa ser restaurado. É uma reforma completa, não sei se valeria a pena. Obviamente vale para você, e detesto ter que dizer que será preciso derrubar um lugar tão maravilhoso... — Suspirou. — Mas não vejo outra alternativa.

— É mesmo? Uma reforma completa? Será que não conseguimos nos safar restaurando só o essencial, gastando muito menos?

— Gostaria de dizer que sim, mas a casa precisa de novos banheiros, nova fiação, novo encanamento. É preciso trocar a madeira das paredes, pôr um novo telhado, as janelas estão todas apodrecendo. E isso só à primeira vista. Nestas casas velhas, assim que você começa a trabalhar, descobre novos problemas.

Michael ficou abismado.

— Como digo isso à minha mãe?

— Não diga. — Daniel deu de ombros. — Espere até ser absolutamente necessário. Já chequei o mercado de imóveis daqui, e a boa notícia é que este lugar vale milhões.

— Eu sei. — Michael suspirou. — Mas para onde ela iria?

— Com esse dinheiro? Poderia construir um lugar pequeno e maravilhoso, além de outra casa para você, e ainda teria o suficiente para que nenhum dos dois tenha qualquer preocupação pelo resto da vida.

— Mas dinheiro não é tudo. Minha mãe nunca viveu motivada pelo dinheiro, e acho que ficaria arrasada com a ideia de sair daqui.

— Eu entendo — concordou Daniel. — Mas talvez isso não seja preciso. Se a minha experiência recente me ensinou alguma coisa, é que as coisas costumam se acertar do modo mais correto, se você conseguir relaxar e confiar no Universo.

Michael sorriu.

— Engraçado — comentou. — Acredito nisso, também. Pelo visto, somos os dois muito "New Age".

Daniel sorriu de volta.

— Bom, eu sou realmente um novo homem, afinal.

— A JANELA DO MEU QUARTO emperrou de novo. — Daff vagueia pelo jardim à procura de Nan, que está de quatro na grama, capinando a horta de tomates. — Alguma ideia?

— Vou pedir ao Michael que dê outra olhada — diz Nan. — Ele deve voltar da cidade a qualquer momento.

— Obrigada — Daff sorri. — Estou passando a manhã à toa na cama, lendo e esperando que a neblina suma.

— Vai sumir ao meio-dia, e então será um dia perfeito para uma praia. Você vai ficar para o almoço?

— Não, não se preocupe comigo — diz Daff. — Eu talvez vá até a cidade e coma algo por lá.

Nan dá de ombros.

— Tudo bem. Ah, escute. É a bicicleta de Michael no cascalho. Vamos lá perguntar sobre essa droga de janela.

Alguns minutos depois, Daff espera sentada na cama, enquanto Michael se põe a trabalhar e, mais uma vez, tem a mesma sensação de antes. Desejo.

Até aquele outro dia, a primeira vez em que isso aconteceu, ela talvez dissesse que jamais esperaria sentir aquilo novamente, que talvez não fosse possível depois dos quarenta, era uma sensação para crianças, para jovens em busca de emoções.

Mas não. Está bastante claro que é desejo, e Daff está atônita. Já percebeu que gosta de Michael, sente-se segura ao lado dele. Gosta de como ele apoia a mão em suas costas para guiá-la. Gosta de como ele cuida da mãe e de como parece querer cuidar dela também. Acorda de manhã e sorri ao pensar em vê-lo cambaleando pela cozinha para encher sua xícara de café; para Daff, ele parece um garotinho encantador, seu cabelo desgrenhado e os olhos ainda cheios de sono.

— Arrá! Descobri. — Michael geme ao se esticar para alcançar o batente. — É esta parte que está prendendo. Você pode me passar o estilete?

Daff alcança a caixa de ferramentas e lhe passa o estilete, sentindo outro calafrio quando seus dedos roçam acidentalmente os dele.

"Ai, pelo amor de Deus", diz a si mesma, envergonhada. "Você é uma mulher adulta. Pare de se comportar feito adolescente." Mas ainda assim precisa lutar contra o impulso de se olhar no espelho do outro lado do quarto para checar se sua aparência está em ordem.

— Tudo consertado — diz Michael, e por um segundo os dois ficam ali, olhando um para o outro, o ar, de súbito, carregado, enquanto Daff busca desesperadamente algo para dizer.

— Você vai à festa? — pergunta Michael devagar, e Daff assente com a cabeça. A festa de Jack é essa noite. Daff fica surpresa ao perceber que está empolgada de verdade, como há anos não ficava.

Michael estende a mão e delicadamente prende uma mecha do cabelo de Daff atrás de sua orelha.

— Solte o cabelo — pede. — Você fica linda. — Depois, virando-se, sai do quarto, e Daff cai na cama com uma mão sobre o coração acelerado.

JESS CAMINHA PELO WAL-MART arrastando os pés, como qualquer outra adolescente, sem fazer contato visual com ninguém, olhando discretamente para os seguranças.

Ela não chamaria aquilo de *roubar*. Jess *nunca* roubaria, e, de qualquer forma, não é de uma pessoa, é de uma empresa gigantesca, portanto não conta. Nas poucas semanas desde que começou, já juntou uma quantidade impressionante de aquisições. As duas gavetas de sua mesinha de cabeceira estão lotadas, e ela passou a trancar a porta do quarto para evitar que o pai ou Carrie entrem e a interroguem.

A menina organiza seu espólio em silêncio, sentindo-se estranhamente segura cercada por aquelas coisas que são suas e de mais ninguém, pois ela é a única a saber de sua existência.

Às vezes olha para tudo aquilo e sente uma pontada de culpa, mas afasta esse pensamento ao se lembrar da euforia, do surto de adrenalina e da empolgação do momento em que sai da loja com um produto qualquer no bolso do casaco, e a ideia de ter se safado a deixa tonta, traz uma sensação de poder.

Hoje decidiu fazer diferente. É a primeira vez que tenta o Wal-Mart, e por que não pegar algo para si mesma? Algo que realmente queira comprar?

Caminha entre as prateleiras com pilhas de camisetas brilhantes; para e desdobra uma, e, tentando parecer despreocupada como qualquer outra menina, retira uma camiseta do fundo e a põe na bolsa.

Deixa as camisetas, balançando a cabeça como se tivesse mudado de ideia, e segue em frente até uma prateleira de chapéus. Novamente o mesmo movimento — finge estar concentrada em um produto enquanto enfia outro na bolsa, olhando ao redor para ter certeza de que não foi vista.

— Terminei — diz então ao encontrar sua amiga Alexandra, que está na seção de CDs.

— Espera. Qual eu levo? Beyoncé ou Fergie?

Jessica dá de ombros.

— Fergie, acho. Mas você não tem um iPod Shuffle?

— Tinha, mas perdi e meus pais não querem me dar outro. Você tem um?

— Não um Shuffle. — Jessica balança a cabeça. — Acabei de lembrar que quero dar uma olhada em mais uma coisa. Espere aqui! — E segue às pressas para a seção de eletrônicos.

Daff não é uma mulher que viva para fazer compras, mas hoje cismou de se arrumar para a noite, por isso parte em direção à cidade decidida a encontrar o vestido que inventou para si mesma, em sua imaginação.

Passou a manhã sonhando acordada com a festa da noite. Vê-se parada com um copo de champanhe, o cabelo ligeiramente ondulado flutuando sobre os ombros, um vestido leve, translúcido e esvoaçante, com Michael ao seu lado, rindo de algo que ela disse, antes de se inclinar lentamente para beijá-la.

— Você é a mulher mais linda que já vi na vida — diz ele, no pensamento de Daff, e ela então desperta e resmunga, repreendendo-se por regredir à adolescência.

Ainda assim, está cheia de expectativas enquanto caminha pela Main Street, passando para a Water Street, onde lembra ter visto várias lojinhas. As duas primeiras são incrivelmente caras e não têm nada a ver com ela, mas, na seguinte, ela sabe que encontrou o que buscava.

Um vestido solto de *chiffon* em azul-turquesa e verde-água que ressalta muito bem seu bronzeado. A dona da loja exibe também sandálias delicadas de couro, baixas e simples, a não ser por uma pequenina tartaruga dourada de cada lado.

— Você está linda — diz a mulher, e Daff quase a abraça, pois é verdade, está mesmo. E bem diferente do seu normal. Tem os olhos brilhantes, a pele vívida, sente-se empolgada, como se estivesse prestes a passar por algo maravilhoso, como se existisse um mundo de possibilidades lá fora, todas à espera dela.

De volta para casa, Daff passa um bom tempo se arrumando. Nan deixa que ela use sua banheira de pés de bronze para um banho de imersão. Depois, Daff acomoda-se em frente à penteadeira e enrola o cabelo em bobes de velcro, o que o faz cair em ondas, exatamente como imaginou.

Um leve toque de maquiagem, um pouco de autobronzeador para ressaltar o tom de sua pele, rímel para destacar os olhos, uma camada de batom claro, e é verdade: esta noite, Daff não é mais uma dona de casa desinteressante, uma mãe trabalhadora cansada nem uma divorciada. Esta noite, Daff é uma mulher sedutora. Bonita. Exótica. Capaz de conseguir o que deseja.

— Uau! — Daniel assovia quando Daff sai de seu quarto.

— Você parece uma princesa — surpreende-se Stella.

— Obrigada. — Daff dá uma voltinha. — Gostou?

— Está maravilhosa — diz Daniel. — Será que tudo isso é para alguém em especial? — Ele pisca, e Daff sente-se corar.

— Eu só queria usar algo diferente de short e camiseta.

— Bem, se queria impressionar alguém, escolheu o vestido certo.

Lizzie e Stella continuam a olhar maravilhadas quando Daff lhes dá as mãos e segue Daniel escada abaixo. Ao chegarem lá, a campainha toca.

— Abrimos?

— Eu vou. — Daniel abre a porta, atrás da qual aguarda uma mulher loira, baixa e magra. Está de preto da cabeça aos pés, com sandálias Prada e brincos de diamante gigantes.

— Oi — diz ela, claramente nervosa. — Michael está?

— Está. — Daniel abre mais a porta e deixa que ela entre, erguendo discretamente uma sobrancelha para Daff. — Vou chamar. Seu nome é?

— Jordana — responde, e Daff, parada ali com sua bela roupa e suas joias, de repente tem vontade de chorar.

JESSICA NUNCA SE SENTIU TÃO eufórica assim. Sente um tinido nos ouvidos, e, ainda que tenha noção de que Alexandra está falando, não consegue ouvir o que ela diz. Tenta se manter concentrada na porta, já à espera da excitação insana que a seguirá dali até em casa; quase chegam, estão praticamente lá, quando Jess sente uma mão pesada em seu ombro.

Ela se vira, com medo nos olhos e um nó na garganta, deparando-se com um segurança enorme.

— Senhorita? — diz ele. — Poderia vir comigo, por favor?

— O quê? — Jess tenta se livrar, tenta armar uma cena não muito convincente de rebeldia adolescente. — O que eu fiz?

— Se puder simplesmente vir comigo. — Ele não solta o braço dela, e Alexandra fica parada lá, olhos arregalados de terror, quando o segurança começa a levar Jess embora.

— É tudo um engano — diz Jess freneticamente a Alexandra, aterrorizada com o que os amigos dirão se descobrirem. — Ligue para o meu pai. — E com isso, é arrastada para longe.

— ALGUÉM ESTÁ AQUI PARA VER VOCÊ — diz Daniel, em tom baixo, para Michael. — Está esperando na sala. Jordana.

— Rá-rá — diz Michael, com desdém. — Muito engraçado.

— Não é brincadeira — diz Daff, e, ao ver a tristeza nos olhos dela, Michael entende que Daniel está falando sério.

— Ai, merda — sussurra Michael, subitamente pálido. — O que ela veio fazer aqui?

— Não sei — responde Daniel. — Mas você não pode deixar a moça plantada lá. Disse que você já ia.

— Ai, cara — murmura Michael, sabendo que a noite agora está acabada, sabendo que, qualquer que seja o motivo da vinda de Jordana, não pode ser nada bom. — Tudo bem. Vou falar com ela. Daff, você pode levar minha mãe à festa? Vou assim que puder.

Daff balança a cabeça.

— Eu vou ficar de babá hoje — diz Daniel. — Mas, se quiser, posso sair com as meninas se precisar de algum tempo a sós.

— Não, não. Tudo bem. Não vai demorar. — Dá então um suspiro longo e pesaroso, passando os dedos pelo cabelo. — Vou descobrir o que ela quer.

CAPÍTULO 21

Jordana está sentada, aliviada. Achou melhor sentar porque não acreditou que teria força suficiente nas pernas para continuar em pé. Está tão nervosa que quase parou o carro no caminho, para vomitar.

Não pensava em vir, não planejou isso, mas sentia muita falta de Michael, sabia que se pudesse ao menos vê-lo, se ele pudesse *vê-la*, perceberia o quanto os dois tinham em comum, o quanto ele estava jogando fora.

Afinal, Jordana havia sido a garota mais bonita e admirada de sua cidade. Era animadora de torcida e todos os rapazes queriam sair com ela, era ela quem os escolhia, vivia cercada das garotas mais populares e dos garotos mais bonitos.

As pessoas não davam as costas para ela. Ela é que dava as costas para as *pessoas*, e não sabia lidar tranquilamente com a rejeição, não tinha qualquer experiência no assunto.

— Senti sua falta — diz, encarando Michael em busca de algum indício do afeto e do amor que, está convencida, ainda existem ali, mas o rosto dele até então parece frio.

— Já se passaram algumas semanas — diz Michael. — Parece mais. Como vão as coisas? O trabalho?

— Vão... bem. — Jordana dá de ombros. — Não é a mesma coisa. Encontrei um joalheiro temporário para ajudar. Estou na cidade, e o Jackson em Manhasset. Permanentemente, eu diria.

— Vocês voltaram?

— Não. Ele sugeriu que tentássemos terapia, mas tenho certeza de que terminou.

Michael ergue os olhos e encontra os dela.

— Ele sabe?

— Sobre nós? — O simples fato de dizer a palavra "nós" a faz sentir-se melhor. — Não. — Jordana balança a cabeça. — Ele não faz ideia.

— Certo. — Michael suspira, e os dois se sentam num silêncio desconfortável por algum tempo, até que, por fim, ele pergunta: — Jordana? Por que você veio?

Ela respira fundo, depois levanta e vai até onde ele está, no outro sofá, sentando-se ao seu lado e tomando-lhe as mãos. Jordana planejou este momento há semanas, sabe exatamente o que vai dizer. Encara Michael nos olhos. Finalmente chegou a oportunidade de colocar em prática o discurso que ensaiou tão bem.

— Michael, estou aqui porque amo você. Porque o que temos é especial. Porque nunca conheci ninguém igual a você na vida, e porque sei, com certeza absoluta, que devemos ficar juntos. Também sei que você é um bom homem, que sente muita culpa porque me vê como uma mulher casada e se preocupa com Jackson, mas o meu casamento já havia terminado muito antes do nosso começo, e teria terminado de qualquer maneira.

— Mas Jordana...

— Espere, deixe-me terminar. — Jordana levanta a mão para silenciar Michael, e continua. — Sei que não acredita quando digo que estou pronta para recomeçar, pronta para desistir de tudo, e notei que você teme a ideia de que eu esteja fazendo tudo por você, pois é uma responsabilidade muito grande sobre os seus ombros, mas eu teria chegado a este ponto de qualquer modo. Uma das coisas que adorei em estar com você é o fato de não precisarmos de restaurantes caros, carros potentes e joias brilhantes para ser felizes. Quando estou com você, sinto que sou eu mesma, completamente, não preciso provar nada a ninguém. É assim que quero viver daqui por diante: uma vida simples, sem qualquer ornamento, nada que nunca me deu o que eu queria de fato: a felicidade.

Michael olha para os brincos que reluzem nas orelhas de Jordana, o anel de diamantes com corte de esmeralda, de um quilate cada um, no dedo anelar da mão esquerda, e decide não comentar.

— O que me faltava com Jackson era o companheirismo, e tenho isso com você. Você é o homem mais maravilhoso que já conheci, me faz sentir segura de um jeito que nunca senti antes. Em vim aqui porque não posso jogar isso fora, é importante demais, e sei que se perdermos isto, nunca mais vamos encontrar em outras pessoas.

Jordana fica em silêncio, olhando esperançosa para Michael, que não consegue encará-la. Ele ainda está chocado com a sua vinda, chocado por ver a emoção de suas palavras.

Michael não tem muita facilidade para se expressar, mas, se conseguisse, estaria tentado a dizer que ela deve ter visto filmes românticos demais e que está completamente fora de si.

— E então? — diz Jordana, arriscando um sorriso. — Você tem algo a dizer?

— Ah, Jordana... — Michael olha para ela e suspira, despreparado, sem saber como dizer o que pensa. — Jordana, para mim, você é uma mulher incrível. Você é forte, bonita e incrivelmente corajosa por vir aqui dizer o que acabou de dizer. O nosso relacionamento foi extraordinário, tanto a nossa amizade dos últimos vinte anos como, é claro, os acontecimentos mais recentes. — Quando Michael faz uma pausa, Jordana sorri, tentando encorajá-lo. Michael sacode a cabeça. Ele não tem como contornar a situação. Precisa ser firme.

— Mas — continua, vendo o rosto de Jordana se alterar —, por mais que eu considere você uma pessoa maravilhosa, e considero mesmo, não acredito que possamos ter uma vida em comum. Não pela minha culpa em relação ao Jackson, mas porque, sinceramente, não consigo enxergar um futuro para nós. — Michael faz uma pausa, suspirando. — Eu queria poder dizer algo diferente, mas seria mentira, não seria certo levar você a ter qualquer esperança.

— Só porque você não enxerga um futuro para nós agora, não significa que esse futuro não exista — diz Jordana. — É natural que seja difícil de imaginar... afinal, nossos mundos são muito diferentes. Mas, se tentarmos, vamos conseguir. Não estou dizendo que temos de entrar de cabeça em algo permanente, podemos ir devagar, ver como a coisa se desenrola. Eu posso provar que estou certa. — Jordana tenta sorrir.

— Eu não posso — sussurra Michael, sacudindo a cabeça. — Desculpe, Jordana, mas não posso.

— Mas por que não? Não entendo, por que não?

— Porque não estou apaixonado por você — diz Michael finalmente, ainda num sussurro. — Porque não está certo. Não é o que eu quero.

— Mas como você sabe o que quer? Como pode saber, se ainda não experimentou? — Jordana está em suas últimas tentativas desesperadas, e os dois sabem disso.

— Jordana, você não deveria ter vindo. Sinto muito. Sinto muito mesmo.

— Por favor, Michael. — Ela está a ponto de chorar, quase envergonhada com o próprio comportamento, mas o que sente por ele é tão forte que não pode simplesmente ir embora, não pode deixar que ele jogue tudo fora sem tentar. — Dê uma chance a nós. Por favor. Prometo que não vai se arrepender.

— Não posso, Jordana. É melhor você ir.

— Tem outra coisa — diz Jordana, levantando. Michael olha para ela temeroso, e Jordana tem fogo nos olhos. — Estou grávida.

— Pai? — Bee segura a mão de Evan e a acaricia delicadamente, depois de ficar sentada ao lado dele por algum tempo, vendo-o roncar baixinho.

Quando o viu pela primeira vez no hospital, chocou-se ao notar como parecia velho, mas agora está se acostumando. Evan abre os olhos, ofuscado pela luz, depois foca lentamente a visão em Bee.

— Bee? — Ele sorri e Bee se inclina, abraçando-o.

— Oi, pai. Como está se sentindo hoje?

— Um pouco melhor. Ainda sinto dor, e o médico falou que preciso de muito repouso. Mas ainda bem que não vou precisar da prótese. Ainda não.

— Graças a Deus — sussurra Bee. — Você pode voar?

— Deixei minhas asas em casa. — Evan sorri novamente. — Por quê?

— Queria que voltasse comigo para Nantucket, assim posso cuidar de você.

— Nantucket. Ainda é o lugar mais mágico da Terra?

Bee sorri e assente com a cabeça.

— Há quanto tempo não vai lá?

— Muitos anos. — Evan fecha os olhos por um momento. — Há uma vida ou duas.

— E o que acha da ideia, pai? Você vai adorar a casa. E vou poder cuidar melhor de você.

— Talvez — responde Evan, com uma expressão de dor. — Vou pensar no assunto.

— Pensar em quê? — pergunta Bee, firme. — Quem mais vai cuidar de você?

— Eu posso arrumar uma enfermeira — responde Evan.

— Isso é ridículo, se eu estou aqui. As meninas vão adorar ter você por perto, e prometo deixar você sossegado.

— Como vão aquelas menininhas queridas? — Evan sorri ao pensar nelas.

— Estão ótimas. Estão curtindo momentos especiais com o pai.

— E quanto ao Daniel? Será que vocês dois não conseguem se acertar? Pelo bem das meninas?

Bee solta um riso amargo.

— Eu diria que a chance de voltarmos é mínima, ou nula. É uma longa história, pai. Que vou guardar para quando você estiver mais forte. Não quero lhe provocar um ataque cardíaco.

— Por que não? Pelo menos já estou no lugar certo. Qual é a história? Ele finalmente saiu do armário?

Bee fica branca.

— O quê? Como sabia?

— Ah, Beezy. Me desculpe. Eu não sabia. É só uma sensação que sempre tive. Como você está? Tudo bem?

— Ah, pai — responde Bee. Ela respira fundo e olha pela janela, tentando se recompor. Bee está fazendo um grande esforço para se manter forte na frente do pai, para conseguir cuidar dele, ser adulta, mas, ainda que não queira, ela cai em prantos.

— Ssshhh. — Evan a abraça e deseja que aquilo não fosse tão ruim, ver o sofrimento de alguém que ama tanto. — Está tudo bem, Beezy. Ssssh. O papai está aqui.

E finalmente, nos braços do pai, num leito de hospital em Stanford, Connecticut, Bee sente, pela primeira vez em muito tempo, que alguém está cuidando ela.

DAFF QUER SE DIVERTIR, QUER SE soltar na festa, mas sempre que chega alguma pessoa nova, ela ergue a cabeça, esperançosa, querendo que seja Michael. Mas nunca é.

Daff passou um tempo com Nan, afastou-se para pegar um copo de ponche, e quando voltou viu que Jack levava a senhora à pista de dança. Daff sorri e observa, pensando em como aquela festa é linda — lanternas reluzem entre as árvores, pessoas bonitas caminham pelos gramados — e em como seria muito melhor se Michael estivesse lá.

— Oi.

Daff se vira e encontra um homem sorrindo para ela, estendendo a mão.

— Prazer, eu sou Mark.

— Daff.

— Daff, de Daphne?

— Deveria ser. É o que todo mundo pensa, mas meu nome é Delphine. Minha mãe era francesa, e, quando eu era nova, meu irmãozinho não conseguia pronunciar meu nome, por isso me chamava de Daff. Acabou pegando.

— É lindo. Mas de onde conhece Jack?

— Não conheço. Estou aqui com uma amiga.

— Vi você com a Nan mais cedo.

— Exato. Na verdade, estou hospedada na casa dela.

— Ah, você é uma das hóspedes de que ouvi falar.

— Ora, então você conhece Nan?

— Não exatamente. Já nos encontramos. Ela veio visitar uma das casas que construí, e estou doido para botar as mãos em Windermere.

— Você é empreendedor?

— Sou, e Nan vive em uma das melhores propriedades da ilha. Ela falou alguma coisa sobre vender a casa?

Daff se vira e olha para Mark. Ele sorri e parece simpático, mas tem certa dureza nos olhos, algo que desperta nela uma desconfiança imediata, e Daff percebe que o melhor a fazer é dizer o mínimo possível, passar a menor quantidade de informações.

— Eu sou só uma inquilina — responde Daff, despreocupada, virando-se. — Por que ela falaria algo assim comigo?

— A casa vale uma quantia incrível, sabia? — diz Mark. — Os preços aqui são extorsivos.

— Ouvi dizer.

— E quanto a você? — Mark muda de assunto. — O que faz quando não está hospedada em Nantucket?

— Bem, sou corretora de imóveis — diz Daff, rindo. — Em Westchester.

— Ah. Então estamos no mesmo time. — Mark sorri. — Você veio com seu marido e filhos?

— Não. — Daff balança a cabeça, perguntando-se quando irá se acostumar a essas suposições, quando conseguirá dizer às pessoas que é divorciada sem se sentir uma fracassada. — Sou... divorciada. Minha filha está com o pai agora.

— E entrou no mercado de imóveis após o divórcio?

— Após a separação. Sim.

— É um negócio difícil agora. Mas Nantucket é diferente. É uma ilha, por isso os preços sempre irão se manter, mas sei que o resto do país está sofrendo. Como estão as coisas na sua área?

— Não andam muito boas. — Daff está pensando num jeito de escapar. Sabe que deve ser educada, mas não se sente confortável com a conversa: Mark quer saber demais e parece ter algum plano. Mas Daff não sabe como se livrar dele. — A atividade deve aumentar no outono — responde, olhando para a mesa de bebidas, prestes a pedir licença. — Sabe como é, no verão é sempre difícil.

— Bom — Mark se aproxima —, cá entre nós, se a Nan concordar em me vender a propriedade neste verão, eu lhe asseguro que você ficaria com uma parte. — Ele pisca um olho. — Só negócios. Acho que você entende. Podemos fazer um acordo privado, sem agentes, e eu repasso uma porcentagem. Aqui. — Mark coloca um cartão na mão dela, para o qual ela olha, inexpressiva. — Me ligue para conversar sobre valores. Só nós dois — diz Mark, encarando-a intensamente.

— Mark Stephenson! — Nan aparece, seu elegante vestido de crepe vermelho balançando ao redor de seus tornozelos.

— Nan Powell! Você está linda, como sempre! — Mark dá dois beijinhos em Nan, e Daff estremece. — Você me concederia a honra de uma dança?

— Com um pedido tão cortês, como poderia resistir? — Nan dá um risinho, e os dois caminham pelo gramado, deixando Daff com o cartão na palma da mão fechada.

Uma porcentagem. Do quê? Quanto poderia valer a casa? Milhões, ela sabe, mas quantos? Seis milhões? Sete? E que tipo de porcentagem? Daff revira rapidamente alguns números na mente. Três por cento, digamos, de seis milhões seriam 180 mil dólares. É uma fortuna. Ela não precisaria se preocupar com dinheiro por anos.

Meu Deus! No que ela está pensando? Nunca poderia fazer isso com Nan, nunca se envolveria em algo tão sinistro, dissimulado e, digamos, desonesto. Daff está tentada a rasgar o cartão, sentindo-se suja só de ter conversado com aquele homem, mas o guarda na bolsa coberto com lenços de papel, fingindo que, se não puder vê-lo, não estará mais lá, apenas desaparecerá.

MICHAEL ESTÁ NA VARANDA, COM um copo de uísque na mão; já perdeu a conta de quantos tomou. Daniel veio vê-lo mais cedo, perguntou se estava bem, mas Michael não conseguiu falar, não sabia o que dizer.

De certa maneira, é como se estivesse esperando por este momento há anos. Passou a vida surpreso com o fato de que nenhuma de suas namoradas, seus casos, suas antigas conquistas tenha engravidado, e agora, por fim, é como se devesse acontecer — está pagando por seus erros.

Ele se sente arrasado. Chocado. Aterrorizado. Quando Jordana pronunciou as palavras, Michael olhou para ela com medo, sentindo o peito se comprimir, sua respiração ficar superficial, arquejos curtos o impedirem de inspirar, esperando ter entendido errado, esperando estar prestes a despertar do pesadelo.

Jordana foi embora, desapareceu num furacão de lágrimas e drama, anunciando que estava hospedada no Wauwinet, que teria o filho, que faria tudo sozinha se preciso, faria mesmo, e disse estar chocada com a reação de Michael, sua incapacidade de respirar, que dirá falar.

Um bebê. Logo com Jordana. Sempre que pensa nisso, Michael sente vontade de se meter debaixo de um cobertor e não sair nunca mais. Como é possível que sua vida tenha saído do controle a esse ponto? Como ele pode ser responsável por outro ser humano depois de estragar a própria vida assim?

Michael não consegue pensar em nada pior do que ter sua vida embaralhada com a de Jordana por causa de um filho em comum, até o fim de seus dias.

É quase como se estivesse tendo uma experiência extracorpórea, pensa. E, depois de vê-la hoje, aquela pessoa de cabelo tingido, maquiagem exagerada, desesperada, obsessiva, reluzente, Michael não consegue deixar de pensar: "O que diabos eu tinha na cabeça? No que *diabos* eu estava pensando? Uma amiga, sim. Mas uma companheira pelo resto da vida? Nunca."

Se ele tivesse ignorado a sua química, mantido Jordana como a amiga distante que sempre foi, não tivesse saído com ela aquela noite, a primeira noite, se tivesse voltado para sua casa no Upper West Side. Sozinho.

E Jordana, como ela vai lidar com isso? Um filho ilegítimo, de um homem que não se sente minimamente preparado para lidar com a situação, que não pode estar presente como ela quer, não pode ser o marido ou companheiro de que ela precisa.

Naquela noite, Michael não a viu como uma pessoa vulnerável, como uma mulher em busca de um príncipe encantado, de alguém para salvá-la e fazer com que tudo fique bem. Hoje ele enxergou uma pessoa ferida. Insegura.

E, sim, talvez só um pouco maluca.

— Michael? É você?

Michael ergue os olhos e vê Daff na escuridão, tão bonita naquele vestido, tão leve e limpa, tão diferente de Jordana. Ao olhar para ela, sem saber o que dizer, nota que seus próprios ombros estão tremendo e que lágrimas correm por seu rosto.

— Sssh. — Daff se inclina, o abraça, acariciando-lhe as costas, beijando sua cabeça, reconfortando-o como faria com uma criança. — Está tudo bem — sussurra, ainda acariciando suas costas em grandes círculos quando Michael se inclina sobre ela e chora. — Tudo bem.

As lágrimas vão passando lentamente. Michael ainda está nos braços de Daff e ela parou de acariciar suas costas, se sentindo pouco confortável. Ele a puxa para baixo com delicadeza, até o seu colo, sem deixar de abraçá-la em nenhum momento; ela tampouco deixa de abraçá-lo. Então Michael a beija, Deus, ele não deveria fazer isso logo depois de descobrir que vai ser pai, mas é Daff, ela é como um refúgio na tempestade mais terrível que ele já enfrentou. Mais que isso, ao beijar Daff e sentir os braços dela ao redor de seu corpo, Michael sente que aquilo, sim, é *certo*.

— O que foi isso? — Minutos depois, um toque de telefone.

— Ai. — Daff dá um salto, sentindo-se culpada, envergonhada, e procura o celular na bolsa. — Quem ligaria a essa hora? — Olha o número, e seu coração para. É Richard. Há alguma coisa errada. Jess. Ela atende, o peito tomado de terror.

Jess soluça ao telefone. Como uma menininha.

— Jess? O que foi? Jess? Qual é o problema? — O medo a faz gritar, desesperada para saber se Jess está bem.

— Estou com saudades, mãe — diz Jess, arfando entre lágrimas. Preciso de você, mamãe.

Daff assume imediatamente o cargo de mãe.

— Eu também estou com saudades, Jess. Eu te amo. Mas, diga, o que há de errado? Qual é o problema? O que aconteceu?

— Papai vai ligar para você — diz Jess, e os soluços recomeçam. — Mas eu quero ir morar com você. Detesto este lugar. Não quero mais ficar aqui.

— Jess? — A voz de Daff é firme, ainda que seu coração esteja amolecido. — O que está acontecendo? Deixe-me falar com seu pai.

CAPÍTULO 22

Windermere fica em completo silêncio à noite, calma e em paz; ainda assim, quem prestar mais atenção pode ouvir os sons de gente se revirando na cama, pessoas inquietas lutando contra dilemas, um redemoinho interno nada pacífico.

Michael ainda está paralisado pelo medo. Um bebê. Jordana está grávida de um filho seu, justamente no momento em que conheceu uma mulher com quem sente, talvez pela primeira vez, uma verdadeira conexão. Ele não consegue enxergar nenhum desfecho bom para essa história.

Michael nunca teve uma opinião muito definida sobre aborto, nunca precisou pensar nisso; conheceu várias mulheres que já haviam abortado, sempre pensou que o direito de escolha seria da mulher.

Mas e quanto ao homem? Onde está a sua escolha? Michael não consegue raciocinar direito, não consegue pensar em nada pior do que trazer um bebê ao mundo nessas circunstâncias. Nunca pensou em si como pai, a não ser de forma abstrata, mas ser pai ao lado de Jordana? Ele riria se a situação não fosse impensável, a ponto de ser quase dolorosa.

Interrompa a gravidez, ele quer gritar. Livre-se dessa coisa. Mas o corpo não é seu, ele não pode decidir isso, e está morto de medo de pagar pelo erro até o fim da vida.

Amanhã ele vai se encontrar com Jordana. Vai conversar com ela. Tentar convencê-la. Ver se consegue provar a ela que isso não será bom para ninguém, que essa não é, jamais poderia ser, a escolha certa.

Michael não tem condições de ser pai — seu próprio pai morreu quando ele tinha apenas 6 anos. Não conhece o conceito de paternidade, a alegria que surge quando se vê o próprio filho, uma vida que você mesmo criou, ajudou a trazer ao mundo.

Michael nunca pensou em como seria ter responsabilidade por outra vida. Uma responsabilidade tão grande que só a ideia já parece arrebatadora. Sempre cuidou de suas namoradas, da mãe, mas isso é diferente. Por mais infantil que tenha sido o comportamento delas em certos momentos, ainda eram adultas, capazes de cuidar de si mesmas.

Michael nunca esteve preparado para isso; nunca esteve preparado para amadurecer tão de repente.

Do outro lado da casa, Daff está sentada no banco em frente à janela, encarando a escuridão, a luz estranha e vacilante de um dos barcos que ondulam sobre a água. Bebe lentamente uma xícara de chá doce e quente, tentando acalmar os nervos, esperando que o chá lhe traga o sono de volta.

Há tantos pensamentos circulando em sua mente. Jess, sua querida Jess, furtando em lojas. Como é possível que sua menininha tenha sido pega roubando? Isso não parece fazer sentido, mas Richard foi perfeitamente claro. Não era um engano, ele e Carrie foram buscá-la, os seguranças mostraram o que havia na bolsa de Jess.

Mesmo depois de ter visto as provas, Richard quis acreditar que havia outra explicação, mas não havia, e a negação inicial de Jess passou rapidamente à histeria — Jess se comportou como uma criancinha, esperando que o papai resolvesse tudo, que fizesse as coisas ruins sumirem.

Na loja, disseram que não iriam prestar queixa, depois que Richard explicou a situação, contou que a jovem estava sofrendo com o divórcio recente dos pais. Dado que aquela era, pelo menos até onde sabiam, a primeira ocorrência, avisaram severamente que da próxima vez não se safaria com tanta facilidade, pedindo que saíssem da loja.

Jess correu até o quarto e bateu a porta quando Richard falou das consequências de seu comportamento. Ele iria tomar o computador de Jess, que ficaria de castigo por um mês.

— Eu te odeio! — gritou ela, por trás da porta fechada. — Detesto este lugar! Queria não ter nascido!

Carrie e Richard se sentaram à mesa da cozinha, discutindo em voz baixa o que fazer.

— Você acha que ela deveria ver alguém? — sugeriu Carrie cuidadosamente, certa de que isso ajudaria, mas sem saber ao certo o que Richard pensava a respeito.

— Ver alguém? Quem? Um psicólogo?

— Talvez não um psicólogo, mas algum tipo de terapeuta. Alguém com quem ela se sinta segura, com quem possa conversar.

Richard suspirou.

— Para mim é uma situação ridícula. Mandar uma menina de 13 anos a um terapeuta. Sei que essa história de roubar é ruim, mas Jess não é má, só está passando por momentos difíceis. Carrie, você já teve 13 anos e me contou que não foi uma época fácil para você. Com certeza entende.

— Eu entendo — disse Carrie. — Mas eu não roubava. Nunca teria me atrevido a falar com meus pais como ela fala com você.

— Bom, são tempos diferentes. Além do mais, ela não faz isso com frequência, e não tem intenção de magoar.

— Richard, sempre que as coisas não saem como ela quer, ela grita, diz que odeia você, ou que me odeia, que arruinamos a vida dela, sem falar em outras coisas que nem vou repetir, e você permite.

— Eu quero que ela possa se expressar — disse Richard, em voz baixa.

— Mas não é a maneira adequada — respondeu Carrie. — Não estou dizendo que ela não tem o direito de sentir essas coisas, ela precisa do direito de sentir qualquer coisa. Mas não é certo vomitar esses sentimentos sempre que se vir tomada por eles.

— Eu discordo — respondeu Richard. — Acho que é melhor se ela os puser para fora, em vez de reprimi-los. Quando eu era criança, nunca permitiam que eu ficasse com raiva, só podia ser contente e amável o tempo todo, e durante anos tive que lutar com essa raiva reprimida. Não quero que Jess passe por isso.

— Por que não? Você acha que a raiva reprimida poderia levar a algo terrível, como... roubo?

— Não é justo dizer isso — disse Richard, severamente.

— Talvez não, mas eu vejo uma criança sofrendo e que fará qualquer coisa para chamar a atenção, até mesmo roubar. Você não percebe o que está acontecendo?

— Ela recebe atenção. Dou muitíssima atenção a ela.

— Eu sei, mas ela sempre quer mais. Nunca é suficiente, e esses furtos são um grito por socorro. Richard, se não buscarmos ajuda, estaremos sendo irresponsáveis.

Seguiu-se um longo silêncio enquanto Richard tentava digerir o que Carrie dizia, pois, em parte, parecia fazer sentido. Ele adorava a filha, amava-a mais que tudo na vida, mas era verdade — às vezes não a entendia. Fazia esforço para ouvi-la, levá-la a sério, permitir que fosse ela mesma, sem julgamentos — tudo o que ele nunca teve quando criança. Ainda assim, ela parecia estar sofrendo muito, e Richard às vezes se achava um péssimo pai, não sabia o que fazer.

— Vou pensar — disse, erguendo os olhos e encontrando os de Carrie.

— Obrigada — disse Carrie, apertando a mão dele sobre a mesa.

Às vezes, percebeu Carrie, ser ouvida já é o suficiente.

Jess estava agachada do lado de fora da cozinha, ouvindo cada palavra. Detestou Carrie, detestou o pai, quis poder voltar no tempo para a época em que seus pais estavam casados e tudo fazia sentido.

Subiu em silêncio a escada até a suíte do casal e telefonou para a mãe; enquanto ligava, chorou. Morar ali não era o que ela tinha esperado, não agora que Carrie havia arruinado tudo, e, pela primeira vez em muito tempo, a menina queria ficar longe do pai.

Se ele e Carrie iam rejeitá-la, ela preferia rejeitá-los primeiro.

— Mamãe? — Suas lágrimas ao ouvir a voz da mãe foram genuínas. — Quero ficar com você.

Richard concordou em mandar Jessica a Nantucket. Isso talvez fizesse bem, pensou; afastá-la das más influências. Alguma amiga deveria ter levado Jessica a roubar, ela nunca teria pensado em uma coisa dessas sozinha, apesar do que Carrie pudesse achar.

Uma menina precisa da mãe, percebeu Richard. Ele havia pensando que aquela seria a oportunidade ideal para Jess e Carrie se aproximarem, mas, ainda que às vezes as duas parecessem se relacionar incrivelmente bem, no fim das contas Carrie não era sua mãe e nunca seria. Richard ficou quase agradecido quando Jessica pediu para ir embora. Ele se sentia numa montanha-russa emocional desde a chegada de Jess. Precisava de um descanso, pensar em algo além da filha adolescente atormentada, de uma mudança de ares. Daff que cuidasse do assunto agora.

Daff está pronta para receber Jess, mas preocupada com o que acontece na vida da filha. Sente saudades dela, é claro, mas não sofreu com a sua falta como outras mulheres dizem sofrer com a falta dos filhos nos raros momentos em que têm algum tempo para si mesmas.

"É mentira", pensa Daff, "achar que todas as mães sofrem com a falta dos filhos. É a culpa que as faz dizer isso, o medo de não serem boas mães se não estiverem pensando neles vinte e quatro horas por dia".

Daff pensa em Jess. Bastante. Mas também adorou ser vista como mulher, como uma pessoa, algo diferente de *mãe*. Adorou conhecer gente nova, criar um mundo ali em Nantucket no qual pôde deixar de ser mãe e uma dona de casa desleixada.

Esta noite posou até de mulher sedutora! Pense só naquele beijo! Daff estremece, desejando que o beijo tivesse progredido, mas o encanto se rompeu com a ligação de Jess. Ainda assim ela continuou ali, depois de terminar a conversa com Richard, e perguntou a Michael qual era o problema; quis verificar se ele estava bem, mas tinha a mente concentrada em Jess, e acabaram decidindo que a noite estava encerrada, poderiam conversar em outro momento.

Ela também precisava pensar em Mark Stephenson e sua estranha oferta. Daff não queria considerá-la, sabia ser uma oferta dissimulada, enganadora; jamais poderia fazer aquilo com Nan, ou com Michael. Mas era muito dinheiro — com aquela quantia, estaria bem para o resto da vida, ganharia uma liberdade que desde o divórcio não passava de sonho distante.

Hoje em dia é difícil trabalhar com imóveis. Cada vez mais difícil. Não é como nos velhos tempos, em que tudo estava acima do preço e vendia feito pão quente, em que guerras de ofertas eram comuns e corretores ganhavam fortunas.

Quase todas as mulheres de meia-idade conhecidas por ela que decidiram voltar a trabalhar depois de criar os filhos naquela cidade viraram corretoras. A cada semana ela tem a impressão de que mais uma entrou na briga, conseguiu sua licença, apresentou-se numa das centenas de recepções que ficam cada vez maiores na tentativa de atrair novos corretores.

Há tantas casas à venda. Os empreendedores, pensando que a alta do mercado duraria para sempre, ainda constroem casas enormes, mas elas acabam vazias por meses, às vezes anos; seus preços caem drasticamente até que suas hipotecas sejam executadas, ou que sejam vendidas com prejuízo.

É cada vez mais difícil sobreviver como corretora independente. Até mesmo aqueles que supostamente estão entre os melhores — Marie Hathaway e sua equipe, quatro loiras deslumbrantes que aparecem com frequência no jornal local e são conhecidas por vender as casas de alto luxo da cidade — não estão se saindo tão bem. Depois de pagar todas as despesas com publicidade — aqueles anúncios de página inteira e folhetos mensais de propaganda podem gerar boa exposição, mas não saem barato — e de pagar sua equipe, Daff ouviu dizer que os lucros de Marie não chegam nem perto do que ela tenta aparentar.

Quando Daff e Richard eram casados, ela não se preocupava com dinheiro. Chegou a ter um emprego ou outro — trabalhou como decoradora por um tempo, pintou cartões de Natal e vendeu produtos da própria casa —, mas o pouco dinheiro que ganhava sempre entrou como bônus, um pequeno extra que lhe permitia comprar um belo par de sapatos que tivesse visto, ficar num hotel um pouco melhor quando viajavam, comprar para Jess aquele par de botas que ela simplesmente precisava ter, porque todas as meninas da turma tinham um.

Se ela tivesse um período mais fraco enquanto estava casada, era só um período fraco. Não tinha o peso que tem agora. Ainda que Richard pague pensões para Daff e para Jess, ela ficou com o peso da hipoteca e das contas, e o pouco que Richard paga não chega nem perto do necessário para aliviar seus medos sobre o futuro.

O sonho de Daff é ganhar o suficiente para economizar um pouco a cada mês, juntar uma poupança e poder relaxar, saber que sempre estará bem.

Ela teme acabar numa situação em que talvez precise vender a casa. Aquela é a casa onde Jess nasceu e para onde ela iria? De certa forma, Daff até entende Nan, o motivo pelo qual não quer deixar Windermere, mas a casa vale milhões. Nan pode ter preocupações diárias, mas tem uma escolha, e se vender a casa será uma mulher muito rica.

Sem falar em como isso lhe ajudaria. Milhões para Nan, e talvez cem ou duzentos mil para Daff, o bastante para colocá-la numa posição confortável, o bastante para ajudá-la a respirar.

E se conversasse com Nan, mostrando talvez um modo diferente de enxergar as coisas? Obviamente, Daff não poderia obrigar Nan a fazer algo que não quisesse, mas talvez pudesse indicar uma direção diferente. E transformá-la numa mulher rica seria algo assim tão terrível?

Ela não precisaria lidar com as correntes de ar que entram pelas janelas nem com a queda das telhas. Poderia ter uma bela casa na praia, com dinheiro mais que suficiente para nunca mais se preocupar na vida.

Daff continua a beber seu chá, tentando se convencer de que persuadir Nan a vender a casa não seria tão horrível.

NAN ACORDA COM FRIO, TREMENDO. Sai da cama e caminha em silêncio até o armário, larga sua camisola molhada num montinho aos seus pés e retira uma camisola limpa e seca do armário, sentindo-se instantaneamente aquecida.

Refaz as cobertas do outro lado da cama, o lado que, para ela, ainda é de Everett, e, ao se cobrir de novo, lembra-se de repente do sonho que teve.

Que estranho, percebe. Sonhou com Everett. Logo que ele morreu, Nan costumava sonhar bastante com ele, eram sonhos muito vívidos, reais, e ela ficou convencida de que, de alguma forma, ele a observava, mas só podia visitá-la enquanto ela dormia, para assegurar que os dois ficariam bem.

Há anos isso não acontecia, mas agora se lembra do sonho que acabou de ter. Ela estava visitando o *Nantucket Lightship*, curiosa para ver o navio transformado primeiro numa residência de luxo, e depois num hotel de luxo.

Na realidade, Nan havia lido artigos de revistas sobre o navio, visto a bela decoração, os revestimentos de madeira, a elegância discreta e formal das salas de jantar e de estar, mas no sonho o lugar era espalhafatoso, com cores berrantes que não combinavam, laranjas e verdes vívidos, cores inquietantes.

No sonho, ela abria caminho entre os dormitórios, sabendo estar prestes a encontrar algo, mas sem saber muito bem o que, até encontrar um homem sorridente deitado num beliche.

— Oi, Everett — disse, sentindo-se ao mesmo tempo calma, segura e nem um pouco surpresa, ainda que aquele Everett fosse completamente diferente do seu. Apesar disso, Nan sabia que era ele.

— Olá, Nan — disse ele, afastando as cobertas e convidando-a para se juntar a ele no beliche, mas não de forma lasciva, sexual; estava apenas convidando-a para voltar para casa, e ela deitou na cama, surpresa apenas ao notar que os lençóis não estavam quentes e secos, mas grata por ter encontrado Everett novamente. Então despertou, suando frio.

Percebe agora que não consegue voltar a dormir. O sonho a deixou inquieta, e a aparição de Jordana também, não porque saiba qualquer coisa a respeito dela, mas porque viu Michael na varanda e sente que algo importante aconteceu, que mudanças se aproximam, e que não são necessariamente boas.

"Não é irônico", pensa Nan, "que quando pensamos que a vida vai bem e tudo está exatamente como desejamos, as engrenagens emperrem e tudo mude?" Bee logo voltará com o pai, aquelas meninas encantadoras irão embora, e em seu lugar chegará a filha de Daff.

Essa Jordana, obviamente apaixonada por Michael, também obviamente não é a pessoa certa para ele. O que estaria fazendo ali e por que apareceu justo no momento em que Daff e Michael pareciam tão próximos?

É como se um mau agouro começasse a soprar pela casa. Por mais que tente, Nan não consegue se acalmar o suficiente para voltar a dormir.

Fica deitada, pensando, até que o céu comece a clarear; então levanta, prepara um chá quente e vai até a praia, inspirando o ar salgado. Finalmente, lá embaixo, começa a se sentir em paz.

CAPÍTULO 23

Daniel verifica o pedaço de papel para ter certeza de que lembra o número certo, e então estaciona na rua estreita em frente à casa. Já tem gente lá — o seu é o terceiro carro a chegar, e, quando se aproxima da entrada, vê algumas pessoas reunidas na sala, com taças de champanhe nas mãos.

— Daniel! Você conseguiu achar! — Matt abre a porta e o conduz para dentro. — Que bom que veio. Venha conhecer todo mundo. — Daniel entra, sem jeito, apreensivo, pois só há homens ali e, ao contrário daquele dia no Bordo, esta é a primeira vez que Daniel se encontra num ambiente em que todos, inclusive ele, são abertamente gays.

— Desculpe não ter ido à festa do Jack — diz Daniel. — Ouvi dizer que foi boa.

— Foi uma pena você não ter ido. Foi legal. Para mim, a festa serviu para conversar com clientes, e tentei me manter sóbrio para não dizer nada que chateasse alguém — diz Matt. — Champanhe?

— Eu adoraria.

— Daniel, este é Keith. — Um homem baixo, de óculos estilosos, abre um sorriso amável e aperta a mão de Daniel.

— Você deve ser novo na ilha — diz Keith.

— Relativamente. Passei parte do verão aqui. Estou alugando um quarto em Sconset.

— Ele está na casa da Nan Powell. — Matt descansa a mão nas costas de Daniel enquanto fala, e Daniel se surpreende ao notar o quanto aquilo parece natural e agradável. — Lembra?

— Ah, uau! — Os olhos de Keith ganham mais vida. — Você precisa conhecer o meu parceiro, Stephen. Ele é apaixonado por aquela casa há anos.

— Que casa? — Aproxima-se um homem muito mais velho, de olhos brilhantes, vestindo uma calça social cor-de-rosa hilária, uma camisa polo verde e um suéter de caxemira azul sobre os ombros.

— A casa de Nan Powell — responde Keith. — Daniel está alugando um quarto lá por algumas semanas. — Vira-se de novo para Daniel. — Stephen é arquiteto, e sempre que é entrevistado diz que aquela é a casa que ele mais gostaria de comprar.

— É uma casa maravilhosa — diz Daniel. — Você só trabalha com residências?

— Stephen é especialista em restaurações — diz Keith, com o peito visivelmente inflado de orgulho. — Mas já fez algum trabalho comercial na cidade.

— E Keith, como pode ver, se especializou em ser o parceiro, porta-voz e diretor de relações públicas do Stephen — explica Matt, e os outros riem.

— Desculpe, desculpe. — Keith e Stephen trocam um olhar cheio de carinho enquanto Keith se desculpa, rindo. — É que eu sinto tanto orgulho dele. Vou ali encher o meu copo. Alguém mais quer? — Todos assentem.

— Você já entrou na casa? — pergunta Daniel. — Conhece Nan?

— Não e não — responde Stephen. — Ouvi dizer que ela é uma figura.

Matt intervém.

— É, sim, mas no melhor dos sentidos. Para mim, as pessoas exageram muito sobre a excentricidade dela. Acho que ela cultivou essa imagem para conseguir fazer o que bem entende.

— Concordo plenamente — diz Daniel. — Na realidade, ela é assustadoramente normal.

— Nesse caso, assustadoramente seria a palavra-chave?

— Não! — Daniel ri. — Você devia nos visitar uma hora dessas e conhecê-la. Ela adora visitas. Venha ver a casa.

— Eu adoraria mesmo — responde Stephen, e então Matt leva Daniel para conhecer as outras pessoas na sala.

— Peço desculpas pelo Keith — sussurra Matt, enquanto caminham. — Os dois estão juntos desde sempre, e ele às vezes ainda trata Stephen como uma criança, ainda que Keith seja vinte anos mais novo.

— Há quanto tempo estão juntos?

— Acho que fazem dezoito anos juntos este ano.

Este ano seria o sexto aniversário de Daniel e Bee. Como é estranho pensar que Daniel poderia ter sido Keith, poderia ter vivido feliz ao lado de alguém por tantos anos sem ter que fingir ser uma pessoa, ou uma coisa, que ele não é.

Michael caminha pelo Hotel Wawinet, sorrindo ao ver sua elegância sutil, a calma e o luxo que o fazem se lembrar da infância.

Caminha até a varanda dos fundos e logo vê Jordana; tenta não encarar as pessoas sentadas com suas bebidas, pessoas que reconhece dos jornais, celebridades, políticos, magnatas dos negócios, todos vestindo short e camiseta, todos parecendo pessoas completamente normais.

Aproxima-se nervoso de Jordana, apreensivo com o que tem a dizer, sem saber ao certo como poderá convencê-la de que ter um filho não é uma boa ideia.

Jordana está sentada de frente para o mar, coberta por um grande chapéu de palha e enormes óculos escuros Gucci. Veste uma saída de praia branca e brilhante, coberta de contas, em cujas costas foi bordado um Buda dourado com lantejoulas douradas, e usa sandálias baixas com tiras que sobem pelos tornozelos. Estaria perfeitamente bem-vestida nos Hamptons, mas em Nantucket, onde todos vestem shorts de ciclismo após longas pedaladas, bonés, camisetas desbotadas e nem um pingo de maquiagem, parece um peixe fora d'água.

Mais uma vez, Michael se pergunta no que diabos estava pensando naqueles momentos em que se permitiu acreditar, ou acreditou mesmo, que os dois poderiam ter um futuro. Todo aquele romance foi completamente anormal para ele, foi quase como se estivesse em um filme — nada ali era real.

"É muito injusto", pensa Michael, com um medo que lhe toma o peito ao se aproximar da mesa, "que as consequências sejam reais".

Jordana ergue o olhar, notando sua presença, e tira os óculos escuros. Seus olhos estão vermelhos, inchados. É evidente que andou chorando por muitas horas. Por um segundo, Michael sente uma pontada de irritação — ela tirou os óculos muito depressa, será que estava tentando fazer com que ele se sentisse culpado por magoá-la, estava tentando manipulá-lo?

— Como você está? — Michael não consegue encontrar outras palavras. Senta-se e pede um café ao garçom, que parece alegre demais, dadas as circunstâncias.

Jordana dá de ombros.

— Já estive melhor.

— São quantas semanas de gravidez?

— Não sei exatamente. Minha última menstruação não veio, então provavelmente sete, talvez oito.

— O que o seu médico disse?

— Ainda não fui ao médico.

O coração de Michael salta em seu peito.

— Então talvez não esteja grávida? Talvez seja tudo um engano.

Jordana olha para ele com uma expressão de profundo desdém.

— Minha menstruação não veio, meus seios estão enormes e estou vomitando todos os dias. O que você acha que é? Uma fase?

— Poderia ser qualquer coisa. — Michael se atém a falsas esperanças, torcendo para que a situação seja outra.

— Não. — Jordana sacode a cabeça. — Estou grávida. Eu sei.

— Mas como pode saber?

— Porque sou mulher, tenho como saber.

— Você vai ter o bebê com certeza?

— O que quer dizer? — A voz de Jordana é fria.

— Quero dizer se você já pensou, seriamente, no que isso significa? Jordana, é claro que eu vou fazer a coisa certa. Não posso convencer você a dar o bebê para adoção ou se livrar dele, mas nós dois não vamos ficar juntos, não vai ser isso que vai manter o nosso relacionamento. Sinto muito, por separar você e o Jackson, por... por tudo.

Por me envolver com você é o que Michael estava prestes a dizer, mas se conteve.

— E desculpe por tudo o que está acontecendo — continua Michael —, e, se você for em frente e tiver o bebê, vou fazer a coisa certa. Eu seria parte da vida da criança, não iria simplesmente desaparecer, sem querer ter nada a ver com a situação, mas nós dois não vamos ficar juntos, e você já pensou, já pensou realmente em como seria virar uma mãe solteira?

— Eu conheço várias mães solteiras — diz Jordana, num tom de superioridade. — Sei exatamente o que isso significa. — Mas sua voz está trêmula.

Michael insiste, certo de que ela não está determinada, certo de que pode fazê-la mudar de ideia.

— Conheço mulheres que passaram a vida inteira querendo ser mães, que descobriram que estavam grávidas, sem parceiros, e foram em frente — investe Michael. — Minha amiga Suzy ficou grávida depois de um caso rápido, sempre quis ter um filho.

Agora tem uma menina de 8 anos, e há oito anos não sai de casa. Quando a menina ainda era bebê, Suzy ficava exausta o tempo todo. Não tinha com quem dividir o trabalho, ninguém a apoiou quando estava no limite de suas forças, quando não aguentava mais. Quer saber o que Suzy diz agora? Diz que, ainda que não queira mudar nada, ainda que ame a filha mais do que tudo, se pudesse voltar e tomar um caminho diferente, ela o faria. Ela não diz que a filha foi um erro, mas diz que as circunstâncias foram um erro, e que há oito anos não tem mais vida própria. — Michael faz uma pausa, deixando que as palavras causem impacto. — É isso que você quer, Jordana? É isso que realmente quer? Porque não estamos falando de um bebê bonitinho vestindo roupas de marca, que você poderá tratar como um brinquedo. Estamos falando de trabalho difícil. Cansativo. Muito, muito mais difícil por ser mãe solteira.

— Não me venha com sermões — responde Jordana, amarga, quando Michael parece ter terminado. — Sei exatamente o que estou fazendo e, por mais difícil que possa vir a ser, não vou abortar. Não poderia viver sabendo que destruí a vida do nosso bebê, e o simples fato de você sugerir isso me dá nojo.

— Peço desculpas. Não quis dar nenhum sermão. Só acho que estas são as piores circunstâncias para trazer uma criança ao mundo. Não é um presente inesperado, é um erro.

— É só isso? — Jordana levanta, empurrando a cadeira para trás com tanta força que ela quase tomba.

Michael suspira.

— Não sei mais o que dizer — responde em tom baixo.

— Que tal "adeus"? — E entra apressada no hotel, deixando Michael, que volta para o seu carro, arrasado.

Depois do jantar, conversas tranquilas transcorrem à mesa, substituindo as gargalhadas sonoras que explodiram durante a refeição.

Pernil de cordeiro assado recheado com figos e queijo feta, cuscuz israelense, e para sobremesa um suntuoso merengue de framboesa. Daniel nunca comeu tão bem nem se sentiu tão confortável.

Era *isso* que faltava, percebe; era *isso* que ele buscou durante aqueles anos em que passava em frente a bares gay, esperançoso. Ironicamente, *este* foi o motivo de sua relutância em largar Bee por tantos anos — não saber que havia algo mais esperando, não saber que a vida podia ser assim.

Três casais, todos homens, dois casados, além dele e Matt. Ninguém estava tentando provar nada, nem esconder nada — todos queriam apenas relaxar, ser eles mesmos.

Daniel olha ao redor da mesa até que seus olhos finalmente param em Matt, que sorri para ele.

— O quê? — Daniel não consegue conter seu sorriso.

— É legal, não é?

— O quê?

— Sair do armário. Estar com pessoas iguais a você.

Daniel balança a cabeça, engolindo o nó em sua garganta; Matt se aproxima e aperta seu braço, em um gesto reconfortante.

— Me sinto em casa — diz Daniel afinal, lágrimas nos olhos. — Mas nunca pensei que seria tão normal.

— Eu sei — responde Matt. — Mas é normal. Só não é o normal com o qual você estava acostumado. Falando nisso, como andam as coisas entre você e sua mulher?

— Futura ex-mulher — corrige Daniel. — Não muito bem. Ela não levou a situação numa boa, obviamente, mas, ao que parece, por enquanto estamos numa trégua. Estou me esforçando bastante para lembrá-la a todo tempo de que não importa o que sentimos um pelo outro ou nossa relação, mas as garotas.

— Suponho que, com "garotas", você não estivesse se referindo a nós? — Matt aponta para os outros na mesa, e Daniel ri.

— Não. Estou falando de umas garotas muito mais baixinhas, e que são da minha família.

— Você já é uma menina tão crescida. Nem acredito que vai viajar completamente sozinha. — Richard enxugou os olhos de Jess enquanto a abraçava.

Jess também o apertou com força — não queria ir embora, não queria que nada mudasse, mas no dia anterior Carrie havia se sentado com ela no computador e, juntas, viram fotos de Nantucket, leram sobre as praias, os museus, as viagens de barco, e a menina não pôde conter seu entusiasmo por conhecer um lugar diferente.

— Milhares de celebridades passam férias em Nantucket — disse Carrie, enquanto viam uma lista no computador. Jess foi para a cama e sonhou que era descoberta por alguém famoso; Tom Hanks talvez a visse e decidisse que era perfeita para o papel de sua filha em seu próximo filme.

No salão de embarque, Jess viu mesmo uma pessoa famosa! Por um momento, pensou que fosse algum conhecido seu, um amigo do pai, mas então se deu conta de que era um ator, o cara que fazia o papel do pai em sua série de TV preferida. Era Walter Driscoll. Jess notou que todos percebiam a presença do ator, e um burburinho percorria o ambiente — todos apontavam e sussurravam, depois se aproximavam e, envergonhados, pediam seu autógrafo ou uma fotografia ao lado dele.

Jess estava desesperada por um autógrafo, nunca estivera tão perto de uma celebridade, mas ficou com vergonha, não soube o que dizer. Ficou sentada, fingindo estar imersa em *Harry Potter*, fingindo não ter interesse em Walter Driscoll.

— Tem alguém aqui? — A voz de barítono do ator estava bem à frente dela, e, ao erguer os olhos, Jess ficou imediatamente vermelha, negando com a cabeça.

— Pelo visto, você está gostando. — Driscoll indicou o livro, sorrindo. — Eu terminei de ler há algumas semanas, e adorei. Aposto que você foi à livraria à meia-noite para comprar. — O ator ergueu uma sobrancelha, e Jess sorriu, assentindo.

— Foi o que pensei. Não conte a ninguém — inclinou-se na direção dela —, mas eu também.

— Eu... gosto muito do seu programa — arriscou Jess, chegando à conclusão de que, ainda que ele fosse uma celebridade, também era uma pessoa real e, mais do que isso, parecia normal. Simpático.

— É mesmo? — Ele parecia genuinamente agradecido. — Qual é o seu personagem preferido?

Enquanto batia papo, encantada com Walter Driscoll, Jess esqueceu que deveria estar com medo de viajar sozinha pela primeira vez, esqueceu que deveria sentir saudades do pai. No momento em que ela e Walter seguiam para seus lugares no avião, Walter a presenteava com histórias de Nantucket de sua época de adolescente, e ela não conseguiu conter a vontade de chegar logo lá, dirigir pela areia como ele fizera, sair para pescar lagostas e organizar piqueniques em Coatue.

— Com licença? — A mulher ao lado de Jess no avião se inclinou para a frente. — Queria perguntar: aquele homem com quem você estava conversando no salão de embarque... era Walter Driscoll?

— Era, sim — respondeu Jess, orgulhosa por ter sido a pessoa que ele escolheu para conversar.

— Eu falei — disse a mulher, virando-se para um senhor mais velho, com um sorriso. — Meu pai disse que não era, mas ele só viu o seriado uma vez. Ele foi simpático?

— Muito — respondeu Jess. — Me deu o endereço dele em Nantucket, me falou para ir visitar a casa dele com a minha mãe.

— Nossa! Você deve ter causado uma boa impressão.

— Bem, eu falei que queria ser atriz quando crescesse.

— É uma escolha muito boa — concordou a mulher. — Tenho duas filhas, mas são mais novas que você, e neste momento as duas querem ser fadas.

Jess sorri.

— Eu também queria ser fada quando era mais nova.

— Meu nome é Bee — diz Bee. — Prazer em conhecê-la.

Jess desce do avião e caminha para o portão ao lado de Bee e Evan. Despede-se de Walter Driscoll — sua mulher veio buscá-lo no aeroporto — e corre os olhos pela multidão presente, desesperada para encontrar a mãe.

Lá está ela. Parece tão familiar, tão mãe. Jess parte em disparada — segundos depois está nos braços de Daff, as duas chorando.

— Senti tantas saudades, meu bebê. — Daff a aperta com força, sem ter se dado conta, até este exato momento, do quanto era verdade.

— Eu também, mamãe. — Jess soluça, tão parecida com uma menininha, tão parecida com a doce menininha que foi um dia, que Daff não quer mais soltá-la.

— Lá está ele.

Bee vê Daniel parado ao lado de uma mulher que — ora, que mundo pequeno! — é obviamente a mãe da menininha adorável, Jessica. Jess e a mãe estão abraçadas, e Daniel as observa com um sorriso. É ridículo pensar que, em outras circunstâncias, Bee talvez pensasse que Daniel e a mulher estivessem juntos.

Bee vai até ele segurando o braço do pai, e se afasta quando Evan e Daniel se cumprimentam.

Daniel o encara.

— Estou feliz de saber que o senhor está bem.

— Obrigado, meu filho — responde Evan, passando os olhos pelo aeroporto. — Minha nossa. Olhe só este lugar! Está enorme.

— Enorme? — Daniel ri. — Não é enorme. É minúsculo.

— Não, antigamente era minúsculo — diz Evan. Da última vez em que estive aqui, há muitos anos, era realmente minúsculo. Santo Deus. Isso faz eu me sentir tão velho.

— Velho, mas saudável — diz Bee, tomando-o pelo braço, descontente por ainda depender de Daniel para tanto, mas sabendo que para ele seria fácil buscá-los no aeroporto, buscar as meninas no caminho para casa.

— Graças a Deus — responde Evan enquanto se dirigem ao carro.

NAN ESTÁ DE PÉ NUMA ESCADA portátil, pintando a porta de entrada com um roxo intenso, e Lizzie e Stella, ambas com seus próprios pincéis, estão agachadas aos seus pés, trabalhando na parte de baixo, quando o carro entra pela garagem.

— O que ela está *fazendo*? — pergunta Bee.

— Não faço ideia. — Daniel sorri, abrindo a porta. — Nan? O que está fazendo?

— Estou cansada deste cinza Nantucket — diz Nan. — Precisava de alguma cor, e as meninas precisavam de um projeto. Achamos que ficou ótimo.

— Não está ótimo, papai? — ecoa Lizzie, avistando a mãe de repente, quando ela abre a porta do carro. — Mamãe! — grita, e ela e Stella partem correndo até o carro.

— Adivinhem quem está aqui! — Bee termina de abraçar as meninas, cobrindo-as de beijos, e se vira para o pai. — É o vovô! — Mas a aparência de Evan mudou, ele está imóvel, branco como um fantasma.

— Ai, meu Deus! — sussurra Bee, com o coração pulando em seu peito. — Acho que ele está tendo um ataque cardíaco. Daniel, faça alguma coisa. Socorro!

Daniel e Nan correm em direção ao carro, e Nan está abrindo a porta quando vê o rosto de Evan.

— Meu bom Deus — sussurra, e desmaia imediatamente, caindo nos braços de Daniel.

CAPÍTULO 24

É quase como se Evan, Everett, qualquer que fosse o nome dele, tivesse passado a vida inteira à espera deste momento, a vida inteira sabendo que fecharia o ciclo completo, que não encerraria seus dias sem ver Nan outra vez, pedir desculpas, reconhecer seus erros e tentar consertá-los.

Ele só não imaginou que aconteceria assim.

Quando Bee falou de Nantucket, contou que ela e Daniel iriam para lá, primeiro num fim de semana livre e depois pela maior parte do verão, Evan sentiu seu coração quase parar e soube que seu dia estava próximo.

Jamais imaginou que voltaria a Nantucket, mas entregou seu destino nas mãos de Deus, aceitou a ideia de que aconteceria um dia. Pensou que estaria preparado, pensou que saberia o que dizer.

Mas estava completamente enganado.

HÁ TANTOS ANOS, ELE PERDERA TUDO. Do minuto em que acordava até o minuto em que voltava para a cama, só conseguia tentar encontrar alguma maneira de sair da confusão em que se encontrava.

Primeiro foram as pequenas partidas de pôquer na ilha, depois os grandes torneios em Nova York, onde as apostas eram tão altas que ele começou a apostar o que não tinha

— um iate Hinckley que pertencia a um amigo, mas estava ancorado em sua casa, dando a falsa impressão de pertencer aos Powell, grandes quantias de dinheiro inexistente, joias que Everett não conseguiu encontrar quando chegou a hora de pagar, joias que Nan sabiamente escondera, mais para protegê-las dos muitos estranhos que passavam com frequência pela casa, sem jamais pensar que a verdadeira ameaça viria do marido.

Everett despertava com o coração em pânico, tomava o café da manhã com o filho, Michael, e o pânico crescia ainda mais quando chegavam as contas, avisos de pessoas que deveriam ser pagas e depois os telefonemas de gerentes de bancos pedindo que ligasse de volta urgentemente.

Tudo de que ele precisava, pensava consigo mesmo o tempo todo, era de uma única grande vitória. Já tinha vencido antes, portanto era apenas questão de tempo até ganhar novamente. Daria a volta por cima. Precisava disso. Que outra escolha havia?

Então veio o jogo final, o jogo em que estava ganhando, em que sua sorte finalmente parecia ter voltado. A euforia, o surto de adrenalina e aquela mão final, em que olhou para as cartas e viu que tinha uma mão cheia, a melhor que tivera em meses, um tipo que não surgia com muita frequência, pelo menos não em sua vida — e ele soube que iria ganhar, soube que aquele era o momento pelo qual tanto havia esperado.

Só restavam ele e James Callaghan no jogo, e Callaghan era famoso por blefar. Everett sabia que venceria; assim, empurrou silenciosamente tudo o que tinha para o centro da mesa — as fichas, as notas, tudo, assim como muito do que não tinha — e mostrou sua mão, triunfante, enquanto o resto dos homens na sala silenciosa prendia a respiração. Everett sorriu, apoiando-se, aliviado na cadeira, preparando-se para juntar suas coisas, começar de novo com a família, parar de jogar e nunca mais colocá-los naquela situação precária.

Callaghan se inclinou para a frente e Everett o encarou, esperando que o homem baixasse as cartas, mas Callaghan as abriu, inexpressivo, e até hoje, quando pensa nisso, Everett sente como se o momento estivesse acontecendo de novo, como um sonho.

Dez, Valete, Dama, Rei e Ás de Copas. Um *Royal Flush*. O mundo parou, e Everett soube que sua vida havia acabado. Levantou, ainda em choque, e voltou para casa, completamente entorpecido.

Teve a ideia então, após dar um beijo em Michael, que grunhiu e se remexeu suavemente enquanto dormia, depois de ficar horas sentado na poltrona, em frente à janela, fitando o porto, virando uma garrafa de uísque.

Deteve-se num olhar intenso para Nan, que dormia profundamente, antes de partir. Beijou os próprios dedos e os apoiou sobre os lábios dela, depois se afastou, encoberto pela escuridão, tomando cuidado para que ninguém o visse enquanto seguia para o porto; dobrou algumas de suas roupas e tirou o relógio do pai, deixando-os na praia ao partir.

Nan ficaria bem, disso ele estava certo, pelo menos. Era a mulher mais forte que ele já conhecera, e, por mais difícil que fosse abandonar a mulher que amava, ela conseguiria sobreviver à confusão em que ele os metera, conseguiria superar a perda, seguiria em frente e viveria uma vida plena e gratificante.

E Michael? Michael que adorava o pai, que implorava para acompanhá-lo aonde quer que fosse? Era desolador abandoná-lo, mas seria melhor partir, melhor Michael pensar que o pai havia morrido do que conhecer o fracassado que ele realmente era. Everett esperava que Nan jamais contasse nada, jamais revelasse os problemas que ele havia deixado.

Não havia outro jeito, pensou, encolhido num canto da barca, a gola do sobretudo puxada para cima, o chapéu bem enterrado, sem olhar para os poucos passageiros que viajavam àquela hora da madrugada, tomando cuidado de não chamar atenção para si.

Foi até Hyannisport e pediu carona para a Nova Inglaterra, até New Haven. Era uma cidade grande o bastante para que ele permanecesse anônimo, e suficientemente afastada de Nova York para que ele não encontrasse algum conhecido, alguém que pudesse contestar seu suicídio, pois ele sabia que a notícia seria dada assim, sabia que era a única resposta, a única explicação que faria algum sentido, principalmente depois que Nan descobrisse a extensão de sua dívida.

De certa forma, desejava ter sido corajoso o suficiente para se suicidar de fato. Pensou no assunto, Deus sabe o quanto pensou, e ao deixar delicadamente a pilha de roupas na praia, na escuridão da noite, perguntou-se qual seria a dificuldade de entrar mesmo na água gelada, deixar-se levar pelas ondas.

Não foi capaz, e New Haven acabou sendo o lugar ideal para a sua reinvenção. Ali, não mais era Everett Powell, herdeiro de uma das grandes famílias da Costa Leste, e sim Evan Palliser, de Cape Cod, um homem divorciado que se mudara para New Haven querendo recomeçar a vida.

Ao contrário de Everett, que crescera em berço de ouro e jamais havia precisado trabalhar, Evan se ergueria por conta própria, encontraria um emprego, construiria algo que lembrasse uma vida, aprenderia a viver com a culpa que o perseguia a cada segundo do dia.

Em primeiro lugar, tinha que se livrar de seus demônios. Foi ao único lugar em que conseguiu pensar, um lugar que não visitava há anos, um lugar que não tinha qualquer significado profundo em sua vida.

Foi à igreja.

Ali, pela primeira vez na vida, Evan se ajoelhou e rezou por perdão. Ficou ajoelhado até sentir dor, os ossos ficarem duros e doloridos, e pediu que lhe fosse mostrado o caminho. Ajoelhado, com uns poucos dólares no bolso, sem ter onde dormir nem para onde ir, sentiu-se tomado por uma paz interior e percebeu que, se uma pessoa como ele pudesse passar por um despertar espiritual, se realmente pudesse sequer acreditar nessa possibilidade, era muito provável que ele tivesse acabado de vivenciar um.

O reverendo entrou na igreja às cinco, e encontrou Evan ainda ajoelhado, viu o sofrimento em seus olhos, e o levou para os fundos, onde lhe preparou um café. Evan confessou que precisava de trabalho, de um lugar para ficar. No final da noite, já lhe haviam conseguido uma cama na casa da família McCoughlin e um trabalho nos negócios também da família, fazendo cadeados de ferro.

No início, não falava muito. Trabalhava pesado, ficava na sua, guardava seus segredos. A família ficou impressionada, especialmente Donald McCoughlin, filho de imigrantes escoceses que haviam montado a empresa do zero; Donald viu que Evan tinha uma postura e uma classe que lhe serviriam bem.

Evan passou a vender os cadeados, ascendendo rapidamente até se tornar chefe do setor de vendas. Com isso, comprou uma casa bem simples, perto de um bairro em crescimento, reformando-a durante as noites e nos fins de semana, pegando livros na biblioteca para aprender a entalhar os ornamentos, pôr um piso de madeira, molduras nas janelas.

À noite, deitava-se para dormir e pensava na família, sonhava em voltar, em reencontrá-los, fazer a coisa certa; mas a notícia da tragédia dos Powell já chegara a New Haven e Evan sabia que seria melhor não mexer em velhas feridas, caso contrário poderia acabar causando ainda mais sofrimento. Já tinha sido o suficiente.

Os jogos de pôquer ainda o chamavam, mas ele tinha confiança em Deus e seguia em frente, descobrindo que, enquanto fosse à igreja, trabalhasse firme, conseguisse se manter ocupado, os chamados seriam cada vez menos frequentes.

Economizou dinheiro, e, quando terminou de reformar a casa, não a vendeu, como muitos teriam feito — decidiu mantê-la, e a alugou. Com isso, comprou outra, e logo outra, e outra.

Evan viu Margaret pela primeira vez na casa dos McCoughlin, mas só foi conhecê-la propriamente em um baile. Ele não queria ir, ainda sentia vergonha e culpa quando saía para se divertir, quando fazia qualquer coisa além de trabalhar e cumprir penitência por sua vida anterior, mas era um baile da empresa e o sr. McCoughlin havia exigido sua presença.

Margaret era filha do patrão, e o momento em que a viu no baile foi a primeira vez, desde Nan, em que olhou para uma mulher com interesse, em que pensou em outra além de sua esposa.

Conversaram, dançaram, e quando Evan foi embora, Margaret lhe disse que ele deveria sair mais, conhecer os amigos dela uma noite qualquer, pois ela andara observando-o, perguntara-se como poderia ser tão recluso quando ainda tão jovem, especialmente quando estava claro que tinha tanto a oferecer.

Casaram-se dois anos depois; Evan sabia que aquilo era bigamia, mas disse a si mesmo que não tinha problema, ele não era mais Everett Powell. De alguma forma, casar-se com o nome Evan Palliser parecia mais aceitável. Margaret estava desesperada para casar, e era verdade que Evan a amava. Ele enxergava uma possibilidade, por mais egoísta que fosse, de ser feliz novamente.

Bee nasceu nove meses após o casamento, e, no momento em que o médico saiu da sala de parto e anunciou que ele era o pai de uma menininha, Evan se apaixonou.

Ele amara Michael, mas nessa época as coisas eram diferentes. Tinha sido um péssimo pai para o garoto — o jogo o consumia demais para que pudesse lhe dar qualquer atenção real, pois estava constantemente planejando a próxima partida, uma nova estratégia, a próxima vitória.

Na segunda vez, pôde ser o pai que nunca havia sido, o pai que ele sabia que *poderia* ser. Desde o início, Bee foi a garotinha do papai, sua queridinha, a filha que nunca fazia nada de errado.

Bee não precisava ouvir seus segredos, não perguntava do seu passado, como ele crescera, onde — perguntas de que Evan aprendera a se esquivar, desconsiderar, acenando como se não fossem importantes e mudando rapidamente de assunto, tentando ignorar a dor crescente nos olhos da mulher.

Evan ainda acordava muitas vezes no meio da noite, saía da cama e caminhava nas pontas dos pés até a cozinha de sua grande casa colonial dos anos 1830 — a melhor da cidade, pois o sr. McCoughlin ficara doente e Evan, que havia ganhado a reputação de ter toque de Midas, assumira o controle da companhia, com grandes planos de expansão —, onde bebia copos inteiros de uísque, sendo tomado pela vergonha ao pensar em Nan, em Michael, em tudo o que deixara para trás.

Ele já sabia, então, que o jogo era um vício para ele, uma droga tão poderosa quanto o álcool para um alcoólatra, e sabia que não poderia jamais entrar outra vez num jogo de pôquer, fazer uma aposta, caso contrário voltaria ao início, vivendo numa bruma da qual finalmente se libertara.

Pois sua vida com Nan, com Michael, havia sido uma bruma, sua clareza vivia encoberta pela necessidade constante de apostar, e agora, por mais que amasse Margaret, sempre restava um pedaço de seu ser que ele não podia entregar, um pedaço do seu coração que pertencia a Nan, um arrependimento pela vida que poderia ter vivido se não tivesse estragado tudo.

No início, Margaret ficava fascinada pelo mistério de Evan, pelo fato de não poder falar do passado. Evan contava da sua vida, mas apenas da vida que tinha começado no momento em que chegou, aparentemente vindo de lugar nenhum, àquela cidade.

Segredos têm consequências. Evan não se surpreendeu quando Margaret o deixou; sentiu que esperara aquele momento por anos, inconscientemente, que era parte de uma pena que, em algum momento, ele precisaria cumprir.

Desde então, Evan continuou solteiro. Tentou iniciar relacionamentos, mas foram sempre mornos, e as memórias de Nan, do que ele deixou para trás, apenas cresciam ao longo dos anos.

Ainda assim, Evan não pensou que poderia voltar, não até Bee inesperadamente falar em Nantucket. Foi quando ele soube que havia chegado a hora.

EVAN FICOU INCRÉDULO, CHOCADO E apavorado quando Daniel entrou com o carro na garagem de Windermere; virou-se para ele, prestes a perguntar se era alguma piada de mau gosto — como ele poderia ter descoberto? —, quando olhou para cima e lá estava Nan. Tão bonita quanto na última vez em que a vira.

Ficou branco e viu a expressão de Nan mudar de uma saudação amigável para um lento reconhecimento, e daí para o choque puro e absoluto.

Como se houvesse visto um fantasma, ela tombou lentamente, e Evan ficou sentado, tremendo, incapaz de se mexer.

NAN ABRIU OS OLHOS E SE VIU NUM sofá da sala, Daniel e Daff inclinados sobre ela, com olhares de preocupação.

— Aqui... — Daff lhe passa uma garrafa de conhaque. — Beba um pouco.

— Eu... — Nan está confusa, e por alguns segundos parece ter envelhecido muitos anos. — Pensei ter visto um fantasma. Achei que tinha visto o Everett.

Daff e Daniel trocam um olhar, então a porta se abre e Bee aparece, seguida de perto pelo pai. O rosto dela está branco, e ela faz um gesto para que os dois saiam.

— Aonde vão? — pergunta Nan.

— Vai ser só um segundo — responde Daniel, delicadamente. — Não se preocupe.

Ele sai da sala e olha primeiro para Bee, depois para Evan.

— O que diabos está acontecendo?

— Não sei o que dizer — responde Bee, finalmente, voz entorpecida, monotônica. — Não acredito no que acabei de ouvir. — Bee se recusa a olhar para o pai; dá meia-volta e sai, sentando em uma das cadeiras de madeira da varanda.

— O que foi? — Daniel olha para Evan, que começa a contar sua história.

Daniel volta à sala e encontra Nan já sentada, com a cabeça apoiada nas almofadas.

— É tão estranho — murmura. — Ontem à noite sonhei com Everett, um sonho muito real, cujo significado não entendi, e agora pensei tê-lo visto. O que você acha que isso significa? Quem era aquele homem? Ou será que isso também foi sonho?

— Nan, queria que o Michael estivesse aqui, assim não seria eu quem precisaria contar isso. Na verdade, nem sei como contar, mas... você não está imaginando coisas.

— Como assim, não estou imaginando coisas?

— É que... Bee acabou de chegar com... o pai dela. — A fala de Daniel é entrecortada, ele não faz ideia de como contar. — O nome dele é Evan Palliser. Mas acabamos de descobrir que esse não é seu nome real...

— É Everett, não é? — Nan o encara, sussurrando. Seus olhos se enchem de lágrimas, e Daniel assente.

— Onde ele está?

— Na entrada. Ele quer ver você.

Nan se esforça para erguer o corpo, recompor-se, então acena com a cabeça. Suas mãos estão tremendo e ela as coloca entre os joelhos para acalmá-las.

Everett entra na sala com os olhos fixos em Nan. Não precisa olhar para mais nada naquele lugar, porque tudo continua exatamente igual. O cheiro é o mesmo: cera e lavanda, a madressilva das treliças no jardim, o ranço das cortinas bordadas, antigas e pesadas, que emolduram as janelas úmidas.

Tem cheiro de lar. Um lar no qual pensou por tantos anos, achou que nunca veria novamente. Estar ali, cheirando sua familiaridade, é chocante para Everett, arrebata seus sentidos de um modo que ele jamais poderia ter previsto.

Ele conhece o desenho exato dos bordados das poltronas do século XVII, que sua mãe bordou enquanto o pai estava na guerra. Sabe qual pé, de qual mesa, soltou-se quando ele e os primos corriam pela sala quando crianças, precisando ser colado de volta por um restaurador de móveis que encontraram em Cape Cod.

Conhece cada pintura das paredes, cada quadro, cada marca e cada entalhe, mas não olha para nada disso ao se aproximar do sofá.

Olha apenas para Nan.

— Meu Deus — diz Everett, sentando-se sem tirar os olhos dela. — Você continua bonita como sempre.

Nan o encara firmemente, então lhe dá um tapa na cara, o mais forte que consegue.

— Você faz ideia — pergunta com a voz fria, gélida, imperiosa — do que passei? Faz ideia dos problemas que tive? Do sofrimento que foi criar nosso filho sozinha, me perguntando o que eu teria feito para você cometer suicídio, a culpa que carreguei a vida toda?

— Só posso imaginar — diz Everett. A vergonha o faz olhar para o chão.

— Não. Não, não pense que pode. Não pense que pode imaginar como eu fui para a cama chorando todas as noites, por anos, me perguntando como pude ser tão péssima, o que eu poderia ter mudado, a esposa horrível que eu devia ter sido, a pessoa horrível que o levou ao suicídio. E, enquanto eu sofria, veja só você. Parece ter levado uma vida maravilhosa, foi embora, se esqueceu de nós, deixou que vivêssemos essa mentira terrível por tantos anos... — Nan cai no choro.

— Mãe? — Michael irrompe na sala e corre em direção a ela. — Mãe? O que está acontecendo?

Michael se vira, vê Everett e para, subitamente estarrecido.

— Meu Deus — sussurra. — Pai?

CAPÍTULO 25

Em outras circunstâncias, este seria um lugar lindo, ainda que, mesmo em situação melhor, Jordana não soubesse ao certo por que vir para cá, quando os Hamptons ficam tão mais perto, além de estarem muito mais na moda.

Jordana adora os Hamptons. Adora comprar tops Calypso e sandálias Miss Trish, encher os braços de diamantes — porque nunca se sabe com quem ela vai encontrar durante o jantar no Nick & Toni's, e, por via das dúvidas, é sempre bom estar com a melhor aparência possível.

Ela adora a ideia de sentar tendo Jerry Seinfeld de um lado e Martha Stewart do outro. Adora o fato de todas as noites estarem repletas de festas diferentes. A ideia é ver e ser visto, vestir as melhores roupas, esbarrar nos chiques e famosos.

"Nantucket é bonita, não há dúvidas", pensa ao correr os olhos com certo desdém pela área da piscina, "mas onde estão todas as modelos maravilhosas? Onde estão os peitos de silicone? Onde estão os diamantes, pelo amor de Deus?"

Este não é um mundo que Jordana consiga compreender, e, agora que parece não ter motivo algum para ficar, ela não vê a hora de ir embora.

Mas para onde? Jackson está em casa, esperando, apavorado com a ideia de que isso seja permanente, perguntando-se o que fez de errado, jurando mudar seu comportamento, satisfazer qualquer desejo dela para que possam ficar juntos novamente.

Pela primeira vez, Jordana precisa pensar no próprio futuro. Ela havia se convencido de que seu destino era ficar com Michael para sempre, de que quando ele a visse de novo, soubesse que estava grávida dele, faria a coisa certa, voltaria para ela, e juntos construiriam uma vida em comum, exatamente como conversavam naqueles dias impetuosos de romance.

Passou horas na cama à noite, planejando como seria a vida deles, onde morariam. Algum lugar não muito distante, perto o bastante da cidade para que pudessem voltar sempre que necessário, um lugar onde pudessem abrir uma pequena joalheria, que tivesse uma clientela abastada o suficiente para comprar as joias, mas simples o suficiente para que Michael ficasse contente.

Pound Ridge, talvez. Ou Katonah. Quem sabe Nyack. Entrou em sites de imobiliárias e procurou o tipo de casa em que se imaginava morando com ele. Nada como a ampla mansão de Great Neck em que vivia com Jackson — com pisos de mármore e escadarias em curva —, mas algo como Michael sempre quis, um velho casarão no campo, com piso de tábuas largas e teto baixo, aconchegante, lareiras em todos os ambientes, pradarias ondulantes atrás da casa. Jordana nunca sonhara com isso antes dele, mas estava disposta a mudar, estava disposta a se tornar a pessoa que, achava, era quem Michael desejava.

Jamais lhe ocorreu que isso não aconteceria. O que ela pode fazer agora? Voltar para Jackson? Fazer com que ele acredite que o filho é seu, ainda que seja tecnicamente impossível? Sabe-se lá como ela contornaria a situação. Será que deve confessar o caso, prometer nunca mais fazer isso?

Jordana não quer voltar para Jackson. Quer ficar com Michael, mas, se não pode, conseguirá mesmo fazer tudo sozinha, é isso que ela realmente quer?

Um bebê. Não é um acessório. Não é um bichinho de estimação, como seu adorável terrier maltês — é um bebê, que não poderá ser deixado sozinho em casa quando ela for fazer compras, nem no carro, olhando esperançoso pela janela enquanto ela almoça com as amigas. Um *bebê*.

Santo Deus. O que ela vai fazer?

Jordana, sentada na cama, dá um profundo suspiro, afagando inconscientemente a barriga. Não fará um aborto, porém. Não conseguiria. Este é o filho que ela fez com Michael, o homem que ama, e, se não pode tê-lo, ao menos pode ter seu filho. É o mais próximo do que realmente deseja, e quando a criança chegar ele talvez mude de ideia, talvez perceba o que podem construir juntos.

Jordana vai ter este filho. É a única certeza que tem no momento.

Levanta-se para ir ao banheiro, piscando os olhos ao sentar e ver, sem compreender de imediato, o sangue.

Cai em prantos.

A EUFORIA INICIAL DE ESTAR COM A mãe passou rapidamente. Sim, aqui é bonito, a casa é bem bacana, mas tem cheiro de velha, e Jess não sabe se gosta de coisas velhas, não sabe se quer se sentar numa dessas poltronas de veludo desfiadas da sala. Tudo bem, tem a praia, mas nenhuma das suas amigas está lá...

Ontem foi legal. A mãe ficou feliz de vê-la, o que foi uma surpresa, e não falou nada sobre os furtos, apenas disse que, quando Jess estivesse pronta para conversar, ela ouviria e não julgaria. Depois levou-a para fazer compras, o que foi divertido, especialmente porque Jess esperava um sermão.

Jess sabe que a mãe deve estar se sentindo culpada, mas veja o que ela ganhou com isso! Um monte de camisetas, um boné, um moletom, um biquíni e montes de conchas, cadernos e outras coisas legais da lojinha local. Bastava pegar alguma coisa e dizer "ah, olha que lindo", e a mãe comprava. Pensando melhor, Jess percebe que Daff provavelmente tentava evitar que Jess roubasse alguma coisa.

Depois foram tomar sorvete e caminharam pelas lojinhas da marina, e à noite jantaram em casa com os outros hóspedes, mas sem Nan, que pediu licença e se retirou mais cedo.

Jess está fascinada por Nan. Nunca viu ninguém como ela. É velha, mas não *parece* velha, e é completamente diferente das avós, que vestem conjuntinhos de lã ou casacos esportivos, e não xales de seda esvoaçantes de cores vívidas e sandálias de cetim cobertas de contas, isso só para ficar em casa.

A mãe diz que Nan é maravilhosa, mas não parecia maravilhosa ontem. Ela contou que Nan teve um grande choque e precisava de tempo para se recuperar; espera-se que ela logo volte a ser quem era.

Enquanto isso, o que Jess vai fazer nas próximas semanas? Depois de algum tempo, as músicas do iPod começam a ficar maçantes, e, ainda que seja muito, muito legal estar com a mãe, Jess não quer sair com ela. Além disso, Daff vai tirar férias pelo resto do verão e as duas vão continuar ali. Jess quer sair com pessoas da sua idade, e ninguém tem menos de 40 anos.

No fim das contas, talvez não tenha sido uma ideia tão boa.

NAN OBSERVA JESS DA JANELA DO quarto, sentada na areia, abraçando os joelhos. A menina brinca com a areia, pega um pouco na mão e a deixa escorrer lentamente por entre os dedos. Nan tem um arrepio, veste um roupão de banho, calça os chinelos e desce as escadas devagar.

Ainda não está pronta para conversar com ninguém, sabe que todos estão sendo cuidadosos com ela, preocupados; todos querem saber como está, como estão os dois. Ela e Michael.

Pobre Michael. Ter um pai novamente depois de tantos anos, descobrir que sua vida também foi uma mentira. Talvez seja pior para ele, percebe Nan, pois é tão sensível.

Michael só olhou para Everett quando ele tentou se explicar, interrompendo-o com uma voz fria, fria como Nan nunca tinha ouvido, e falou:

— No que me diz respeito, você não é meu pai. Não posso impedir minha mãe de falar com você, mas eu não quero nada com a sua pessoa.

Everett estendeu a mão para tentar impedir Michael de deixar a sala.

— Por favor, Michael — falou, com a voz quase presa na garganta. — Deixe-me tentar explicar.

Michael parou. Olhou para Everett, mal contendo sua fúria.

— Explicar? Você quer explicar? Claro, eu adoraria ouvir. Adoraria ouvir como se explica o que você fez a um garoto de 6 anos que chorava todas as noites porque sentia falta do pai. Adoraria ouvir como se explica a esse menino que não foi, como ele sempre acreditou, culpa dele. Esse menino que cresceu acreditando que o pai nunca os teria abandonado e se matado se ele tivesse se comportado melhor, se não tivesse sido desobediente, se escutasse mais. Você consegue explicar o que fazer com tanta dor, tanta culpa e tanto medo com que esse menino cresceu? Consegue? — Michael encara Everett, que agora soluça abertamente, baixando o olhar. — Não. Acho que não consegue.

— Me desculpe — sussurrou Everett. — Eu estava doente. Não sabia o que fazia. Senti tanto a sua falta. Passei anos sentindo essa falta, pensando em você, me perguntando o que estaria fazendo, o que seria quando crescesse.

— Bom, agora você sabe — disse Michael, virando-se e saindo da sala, avançando instável pela escada até o quarto, onde foi sua vez de chorar.

Nan tentou conversar com ele mais tarde, mas o que diria? Ela também continuava totalmente confusa.

No meio da noite se levantou, ficou sentada na cama, despertada por uma ideia terrível.

Será que ele quer ficar com a casa? É por isso que voltou? Ela finalmente perderia a casa por conta *disso*? *É claro*. Por que outro motivo ele voltaria depois de tanto tempo?

Não conseguiu dormir. Ficou sentada, preocupada com o que faria, como poderia ficar com a casa, ou no mínimo vendê-la e guardar o dinheiro. Nan não devia um centavo a Everett, e, se houvesse alguma maneira de garantir que não ficasse com nada, ela a encontraria.

Agora que o sol está nascendo, Nan vê Jess na praia e se sente atraída pela menina. Há algo na tristeza e na confusão daquela criança que parece refletir o que sente no momento, e Nan sai, tentando não pensar que está muito perto de perder tudo o que ama.

— Olá! — Daff entra na cozinha e fica surpresa ao encontrar Michael.

Daff está com a sensação de que Michael a evitou no último dia, e ficou chocada com a pontada de dor que sentiu ao pensar na possibilidade.

Dor e prazer. O prazer de ter Jess de volta, de poder passar tempo ao seu lado sem precisar ir a lugar nenhum, sem precisar fazer nada além de estar inteiramente presente.

Não é que Jess tenha se aberto, ainda não, mas Daff está esperançosa e contente que a filha queira estar com ela, feliz por ver que a mudança aconteceu tão depressa e de maneira relativamente indolor.

Ao se concentrar em Jess, Daff deixa de pensar em Michael, na dor que ele evidentemente sente, no modo como se afastou de todos na casa, saindo para a cidade sem voltar até tarde da noite, quando sabia que todos estariam dormindo.

Aquelas pessoas se tornaram uma família muito rapidamente, percebe Daff. Vivendo juntos, talvez fosse inevitável, mas ela não fazia ideia de que aconteceria quando telefonou e perguntou sobre o aluguel. Imaginou que Windermere fosse uma pousada propriamente dita, um lugar onde as pessoas tinham quartos, mas cuidavam das próprias vidas durante o dia.

Jamais sonhou que poderia se sentir em casa praticamente desde o momento em que pôs os pés lá. Jamais imaginou que se preocuparia com as outras pessoas dali como se preocupa, que se sentiria confortável com eles daquela forma.

Michael ergue o olhar e abre um leve sorriso.

— Olá. Imaginei que acordaria cedo.

— Ah, é? Quer um chá?

— Não. Estou tomando café, obrigado. Achei que talvez quisesse sair para caminhar. Eu... sei que estive um pouco distante, e queria explicar.

— Não se preocupe — diz Daff num tom leve, com o cuidado de não transmitir o que realmente sente. — Sei que está passando por um momento complicado. Não me deve explicação nenhuma. Está tudo bem. — Ela se ocupa de encher a chaleira de água para que Michael não consiga ver, em seus olhos, o que ela sente de verdade.

— Por favor, Daff. — Michael apoia uma mão suave em seu ombro por trás, e, quando ela se vira, ele a abraça. — Me desculpe — sussurra, e, quando se afastam, olha para ela com uma sobrancelha levantada. — Uma caminhada?

— Tudo bem. — Daff sorri. — Mas me deixe encontrar Jess.

— Ela está bem — diz Michael. — Está com a minha mãe. Estão trabalhando no jardim.

— O quê? — Daff se surpreende. — Jess? Trabalhando? Não pode ser a minha filha. Minha filha dorme até o meio-dia e não trabalha nem ajuda, a menos que seja subornada.

— Bem, talvez tenhamos recebido a visita de alienígenas que a trocaram durante a noite, mas ela está lá fora. Veja só. — Michael leva Daff até a janela, e ela vê, maravilhada, à distância, Nan conversando com Jess e mostrando como escorar os pés de pepino com estacas. Nan dá um passo para trás ao ver Jess fincar a estaca e prender o arame, buscando a aprovação de Nan.

— Minha nossa — diz Daff. — Sua mãe deve ser uma bruxa.

— Tem gente na cidade que vem dizendo isso há anos.

— Não, estou falando sério, minha filha é adolescente. Ela detesta tudo e todos, mas de fato parece, e não acredito que estou dizendo isto, mas parece estar realmente se divertindo.

— Provavelmente está. — Michael sorri. — Você se lembra de quando éramos crianças e fazíamos tarefas domésticas ou ajudávamos na rua, ou tínhamos empregos como garçons ou frentistas? Lembra a sensação de realização? Hoje em dia, as crianças parecem só trabalhar como estagiários para amigos dos pais, e isso não é trabalho de verdade, não é como o que fazíamos. Ela está se sentindo útil. Deve ser uma sensação ótima, nova para ela.

Daff afasta o olhar de Jess e se volta para Michael, maravilhada.

— Obrigada — diz. — Você está certo. Está absolutamente certo. Ela está se sentindo *útil*. Nós não damos nada para ela fazer, eu nunca pensaria em pedir para cuidar do jardim, como eu fazia. Sempre detestei isso, achei que estivesse fazendo um favor ao não pedir, ao pagar um jardineiro, mas você está certo. — Daff suspira. — Provavelmente é por isso que andou roubando. Precisa de algo a mais em sua vida. Precisa se sentir útil.

— Ela certamente não parece infeliz agora. — Os dois olham para Jess, que sorri, tímida, quando Nan bate palmas, encantada. — Eu diria que ela está ótima.

— Obrigada — diz Daff, com lágrimas nos olhos. — Está sim. E obrigada por notar isso, e pelo que disse. — Daff pisca para conter as lágrimas e suspira. — Bom, já falamos bastante de mim. Eu queria saber como você está. Fiquei muito preocupada.

— Tudo parece um pesadelo. — Michael fecha a cara. — Jordana, essa mulher que surgiu aqui, bom, você sabe quem é. E, pelo visto, ela está... — Michael engole em seco.

— Grávida — diz Daff em tom baixo.

— Exato. Como sabia?

— Eu não sabia. Mas pareceu óbvio, já que ela veio até aqui para contar.

— Eu não pensei nisso em momento algum. Não sei exatamente o que fazer.

— Você acha que volta para ela? Que vão tentar outra vez?

Michael suspira e sacode a cabeça, e Daff não consegue conter seu alívio.

— Não posso — responde Michael. — Seria completamente equivocado. Estou velho demais para viver uma mentira.

— Ah, Michael — diz Daff. — Sinto muito.

— Eu sei. Eu também.

— O filho é seu, com certeza? — Daff pensa nos saltos altos, no cabelo loiro, nos diamantes enormes. Imagina se Michael foi mesmo a última conquista recente daquela mulher.

— Acho que sim. Tenho bastante certeza. Conheço Jordana há muito tempo, não acho que seja mentirosa. Se bem que... — Michael bufa, num riso fingido — eu também teria dito que não era do tipo que teria um caso.

— É o que eu teria dito sobre você. — Daff ri, irônica.

— Eu também. Foi um julgamento equivocado. Ainda não sei muito bem o que deu em mim.

— Devo dizer — arrisca Daff, cautelosa — que ela não é alguém que eu imaginaria com você.

Michael começa a rir.

— E *quem* você veria ao meu lado?

"Alguém como eu", pensa Daff. Mas não diz.

— Não sei. — Daff dá de ombros, envergonhada. — Alguém mais pé no chão, acho. Uma pessoa mais natural.

— Uma mãe solteira, talvez? — Michael sorri, e Daff cora e caminha até a pia para lavar a louça, manter-se ocupada.

— Também temos o problema do reaparecimento do meu pai, quando todos pensávamos que ele fosse um amontoado de ossos no fundo do mar.

— Ah, sim. — Daff se vira e olha para ele. — Eu estava me perguntando quando é que tocaria no assunto.

— Não parecia tão importante. — Michael dá de ombros, e os dois riem. — Estou esperando para ver quando é que vai explodir a próxima bomba — continua. — É como se tudo na minha vida não fosse o que eu pensava, tudo mudou e nada será como antes. Se tudo aquilo em que eu acreditava, confiava, estava errado, como posso voltar a confiar em alguma coisa?

Michael faz uma pausa, mas Daff percebe que ele tem algo mais a dizer e não interrompe.

— Você se lembra dos atentados de 11 de setembro? — diz Michael. — Depois que os aviões acertaram as torres, ouvimos as notícias sobre o Pentágono, e depois sobre o avião na Pensilvânia? — Daff faz que sim. — Estávamos todos esperando a próxima catástrofe, esperando o fim do mundo. É assim que me sinto. Como se meu mundo estivesse perto do fim. Tudo que era seguro e real não é mais. Como posso confiar? — Michael olha para Daff em súplica. — Como posso confiar em alguém de novo?

Você pode confiar em mim. As palavras estão na ponta da língua, mas Daff não as pronuncia, só fica ali, olhando enquanto ele suspira e passa os dedos pelo cabelo. *Você é lindo.*

Daff quer dizer: você vai encontrar o seu caminho, vai encontrar um meio de seguir em frente, porque você é bom. Você é bom e doce, talvez seja o melhor homem que já conheci. Pode confiar em mim, porque eu confio em você. Porque mesmo conhecendo você tão pouco, eu colocaria a minha vida em suas mãos. Sei que cuidaria dela.

— Podemos ir?

— O quê? — Daff balança a cabeça, interrompendo seus devaneios. — Para onde?

— Para aquela caminhada.

Daff ri.

— Claro, só vou pegar meus tênis.

Os dois caminham durante horas. Pelas ruas bonitas de Sconset, ao longo da praia, nenhum dos dois tem qualquer pressa, estão felizes em apenas caminhar e conversar, às vezes permanecendo em um silêncio agradável.

— O que você acha de ser pai? — pergunta Daff, quando chegam a uma bela baía.

— Não sei. — Michael estremece ao pensar no assunto. — Adoro crianças, mas são sempre os filhos dos outros. Nunca me senti pronto para ter meu próprio filho.

— Não sei ao certo se alguém já se sentiu pronto para ter filhos. — Daff ri. — Eles sempre nos pegam de surpresa. Você vai ser um ótimo pai — acrescenta. — Se decidir se envolver na criação dele.

— É claro que vou me envolver. Nossa. Esse é o próximo passo. Conversar com Jordana e dizer o quanto planejo me envolver. Não vou simplesmente me afastar do meu filho. Eu nunca faria isso.

— Eu sei — responde Daff.

— Vamos parar um pouco? — Michael aponta para outra baía mais à frente, menor, escondida entre as dunas.

— Claro.

De repente, a situação fica estranha. Os dois estão sentados na areia, sabendo o que está por vir, mas sem saber como chegar lá, nem se é a decisão certa ou apenas mais uma enorme complicação numa vida já complicada demais.

Mas não parecem ter escolha, e, quando Michael se aproxima para beijá-la, percebe que ela é o seu único porto seguro no momento. Como poderia se afastar da única coisa boa que lhe resta na vida?

— Agora eu sei por que dizem que sexo na praia é supervalorizado. — Daff sacode violentamente a areia do cabelo.

— Ah, obrigado! — diz Michael.

— Não estava falando *disso*. — Daff ri, veste o short e deixa que Michael a abrace e beije. — Isso não — murmura, olhando para ele e sorrindo, incapaz de acreditar que tenha acontecido com um homem tão maravilhoso. — Isso foi ótimo.

— Foi a sua primeira vez desde o seu marido?

— Ex-marido. — Daff sorri, tímida. — Foi.

— Foi legal? — pergunta Michael, nervoso.

— Legal? Foi mais que legal. Foi maravilhoso. Como andar de bicicleta — diz Daff, rindo. — Só que melhor.

Foi realmente maravilhoso. Mais que maravilhoso. Fantástico.

"Quem poderia me amar?", lembra-se de ter pensado nos primeiros dias após a separação. Meus seios estão flácidos desde que Jess nasceu, tenho estrias na barriga, esqueço de me depilar por meses a fio. A última pessoa que se apaixonou por mim me conheceu quando eu era jovem, enxuta, maravilhosa. Quando estava pronta para usar um biquíni em qualquer manhã, logo depois de sair da cama. Quem me amaria agora?

Daff chegou a pensar que, quando chegasse o momento de fazer sexo com alguém de novo, seria algo extremamente embaraçoso, feito só de luz apagada.

Ainda assim, ali estavam os dois na praia, e não foi embaraçoso, mas a coisa mais natural que já havia feito. Não sentiu vergonha de suas estrias, de suas varizes nem de sua flacidez. Sentiu-se bonita.

Depois, nos braços de Michael, quando continuaram a conversar baixinho, ocorreu-lhe o pensamento de que aquilo era intimidade de fato. O que tivera com Richard não era assim.

Jamais havia sido. Eles nunca ficaram deitados nos braços um do outro, apenas se viravam de lado depois de um burocrático beijo de boa-noite e caíam no sono. Ou, no início, rolavam na cama, levantavam e se vestiam. Esta é a sensação pela qual esperou por toda a vida.

É uma sensação inteiramente nova, e ao mesmo tempo tão familiar. É exatamente... como voltar para casa.

CAPÍTULO 26

— Vou levar as meninas à praia. — Daniel dá as mãos para Lizzie e Stella, e Bee acena satisfeita, sentando-se ao lado de Michael. Ambos sorriem e depois olham para o mar, deixando que o silêncio os envolva por alguns minutos antes que Bee fale.

— Sempre quis um irmão quando era criança — murmura. — Minha melhor amiga na escola, Sophie, tinha três irmãos mais velhos. Era muito divertido ir à casa dela. Sempre havia barulho, coisas acontecendo, amigos que vinham visitá-los. Já a minha casa sempre pareceu um museu.

— Você deveria ter vivido aqui. — Michael ri. — Também sou filho único... ou ao menos pensei que fosse... até agora. Mas esta casa sempre estava cheia de gente. Eu sempre queria um pouco de paz e tranquilidade.

— É tudo tão estranho. — Bee balança a cabeça. — Não consigo acreditar que meu pai teve toda uma vida antes de nós, que abandonou todos vocês. Parece tão estranho, vindo dele.

— Eu mal me lembro do meu pai — diz Michael. — Quer dizer, conheço todas as histórias e me lembro de alguns momentos, mas eu tinha 6 anos quando ele... foi embora. Fica cada vez mais difícil distinguir as memórias das histórias que ouvimos, ou das fotografias que vemos.

— Você se parece com ele — diz Bee, virando-se para Michael. — Isso não teria me ocorrido antes, mas eu não tinha pensado no assunto. Agora, é claro, vejo quanto você lembra ele, como ele deve ter sido quando jovem.

— E o que ele contou sobre sua vida anterior? Não entendo como é possível que ele tenha simplesmente aparecido do nada, sem amigos, sem família, e ninguém o tenha interrogado sobre isso.

— Acho que temos a tendência de acreditar no que as pessoas dizem. Minha mãe sempre dizia que ele se encaixava muito bem na comunidade, todos pensavam que ele tivesse saído de um casamento ruim, sem filhos, e estivesse recomeçando sua vida em outro lugar. Também acho que, naquela época, as pessoas não eram tão abertas, não se achavam no direito de saber tudo sobre outra pessoa, e, claro, como alguém descobriria, naquela época?

— Como ele era?

— Como pai, ou como homem?

— Os dois. — Michael olha para Bee.

— Foi um pai maravilhoso — responde Bee. — Não quero magoar você, não consigo nem imaginar o sofrimento de crescer sem um pai, mas é possível que ele estivesse tentando fazer por mim o que não fez por você, porque sempre me deu todo o apoio. Ele era engraçado. Me levava a muitos lugares e conversava comigo. Conversava, conversava e conversava. Explicava tudo, por isso sair com ele, especialmente quando eu era pequena, era sempre uma grande aventura. — Bee suspira. — Eu me sentia tão orgulhosa.

Michael apoia a cabeça nos braços para escutar.

— Quando me mudei para ir à faculdade, era sempre com o meu pai que queria falar. Ele parecia ter tanta sabedoria. Ainda que discordássemos em muita coisa. Ele e mamãe são religiosos, e eu realmente não ligo para nada disso. Mas ele sempre parava e pensava bastante antes de me dar qualquer conselho. E seus conselhos quase sempre eram bons.

— Quantos anos tinha quando ele se divorciou da sua mãe?

— Na verdade, ela é que se separou dele. Eu tinha 18 anos. Minha mãe sempre dizia estar cansada dos segredos. Eu nunca entendi o que ela queria dizer com aquilo, ainda que agora, é claro — diz Bee, rindo, sarcástica —, faça todo sentido. Ele era muito fechado, ao menos é o que ela sempre disse, mas eu nunca percebi isso. Comigo ele sempre foi completamente amável, carinhoso e aberto. E quanto a você? — Bee vira a cabeça e olha para Michael. — Do que você se lembra?

— Não muito. Consigo me lembrar de estar com ele. Quando ele morava aqui, tudo o que eu queria era ajudá-lo no que ele estivesse fazendo. Lembro que eu o venerava como a um herói, ainda que, na maior parte do tempo, ele não estivesse por perto. Quando estava, parecia perdido em pensamentos, concentrado em qualquer outra coisa. Lembro que vivia irritado a maior parte do tempo.

— Irritado? Meu pai? Nossa. — Bee sacode a cabeça. — Acho que nunca o vi perder a compostura.

— Eu não soube até muito tempo depois, mas ele deixou uma dívida enorme. Minha mãe precisou vender todas as casas deste terreno mais a nossa casa em Nova York. Esta era só uma casa de praia, mas precisamos nos mudar para cá porque foi o único lugar que restou. Ele jogava. Apostou tudo o que tinha, além de — Michael ri, ressentido — um monte de coisas que não tinha. Por meses depois que ele... desapareceu, as pessoas batiam à nossa porta exigindo dinheiro.

— Nossa, o que a sua mãe fez?

— Ela geralmente os convidava para entrar, servia uma bebida forte e então contava sua história. Eles, em sua maioria, ficavam para jantar e terminavam amigos. Falando sério. — Michael ri. — Alguns dos brutamontes mais assustadores que vinham nos cobrar acabavam virando convidados das nossas festas de Natal, por anos a fio depois disso.

— Sinto muito — diz Bee, com lágrimas nos olhos. — Não sei o que dizer. Só sinto muito por ter pensado que seu pai estava morto, e, em vez disso, eu ter acabado ficando com ele.

— Eu também sinto — responde Michael. — Eu cresci com uma perda tão grande, e agora... bem. Não sei o que pensar, me sinto traído.

— Ele diz que não teve escolha — diz Bee, em tom baixo. — Está sofrendo muito. Quer consertar as coisas com você e com a sua mãe, mas não sabe se vocês vão querer conversar com ele.

— Eu não posso. Ainda não. — Michael expira. — Ainda não estou pronto.

— Você pode ao menos pensar no assunto?

— Sim. Posso. Posso pensar.

— Pense, por favor — diz Bee. — Em vez de pensar nisso como traição, será que pode tentar ver como uma bênção? Ter o seu pai de volta depois de tantos anos, ter a chance de saber de onde você veio, antes que seja tarde demais.

— Não é tão fácil. — Michael sacode a cabeça com tristeza. — Vou tentar. Sinceramente. Ei...

— O quê?

— Estique a mão.

Bee estica a mão, e os dois riem.

— Veja só — diz Bee, encantada.

— Temos mãos iguaizinhas.

— Até os dedos um pouco encurvados. Que esquisito. — Os dois ficam sentados, observando as mãos um do outro, até que Bee volta a falar: — Sei que não pode enxergar como uma bênção — comenta —, ainda não, e eu também estou mal com a situação, mas é sim uma espécie de bênção, encontrar algo que sempre quis, especialmente num momento em que a vida está mal, quando tudo o que era precioso, querido e seguro parece estar se despedaçando.

Michael se vira e olha para ela.

— Você está falando de Daniel e do divórcio.

— Estou. E ele ser gay, e portanto todo o meu casamento, desde o início, ter sido uma mentira. Venho me sentindo como se não houvesse luz no fim do túnel, como se nunca pudesse haver luz. Até agora. — Bee faz uma pausa e olha para Michael. — Não quero soar boba nem sentimental, mas acho que encontrar um irmão pode acabar sendo algo realmente maravilhoso para mim.

Michael se aproxima e toma a mão dela nas suas, apertando suavemente.

— Obrigado — diz. — A minha vida também tem estado bastante ruim recentemente. Obrigado por me mostrar que há outras formas de encarar a situação.

— Sempre há — responde Bee, delicada. — Existe uma razão para termos vindo a Nantucket e alugado a casa, e para que o papai tenha voltado aqui e encontrado vocês.

— Eu acredito nisso também — diz Michael, com uma risada breve. — Tudo, de verdade, acontece por um motivo. — Ele pensa em Jordana, em seu filho crescendo dentro dela. — Às vezes só é difícil descobrir qual é.

— Vou convocar uma reunião de família — diz Nan. — Estou ficando doente de preocupação. De repente me dei conta de que estou tentando fazer tudo sozinha, tomar todas as decisões, e não posso fazer isso. Preciso da minha família comigo.

Daniel e Daff trocam olhares.

— Hmm, Nan, eu passei a gostar muitíssimo de você — arrisca Daff. — Mas não sei se posso me considerar parte da família.

— Agora pode — diz Nan. — Para mim, as pessoas que amo são a minha família, e lamento dizer que você agora está incluída. Ainda estou conhecendo a jovem Jessica, mas tenho certeza de que também já é da família.

Jess fica vermelha, mas não consegue ocultar a alegria de ser incluída.

— Michael, meu querido, não quero dizer nada que magoe você. Durante anos tentei esconder a verdade, mas chegou o momento de todos saberem...

— Ele apostou tudo o que tinha, e você foi forçada a vender as casas e depois o apartamento em Nova York?

— Ah. — Nan faz uma pausa. — Achei que você não soubesse.

— É claro que eu sabia. Você contou um milhão de vezes.

— Contei? Sempre achei que estava protegendo você.

— Você me protegeu quando eu era mais novo. Depois, passou a contar a qualquer pessoa que viesse aqui, e eu ficava na escada, ouvindo.

Nan suspira.

— Mas, enfim, a questão também não é essa. A questão é que, ao que me parece, ele voltou porque quer ficar com Windermere. Não consigo pensar em nenhum outro motivo pelo qual apareceria aqui, assim do nada. O que ele fez todos aqueles anos atrás foi horrível. Para mim, um homem que finge suicídio, abandona a mulher e o filho sem olhar para trás, é um homem que poderia roubar uma casa que, em sua opinião, lhe pertence por direito.

— Mas a casa está no seu nome, não é? — pergunta Michael.

— Bem, não. Nunca me preocupei em mudar isso — diz Nan. — Achei que seria uma maneira de honrar a memória de Everett, manter a casa no nome dele. De certa forma, parecia uma forma de mantê-lo vivo, ainda que, quando descobri o tamanho da dívida que ele deixou, eu tenha ficado furiosa. Mas nunca me dei ao trabalho de alterar a escritura.

— Minha nossa. — Michael assovia. — Ele poderia. Poderia reclamar a casa.

— Não! — contesta Daff. — Tem certeza? Acho que qualquer juiz do país hesitaria bastante em dar esta casa a um homem que supostamente está morto há 35 anos. Sinceramente, acho que você não precisa se preocupar, mesmo se ele decidir tentar. Ele está aqui porque caiu de uma escada, e porque é o ex-sogro de Daniel.

— Ela está certa — completa Daniel. — Ele não fazia ideia de que eu estava hospedado aqui. Eu concordo, foi tudo coincidência.

— Coincidências não existem — diz Nan, pesarosa, convencida de que está certa. — Jessica? O que acha?

— Eu? — Jess, jogada no sofá, ajeita-se, por não estar acostumada a pedirem sua opinião.

— Sim. Você acha que Everett veio para roubar a casa, ou acha que ele é inocente?

— Bem. Isso meio que me lembra um programa que vi na TV. O marido voltava, só que ele não tinha fingido estar morto nem nada, mas voltava fingindo querer reencontrar a mulher, porque tinha saudades da família e tal, mas ele acabou assassinando a mulher e tentando roubar tudo.

— Jess! — Daff fica abismada.

— O quê?

— Ah, não se preocupe. — Nan cai na gargalhada. — Duvido muito que Everett tenha voltado para *isso*.

— A que canal você anda assistindo?

— O Lifetime — responde Jess, e Michael ri.

— Tem cara de um especial do Lifetime.

— Eu realmente acredito que ele voltou para reaver a casa — continua Nan, calmamente —, e a única coisa que consigo pensar em fazer é vendê-la e esconder o dinheiro. Nunca pensei que venderia a minha casa, mas prefiro fazer isso a deixar que Everett ponha as mãos nela, ou que receba um centavo do dinheiro que resultar da venda.

— Como vai esconder o dinheiro? — Michael sorri, benevolente. — Não dá mais para esconder, mãe. A Receita Federal sabe de tudo. Você não pode enviar o dinheiro para contas no exterior, nem para um banco na Suíça. Agora temos que declarar tudo. Tudo.

— Eu sei — responde Nan, com um sorriso. — Então, veja só no que pensei. Vendemos parte da casa por dinheiro, o suficiente para que eu possa viver tranquilamente pelo resto dos meus dias, e sempre podemos guardar esse dinheiro numa caixa-forte segura aqui da ilha. E o resto pode ficar numa poupança para você, querido. Dessa forma, Everett não vai conseguir pôr as mãos em nada.

— Não sei muito bem se dá para fazer isso — diz Daff, cautelosa. — Mas... — e precisa desviar o olhar ao dizer esta parte — sei que Mark Stephenson está desesperado para comprar a casa. — Pronto. Aí está. Ela mencionou o nome de Mark, e não foi tão ruim assim. Não precisou convencer Nan a vender Windermere: ela iria vendê-la de qualquer forma. Agora, acabou de se assegurar de que Mark Stephenson tenha uma chance, que seu futuro esteja protegido.

Algumas centenas de milhares. Ela deveria ficar bem com isso. Droga, deveria ficar incrivelmente bem. Mas não fica. Sente-se desonesta e culpada, e, de repente, quer sair da sala.

— Mark Stephenson! O homem perfeito! — diz Nan. — Vou ligar para ele agora mesmo.

— Mãe? — Michael fica em pé. — Tem certeza?

Os olhos de Nan se entristecem.

— Ora, Michael, mesmo que eu ame esta casa mais que qualquer outra coisa, no fim das contas, é só uma casa. É mais importante que eu esteja com as pessoas que amo. Tenho toda a intenção de comprar uma casinha na praia em algum lugar, uma cabaninha aconchegante que poderá se tornar um lar, tanto quanto Windermere. Um lugar para recomeçar. Um lugar que não guarde tantas memórias.

— Tudo bem. — Michael dá um passo para trás quando Nan caminha para a cozinha, e Daniel e Jess saem em silêncio.

— Nossa — diz Michael, voltando-se para Daff. — Nunca me ocorreu que ele teria voltado para reaver a casa. Você realmente acha possível que ele consiga ficar com ela?

— Não sei — responde Daff, incapaz de encará-lo. — Mas duvido muito. De qualquer maneira, é melhor prevenir do que remediar.

— Você está bem? — pergunta Michael.

— Ótima. Por quê?

— De repente você pareceu um pouco estranha — diz Michael. — Preocupada.

— Estou bem. — Daff se esforça para sorrir e olhar para ele. — Acho que estou mesmo um pouco preocupada. Recebi ligações esta manhã de um cliente que está procurando uma casa lá na minha cidade, e estou tentando pensar nas ofertas que vou mostrar quando voltar.

— É claro! Sempre esqueço que você trabalha com imóveis. Você precisa ajudar a minha mãe. Você é a pessoa perfeita para ficar ao lado dela e garantir que esse tal de Mark Stephenson não se aproveite dela.

— Claro — diz Daff, desejando que Michael não tivesse dito isso.

— Mark Stephenson?

— O próprio.

— Aqui é Nan Powell.

— Sra. Powell! — Ele tem a voz forte e alegre ao telefone. — Que surpresa ótima.

— Já falei antes — diz Nan. — Por favor, me chame de Nan. E talvez seja uma surpresa ainda melhor do que espera. Quero discutir com você uma proposta de negócios. Pensei que poderíamos nos reunir em breve.

— Ora, mas este é exatamente o tipo de telefonema que gosto de receber — diz ele. — Posso passar aí à tarde, o que diz?

— Por que não marcamos às cinco para uns aperitivos? Vou preparar uns martínis.

— Como sabia que é a minha bebida preferida?

Nan ri.

— Nos vemos às cinco, Mark.

Daniel não está acostumado a pegar o telefone e convidar alguém para jantar. Nunca foi particularmente bom nisso, daí sua tendência a manter relacionamentos duradouros. No entanto, está solteiro, e em algum momento vai precisar enfrentar o mundo se quiser viver efetivamente sua vida como um gay solteiro. Ele sabe que a parte mais difícil será o começo; depois que se acostumar, vai ficar fácil.

Matt é inteligente e prestativo, além de uma companhia agradável. Também é bonito, engraçado e meigo. É como um anjo da guarda para Daniel, e o mínimo que ele pode fazer para agradecer é levá-lo para jantar. Em algum lugar interessante. Especial. Um lugar onde Daniel possa realmente agradecer.

— Estava pensando no Pearl — diz Daniel, depois que Matt atende o telefone e os dois trocam as delicadezas de praxe. — Imaginei que talvez quisesse jantar lá.

— Um jantar romântico? — Matt sorri.

— Não! Quer dizer, sim. Não sei... o que acha?

— Estou brincando — diz Matt. — Você fica tão sem jeito. É fofo. Sim, eu adoraria jantar com você, e o Pearl é incrível. Quando seria?

— Quando você pode?

— Se eu dissesse hoje, você me acharia muito fácil?

Daniel ri.

— Hoje à noite seria ótimo. As meninas estão com a Bee. Tudo está um pouco doido por aqui.

— Ouvi dizer — diz Matt. — É verdade que aquele marido da Nan, supostamente morto, apareceu do nada para reaver a casa?

— Minha nossa. — Daniel esbugalha os olhos. — Onde ouviu essa história?

— É impossível guardar segredos nesta ilha — responde Matt. — Então é verdade. Espero que tenha boas histórias para contar à noite.

— Não posso contar nada. — Por mais que Daniel esteja tentado a fofocar, ele mantém sua lealdade a Nan. — Vamos nos encontrar no restaurante?

— É claro que não. Se é um jantar romântico, você precisa vir me buscar.

Daniel ri de novo.

— Tudo bem, passo aí às oito.

— É BOM TE VER NOVAMENTE. — Mark Stephenson pisca em segredo para Daff quando se cumprimentam, e ela estremece, sabendo que seria terrível se Michael descobrisse; receber uma propina parece muito errado.

— A casa está maravilhosa — diz Mark. — Ao que parece, recebeu uma boa reforma desde a última vez que estive aqui.

— Um pouquinho. — Nan ri, passando-lhe um copo cheio de martíni, com azeitonas. — Eu precisava prepará-la para os hóspedes. Quer dizer que ainda adora a casa?

— É claro. — Mark se inclina na cadeira, a empolgação em seus olhos claramente visível. — Como eu disse antes, Nan, sempre quis esta casa.

— Eu fui apaixonada por este lugar — diz Nan. — Mas acho que chegou o momento de seguir em frente. Não estou completamente convencida, ainda não, mas tenho curiosidade de saber sua opinião sobre o quanto pode valer se, digamos, eu decidisse vendê-la.

— Bom, isso dependeria de muitos fatores. — Mark Stephenson tenta ganhar tempo, para retardar ao máximo o momento de dar um número concreto. — Qual é o tamanho do terreno? Três hectares?

— São 4,2 hectares — diz Nan com firmeza.

— Certo. Isso é bom. Vista para o mar, acesso direto à praia. Estou interessado na casa para mim, como um lar para a minha família, mas ainda precisaria investir uma quantia considerável. Reparei que faltam muitas telhas e todas as janelas precisarão ser trocadas. Quando começamos a reformar estas casas antigas, elas geralmente viram poços sem fundo por onde escorre todo nosso dinheiro; eu diria que provavelmente vou precisar investir cerca de 1 milhão.

— Um milhão de dólares? — Nan se surpreende.

— Claro. A princípio. — Mark balança a cabeça com uma expressão sincera. — A maioria dos compradores preferiria derrubar a casa e começar do zero, o que deve ficar mais barato, mas eu adoro casarões antigos e sempre quis morar num deles.

— Você realmente não derrubaria a casa? — Michael fica desconfiado, e Mark Stephenson sacode a cabeça. — Ganharia muito mais dinheiro se loteasse o terreno e construísse, digamos, três ou quatro casas aqui.

— A maior parte dos compradores faria isso, você está cem por cento certo. Mas eu vejo isto como um lar, um lar que contém memórias maravilhosas, e isso não pode ser construído. Vejo meus filhos crescendo aqui, subindo a escada para a varanda do telhado, descendo pelo morro até a água. — Mark olha para Nan enquanto fala, tentando convencê-la, e não percebe que Michael olha para Daff e contém um sorriso.

— Então, quanto acredita que poderíamos conseguir?

— Difícil dizer — responde Mark. — Algo entre 3 e 4.

— Três e quatro milhões? — pergunta Nan, incrédula.

— Eu sei. As propriedades se valorizaram muito aqui.

— Isso é tudo? — indaga Nan. — Diga, sr. Stephenson — ela voltou a tratá-lo por sr. Stephenson, o que, neste caso, não é um bom sinal —, como é possível que a casa dos Cleary, de 2 hectares, derrubada para dar lugar a duas mansões gigantes que estão à venda por cerca de 5 milhões cada, por sinal, tenha sido vendida por 6,7 milhões? E a casa dos Harbinger, de 4,5 hectares, sem vista para o mar, tenha sido vendida por 8?

— Ah... — Mark adia a resposta. — Não estou perfeitamente familiarizado com essas casas. Precisaria conhecê-las melhor. Esse é o problema com os preços — diz Mark, com um olhar entristecido, consternado ao ver que Nan andou pesquisando o assunto. — Eu não queria dar um número porque não tive chance de comparar preços.

— Pois bem, sugiro que o faça — diz Nan alegremente, segurando seu copo. — Saúde.

— E ENTÃO, O QUE ACHOU? — Michael observa o Land Cruiser de Mark Stephenson arrancar na garagem, levantando terra.

— O que achei? — pergunta Nan, devagar. — Acho que ele vai derrubar Windermere antes que eu consiga terminar de dizer Sconset, isso é o que eu acho. E vai construir quatro casas enormes, vender cada uma por 5 ou 6 milhões de dólares, no mínimo.

Vira-se para Jessica, que a encara boquiaberta.

— Querida, feche a boca. Assim vai entrar mosca. Mas ele não esperava por essa, não é? — Nan sorri, encantada. — Não sou tão burra quanto pareço.

CAPÍTULO 27

Agora, quando o telefone de Michael toca e ele vê o número de Jordana, é obrigado a atender. Com um peso no coração, ele se dá conta, ao apertar o botão verde, que será obrigado a atender sempre que ela ligar, para o resto da vida.

Como Jordana é a mãe do seu filho, ele não pode evitá-la, não pode fingir que não existe e esperar que suma. Sempre que ela ligar, pelo resto de sua vida, Michael precisará atender, porque poderá ser importante. Até este momento, ele não tinha se dado conta do impacto que isso teria.

— Michael, é Jordana.

— Oi. — Uma pausa incômoda. — Tudo bem?

— Estou bem — responde Jordana. — Vou embora hoje. Achei que fosse querer saber.

Michael sente o pânico crescer.

— Para onde? Como vou encontrar você? Ainda temos tanto a conversar.

Segue-se uma pausa, e então:

— Não mais. — A amargura na voz de Jordana é evidente. — Você vai ficar feliz em saber: não estou mais grávida.

— O quê? — Michael prende a respiração, sem saber ao certo se ouviu direito.

— Eu perdi o filho ontem — mente, ainda que, em parte, esteja convencida de que seja verdade, que a menstruação estava mais forte que o habitual, portanto devia ser verdade, não poderia ser um simples atraso causado por algo banal como o estresse. — Então — continua Jordana — você se safou.

— Você está falando sério?

— Sim, estou falando sério. — Jordana cospe as palavras. — Imagino que vá dar uma grande festa.

— Não... sinto muito. Eu não esperava que isso fosse acontecer. Por que não me ligou? Você está... bem?

— Não muito. Estou me sentindo péssima. Estou ligando agora, não estou? Vou ficar numa boa. — Jordana sabe que sim, já que, por mais que tenha tentado se convencer de que queria aquele filho, que aquela criança era o fruto do amor que havia entre ela e Michael, pode finalmente admitir que a ligeira ansiedade que sentiu ao longo da última semana desapareceu.

— Jordana... sinto muito. Sinto que tenha passado por isso sozinha. — Além de alívio, Michael sente uma tristeza, percebendo de repente o quanto Jordana está perdida.

Não por sua causa, não por Jackson, mas por quem ela é, porque é uma mulher em busca da felicidade. Michael enxerga com bastante clareza que até ser capaz de olhar para dentro de si mesma, até que encontre sua paz interior, Jordana não achará as respostas que procura.

Mas o alívio... o alívio é imenso. Depois de se despedir, Michael se vira para Daff com os olhos agitados, de uma maneira que ela não via desde o dia em que Jordana bateu à porta.

— Boas notícias?

— Não consigo acreditar — diz Michael, puxando uma cadeira da mesa da cozinha e sentando. — Era a Jordana. Ela não está grávida. — O alívio é arrebatador, e Michael deixa as lágrimas rolarem.

— Este é o meu restaurante preferido — confessa Matt, ao entrar com Daniel pela porta que dá para a Water Street.

— Fico feliz em saber. — Daniel sorri. — Como não conseguimos reserva no Pearl, escolhi este, porque a comida é orgânica e produzida em casa. Parecia ser o tipo de que você gosta.

— É exatamente isso. Eu não teria feito escolha melhor. Obrigado por me trazer aqui, é um ótimo presente. — Matt sorri para Daniel, que sente seu coração estremecer como não sentia há tempos.

— Mas me conte as novidades. — Matt se inclina para a frente, baixando a voz. — Como vão as coisas na casa?

— Tudo o que posso dizer é que a história que você ouviu é verdadeira.

— Mas eu tenho motivos para perguntar. Você se lembra de Stephen e Keith, do jantar na minha casa?

— É claro.

— Bem, Stephen é rico, e me disse que sempre quis aquela casa. Sei que se a Nan estiver mesmo pensando em vendê-la, ele certamente vai querer comprá-la.

— Ele tem como pagar? — Daniel parece desconfiado. — Não quero parecer grosseiro, mas estamos falando de um preço extraordinário. Acho que a casa vale milhões.

— Não é grosseiro — Matt ri —, é verdade. Mas ele pode pagar. Sei que ficaria arrasado se fosse vendida para outra pessoa. Se o que dizem é verdade, você poderia ao menos dizer que há uma pessoa interessada, e que poderia ser a escolha certa, porque ele não a demoliria, iria realmente restaurá-la, e com muito bom gosto.

— Vou dizer — responde Daniel, fazendo uma pausa antes de perguntar: — Você sabe alguma coisa sobre um homem aqui da ilha chamado Mark Stephenson?

— O construtor? — Daniel faz que sim. — Ouvi dizer que não é flor que se cheire, mas não o conheço pessoalmente. Sempre preferi julgar as pessoas por experiência própria, não pelo que me dizem. É ele quem está tentando comprar a casa?

— Talvez. — Daniel se acomoda na cadeira, desconfortável.

— Faz sentido — diz Matt. — Só não esqueça de dizer a Nan que ele talvez não seja o que aparenta.

— Obrigado — diz Daniel. — É bom estar avisado.

— Neste caso, certamente. — Matt se recosta na cadeira. — Quanto tempo você vai ficar?

— Mais duas semanas — diz Daniel. — Não acredito que o tempo passou tão rápido.

— Nem eu. — Percebe-se uma frustração nos olhos de Matt. — Não acredito que tenhamos tanto terreno a percorrer num espaço de tempo tão curto.

— Terreno?

— Ah, conhecer você, entende? Acabamos de nos encontrar e... pronto. Você some antes que possamos saber qualquer coisa um sobre o outro.

— O que quer saber? — Daniel sorri. Ele gosta do estilo direto de Matt, gosta de ver que não há fingimentos. Quanto mais olha para ele à sua frente, mas bonito ele fica. Daniel gosta dos seus olhos inteligentes, que se franzem quando ele sorri. Gosta de seus antebraços fortes, bronzeados, com pelos dourados, clareados pelo sol. Gosta de Matt porque é interessante e, ao que parece, está interessado nele.

Gosta de ver que, além de se sentir atraído por Matt, Daniel *pode* se sentir atraído por Matt. Não precisa se sentir culpado, como se houvesse algo de errado com ele. Não precisa voltar para casa e se açoitar mentalmente por não ser igual aos outros maridos.

Matt sorri.

— Me conte como seria o seu encontro ideal — diz ele. — E então vamos ver se conseguimos realizá-lo.

A PAIXÃO É INTENSA, A EMOÇÃO É tão forte que Daniel mal consegue respirar, até que Matt o afasta.

— Qual é o problema? — Daniel ofega, pois acabaram de se sentar no sofá, e apenas começaram a se beijar.

Matt suspira.

— Ai, Deus. — Ele enterra a cabeça nas mãos.

— O que foi?

— Não sei como dizer isso — diz Matt lentamente.

— *O quê?* — Daniel olha para ele com uma expressão brincalhona. — Você é *hétero*.

Matt cai na gargalhada.

— Não. Mas eu saí do armário há anos, sempre estive fora dele. Devo ter tido mais encontros casuais do que você poderia imaginar, e não deveria estar fazendo isso. Eu sabia que isso aconteceria. Nossa, eu *queria* que acontecesse, mas agora... — O olhar de Matt se abranda quando ele ergue os olhos e encontra os de Daniel. — Agora não posso. Não é mais o que quero. Não, não é verdade. — Matt sacode a cabeça, abrindo um pequeno sorriso. — Eu quero sim, mas não posso mais me envolver em casos passageiros. Não consigo.

— Quem falou que é um caso passageiro? — pergunta Daniel, confuso.

— Eu — responde Matt, triste. — Eu estou dizendo isso, mas só porque conheci homens demais como você. Estamos em pontos muito diferentes. Eu estou pronto para me acomodar, encontrar um parceiro para a vida, plantar rosas perto da porta e me assentar com minhas pantufas, meu cachorro e meu homem...

— Eu também quero isso... — interrompe Daniel, mas Matt sacode a cabeça.

— Talvez queira, mas não está pronto, ainda não. Você precisa ter mais experiências, se divertir, pôr tudo para fora antes de estar pronto para se acomodar. Dormir com você agora é tudo o que eu quero, mas eu ficaria envolvido demais, e acabaria me magoando. Sem falar — acrescenta, triste — que você vai embora daqui a duas semanas.

— Eu nunca magoaria você — diz Daniel, encarando Matt diretamente. — Se alguém tem alguma chance de se magoar, sou eu.

— Não — diz Matt. — Você é uma pessoa maravilhosa. É exatamente o tipo de homem pelo qual sempre esperei, mas este não é o momento certo para nós. Você precisa ter muitas experiências diferentes primeiro, e depois talvez possamos ver como a coisa anda, se, é claro, você voltar a Nantucket.

— Você poderia ir para Connecticut — oferece Daniel.

— Poderia — diz Matt. — Talvez eu vá.

— Nossa — murmura Daniel. — Eu realmente queria ver você sem roupa.

Matt solta uma gargalhada.

— Tenho certeza de que vai ver, mas não hoje. — Sua expressão fica séria. — Entenda isso, Daniel. Não estou fazendo isto por não gostar de você, mas por gostar demais de você. Espero que possamos nos ver durante o resto do seu tempo na ilha, possamos nos conhecer melhor, talvez descobrir se vale a pena mantermos contato, porque a verdade é que muitas pessoas vêm e vão, depois nunca mais mandam notícias.

— Vou manter contato — responde Daniel. — Sem dúvida. Obrigado, Matt. Nunca encontrei alguém tão sincero, tão direto. Não teria feito nada disto se não fosse por você.

— Poderia, sim — responde Matt. — Só é mais fácil quando temos apoio. Vamos — continua, sacudindo a cabeça. — É melhor você ir embora antes que eu mude de ideia.

— Tem certeza? — Daniel ergue uma sobrancelha, flertando. É a primeira vez na vida, talvez, que faz algo assim, um flerte, uma sugestão.

— Não! — Matt ri. — Mas acho que é a coisa certa. Não se esqueça de alertar Nan sobre Mark Stephenson, e pergunte se o Stephen pode ligar para ela.

Mark Stephenson se vira e oferece um martíni a Nan. Desta vez são apenas negócios, nada de fingir ser um encontro de amigos, nada de fingir ser um cara legal de bom coração, que está apenas fazendo um favor.

Mark imaginou que Nan fosse um tipo que já quase não se vê, o que, em muitos sentidos, é verdade; mas pensando que ela estaria isolada em sua casa no penhasco a ponto de não reconhecer o verdadeiro valor de seu imóvel, em Nantucket, em 2007, ele se enganou muito.

Também se enganou ao pensar que ela acreditaria que ele queria a casa para fazer dela um lar, que ficaria mais receptiva se achasse que ele não a demoliria.

É claro que vai demolir. Mark não conseguiu dormir nas últimas noites, pensando no dinheiro que poderia ganhar com a propriedade dos Powell. Poderia colocar quatro, até cinco casas naquele terreno. Casas enormes de madeira, com todo o conforto, e vendê-las por bons 6 ou 7 milhões cada, obtendo um lucro enorme mesmo somando os custos de construção, que andam inflacionados.

Ele construiria o que todos os novos-ricos querem hoje. Sua interpretação de um chalé na praia, mas para milionários. Piscinas luxuosas, com telas de cobertura para garantir a segurança das crianças, cozinhas equipadas com tudo, ainda que as esposas raramente cozinhem hoje em dia.

Seus homens já estão a postos para demolir a casa. Ele fez ligações prévias para o arquiteto com quem trabalha, contando confidencialmente que há um projeto colossal sendo preparado em Sconset, que ele deveria começar a pensar em lotear um terreno de cerca de 9 acres.

O arquiteto não tardou a se dar conta do imóvel a que ele se referia, ainda que, naturalmente, nenhum nome tenha sido mencionado.

Mark será forçado a pagar o preço de mercado a Nan, ele sabe disso, mas este projeto faria dele um homem incrivelmente rico. Este projeto o colocaria no patamar dos maiores empreendedores da ilha, garantiria que ele nunca mais precisasse se preocupar com dinheiro.

— Já fiz os cálculos — diz Mark, sentando-se no sofá ao lado de Nan e puxando um maço de papéis. — Você está certa quanto aos outros imóveis e o preço a que foram vendidos. Tenho aqui uma relação com todas as propriedades vendidas em Sconset no último ano, e adoraria revisá-las com a senhora, conversar sobre os preços, se foram justos, por que custaram o que custaram.

Uma hora depois, Nan abaixa seu segundo martíni e olha para Mark Stephenson.

— Sr. Stephenson — diz Nan, com um sorriso. — Obrigada. Tudo isso é fascinante, mas tenho certeza de que o senhor tem um valor em mente. Eu... nós... — Nan olha para Michael e Daff — gostaríamos muito de saber que valor é esse, e partindo do princípio, como acho que todos sabemos, de que o senhor irá demolir Windermere para construir diversos imóveis.

Mark não se preocupa em argumentar, apenas respira fundo.

— Bem, na minha opinião, com base nas comparações, a casa dos Harbinger é a mais parecida. No outro dia, a senhora comentou que ela não tem vista para o mar, e obviamente esta tem, mas, por outro lado, aquele imóvel tem um terreno maior.

— Só 0,3 maior — diz Nan, fazendo pouco caso. — Eu diria que isso não conta muito.

— Mas conta — tenta Mark Stephenson, sem muita convicção. — Numa ilha, cada centímetro quadrado conta. Porém, como a senhora sabe, a casa dos Harbinger foi vendida por 8 milhões, e levando em consideração a vista, eu gostaria de lhe fazer uma oferta de 8,5 milhões.

A sala fica em silêncio. Daff e Michael observam Nan atentamente para tentar avaliar sua reação, mas não parece haver nenhuma. Ela levanta, serve-se de outro martíni e se vira para encarar Mark Stephenson, parecendo, de súbito, crescer, tanto em estatura como em imponência, erguendo--se e encarando-o.

— Sr. Stephenson — diz Nan, com um sorriso gracioso. — O senhor pareceu achar que eu era uma idiota no outro dia. Agora me insulta, fazendo o mesmo outra vez.

Mark Stephenson fica ligeiramente vermelho, depois joga as mãos para cima e suspira.

— Sra. Powell, me perdoe. Quanto a senhora quer? Qual é o seu preço?

— Dez milhões — diz Nan com tranquilidade, como se estivesse dizendo "10 dólares". — Dois milhões em dinheiro.

— Dez milhões? — Mark não está contente.

— Dez milhões — repete Nan. — Eu também fiz a minha pesquisa, sr. Stephenson, e acredito que 10 milhões seja um valor justo para um imóvel que, imagino, o senhor venderá por muitos, muitos milhões.

— Não *tantos* milhões — diz Mark. — Preciso pensar. Preciso voltar ao escritório e refazer os cálculos. Vou entrar em contato com a senhora ainda hoje. Simplesmente não sei... — Mark sacode a cabeça e bufa — não sei se as contas irão fechar.

— Eu o levo até a porta — diz Daff. Ela não vai conseguir fazer isso, percebe Daff. Não pode aceitar nenhum dinheiro dele, não poderia viver em paz se o fizesse, não poderia relaxar em seu relacionamento com Michael, sabendo que esconde um segredo.

Pois já neste momento, tão cedo, Daff sabe que o que tem com Michael é especial, algo importante que não terminará no verão. Este relacionamento tem uma sinceridade que é nova para ela, e sabe ter encontrado algo mais que um mero romance de verão.

Tarde da noite, quando a casa dorme, Michael vem entrando sorrateiramente no quarto dela; às vezes a acorda, alisando seu cabelo, ou então se mete debaixo das cobertas e se acomoda às suas costas, apertando o corpo contra o dela.

Daff não tinha se dado conta, até agora, da falta que lhe fazia estar com alguém. Não é o sexo, o ato físico, mas a intimidade, o aconchego, as horas deitados na cama, conversando.

Ela sente falta justamente por nunca ter tido isso com Richard. Sempre imaginou que o casamento seria assim, quando era adolescente e tentava vislumbrar seu príncipe encantado, como ele seria, como seria seu relacionamento.

Daff imaginava alguém que a adoraria, tanto quanto ela o adoraria. Que dormiria segurando-a nos braços, que ficaria deitado com ela, falando baixo sobre toda e qualquer coisa.

Como não teve isso com Richard, aquele Richard que lhe dava um beijo rápido e se virava de lado, caindo no sono, Daff se esqueceu dos sonhos que tivera um dia, tentou fingir que o que tinha bastava.

Só na noite passada, na cama com Michael, lembrou-se da dor de seu divórcio. A dor de descobrir que Richard estava apaixonado por outra, de se ver sozinha, de ter que lidar com tudo por conta própria depois de anos acostumada a tê-lo cuidando de tudo.

Daff pensou, naquele momento, que jamais chegaria um tempo em que ela seria feliz, em que pudesse ser feliz novamente, ou que viveria em paz. De fato, Daff nem sabia ao certo o que era a paz, além de algo que pensou ter — enganada, agora percebe — por um curto período no início do casamento.

Tarde da noite, nos braços de Michael, ela entende agora que isso é paz. Michael a acalma, a faz se sentir segura e protegida, completamente *em casa*, de uma maneira inteiramente nova. Daff entende por que o divórcio aconteceu, por que ela precisou passar pela dor para afinal alcançar o prazer.

Ela jamais poderia estragar tudo isso começando o relacionamento com um segredo, portanto leva Mark Stephenson até a porta, prestes a dizer que não pode aceitar o dinheiro.

— Nosso acordo está cancelado — diz Mark, amargo, em voz baixa, enquanto atravessam o corredor.

— O quê? — Daff ia dizer o mesmo, está chocada ao ouvir que ele se adiantou.

— Não vou lhe dar porcentagem alguma — diz Mark. — Sinto muito se está decepcionada, mas a ideia era que você a convencesse de me vender o imóvel por um preço justo. Dez milhões são uma fortuna. É o que ela receberia no mercado aberto, não o que eu esperava pagar numa transação privada, fora de mercado, ainda mais numa transação em que você estivesse atuando como agente, na encolha.

— Isso é completamente antiético — diz Daff, não por ter mudado de ideia, mas porque não consegue acreditar que aquele homem encantador e modesto se transformou de súbito num demônio.

— São negócios, sinto dizer — diz Mark, que sai, entra no carro e bate a porta.

No escritório, encostado na parede, está Michael, pálido. Ele também encontrou, com Daff, algo que jamais havia imaginado. Conforto, relaxamento, serenidade. Nunca teve um relacionamento assim, e quanto mais se veem, mais quer ficar com ela.

Mas o que acabou de ouvir é repulsivo. Michael acreditava conhecê-la, achou que fosse uma boa pessoa, mas ao que parece, mais uma vez, cometeu um terrível erro de julgamento.

Michael se vira e caminha de volta para a sala, com os pés e o coração pesados de frustração e tristeza.

CAPÍTULO 28

Bee tem andado calada desde que descobriu o segredo do pai, e Everett se sente desolado, de muitas maneiras, por ter contribuído para o fardo da filha, já tão pesado.

Everett sempre carregou consigo a esperança ingênua de que, quando conseguisse voltar a Nantucket, encontrar-se com Nan e se desculpar por tudo, ela o aceitaria de volta, compreenderia que ele fizera tudo movido pelo desespero, porque era um homem diferente deste que ela tinha à sua frente. Embora soubesse que poderia ser difícil obter seu perdão, não tinha dúvidas de que conseguiria.

Nunca pensou no que isso faria com Bee. Sua querida Bee. Em toda sua vida, Everett tentou protegê-la de qualquer sofrimento, mas agora vê que a filha tem levado um golpe atrás do outro. Primeiro a separação, depois descobrir que o marido é gay — não que isso tenha sido qualquer surpresa para Everett, que suspeitou desde a primeira vez que viu Daniel — e agora, que seu pai contou a mais terrível das mentiras, uma mentira que ele tentou esconder ao construir sua nova vida.

Bee tem evitado Everett desde que a verdade foi revelada. É claro que ela se manteve perto, ainda cuida dele, dá comida, ajuda-o a se vestir, deixa que brinque com as meninas, mas não tem conseguido olhar para ele, fazer contato. Quando Everett tenta conversar, ela sacode a cabeça, diz que não está pronta, desaparece durante horas, e ele ouve apenas que está trabalhando no computador.

Everett leva Lizzie e Stella para a praia das crianças. Divertem-se nos brinquedos durante horas, Everett empurra as meninas nos balanços por muito mais tempo do que o pai ou a mãe aguentariam, compra sanduíches, sorvete, oferece sua atenção plena, que elas aceitam encantadas.

Passam pelo museu dos baleeiros para fazer artesanato — gravuras em grandes barras ovais de sabão — e finalmente voltam para casa, quando Everett não pode mais evitar, porque as meninas estão cansadas e querem a mãe.

Everett entra e encontra Bee na cozinha, e, pela primeira vez no que parecem semanas mas foram dias, Bee olha diretamente para ele.

— Me desculpe, papai — diz ela. Everett estende os braços e Bee se aproxima, deixando que ele a abrace. — Me desculpe — sussurra Bee. — Foi só um grande choque. Eu precisava de um tempo para me ajustar, para pensar em tudo, para digerir a situação.

— Me desculpe também — diz Everett. — Me desculpe por mentir, por não dizer a verdade. Sinto muito que tenha descoberto assim.

Bee suspira.

— Parece um sonho, um filme. Algo que acontece com outras pessoas, não comigo. Não conosco.

Everett não diz nada, só olha para as próprias mãos.

— Eu tenho um irmão! — diz Bee. — Bem, um meio-irmão. Você lembra como eu sempre implorava a você e à mamãe que tivessem outro filho, porque eu queria irmãos e irmãs?

Everett sorri ao se lembrar de Bee, com seus cachos dourados e olhos grandes, bochechuda, sentada em seu colo, perguntando se havia um bebê na barriga dele, porque ela pedira ao Papai Noel que trouxesse um bebê e achava que o pai talvez estivesse preparando um para ela.

— Não acredito que tenho um irmão — diz Bee, quase que só para si.

Lizzie e Stella correm uma atrás da outra ao redor da mesa da cozinha.

— Meninas, querem assistir a um filme? — pergunta Bee. — Eu tenho *O mágico de Oz* aqui.

— Oba! — As meninas festejam enquanto Bee as leva para a outra sala e as acomoda em frente à televisão, para conseguir conversar em paz com o pai.

— Tenho pensado tanto — diz a Everett, depois que as meninas estão absortas. — Sei que isto pode ser... inesperado, mas acho que deveríamos ficar aqui um tempo.

— Em Nantucket? — Everett se surpreende.

Bee balança a cabeça.

— Por muitas razões. Eu... para ser sincera, não suporto a ideia de voltar para casa e ser o assunto de todas as fofocas. Tudo mundo vai ficar sabendo do Daniel, e eu não conseguiria suportar, não consigo suportar a ideia de voltar.

— Você não vai poder fugir para sempre — diz Everett.

— É, disso você entende — responde Bee. — Talvez eu esteja fugindo um pouquinho, mas aqui me sinto em paz, em casa, de uma maneira que nunca me senti em Westport. Até comecei a escrever.

— Ah, Bee! — O rosto de Everett se alegra. — Você sempre foi uma escritora maravilhosa. Nunca entendi por que desistiu depois que casou.

— Não achei que tivesse histórias para contar — diz Bee. — Agora acho que um dos benefícios ocultos de toda esta confusão é que, de repente, descobri que tenho muito a dizer.

— Você se importa se eu perguntar o que está escrevendo?

— Minhas memórias — responde Bee, cuidadosa. — Comecei escrevendo apenas um diário sobre o que tenho passado com Daniel; depois, desde a outra noite, quando descobri a sua história, não consegui mais parar.

— Estou muito contente — diz Everett num tom calmo, os olhos úmidos. — Você sempre teve paixão e talento pela escrita. Estou fascinado em ver que se reencontrou.

— Eu também. Tinha esquecido quanto isso significava, como era catártico. Venho escrevendo sobre o meu casamento, sobre os primeiros dias, quando conheci Daniel. Quanto mais lembro, mais dificuldade tenho em acreditar que já não soubesse.

— Você não enxergou os sinais — diz Everett. — Eu entendo. Não se repreenda.

— Mas eu enxergava os sinais. É claro que enxergava. Eram claros como água — diz Bee. — Eu só preferi ignorar; fingi que se não pensasse nisso, se não reconhecesse isso, os sinais desapareceriam.

— Isso é o que chamam de enterrar a cabeça na areia — diz Everett, sorrindo. — Acho que sou especialista nisso, logo já sabemos de quem herdou a tendência.

— Também tem você — diz Bee. — Nan, Michael. Estou empolgada com a ideia de voltar a escrever, de descobrir tudo sobre esta família e sobre você, quem realmente é. Eu me sinto... — Bee faz uma pausa. — Me sinto viva outra vez. Como se tivesse ficado submersa por muito tempo, e de repente me encontro viva, empolgada... — Bee se aquieta.

— Então, você quer ficar aqui para escrever.

— Sim. Para escrever, para estar perto do mar e para descobrir quem você é, quem *realmente* é, de onde veio. Acho que também deveria ficar.

— É uma proposta interessante — diz Everett. — Mas não sou bem-vindo aqui. Tanto Nan quanto Michael — Everett engasga ligeiramente ao dizer o nome do filho — deixaram isso bastante claro no outro dia.

— Eles acabaram de descobrir — responde Bee, repousando a mão no braço do pai. — A reação que tiveram foi normal. Se tiverem espaço, algum tempo para se ajustar, vão querer que fique, tenho certeza.

Everett balança a cabeça.

— Obrigado, Beezy. Entendo o que quer dizer quando conta que se sente em paz aqui. Eu sonhei com Nantucket durante anos, mas até em meus sonhos tinha me esquecido do quanto este lugar é mágico. Também me sinto em paz agora que estou em casa.

— Esta é a sua casa, não é? — pergunta Bee. — Quer dizer, sua verdadeira casa.

— É, sim. Várias gerações dos Powell viveram aqui, participaram da maior parte das construções ou reformas do que se vê hoje.

— Você vai me contar sobre minha família? — Bee tem lágrimas nos olhos. — Meus avós. Eu tenho tias e tios? Quem são? De onde eu venho, de verdade?

— Esperei a vida toda para contar — diz Everett, dando-se conta, subitamente, de que isso é verdade. Ele achou que poderia perder sua identidade, reinventar a si mesmo por tantos anos, mas jamais perdeu a noção de quem realmente era.

Pela primeira vez em muitos anos, agora que não vive mais uma mentira, sente que pode respirar.

— ONDE ESTÁ JESS? — DANIEL assusta Daff, perdida em pensamento enquanto pinta uma aquarela da casa.

— Foi à cidade com Nan — responde ela. — Acho que as duas estavam loucas por um sorvete.

Daniel sacode a cabeça e sorri.

— Que amizade improvável. Quem poderia pensar que uma adolescente se sentiria confortável com a Nan?

— Acho que é improvável em teoria, mas entendo — diz Daff. — Eu lembro quando era adolescente. Detestava os meus pais, mas adorava outros adultos que me tratavam de igual para igual, que paravam para me escutar, que valorizavam o que eu tinha a dizer.

— Nan certamente a trata de igual para igual. Acho que ela não faz ideia de que Jess tem só 13 anos. Aliás, você acha que Jess poderia ficar de babá para nós?

Daff inclina a cabeça.

— Bee acabou de me telefonar. Quer sair com o pai esta tarde; acho que ele vai mostrar a ilha e contar de sua família. Ela queria que eu ficasse com as meninas, mas já tenho um compromisso.

— Com o adorável Matt?

— Somos só amigos — responde Daniel rapidamente.

— Desculpe. Não é da minha conta. — Daff desvia o olhar, depois retorna, com um sorriso. — Mas ele é uma graça, e não tem nada de errado em serem apenas amigos.

— A menos que um dos dois queira mais.

— Qual dos dois? Você?

Daniel parece envergonhado.

— Então qual é o problema? Ele parece gostar muito de você.

— Ele quer um relacionamento sério, e acha que não estou pronto.

— Mas está?

— Não sei. Ele acha que sou muito novo nesse mundo, que tenho muitas experiências a viver antes de me acomodar, e diz que se nos envolvermos, ele vai acabar se machucando.

Daff balança a cabeça, pensativa, depois dá de ombros.

— Não é maluquice completa.

— Eu sei. — Daniel torce o nariz. — Só que é difícil, e fica mais difícil cada vez que o vejo.

— Porque você está doido para dar uns amassos nele? — Daff ri.

— Uns amassos? — Daniel solta uma gargalhada sonora. — Bom, acho que sim.

— Então... as crianças. Jess deve voltar em mais ou menos meia hora. Acho que é uma ótima ideia. Ela adora Lizzie e

Stella, e é responsável. Pode ser exatamente do que ela precisa este verão.

— Foi o que pensei. Você quer ligar para a Bee e conversar?

— Vou ligar. Falo com a Jess assim que ela voltar.

— Babá? — Jess está desconfiada. — Por *dinheiro?*

— É claro — responde Daff. — Ninguém está pedindo que você trabalhe de graça.

— As meninas já adoram você — diz Daniel, encorajando. — Ontem a Lizzie me perguntou se você poderia ser a nova irmã dela.

Os olhos de Jess brilham, encantados.

— Falei com a Bee — diz Daniel —, e ela disse que estava pensando, se você estiver interessada, em lhe oferecer o trabalho, de segunda a sexta, todas as tardes, por quatro horas.

Jess quase grita de empolgação, e Daniel se vira para Daff para explicar.

— Bee voltou a escrever, e, ainda que o pai queira cuidar das meninas enquanto ela trabalha, ela acha que é demais para ele, por causa da sua saúde. — Daniel se volta para Jess.

— Bee vai estar em casa, então na verdade tudo o que você tem a fazer é brincar com as meninas. Ir com elas até a praia ou ao lago, cuidar delas enquanto Bee trabalha. Ela está pensando em pagar 5 dólares por hora.

Jess faz um rápido cálculo mental.

— Cem dólares por semana? — A menina prende a respiração. — Você está falando sério?

— É claro — responde Daniel.

— Ai meu Deus! — Jess começa a pular, agarrando a mãe, empolgada. — É tanto dinheiro! Eu nunca tive um emprego de verdade antes!

— Isso é um sim? — Daniel não está convencido.

— Sim! Sim! Sim! — responde Jess. — Quando eu começo?

Daff ri, encantada ao ver a filha num humor tão bom. É como ter a velha Jess de volta, a verdadeira Jess; e cuidar de crianças é uma ótima ideia — Daff queria ter pensado nisso antes.

Ela se vira ao ouvir passos do lado de fora e vê Michael, que caminha em direção ao seu carro. Quer sair e falar com ele, mas Michael tem andado distante nos últimos dias, e Daff fica sem jeito ao encontrá-lo. Ela sabe que deve ter acontecido alguma coisa, que algo mudou.

Na noite passada, Daff se aproximou dele na cozinha e perguntou, em voz baixa para que ninguém ouvisse, se ele iria ao quarto dela mais tarde.

— Não estou me sentindo muito bem — respondeu Michael, mal conseguindo encará-la. — Acho que hoje não. — Michael desviou o olhar rapidamente e se afastou, ocupando-se com outra coisa. Naquele momento, todas as frustrações da juventude, todas as rejeições da adolescência, todas as vezes em que Daff se viu com o coração partido voltaram de uma só vez, pegando-a ali parada, tentando entender o que teria mudado.

Foi uma tarde extraordinária para Bee. Ela levou o pai até a cidade, parando no caminho quando ele mostrava a paisagem, os lugares onde costumava brincar quando criança, contava histórias nas quais não pensava há anos.

Foram ao museu, onde Everett mostrou a Bee seus antepassados e uma pintura de sua avó Lydia, que se parecia muito com ela. Contou tudo o que conseguiu lembrar sobre sua infância. Mal pararam para respirar, parecia haver tanto a dizer. Quanto mais conversavam, mais memórias surgiam, e Bee absorvia tudo vorazmente, pedindo mais.

Os campos de amoras, o farol de Sankaty, sua escola, a igreja que a família frequentava.

Everett usava boné e óculos escuros. Deparou-se com muitas pessoas que não via há quase quarenta anos e ainda assim as reconheceu. Sabia que essas pessoas talvez morressem do coração se ele tirasse o disfarce, se revelasse sua verdadeira identidade.

Mas queria fazer isso. Ah, como queria. Arthur Worth. Minha nossa, como ele ficou velho, o cabelo está quase todo branco, a face enrugada pelo sol, os mesmos olhos azuis, brilhantes. Sally McLean. Lembra como ela era bonita? Brincaram juntos no jardim de infância, Everett era apaixonado por ela, à distância, na escola primária. Agora está gorda e desleixada, quase irreconhecível, a não ser pela voz maravilhosa que, a julgar pela breve conversa que a escutou ter numa loja, não mudou nem um pouco.

— Não acredito que foi apaixonado por ela! — disse Bee, encantada, quando saíram da loja. — Não!

— Fui, sim — confessou Everett. — Ela foi meu primeiro amor, e era uma coisinha tão bonita. Cabelo longo e loiro, claríssimo, grandes olhos verdes. Todos nós éramos apaixonados por ela, não restava um.

— Você não quer conversar com ela? — perguntou Bee.

— Quero, sim —- respondeu Everett. — Quero falar com todos eles. Arthur Worth foi meu melhor amigo durante anos. Dormíamos no mesmo quarto no alojamento da faculdade. Ele me ensinou a pescar. Senti saudades dele a vida toda, mas preciso ser reapresentado lentamente, se é que devo me reapresentar. Suspeito que as pessoas vão acabar descobrindo, por mais que nos esforcemos em manter sigilo, pois guardar segredos não é uma especialidade de Nantucket. Imagino que a maioria deles terá reação semelhante à de Nan. Vão me detestar, ficar furiosos.

— Até mesmo as pessoas que amavam você?

— Nan já me amou — disse Everett, lentamente. — Isso não parece significar nada agora.

Chegam em casa, e as meninas estão em êxtase. Jess brincou com elas, carregou-as nas costas durante horas, até fez comida.

— Desculpe — diz Jess. — Não sei cozinhar, então preparei sanduíches de manteiga de amendoim com geleia para o jantar.

— Tudo bem. — Bee sorri. — A culpa é toda minha. Não fazia ideia de que iríamos ficar tanto tempo fora. Como foi? Elas se comportaram bem?

— Elas foram incríveis. — Jess está deslumbrada.

— Meninas? Vocês querem que a Jess volte amanhã?

— Queremos! Queremos! Queremos! — gritam em coro, dançando ao redor de Jess e abraçando suas pernas, enquanto ela ri. — A gente adora a Jess!

— Pai, você fica aqui enquanto eu levo Jess em casa?

— É claro — diz Everett sorrindo, e Bee e Jess vão para o carro.

Michael está sentado no balcão do Tap Room, bebendo uma cerveja e vendo televisão, desinteressado. Ele sabe que deveria dizer algo a Daff, contar o que ouviu, dizer que sabe que ela e Mark Stephenson estão, de alguma forma, trabalhando juntos, e que ela vai receber uma comissão pelo negócio. Mas não sabe como.

Que tipo de pessoa faria aquilo? Como poderia ter se enganado tanto, outra vez? Michael imaginou que a época de se envolver com mulheres erradas já tinha terminado. Estava começando a se parabenizar por ter encontrado uma pessoa real, normal, sincera e calma, e então escutou aquela conversa sussurrada.

Se uma pessoa é desonesta e dissimulada desde o início, que esperança pode haver para um relacionamento sincero, e onde um relacionamento terminaria se não começasse com confiança?

Michael estremece ao pensar em tudo o que revelou nestas últimas noites, deitado na cama com Daff de madrugada, contando coisas que jamais pensou em dizer a alguém, o que sente pelo pai, descobrir que o pai está vivo.

Ele pelo menos sabe que não pode continuar fugindo. Tentou fugir de Jordana, e veja o que aconteceu. Em algum momento precisará lidar com a situação. Michael percebe que Daff o observa com tristeza e confusão, porque sente seu afastamento, mas não sabe que ele sabe.

Logo terá que lidar com a situação.

Assim que conseguir.

Bee adora as manhãs em que é a primeira a acordar. Na maior parte dos dias, é acordada pelos passos que ressoam pelo corredor com gritos de "Mãe! Mãe! Olha o que ela está fazendo comigo, mãe!". Não é isso o que Bee quer ouvir logo no início do seu dia. Não é surpresa que ela tenha tendência a começar a manhã com o pé esquerdo.

Nos dias em que acorda primeiro, calma e tranquila, e consegue ir em silêncio até a cozinha e preparar uma xícara de café fresco, pôr a mesa, beber café enquanto lê o que escreveu no dia anterior, é perfeito, é o melhor jeito de começar o dia.

Ficou acordada até tarde na noite anterior, fazendo anotações sobre o que o pai lhe contou, tentando não omitir nenhum detalhe, e agora está sentada à mesa, relendo, assegurando-se de não ter esquecido nada.

As meninas entram e ela passa suas tigelas de cereal, quebra quatro ovos numa panela e manda Lizzie chamar o vovô.

— Ele está dormindo — diz Lizzie, voltando à cozinha.

— Tudo bem, querida. Ficamos com um ovo a mais, então. — As meninas brigam para decidir quem pega o ovo adicional.

— Ele deve estar cansado — diz às meninas enquanto tiram a mesa. — O vovô nunca dorme tanto assim. Vou lá acordá-lo. — E vai até o quarto de Everett.

— Pai? — diz Bee, baixinho. — Está na hora de acordar. O café está pronto e você não veio. Pai? Pai? — Bee vai até a cama e começa a tremer ao ver a figura inerte deitada ali, de olhos fechados. Everett deu seu último suspiro há algumas horas, no meio da noite.

— Pai? — Bee começa a chorar. — Pai? Paaaaaaaaaai!

CAPÍTULO 29

Daniel desliga o telefone, fica paralisado por alguns segundos e respira fundo, sabendo que deverá dar a notícia para Nan.

Olha pela janela e a vê encurvada sobre a horta, arrancando as ervas daninhas e colocando-as num saco plástico jogado ao lado de um cesto cheio de ervilhas. Jess está na grama ao lado dela, gargalhando enquanto tagarela, descascando as ervilhas e colocando-as numa grande tigela da cozinha, que equilibra precariamente sobre as pernas cruzadas.

Daniel sai pela porta dos fundos e avança pelo jardim, comovido com a perda de um homem de quem sempre gostou tanto, que foi, em tantos sentidos, um pai para ele, mais até que seu verdadeiro pai.

Detesta ser o portador de más notícias, mas ou teria que contar a Michael, que então avisaria Nan, ou contar diretamente a ela. De certa forma, contar diretamente parece mais limpo, mais fácil.

— Mas que cara péssima. — Nan olha para ele do outro lado da cerca, com um sorriso. — Nada pode ser tão ruim assim, querido.

— Nan, podemos conversar?

O rosto dela empalidece.

— Por quê? O que aconteceu?

— Eu... precisamos conversar.

— O que houve? Alguém se machucou? Michael? — A voz de Nan se eleva, em pânico.

— Não.

— Diga logo, Daniel. — Nan enrijece, preparando-se.

— É o Evan... Everett — diz Daniel. — Ele teve um ataque cardíaco fulminante essa noite. A ambulância veio rápido, mas não puderam fazer nada. — Seu rosto está tomado de pena, ele não sabe como dar uma notícia dessas nem como Nan irá recebê-la.

Nan balança a cabeça, lentamente.

— Então desta vez ele está realmente morto? — pergunta, a voz sem qualquer emoção.

— Sim — confirma Daniel. — Dessa vez ele está morto.

Nan se abaixa e larga a tesoura ao lado do cesto, endireita--se e passa a mão delicadamente pela cabeça de Jess, como se precisasse do apoio para se manter de pé; ainda assim, seu rosto não transmite emoção, nenhum sinal de tristeza.

— Vou entrar — diz, em tom baixo. — Obrigada por contar.

— Nan, você está bem? Quer que eu vá junto? — Jess levanta num salto.

— Não, criança. — Nan olha para ela. — Vou ficar bem. Só não esperava ouvir isso.

— Sinto muito, Daniel — diz Jess, sem jeito, sem saber o que dizer. — Como está Bee? — pergunta a menina, quando Nan some dentro da casa, depois que os dois a observam partir. — E as meninas?

— As meninas não entendem essas coisas muito bem — responde Daniel. — Bee está péssima. Vou para lá agora. Você talvez devesse vir para cuidar das meninas, ou dar uma ajudinha, só para garantir que elas ficarão bem. — Daniel não pensa que Jess tem só 13 anos e é jovem demais para uma responsabilidade assim, e ela fica ansiosa para ajudar.

— É claro. — Jess se apressa em carregar a tigela para a cozinha, corre pela escada para apanhar seus chinelos, que estão em algum lugar sob uma enorme pilha de roupas em seu quarto.

— Você contou à sua mãe que estamos indo? — pergunta Daniel, quando a menina desce as escadas, dois degraus por vez.

— Não. Não sei onde ela está — responde Jess.

— Está na varanda, lá atrás — diz Daniel. — Lendo.

Jess atravessa a porta às pressas e assusta a mãe.

— Tchau, mãe. — Inclina-se para um beijo rápido. — Tenho que ir cuidar das meninas. Acabamos de ouvir que o pai da Bee, o velho marido da Nan, morreu ontem à noite, por isso eu e o Daniel vamos para lá, para ficar com elas. Eu te amo — grita, desaparecendo pela lateral, deixando Daff atônita, boquiaberta.

Não pela notícia, não por Everett, e sim porque a filha lhe deu um beijo espontaneamente e disse que a ama. Algo que não fazia há *anos*.

Daff fica sentada uma hora, repassando mentalmente a cena muitas e muitas vezes. Uma lágrima de gratidão escorre por seu rosto, e então ela levanta e entra em casa.

Daff bate à porta de Nan e espera alguns segundos antes de tentar de novo.

— Sim? — A voz vem suave.

— Nan? É Daff. Preparei uma xícara de chá para você.

— Pode entrar, meu doce. — Daff abre a porta e vê Nan sentada em frente à janela, fitando o oceano.

— Já soube. — Daff apoia a xícara e o pires numa mesa baixa de mogno. — Sinto muito.

Nan vira a cabeça e olha para ela.

— Não é estranho? Sempre sentimos a morte de alguém, mas com Everett, não sei o que sentir. Não estou triste. Acho que já lamentei tudo o que devia há anos, quando pensei que estivesse morto. Estou me sentindo... Não sei, vazia, talvez.

Aliviada. Ah, querida, imagino que não deveria dizer isso, e pobre Bee, deve estar sofrendo tanto por ter perdido o pai. Sinto como se houvesse passado por uma enorme frustração, e estava me preparando para mais, mais sofrimento, mais tumulto, mas agora, finalmente, sinto alguma calma.

— Eu entendo. — Daff se senta ao lado de Nan.

— Eu o amei tanto — diz Nan, pensativa. — Por tanto tempo. Com o passar dos anos, acabei o transformando em um super-homem, um semideus, derramei todo o meu amor nesta casa, nas memórias de Windermere, transformei nosso casamento em algo tão perfeito que, é claro, eu jamais casaria outra vez, jamais faria nada que profanasse o que, eu me convencera, havia sido o maior amor de todos os tempos. — Ela para, olhando mais uma vez pela janela, antes de se voltar para Daff. — Descobrir a mentira, a traição, vê-lo novamente, já tão velho... vê-lo fraco e doente, e mais, saber que não teve coragem de encarar seus defeitos, que preferiu fugir em vez de encontrar uma maneira de resolvermos tudo juntos... — Nan sacode a cabeça e suspira. — Não fico triste com a morte dele. Me sinto grata.

— Grata? — Daff franze o cenho. — Não entendo.

— Grata por tê-lo visto outra vez. Grata por vê-lo como ser humano, com defeitos e fraquezas. Grata por não precisar mais sentir saudades de um homem e de um casamento perfeitos, ficando nesta casa por causa de todas as memórias perfeitas que guarda.

Daff estranha.

— Mas, Nan, você ama esta casa.

— Amo. Sempre amei. A diferença é que não *preciso* mais ficar aqui. Me agarrando a Windermere, eu estava me prendendo à memória de um casamento e de um homem que só existiram na minha imaginação. Vê-lo de novo significa que posso deixar isso para trás.

— Você *quer* se mudar?

Nan dá de ombros.

— Essa casa é muito velha e grande demais para mim. Mesmo que tivesse dinheiro para deixá-la bonita, não posso cuidar dela nem com a ajuda de Sarah.

— E quanto a Michael?

— Michael precisa de uma casa velha e decadente ainda menos que eu — responde Nan. — Chegou a hora de dar adeus. Não tive muita certeza quando encontrei com Mark Stephenson, mas agora tenho. Diga, com sinceridade — Nan se inclina para Daff e segura sua mão —: você consegue se imaginar morando aqui com Michael?

Daff cora e afasta o olhar.

— Eu... não tenho certeza...

— Vamos lá, Daff. — Nan sorri. — Eu sei o que está havendo entre vocês dois. Acho ótimo. Não poderia estar mais feliz. Nunca vi Michael tão à vontade com alguém, e você ganhou um brilho nos olhos que não tinha quando chegou. Acho que formam um casal perfeito, e eu pelo menos consigo ver claramente um futuro longo e feliz para vocês... — Nan interrompe o que vinha dizendo ao ver os olhos de Daff cheios de lágrimas. — O que foi?

— Ah, Nan — diz Daff. — Tem sido maravilhoso, mas aconteceu alguma coisa. Não sei o que foi, mas Michael não está falando comigo, mal consegue olhar para mim. Isso dói tanto — diz Daff, e começa a soluçar —, eu tinha esquecido o quanto dói.

— Você o ama — diz Nan, e Daff olha para ela, chocada. Ainda não havia pensado em amor, não tinha pensado que o amor a encontraria ali, em Nantucket, tão inesperadamente. Daff assente, devagar, e Nan sorri.

— Então converse com ele — continua Nan. — E, pelo amor de Deus, descubra qual é o problema. Você sabe tão bem quanto eu, querida, que a chave para um bom relacionamento é a comunicação. Todos discutem, todos têm desentendimentos, mas você precisa aprender a superá-los, não deixar que o ressentimento se acumule até que vocês não consigam encontrar um caminho para a reaproximação. Talvez — diz, cautelosa —, talvez as coisas tivessem sido diferentes se o Everett conseguisse conversar comigo.

— Obrigada, Nan. — Daff se abaixa e lhe dá um beijo. — Você é uma mulher muito sábia.

— Vocês vão ficar bem. — Ela afaga a mão de Daff. — Vá até ele e diga o que está sentindo.

DAFF SAI NO MOMENTO EM QUE UM velho jipe entra pela garagem, e Nan vai até ele, incapaz de conter sua alegria.

— Sarah! — Nan abre os braços e Sarah, sorrindo, desce do carro correndo para um grande abraço, reparando no quanto ela parece frágil.

— Nan — repreende —, você está muito magra. Pelo visto não tem se cuidado.

Nan ri.

— Ah, tenho, sim, e andei ocupada cuidando de todos os outros. Senti sua falta.

Nan se afasta e olha Sarah de cima a baixo, com um olhar de quem a conhece muito bem.

— Não se preocupe se estou magra — diz, com o rosto dominado por um sorriso. — Você não tem nada para contar?

Sarah fica de queixo caído, incrédula.

— Como sabia? — solta Sarah. — Como poderia saber? Faz só seis semanas!

Nan ergue a sobrancelha.

— Você sabe, algumas pessoas dizem que sou bruxa. — Nan pisca o olho e lhe dá um beijo na testa, segurando sua mão. — Que notícia ótima. Um bebê. Não consigo pensar em nada melhor.

— Eu sei, é tão emocionante. — Sarah sorri. — Mas combinamos de não dizer nada até completar 12 semanas.

— Não se preocupe. O seu segredo fica comigo.

— Onde está todo mundo? — pergunta Sarah. — Como vai o Michael? E os hóspedes? Algum romance do qual eu deveria saber?

Nan ri.

— Ai, nossa, Sarah. Nem sei por onde começar. Vamos lá para dentro preparar um chá.

Os carros e as bicicletas estão todos lá, a não ser pela caminhonete que Daniel levou à casa de Bee, portanto Michael não pode estar muito longe.

Daff o encontra, por fim, na praia, sacolejando no baleeiro que ele lubrifica meticulosamente. Michael não vê quando Daff tira o short, rápida e silenciosamente, e entra na água com sua roupa de banho, sem fazer um único barulho, nadando em silêncio até o barco.

Michael ergue então os olhos e a vê na água, o cabelo para trás, deslizando em direção ao barco como uma foca. Sente uma mistura de desejo, alegria, dor e confusão. Não pode evitá-la ali, e solta o óleo e o pano, estica a mão para ajudá-la a subir e passa, sem dizer nada, uma toalha para que ela se seque.

— Me desculpe — solta Daff, com falta de ar, tanto pela ansiedade quanto pelo exercício. — O que quer que eu tenha feito, me desculpe. Eu nunca faria nada para magoar você, não intencionalmente, mas é óbvio que fiz. Quero que saiba que farei o que for possível para melhorar isso.

— Não é o que fez comigo — diz Michael em voz baixa, sem olhar para ela. — É o que fez com a minha mãe.

— Do que está falando?

Michael finalmente ergue os olhos e encontra os dela.

— Eu ouvi — diz ele. — Quando falou com Mark Stephenson no corredor. Escutei quando conversaram sobre o acordo sujo que fizeram, o dinheiro que vai receber em troca de convencer minha mãe a vender a casa, mas também — Michael ri amargamente —, também escutei a parte em que ele quebrou a promessa, porque você não cumpriu sua parte da barganha, conseguindo que ela vendesse a casa por pouco dinheiro.

— Ah, Michael. — Daff abaixa a cabeça, envergonhada. — Peço desculpas, muitas desculpas pelo que ouviu. Escute. — Daff entra na frente dele e segura suas mãos. — Mark Stephenson me ofereceu uma porcentagem na noite da festa. Não cheguei a aceitar, ainda que, por algum tempo, confesso, tenha ficado tentada. Não conseguia parar de pensar que, com aquele dinheiro, não teria mais que me preocupar com a pensão alimentícia, que poderia não ser suficiente, não precisaria ficar acordada preocupada com dinheiro, como pagar a faculdade da minha filha. Mas depois percebi que não poderia fazer aquilo.

— Pelo que escutei, não era bem isso que estava pensando — diz Michael.

— Eu sei. Porque eu estava prestes a dizer a ele que não queria o dinheiro, não queria nada com aquilo, porque tudo parecia muito desonesto e eu não queria mentir para você nem para Nan, nem começar este relacionamento com uma traição. Antes que eu pudesse dizer que não queria o dinheiro, ele falou que não iria pagar. Fiquei tão chocada com essa falta de ética que não consegui nem falar.

Segue-se um longo silêncio enquanto Michael digere o que ouviu.

— Você jura que não ia aceitar o dinheiro?

— Juro — responde Daff. — Eu não seria capaz, não faria isso. E... — Daff respira fundo. — Esta relação é importante demais para que eu a estrague assim. Nunca esperei encontrar algo assim, mas você é o homem mais maravilhoso que já conheci. Eu jamais faria algo tão idiota.

Outro silêncio. Daff desvia os olhos. Quando olha de volta, vê que Michael está sorrindo.

— Mas você pensou no assunto.

— Sim. — Daff sente-se aliviada. Ao ver aquele sorriso, sabe que tudo vai ficar bem. — Pensei.

— Acho que posso perdoar isso. — Michael afasta a alça do maiô de Daff, retirando-a de seu ombro, envolve-a nos braços e a puxa para junto de si, enterrando o nariz em seu pescoço e inspirando profundamente, deliciando-se com sua pele, seu cheiro, seu gosto. — Você é humana, afinal de contas.

Os dois afundam no convés do barco, sentindo o ondular suave da água a sua volta e os guinchos das gaivotas no céu.

— ADORO ESTA CASA. — STEPHEN para em frente à janela do quarto de Nan e observa a água, virando-se para sorrir para ela. — Passei anos velejando aqui em frente e olhando pelo lado de fora. É igualmente bonita por dentro.

— Obrigada — diz Nan. — Foi um lar alegre e acolhedor para nós durante muitos anos.

— Ouvi falar das festas que costumavam dar aqui — diz Stephen, virando-se para ver o gramado. — É uma pena que as pessoas não façam mais festas assim.

— Bem — diz Nan —, se comprar Windermere, talvez possa retomar o costume.

Os olhos de Keith se animam.

— Ah, nós adoramos mesmo uma boa festa. — Para ao lado do parceiro para admirar a vista.

— Nós também — diz Nan lentamente. — Acho mesmo que, quando formos embora, vamos ter que ir em grande estilo, não é? Uma festa no jardim? Uma banda? Uma ceia maravilhosa?

— Ah, uau. — Keith tem arrepios de alegria. — Só a palavra "ceia" já me faz pensar em Cary Grant e Grace Kelly. Esta é a casa perfeita para uma festa assim... poderíamos fazer uma festa *white tie*, ou um baile preto e branco, uma coisa meio Truman Capote! Ah, Nan! Ah, Stephen! Pensem só nas festas que poderíamos organizar!

Nan ri, encantada, e vira levemente a cabeça para sussurrar ao ouvido de Daniel.

— Obrigada por trazê-los. Não consigo pensar em ninguém melhor que eles para morar aqui.

— Está falando sério? — Daniel sussurra de volta, correndo os olhos pelo quarto e encontrando o olhar de Matt.

— Estou — responde Nan. — Adorei o portfólio de Stephen. Adorei que ele o trouxesse, para mostrar que realmente quer restaurar Windermere. E Keith é tão engraçado! Acho que esse é o casal perfeito para trazer uma vida nova a esta velha menina.

— São muito melhores que aquele tal de Mark Stephenson — diz Nan a Michael e Daff quando voltam ao andar de baixo, enquanto Daniel e Matt caminham com Stephen e Keith pelo jardim. — Ele era detestável.

— Você já tinha percebido, então? — Daff está maravilhada. — Estava com medo de que ele acabasse enganando você.

— Nem por um segundo. Eu sabia que iria demolir a casa num instante, e, francamente, já esperava por isso. Nem foi isso o que mais me incomodou. O pior foi ter dito que queria criar a família aqui, pensando que, com isso, eu venderia a casa por menos.

— Você já avisou que não vai vender a casa para ele? — Michael está preocupado.

— Não, querido, é claro que não. Eu queria que Stephen e Keith vissem a casa direito antes, e agora vamos esperar que façam uma oferta. Devo dizer que ainda prefiro um acordo privado; as taxas cobradas por corretores são extorsivas. Mil perdões, Daff.

Daff dá de ombros e desvia os olhos, encontrando os de Michael, e os dois trocam um breve sorriso.

— Adoramos a casa — diz Keith. Seus olhos ficam úmidos e ele enxuga uma lágrima. — Acho que seremos muito felizes aqui, e Stephen já tem ideias maravilhosas para reformar esta senhora.

Nan sorri.

— Que engraçado, eu também sempre pensei em Windermere como uma senhora. A grande senhora do penhasco.

— Mais ou menos como você — diz Keith —, se não se importa que eu diga isso.

— Nem um pouco. Antes grande que louca — diz Nan, piscando.

— Adorei ela! — diz Keith em silêncio para Matt, apenas movendo os lábios, e ele responde da mesma forma:

— Eu falei!

— Vocês talvez queiram ir a um lugar mais tranquilo para tratar de negócios? — sugere Stephen, delicadamente.

— É claro. — Nan levanta e todos saem da sala. — Vamos para o escritório.

— Cinco milhões? — Michael parece confuso. — Mas você queria 10 de Stephenson. Isso parece muito menos que o valor da casa.

— Mas ele quer menos da metade da terra! — diz Nan. — Ele quer a casa mais 1,5 hectare. Diz que o resto é grande demais, não teria como administrar tudo isso. Poderíamos construir outra casa, bem aqui! Nada seria mais perfeito!

— Nossa! — Daff abre um sorriso e se vira para Michael. — Realmente parece perfeito.

— Poderíamos até construir duas casas — diz Nan, mal contendo o entusiasmo. — Uma para mim e outra para vocês dois. Bem, três, contando com Jess.

Daff fica vermelha.

— Nós dois? Não... nós estamos... — Ela olha para Michael, encabulada, pois jamais ousaria pensar tão à frente, jamais se arriscaria a dizer algo que a expusesse dessa maneira, a deixasse tão vulnerável.

Michael segura a mão de Daff e sorri para Nan.

— É uma ideia esplêndida — responde, e Daff sente explosões de alegria.

— Agora, a questão é — diz Nan, com um sorrisinho maldoso — como dizemos ao sr. Stephenson que a casa não ficará com ele, afinal?

— Ah, deixe que eu mesma diga! — pede Daff. — Por favor, deixe eu fazer isso! Vou aproveitar cada segundo.

Michael está sentado na sala de espera folheando uma revista sobre barcos, e Daff entra no escritório de Mark Stephenson, onde as paredes são tão finas que permitem que ele ouça cada palavra.

— Achei que seria correto vir pessoalmente — diz Daff, tranquila — para informar que a sra. Powell recebeu outra oferta pela casa e decidiu aceitá-la.

Segue-se um silêncio, e depois uma explosão.

— O quê?

Daff começa a repetir o que já havia dito, mas é interrompida.

— Eu já ouvi! Como assim, outra oferta? Com que diabos você está brincando? Você não pode aceitar outra oferta sem falar comigo antes!

— Temos algum acordo por escrito? — Daff se faz de tonta.

— Não, é claro que não, droga, mas temos um acordo!

— Ah, temos? Achei que nosso acordo estivesse cancelado.

— Não, não foi cancelado! — grita Mark Stephenson. — Me arrume aquela casa, e é claro que vou pagar! De quanto foi a oferta? Quanto preciso dar para cobrir?

— Sinto muito — responde Daff, baixinho. — Infelizmente, o negócio já foi encerrado. Vim aqui apenas como uma cortesia, não para negociar.

A voz de Stephenson se torna ameaçadora.

— Escute aqui: não existe porra nenhuma de cortesia neste negócio. É melhor dizer agora mesmo quanto tenho que pagar para cobrir a oferta, ou juro para você que...

— Jura o quê? — Michael aparece na porta no momento em que Daff começa a ficar preocupada.

— Ah! — A expressão de Mark Stephenson se altera instantaneamente, fingindo um charme que é óbvio que ele não tem. — Michael. — Ele estende a mão, mas Michael ignora. — Não fazia ideia de que estava aqui.

— Nota-se — responde Michael, irônico.

— Eu estava apenas ressaltando que não é assim que se fazem negócios — diz Mark Stephenson. — Entendo que a sua mãe tenha recebido uma oferta, e gostaria de apresentar uma contraoferta. Quanto quer que estejam oferecendo, posso cobrir com mais... meio milhão.

Michael balança a cabeça.

— Não. Acho que não.

— Pois bem, de quanto é a oferta? Posso subir o preço, se for preciso.

— Não — responde Michael com firmeza. — Acho que você não entendeu. Certas coisas, e certas pessoas, não podem ser compradas. Minha mãe é uma delas. Vamos, Daff, não temos mais nada a fazer aqui.

Tomando-a pelo braço, Michael a leva para fora do escritório.

Verão de 2008

Bee acorda, como todos os dias, logo antes das 5h30. Antigamente, quando vivia em Westport e era casada com Daniel, acordar era sempre uma luta — ficava deitada, tentando dormir para esquecer da vida, até que uma das meninas a acordasse e, com o olhar turvo, fosse obrigada a se levantar, cambalear pela escada e procurar cegamente o café enquanto preparava a comida das filhas.

Agora, o esforço é dormir além das cinco. Acorda todas as manhãs cheia de energia, salta da cama e caminha levemente para o deque do lado de fora do quarto, para ver o primeiro sol da manhã, escutar os grilos, o silêncio manso, observar os barcos balançando preguiçosos na água, à distância.

Corre para o andar de baixo, serve-se de café e se senta do lado de fora, nos degraus da porta, bebendo lentamente enquanto Albert, um gatinho perdido que parece ter adotado a casa, se enrosca em seus tornozelos, miando para pedir comida; salta então em seu colo e ronrona contente quando ela o afaga, distraída, sob o queixo.

Ela fica ali todas as manhãs, e é tomada por explosões de alegria, uma felicidade que não sabia que poderia um dia encontrar, pois sempre a buscou nos lugares errados.

Por tantos anos, Bee pensou que um homem lhe traria felicidade. Quando casou, esperava finalmente encontrá-la, mas só agora, agora que está sozinha consigo mesma e com as meninas, fazendo o que adora, sabe o que é a felicidade.

Ainda mora com as filhas na casa de Quidnet, mas já passou um ano viajando para Nantucket, um ano testando o terreno, descobrindo se é mesmo um lugar onde poderiam morar, e não apenas passar temporadas.

Passado um ano, Bee sabe que Nantucket é o seu lar.

Quando o pai morreu, houve um escândalo gigantesco. Já havia rumores sobre o retorno de Everett Powell, mas um jornalista obstinado seguiu o rastro e conseguiu a história, e por algumas semanas Bee soube como é desagradável estar no centro de um circo da mídia que parecia não ter fim.

O *New York Post* também publicou a reportagem, cobrindo a história por vários dias, fotógrafos e jornalistas acamparam em frente à casa para conseguir fotos de Bee e das meninas. Todos os jornais locais tentaram convencê-la a falar, como se fosse uma integrante recém-encontrada da realeza, mas ela se recusou.

Por fim, acabaram deixando-a em paz, passaram para a próxima fofoca e, a não ser por uns poucos olhares quando saía para fazer compras, ela conseguiu tocar a vida. Bee ficou um tanto aliviada quando tudo veio à tona. Arthur Worth lhe escreveu e Bee foi visitá-lo, passando horas ouvindo histórias sobre a juventude do pai, juntando as peças do quebra-cabeça que era a vida dele.

Ainda vieram outros. Muitos outros. Pessoas que conheceram seu pai, que o amaram, que ficaram chocadas com o que aconteceu, porém ansiosas para conhecê-la, ajudá-la a conhecer sua história, a descobrir quem ela realmente era.

Ela está escrevendo um livro. É a sua história, em parte um livro de memórias, em parte biografia: crescer pensando que tinha a família perfeita, casar pensando em reproduzir o casamento supostamente perfeito dos pais, e então descobrir que tudo em que ela sempre acreditou não passava de uma mentira.

Bee está escrevendo sobre os Powell. Como chegaram a Nantucket, como se tornaram uma parte tão importante da história da ilha. Está escrevendo sobre seu pai: sua vida, seu casamento com Nan, os problemas que o levaram a simular o suicídio; como sua vida deu uma reviravolta, levando-o finalmente para casa.

Bee ainda sente saudade dele, mas escrever o livro o trouxe de volta à vida. Bee sente o pai por perto, dando-lhe apoio, amando-a, encorajando-a delicadamente e levando-a às pessoas e aos lugares que, está convencida, não teria encontrado se ele não estivesse em algum lugar, olhando por ela.

Depois de alguns minutos debaixo do sol da manhã, Bee leva o café até o computador do quarto e abre o laptop, revendo o que escreveu na noite anterior, o que pretende escrever hoje.

Ainda não pensa em si mesma como escritora, mas no último ano conseguiu publicar três contos, um deles nas páginas finais da revista do *New York Times*. Há algumas semanas, enviou uma sinopse de seu livro e três capítulos para um grande agente de Nova York, mesmo esperando jamais receber qualquer resposta.

Três dias depois, ele telefonou, disse ter adorado o livro, perguntou se poderiam se encontrar.

Agora ela tem um agente, e, assim que o livro estiver pronto, será enviado a editoras. Bee ainda não consegue acreditar. Comemorou com as meninas quando recebeu a notícia: champanhe para Bee, cidra sem álcool para as meninas, e dançaram pelo deque, em êxtase.

Hoje vai ser um dia difícil para escrever. Em certos dias, o texto flui, fica em piloto automático, as palavras escapam de seus dedos, sua mente se mantém inteiramente calma, como se o livro se escrevesse sozinho. Em outros, é como tirar leite de pedra.

Bee aprendeu o segredo — a ferramenta mágica que separa os verdadeiros escritores das pessoas que apenas sonham em escrever, que têm uma ideia maravilhosa mas nunca começam, ou começam mas nunca terminam. Ela aprendeu o segredo da disciplina, de se esforçar mesmo quando se tem a impressão de não haver nada a ser dito; de escrever mesmo sem saber o quê; de escrever mesmo quando há dias, como hoje, em que luta para domar o entusiasmo pela festa mais tarde — a grande festança de despedida de Windermere, pois Nan se mudará semana que vem.

Bee passou a nutrir um grande amor por Nan, pensa nela como uma segunda mãe. Acostumou-se a visitar Windermere quase diariamente, muitas vezes com as meninas, que agora, como era de se esperar, chamam Nan de "vovó", pois ela se tornou algo muito mais próximo disso que a própria mãe de Bee.

Na verdade, Bee nunca compreendeu muito bem o que era uma família. Sempre sentiu falta de ter uma grande família, cresceu sentindo que algo faltava. Desde a morte do pai, porém, veio a entender que as pessoas de quem nos cercamos, as pessoas que amamos, tornam-se nossa família, tenhamos laços de sangue com elas ou não.

Nan agora é a sua família. Além de Michael, que vê como um irmão, e também Daff e Jess. Essas pessoas, que Bee não conhecia há um ano, hoje fazem parte da estrutura de sua vida, ajudaram-na a se acomodar nesta ilha que ela vê como lar, mais que qualquer outro lugar onde já tenha vivido.

Não é só isso. Pela primeira vez, Bee se sente confortável consigo mesma. Não é mais reprimida, desempenhando o papel da dona de casa bem-sucedida em um bairro nobre, vestindo calças capri em rosa e verde, joias reluzentes de ouro e diamantes, cabelo perfeitamente alinhado, escovado duas vezes por semana no salão de Peter Coppola, almoçando com as amigas em restaurantes chiques como o V ou o Zest, ou chegando à escola em seu carro reluzente para buscar as filhas.

Agora seu cabelo está longo e cacheado, com reflexos dourados naturais do sol. Sua pele está bronzeada, o rosto sem maquiagem. Vive de short, camiseta e chinelos, e só veste roupas mais arrumadas em raras ocasiões; mesmo então, procura usar algo que já tenha, ao contrário do que costumava fazer — comprar algo novo na Mitchells, pois não poderia ser vista usando a mesma roupa duas vezes.

Bee faz ioga quatro vezes por semana, juntando-se a um pequeno grupo de mulheres na praia logo no início da manhã, mulheres que, aos poucos, vão ficando suas amigas. Leva as meninas à escola todos os dias, assa biscoitos com elas à tarde, brinca com as duas na praia, leva-as para ver casas que possam comprar.

Chegou o momento de comprar uma. Esta casa em Quidnet, por mais bonita que seja, não é sua. Bee e as meninas precisam reconstruir sua vida em algum lugar que sirva de lar. Ela não pretendia comprar nada até ter certeza absoluta, mas nos últimos meses passou a procurar casas, pois sabe que Nantucket é o lugar onde deseja criar as crianças, onde quer passar o resto dos seus dias.

A casa em Westport foi vendida e os móveis, divididos, ainda que Daniel não quisesse muito. A parte que correspondia a Bee ficou num depósito por algum tempo, e depois ela acabou vendendo tudo. Queria recomeçar, numa casa de frente para o mar, azul e branca, fresca e praiana, para marcar sua nova vida.

Na semana passada viu uma casinha que, de tão perfeita, quase a fez chorar. A entrada iluminada levava a um pequeno escritório, e passando por um grande arco chegava-se a uma enorme cozinha aberta e a uma sala de estar com três paredes de janelas com vista para a baía. A luz do sol cortava o ambiente, criando desenhos no chão, e um ventilador girava, preguiçoso, no teto curvado.

No andar de cima, três quartos: a suíte principal aos fundos, com uma grande janela que se abria para o deque — uma janela perfeita para sua escrivaninha e o computador. Os quartos das meninas ficavam na frente, compartilhando um banheiro com duas pias.

As meninas correram pela escada, empolgadas.

— Mamãe! Adorei! — gritou Lizzie, correndo até o quarto que reivindicou imediatamente como seu.

Do lado de fora havia um belo jardim. Uma cerca viva alta, bem-cortada, separava uma pequena piscina de uma série de canteiros de flores; via-se um terraço de pedra coberto por uma pérgola de onde pendiam madressilvas e clematites. Bee se imaginou numa mesinha de vidro sob aquela árvore, com uma taça de vinho na mão, jantando com as meninas.

Não quis mostrar ao corretor o quanto tinha gostado da casa, mas não pôde conter o sorriso que lhe tomou o rosto. Soube instantaneamente que aquele seria o seu lar. Era por ele que estivera esperando.

Checou os detalhes. Custava uma fortuna, mas tudo ali custava uma fortuna, e, graças ao pai, ela não precisava se preocupar com dinheiro.

Seu pai havia sido, parece, muito rico. Desde que vencera seu vício no jogo, tinha aprendido a administrar bem o dinheiro, transformado o negócio da família numa empresa enorme e investido seus fundos nos lugares certos.

Quando morreu, deixou a Bee um terço de seu dinheiro.

O resto foi dividido igualmente. Entre Michael e Nan.

NAN ABRE CAMINHO ENTRE AS caixas e atende o telefone.

— Alô? ...Ora, sr. Moseley! De novo! Que surpresa agradável, mas espero que esteja telefonando para dizer que virá à nossa reuniãozinha hoje à noite... Não? ...Ah, que pena. — Uma pausa, Nan olha para Sarah e sorri. — Ora, que bom que se lembrou de mim, sr. Moseley, mas sinto dizer que meu dinheiro está ocupado com outras coisas... É claro que pode ligar novamente. Sim... Não... Não. Nós também vamos sentir saudades. Até mais!

Nan faz uma careta e desliga o telefone.

— Sempre achei o sr. Moseley muito simpático, mas realmente queria que ele não ficasse me pedindo para investir o meu dinheiro.

— Depois do que aconteceu no ano passado, ele deveria se envergonhar — diz Sarah.

— Ele é consultor financeiro. Acho que nasceu sem o gene da vergonha — diz Nan, rindo baixinho. — Sarah, vamos parar de encaixotar as coisas. Ainda temos muito o que fazer para a festa.

— Na verdade, não. — Sarah sorri. — Stephen e Keith enviaram seus produtores, e o pessoal do serviço de bufê está se organizando na garagem. Keith está lá fora com um rádio, dizendo às pessoas onde pendurar as lanternas. Sinceramente, não sei como poderíamos ajudar.

— Isso é tão divertido! — Nan esfrega as mãos. — Finalmente vamos dar uma festa como as das antigas!

— E o mais importante é que vamos dar uma festa com os novos donos. — Sarah ri. — Adorei eles terem insistido em pagar para que outras pessoas fizessem o trabalho.

— Vou descansar um pouco no meu quarto antes de começar a me arrumar — diz Nan. — Posso terminar de encaixotar minhas roupas enquanto isso.

NAN SOBE LENTAMENTE A ESCADA, passa as mãos pelo corrimão de mogno, sente cada sulco, cada marca, pensa em todos os anos que passou ali, amando essa casa, pensando que jamais a deixaria.

Ainda assim, agora que chegou o momento, parece fácil. Mais que fácil, parece certo. Ela nem foi forçada a vendê-la. Um dia antes de fechar o contrato com Stephen e Keith, descobriu que era beneficiária do testamento de Everett.

Ele finalmente fizera a coisa certa.

Deixou dinheiro mais que suficiente para que ela restaurasse Windermere e vivesse ali pelo resto de seus dias, mas, uma vez tomada a decisão, percebeu que não podia voltar atrás.

Agora é realmente uma mulher rica, e a maior parte do dinheiro foi aplicada numa fundação que continuará o trabalho iniciado pela família Powell na ilha, fazendo assim com que o nome Powell volte a ser importante em Nantucket.

Reservou algum dinheiro para investimentos, daí as repetidas ligações de Andrew Moseley, mas Nan não quer mais aplicar dinheiro em ações e títulos, coisas que não entende. Em vez disso, comprou algumas casas para alugar, sabendo que, como os preços na ilha estão subindo, essa é uma aposta muito mais segura do que o arriscado mercado financeiro.

O dinheiro da venda da casa foi usado para construir um chalé nos outros dois terços da terra, dos quais ela vai ficar com a metade; a outra metade foi doada à cidade e será usada como área de preservação e santuário de aves, para sempre.

O telefone toca outra vez quando ela entra no quarto, e dessa vez Nan fica genuinamente feliz ao atender.

— Daniel! Como senti sua falta! Você está de volta? Está na ilha? Mais importante, está pronto para hoje?

— Eu não perderia por nada — responde Daniel, sorrindo. — Estou a caminho da casa de Michael e Daff. Não vejo a hora de nos encontrarmos!

Michael chega por trás de Daff, que está parada lavando a louça do café na pia, e põe os braços ao redor da sua cintura para dar-lhe um beijo no ombro. Daff sorri, olhando para o reflexo dos dois na janela, e se vira, tomando cuidado para não apoiar as mãos cheias de espuma nas roupas dele, deixando-se levar por um longo abraço e um beijo.

Daff vê Michael caminhar pelo ambiente, suas pernas longas e musculosas dando passos confiantes pela pequena cozinha, e não consegue conter um sorriso ao pensar no quanto está feliz. Nunca pensou que merecesse um relacionamento assim, não sabia o que era o amor, até um ano atrás.

Tampouco sonhou que poderia ser tão feliz, estabelecer-se num espaço de tempo tão curto. Daff se mudou permanentemente há dois meses, trazendo Jess. Richard e Carrie concordaram que, por enquanto, Nantucket parecia adequada para a garota, e Carrie está grávida, portanto Richard estava se concentrando na nova família. Jess voltaria para ficar com eles nas férias.

Ainda que Daff não quisesse que nada se intrometesse no relacionamento de Jess com o pai, sabia que Jess poderia ser feliz, *mais feliz*, em Nantucket. A vida na praia lhe caía bem, aquela vida simples; ela adorava Nan e ajudava Bee com as crianças em algumas tardes e fins de semana.

Jess estava ocupada e feliz, sentindo-se necessária e querida. Encontrou seu lugar no mundo, criou raízes firmes, algo que nunca havia tido antes.

Quando Michael soube que era beneficiário, comprou uma bela casa com Daff, em cujo terreno havia também alguns chalés decadentes, usados como pousadas, logo às margens da cidade. Juntos, eles os reformaram, passando semanas e mais semanas de macacão de obras, orientando encanadores e eletricistas, tentando fazer boa parte do trabalho por conta própria.

Do lado de fora, uma profusão de hortênsias floresce em frente a uma cerca de madeira branca, um velho caminho de tijolos leva à entrada da casa e caminhos sinuosos correm pelos lados, levando aos chalés. Rosas crescem ao acaso sobre as árvores, arcadas ocultas cortadas entre cercas vivas em volta de jardins secretos. Há ali um ar de magia que seduz a todos os visitantes.

Os chalés Windermere estão finalizados, prontos para abrir as portas para os veranistas.

— Adorei! — exclama Daniel, largando as malas no meio do chalé Madressilva, reservado para ele neste verão. Moderno sem ser minimalista, o chalé é decorado em tons de areia, branco e azul, com pisos de pinho, paredes de madeira rústica pintadas de branco, tapetes de sisal no chão. As cortinas são de linho em tom chocolate, com bordas brancas, e o sofá e a poltrona da sala estão cobertos por um tecido de algodão grosso, branco, com almofadas estampadas espalhadas ordenadamente.

São os toques pessoais que deixam tudo tão especial. Conchas em espiral que encontraram juntos na praia, agora polidas e postas sobre uma mesa pintada de branco. Belas paisagens praianas pintadas por Daff, que estão à venda, e livros por toda parte — ficção, não ficção, livros sobre a ilha. E em cada chalé, na parede acima do sofá, um grande mapa antigo de Nantucket.

— Nossa, como é bom ver você. — Daff abraça Daniel e olha para ele, cheia de alegria. — Parece que se passaram *anos*.

— Foram só seis semanas! — diz Daniel. — Lembra? Eu estive aqui em abril para ver as meninas, mas você não me deixou ver os chalés até que estivessem prontos. Você jura que sou o primeiro hóspede?

— É claro. — Daff ri. — O primeiro, esperamos que não o último. E então... quais são os planos para o verão?

Daniel olha para ela, desconfiado.

— Por quê?

— Nada. — Daff tenta parecer inocente. — Só queria saber... alguma notícia do Matt?

Daniel desvia o olhar.

— Já que perguntou, vamos nos encontrar para uma bebida antes da festa.

— Que bom. — Daff balança a cabeça. — Você sabia que ele limpou toda a paisagem aqui? Não fazíamos ideia de que havia um jardim tão bonito escondido. Ele fez um trabalho incrível.

— Eu soube — responde Daniel. — Falo como ele quase todos os dias.

É VERDADE. AINDA QUE DANIEL TENHA voltado a Westport no ano passado, viajou todos os meses a Nantucket para ver as meninas, ou elas foram vê-lo, e, nesse tempo, ele e Matt formaram uma amizade muito forte.

Uma amizade verdadeira, construída sobre uma história e não apenas sobre a atração instantânea que sentiram um pelo outro.

Jantaram juntos sempre que Daniel esteve em Nantucket, mas passaram mesmo a se conhecer por e-mails, inicialmente, e depois, quando os e-mails já não pareciam o suficiente, por telefonemas, que logo se tornaram diários, alguns deles avançando noite adentro.

Nenhum dos dois tocou na ideia de um relacionamento, e Daniel foi sincero com Matt sobre os casos que viveu no último ano. Matt ouviu, aconselhou, não demonstrou nada além de apoio pela jornada de Daniel, ainda que este não tenha conseguido evitar uma pontada de ciúmes quando Matt revelou que também tivera um caso.

Daniel está pronto. Pronto para o próximo passo. Seu contrato de aluguel em Westport acabou de terminar, suas coisas estão num depósito enquanto ele decide aonde ir em seguida. Não está inteiramente certo. Viu uma casinha em Cornwall, Connecticut, que adorou; além disso, sempre pode ir para Nova York, e agora, é claro, para Nantucket.

Mas aonde quer que vá, está pronto para ter Matt ao seu lado.

Windermere está entusiasmada, é uma sensação palpável para quem chega, o jardim esta noite decorado com tochas que queimam no ar já cálido.

As pessoas estão bem-vestidas, longos vestidos de *chiffon* sendo levantados para não sujar no cascalho, e as pessoas conversam animadas, franzindo os olhos para enxergar na escuridão ao se aproximarem da casa para desejar felicidades a Nan, receber os novos donos, tentando descobrir quem mais já chegou.

Na sala, prestes a sair para cumprimentar os primeiros convidados, está Nan, gloriosa numa túnica turquesa que chega a roçar o chão, os olhos brilhantes com a empolgação de ver Windermere de volta à vida, e com tanto estilo, na noite em que ela vai se mudar.

Não restam móveis na casa. Os quartos estão vazios, mas as memórias ainda intactas. Esta noite, antes de se arrumar, Nan caminhou pela casa, sussurrou suas despedidas, pensou nas memórias ali contidas, pensou, em primeiro lugar, em todos os anos maravilhosos que passou naquele lugar, depois nos anos que pareceram tristes. Mas, por fim, ela percebeu que a casa nunca esteve triste. Ela que esteve.

Ela não precisa mais ficar triste.

Michael abre o champanhe e os outros comemoram, e então ele olha pela janela.

— Mãe! — alerta. — Os convidados estão começando a chegar.

— Não se preocupe, querido — responde Nan, apanhando uma taça. — Stephen e Keith estão lá para recebê-los. Vou sair já.

— Posso fazer um brinde? — pergunta Daniel depois que o champanhe é distribuído e o pequeno grupo espera em um círculo.

— É claro. — Nan sorri. Daniel ergue a taça e olha lentamente para ela, Michael, Daff e depois para Matt, que se mantém um pouco afastado até que Daniel o chame para perto, para dentro do círculo.

— A Windermere — diz Daniel, com firmeza. — Que continue feliz, seja ainda mais feliz, com sua nova família.

— A Windermere — repetem todos.

— Esperem! — Michael interrompe quando estão prestes a beber. — Mais um. Aos recomeços... — ergue a taça, olha para Daff com olhos apaixonados — e aos finais felizes.

Com exclamações de alegria, todos dão um passo à frente para se abraçar, separando-se em seguida para começar a noite.

AGRADECIMENTOS

Meus agradecimentos e meu amor à "superequipe" de sempre: Louise Moore, Tom Weldon, Anthony Goff, Deborah Schneider, Clare Ferraro, Carolyn Coleburn, Nancy Sheppard, Natalie Higgins, Liz Jones, Louise Braverman, Clare Parkinson, Harvey Tanton, Elise Klein.

Às pessoas que me ajudaram, conscientemente ou não, durante a pesquisa e a escrita deste livro: Walter e Gina Beinecke, Maxine Bleiweis e todos da biblioteca de Westport; Chloe Chigas, Dia Wasley e suas famílias por nos receberem tão amavelmente, Keirsten Dodge, Karen e Franklin Exkorn, Laraine e Alan Fischer, Shirley e Bob Siff, Maximiliana Warburg.

Aos meus amigos e família, que me ajudam a seguir em frente: Harry, Tabs, Nate e Jasper, os Green, os Warburg, Dina, Nicole, Heidi e Deborah.

Obrigada.

Produção editorial
Ana Carla Sousa
Flávia Midori
Gabriel Machado

Revisão de tradução
Clara Vidal

Revisão
Rebeca Bolite
Rosana Alencar

Diagramação
Filigrana

Este livro foi impresso no Rio de Janeiro, em fevereiro de 2011, pela Ediouro Gráfica, para a Editora Nova Fronteira.
A fonte usada no miolo é Iowan Old Style, corpo 10,5/14,5.
O papel do miolo é pólen soft 70g/m², e o da capa é cartão 250g/m².

Visite nosso site: www.novafronteira.com.br